Premières Armes

Les enquêtes des cousins Clifford

DU MEME AUTEUR

Premières Armes

Les enquêtes des cousins Clifford

Delphine Montariol

Couverture : *Le gentleman anglais au Moulin Rouge*, Henri de TOULOUSE-LAUTREC, Paris, 1892, avec l'aimable autorisation du METROPOLITAN MUSEUM OF ART (New-York).

© Delphine Montariol, Éditions Belle Époque, 2017-2021.

Nouvelle édition revue et corrigée. Tous droits réservés.

ISBN : 978-2-9559630-0-5

*À ma famille, à mes amis
et à mes lecteurs.*

Greater New York Stereoscopic Company. *Forrestry sic Building and the globe from Point Passay, Paris Exposition, 1901, avec l'aimable autorisation de la Bibliothèque du Congrès (Washington - USA).* https://www.loc.gov/item/92508662/.

Chapitre I

L a lumière du soleil de juillet repoussait peu à peu les ombres de la nuit. Dans les bois de la campagne anglaise, denses, sombres, gorgés d'eau et de brumes, le jour pointait à peine. Les fourrés étaient paisibles et quasi silencieux, seul le son de quelques frêles créatures troublait la quiétude des lieux.

Soudain, surgissant d'un chemin de terre, le galop d'un cheval fracassa le silence dans un tourbillon de sabots. Le souffle rauque de l'animal, lancé à pleine vitesse, résonna à son passage, puis demeura en suspens un moment après sa disparition. Le bois, effrayé par la course de cet animal taillé pour la vitesse, retrouva alors sa tranquillité première.

Faisant corps avec son pur-sang, Miss Meredith Clifford, cavalière émérite, galopait aussi vite que son cheval préféré, Phoenix du Plessis, pouvait l'emporter. Enivrée de vitesse, la jeune fille, couchée sur l'animal, s'imaginait, pour quelques secondes encore, libre de choisir son destin. À l'horizon, le manoir familial apparaissait déjà dans le soleil matinal. Meredith savait les craintes de sa mère au sujet de ses folles cavalcades. Elle tira peu à peu sur les rênes, mais la proximité des écuries emballait Phoenix. Il n'obtempéra pas aux ordres de sa cavalière. La jeune lady savait qu'elle pouvait le faire obéir, mais elle n'en avait pas envie. Elle connaissait trop la frustration créée par une domination excessive.

Quand elle passa devant le manoir, elle vit sa mère l'observer depuis le salon où le petit-déjeuner avait été servi. Meredith fit le tour de la flamboyante bâtisse en ralentissant le pas de son étalon. Surgissant des écuries, un palefrenier attrapa les rênes de Phoenix et, avant qu'il pût esquisser un mouvement pour l'aider, la cavalière descendit seule, sa longue robe et ses jupons virevoltant autour d'elle. Elle attrapa le col de son fidèle compagnon de course et prit le temps de le flatter. Accrochée au cheval, sentant contre sa joue la chaleur et la sueur de l'animal, Meredith se grisait encore de sa course, de son moment de liberté arraché à sa condition de femme. Phoenix marqua son impatience et Meredith le laissa partir.

Transpirante, sentant le cheval et la forêt, elle se dirigea vers le manoir, se préparant à affronter, comme tous les jours, les récriminations de chacun. Tous semblaient mieux savoir qu'elle ce qu'une femme de sa condition pouvait ou ne pouvait pas faire. En vérité, à part se pomponner, se marier, paraître, avoir des enfants, s'apprêter, subir les incartades de son mari, vieillir, mais tenter de s'embellir encore, les femmes de sa condition ne faisaient pas grand-chose... Du moins, celles qui lui étaient montrées en exemple. Pour les autres, certaines scandaleuses vivaient des vies passionnantes, pour autant qu'elle avait pu en avoir des échos dans la si stricte et si recherchée pension pour jeunes filles de Mrs Cunningham.

Heureusement pour Meredith, un soutien subsistait dans son existence. Son frère Benedict. Son jumeau, son alter ego, elle faite homme. Benedict qui avait les mêmes yeux bleu sombre qu'elle, Benedict qui avait les mêmes épais cheveux châtain clair, Benedict qui avait les mêmes aspirations de liberté et d'indépendance, Benedict qui était le seul à la comprendre et dont elle avait été séparée à son entrée à Eton, dont sa condition de fille l'excluait. Jusqu'à cet âge tendre, Meredith n'avait pas pris conscience que la vie la séparerait de son jumeau. Elle avait vécu la séparation comme une blessure irréversible et développé une haine féroce contre ceux qui avaient organisé cette rupture. Sa mère avait même osé lui dire de se calmer et qu'il ne seyait pas à une femme du monde de montrer ses sentiments en public... Quel public ? Elle était alors seule dans sa chambre ! De ce jour-là, elle avait perdu peu à peu l'affection qu'elle portait à ses parents, ne les comprenant pas, ne les admirant plus. La seule personne qu'elle souhaitait voir était Benedict, mais le temps et la séparation l'avaient changé, un peu... tout comme elle. Toutefois, la sortie d'Eton avait libéré quelque peu le Benedict qu'elle connaissait auparavant et l'entente des jumeaux avait retrouvé ses racines premières.

Benedict se moquait gentiment du caractère impétueux de sa sœur, qui ne s'était guère assagie malgré les années de pension et de punitions. Il avait découvert, sous la peau de porcelaine de sa jumelle, une âme guerrière et vengeresse qu'il ne lui avait jamais connue. Meredith était en colère, elle le savait et Benedict le savait. La veille, il lui avait demandé d'un ton solennel de le rejoindre dans la bibliothèque, dès qu'elle aurait fini d'« asticoter Phoenix », pour reprendre ses mots.

La jeune fille se dirigeait d'un bon pas vers le lieu de rendez-vous, abandonnant pour quelques instants l'idée de prendre un bon thé au lait avec des scones recouverts de l'épaisse marmelade de Mary, la cuisinière.

Gravissant les marches quatre à quatre, comme ne le ferait pas une lady, Meredith atteignit la bibliothèque, dont les portes donnaient sur le grand escalier central. Méfiante, elle se glissa dans la pièce, prête à détaler au premier signe d'une présence hostile. Le calme régnait, elle en déduisit que son frère était seul. Elle entra de son pas vif habituel mais, au lieu de ne trouver que Benedict, comme elle l'avait espéré, Meredith tomba nez à nez avec la rigide Miss Hayley Fortescue.

Hayley n'était pas une mauvaise femme, mais elle avait une

haute idée de ce que devaient faire les femmes du monde et une idée encore plus haute du rôle des gouvernantes. Inquiets de voir leur fille sortir de la pension de Mrs Cunningham, sans que cette dernière soit parvenue à dresser leur progéniture, Lord et Lady Clifford avaient décidé d'attacher le destin d'Hayley à celui de Meredith. L'ancienne femme de chambre de Lady Clifford, désormais toute dévouée au service et à la surveillance de Miss Meredith, avait appréhendé la noble tâche de remettre dans le droit chemin la jeune lady comme un défi personnel. Meredith en avait conçu quelque contrariété, ayant espéré un fol instant être libérée des duègnes, en tous genres, chargées de son éducation depuis sa prime enfance. À 17 ans, elle avait espéré être libre, ce ne fut pas le cas. Toutefois, elle reconnaissait qu'Hayley était bien moins perverse que nombre de ses devancières. Elle tentait avec la meilleure volonté du monde de venir en aide à cette jeune personne égarée, ayant oublié qu'elle devait tenir son rang.

— Miss Meredith ! glapit Hayley de sa voix haut perché.

— Bonjour Miss Fortescue. Comment vous portez-vous ce matin ?

Meredith prit un air résolu et fit comme si elle n'avait pas remarqué le ton pincé de la gouvernante. Elle s'approcha de son frère Benedict, le nez plongé dans un bouquin comme à son habitude, et constata que son jumeau s'était fait apporter du thé et des scones. Elle piocha alors, avec conviction, dans les provisions fraternelles.

Le son du thé coulant dans une tasse de porcelaine décida enfin Benedict à lever le nez de son ouvrage. Il découvrit, avec déplaisir, que sa sœur abusait une fois de plus de son hospitalité, bien qu'il ne l'y ait pas invitée. La vie d'un gentleman n'était pas toujours simple… Il soupira, remarqua que la seule tasse sur le plateau avait été accaparée par sa sœur, avant de se tourner vers Hayley.

— Ma chère Miss Fortescue, auriez-vous l'obligeance de

demander au personnel de cuisine de nous monter un deuxième plateau avec du thé et des scones, s'il vous plaît ?

— Et de la marmelade ! intervint Meredith, les joues pleines.

— Et un supplément de marmelade, si vous n'y voyez pas d'inconvénient, reprit Benedict d'un ton solennel.

Alors qu'Hayley inspirait pour répondre, le jeune homme compléta en toute hâte :

— Je vous remercie infiniment de votre peine et j'apprécie votre dévouement, considérant qu'il ne relève pas de vos tâches habituelles de vous occuper de ce genre de détails.

Hayley prit un air pincé, mais ne répliqua pas. Elle partit avec toute la dignité, dont une lady doit se parer face à l'adversité, et sortit de la pièce dans le frou-frou insistant de sa robe noire. Les jumeaux l'observèrent quelques instants, avant de pouffer. Meredith sourit sous le regard complice de son frère.

— Tu exagères, Meredith ! Tu empestes tellement que j'en suis à me demander si tu ne t'es pas roulée exprès dans du crottin...

Benedict posa un regard bienveillant sur sa jumelle.

— Comment se porte, Phoenix ? s'enquerra-t-il.

— Formidablement bien.

Meredith soupira et se détendit au souvenir de sa chevauchée.

— Avec lui, j'oublie tout... reprit-elle. Les parents, les ennuis, Miss Fortescue...

— Un jour, tu te rompras le cou, ma chère.

— Et que perdrai-je ?

Quelque peu décontenancé par cette réponse, Benedict s'intéressa de plus près à sa sœur.

— La vie, tenta-t-il.

Le visage de Meredith s'empourpra.

— Une vie ridicule, veux-tu dire ? Une vie pleine d'aigreur, de superficialité, d'inconsistance et d'ennui. Effectivement, j'ai énormément à perdre.

— Tu exagères, Meredith, nous sommes privilégiés et tu dois

en être reconnaissante...

— Reconnaissante ? Mais reconnaissante de quoi ? Je ne suis pas un homme, moi ! Je n'ai droit qu'à me taire et à exécuter les ordres ! Je dois obéir à Père, à Mère, à Hayley, à toi aussi pourquoi pas ? Puis à mon mari, etc., etc... Toi, tu as le choix, tu peux vivre la vie que tu veux ! Quant à moi, je suis sortie d'une prison juste à temps pour qu'on me replonge dans une autre et je ne pourrai même pas en choisir le geôlier !

Le regard de Meredith se perdit dans le vague, puis elle se plongea dans l'observation de son thé.

Benedict l'observa, oscillant entre compassion et incompréhension. Ce fut cette dernière qui l'emporta.

— Tu racontes n'importe quoi, ma pauvre sœur !

— Quoi ?

— Déjà une lady ne dit pas « quoi ». De plus, je vais te prouver que tu te trompes du tout au tout, en t'offrant de partir avec moi faire le tour de l'Europe, comme nos ancêtres avaient coutume de le faire. Je te propose de faire notre Grand Tour !

— Notre quoi ?

— Je répète, une lady ne dit pas « quoi », dit avec patience Benedict. Notre Grand Tour !

Cette alliance de mots ne faisant pas sens pour Meredith, au vu de son regard vide, son frère décida de se montrer plus explicite.

— Du XVIᵉᵐᵉ au XVIIIᵉᵐᵉ siècle, les jeunes gens de la bonne société et, surtout les Britanniques, parcouraient l'Europe pour parfaire leur éducation artistique, mais aussi militaire, scientifique et je ne sais quoi encore.

— Tu as dit « quoi », remarqua Meredith d'un air boudeur.

— Ne fais pas la bête, je t'en prie ! Cette habitude est tombée en désuétude à la fin du XVIIIᵉᵐᵉ siècle, continua doctement Benedict, mais je te propose de la raviver et de partir avec moi faire le tour d'Europe.

Meredith écarquilla les yeux, posa sa tasse de thé sur sa

soucoupe, de peur d'une catastrophe, puis observa son frère avec insistance.

— C'est très aimable à toi de me proposer un tel voyage, articula-t-elle, mais, malheureusement, pour en revenir à ce que je disais auparavant, Père n'acceptera jamais que sa fille parte en voyage, y compris si elle est accompagnée de son frère préféré.

Benedict renifla de contrariété.

— Tu es défaitiste. Nous n'avons même pas commencé à évoquer l'itinéraire du voyage que, déjà, tu dresses devant nous des obstacles.

— Je ne suis pas défaitiste, Benedict. Je suis réaliste.

Benedict tendit à Meredith le livre qu'il lisait. Elle le referma d'un geste sec pour découvrir le titre sur la couverture, tout en gardant un doigt à l'intérieur pour en marquer la page. Elle avait un air dubitatif.

— Un guide de voyage... En quoi cet ouvrage peut-il nous aider ?

Benedict se laissa aller à un soupçon de contrariété, ce qui n'était guère son habitude.

— Tu manques d'imagination, ma pauvre sœur. Si nous montrons aux parents que nous avons effectué des recherches sérieuses, afin de profiter au maximum de ce Grand Tour pour approfondir nos connaissances artistiques et scientifiques, nous pourrons justifier notre voyage d'une année aux quatre coins de l'Europe.

Les sourcils de Meredith atteignirent des sommets.

— Parce que tu imagines que les parents vont te laisser partir pendant un an, alors que tu es supposé entrer à Oxford dans un peu plus d'un mois ?

Meredith éclata de rire, avant de poursuivre :

— C'est pire que ce que je croyais. Tu as raison sur un point, mon frère. Dans ce cas, et dans ce cas seulement, nous serons traités avec une parfaite égalité. Ni toi, ni moi ne partirons.

Benedict fut très contrarié.

— Il est certain que si tu ne me soutiens pas, il est inutile que je me batte pour trouver un moyen de passer du temps avec ma sœur, avant que la vie ne nous sépare à nouveau. N'as-tu pas envie de retrouver la complicité que nous avions avant que je ne parte à Eton ?

Meredith accusa le coup. Ses yeux se remplirent malgré elle de larmes.

— Bien sûr que si ! articula-t-elle. Comment oses-tu douter de cela ?

— Parce que tu n'opposes que cynisme et pessimisme à la moindre de mes propositions. Nous avons été séparés et j'en ai autant souffert que toi, mais j'essaie de trouver des solutions. Je veux passer du temps avec toi et faire quelque chose d'un peu extraordinaire, avant que notre rang et ce que notre famille attend de nous ne nous rattrapent. Maintenant, je souhaiterais savoir si je peux compter sur toi ?

Meredith se renfrogna, puis bougonna, consciente que sa méchante humeur l'avait amenée à être désagréable avec son frère, alors qu'elle partageait ses vues. Toutefois, sa fierté mal placée l'empêchait de reconnaître ses torts et elle acquiesça, sans dire un mot.

— Bien, conclut Benedict, je prendrai cela pour une adhésion pleine et entière à mon projet. Concernant l'itinéraire, l'exposition universelle se déroulant actuellement à Paris, nous nous arrêterons un ou deux mois dans la capitale française afin de découvrir les merveilles du passé, mais aussi les dernières découvertes qui vont bousculer l'histoire du prochain siècle ! Es-tu d'accord ?

— Oui…

— J'aurais apprécié un peu plus d'enthousiasme, mais je me contenterai de cela. Pour la suite, je pensais faire halte à Lyon, Nice, Venise, puis Florence, Rome, Athènes, Alexandrie, Le Caire, Malte, Gibraltar, Royan et, enfin, retour à Londres. Bien évidemment, nous pouvons discuter des étapes. Nos ancêtres se concentraient sur la France et l'Italie mais, pour ma part, je crois que, de nos jours, nous pouvons repousser les limites de l'aventure vers la Grèce et l'Égypte. Que penses-tu de cette idée ?

Meredith sembla en état de choc pendant quelques instants, puis elle sauta au cou de son frère et l'embrassa sur les joues.

— J'en pense que mon frère est un génie !

Le jeune lord fut gêné par cette familiarité.

— Si Hayley te voyait, elle s'en pâmerait d'indignation ! Tu n'as vraiment rien d'une lady, Meredith !

— Effectivement, je suis passionnée, enthousiaste, spontanée et joyeuse. Des défauts irrémédiables qui ont été combattus depuis mon enfance, mais qui persistent malgré tout !

— Et tu en es fière.

— Et j'en suis fière !

— Fort bien, ma chère sœur, puisque nous avons trouvé un terrain d'entente, je pense qu'il est temps pour nous de présenter notre projet à nos parents.

— Que Dieu nous vienne en aide…

— J'espère que nous n'aurons pas besoin de son intercession, tout de même…

Meredith fit une moue significative, mais Benedict, l'esprit déjà préoccupé par la prochaine étape, ne s'en aperçut même pas. Il se leva, défroissa sa veste, vérifia sa cravate, puis observa avec acuité sa sœur.

— Nous aurions peut-être plus de chances de réussite, si tu te présentais devant les parents dans une tenue convenable, à savoir sans sentir la sueur et le crottin…

Meredith éclata d'un rire cristallin et se rua dehors, faisant tomber le guide touristique sur son passage.

Benedict leva les yeux au ciel en une supplique silencieuse.

— Vraiment rien d'une lady…

Il ramassa le livre et l'épousseta, un sourire amusé sur le

visage. Il reposa l'ouvrage sur la table et se prépara à la plaidoirie qu'il allait devoir déployer pour soutenir leur projet... en espérant que Meredith parviendrait à se contenir.

୧✦୨

M eredith descendait l'escalier, quatre à quatre, en soulevant le bas de sa robe. Elle sentit alors sur elle le regard glacial d'Hayley, qui l'observait du haut de l'escalier. La jeune Anglaise laissa retomber ses jupons, prit la pose d'une grande dame offensée d'être soupçonnée d'une quelconque vilenie, avant de se retourner et de foudroyer du regard sa « gouvernante-chaperon-femme de chambre ». Hayley prit un air pincé, puis poursuivit son chemin, chargée de la robe d'équitation crottée de Meredith.

Quelques instants plus tard, Benedict vit arriver sa sœur au rythme peu soutenu d'une grande dame et fut étonné de ce brusque changement.

— Une vraie lady, constata-t-il appréciateur. Ne change rien, garde la pose, nous allons parler à Père !

Benedict toqua à la porte et reçut un grognement pour seule réponse. Conservant son enthousiasme au prix d'un effort certain, le jeune homme se para de son plus beau sourire et ouvrit la porte. Il céda le passage à sa sœur, qui continuait à jouer son rôle à la perfection. Les choses seraient peut-être plus simples qu'il ne se les était imaginées de prime abord. Il entra à sa suite et referma la porte.

Le vaste bureau de son père, Lord Henry Clifford, était envahi par des piles de dossiers, sévèrement alignées. Autour d'eux, la bibliothèque de bois précieux les encerclait et s'élevait jusqu'au plafond, pourtant d'une belle hauteur. Les jumeaux eurent un mouvement de surprise, quand ils virent que leur père n'était pas seul. En face de Lord Clifford, dissimulé par les amoncellements habituels de papiers, était assis un homme mince et grand, à l'allure militaire. L'inconnu se leva à leur entrée et les salua d'un geste un peu raide. Les jumeaux lui rendirent son salut, avec courtoisie et élégance. Leur père se leva, surgissant de derrière ses dossiers. La soixantaine grisonnante, grand, sec et vif, il foudroya ses enfants du regard avant de reporter son attention sur l'homme qui faisait mine de partir. Lord Clifford l'accompagna à la porte et les jumeaux ne saisirent que quelques phrases chuchotées.

— Nous sommes bien d'accord pour ce soir, Lord Clifford, la sécurité doit être maximale.

— N'ayez aucune inquiétude à ce sujet, cela fait des jours que nous préparons le manoir, une souris ne franchirait pas ses murs.

Les deux hommes se saluèrent de façon un peu sèche puis, le majordome ayant surgi de nulle part pour raccompagner l'homme mystère, Lord Henry Clifford tourna toute son attention vers ses enfants, qu'il jaugea de toute sa hauteur.

— Vous avez écourté un rendez-vous qui, certes, tirait à sa fin, mais n'était tout de même pas terminé, dit-il d'un ton cassant.

— Lorsque j'ai frappé à la porte, j'ai cru vous entendre nous dire d'entrer, Père, se défendit Benedict. Dans le cas contraire, je ne me serais jamais autorisé à vous interrompre.

— J'attendais que Thomas arrivât pour raccompagner le colonel Mayfair.

— Donc si vous aviez déjà appelé le majordome pour qu'il raccompagnât le colonel, intervint Meredith, c'est que votre entretien était terminé.

Lord Clifford fusilla du regard sa fille.

— Qui t'a demandé de te mêler de la conversation, Meredith ? gronda-t-il. Je parle à ton frère.

Meredith sentit la colère la submerger. Elle bouillait de rage et seule la main que posa Benedict sur son coude lui permit de contenir tout ce qu'elle s'apprêtait à déverser sur son père.

Lord Clifford observait ses réactions et, satisfait, il retourna s'asseoir à son bureau, invitant ses enfants à s'installer en face de lui. Meredith reprit ses airs de grande dame et s'assit, non sans foudroyer son père du regard. Benedict la suivit en se disant que, finalement, les choses seraient aussi difficiles qu'il se les était imaginées.

Il inspira, pour se donner du courage, et se lança :

— Père, nous sommes venus vous trouver afin de vous faire part d'un projet que nous partageons, Meredith et moi-même, et qui nous tient particulièrement à cœur.

Lord Clifford leva un sourcil intrigué, signe que Benedict avait toute son attention. Ce dernier continua :

— Nous souhaiterions renouer avec une tradition de notre état, malheureusement tombée en désuétude, mais qui a retenu toute notre attention et, pour vous dire la vérité, qui a suscité notre plus grand enthousiasme. Nous souhaiterions réaliser notre Grand Tour pour nous confronter aux différentes cultures européennes et améliorer nos connaissances artistiques. Nous pensons que de jeunes gens de la bonne société, comme nous, doivent à l'aube du XXème siècle savoir s'adapter à un monde plus ouvert aux autres nations et l'expérience que pourrait nous offrir le Grand Tour serait un avantage certain dans notre vie future.

Lord Clifford ne broncha pas. Il observait ses enfants, sans qu'aucune émotion ne perçât la carapace de son visage. Mal à l'aise, Benedict hésitait entre reprendre la parole et se taire.

— Vous avez fini ? grinça Lord Clifford.

Benedict se demanda de quel côté la balance allait pencher.

— Oui, pour ma part, j'ai exposé le but de notre visite, mais si vous voulez plus de détails, nous pouvons vous décrire les différentes étapes du voyage et le but de ces étapes. Nous souhaiterions commencer notre périple par Paris qui, comme vous le savez, abrite cette année l'exposition universelle…

Lord Clifford leva la main d'un geste sans réplique et imposa le silence à son fils.

— Inutile de nous faire perdre du temps à tous les trois. La réponse est non car, concernant Meredith, je ne comprends même pas que l'idée vous ait effleurés et, vous concernant, Benedict, je vous rappelle que vous êtes attendu à Oxford cet automne et je vous conseille de vous inscrire en droit car il me semble que vous avez quelques dispositions. Maintenant, comme vous le savez tous deux, je dois finir d'organiser une réunion très importante qui se déroule ce soir au manoir, aussi suis-je amené à vous demander de bien vouloir vaquer à vos occupations habituelles et de me laisser travailler en paix.

Lord Clifford replongea dans les papiers qu'il avait abandonnés pour quelques instants. La stupeur qui avait saisi Benedict était telle qu'il était incapable de réagir. Sa sœur, plus habituée aux refus cinglants, se leva avec dignité et saisit avec compassion le bras de son frère encore frappé d'une sorte de tétanie. Benedict sortit du bureau d'un pas mécanique, non sans jeter un dernier regard à son père pour mieux s'assurer que ce dernier n'allait pas revenir à de meilleures dispositions. Il n'en fut rien.

Arrivés dans le couloir, les épaules de Meredith s'affaissèrent et sa tête bascula en arrière, comme si son cou n'avait plus la force de soutenir sa tête. Encore sous le choc, Benedict ne parvenait pas à détacher ses yeux de la porte du bureau qu'il venait de refermer. Soudain, la colère prit le pas sur toute autre émotion et le frappa de plein fouet.

— Comment ose-t-il nous congédier ainsi, sans avoir pris ni le temps de comprendre, ni la mesure de ce que ce projet représentait pour nous ?

— Bienvenue dans mon monde, soupira Meredith. Un monde merveilleux où tout le monde décide à votre place de ce que vous devez faire.

Benedict regarda sa sœur avec stupéfaction.

— Mais cela n'est pas fini. Certainement pas. Je n'ai dit que mon premier mot, pas le dernier, et je puis t'assurer que nous irons ensemble à Paris !

Meredith eut un rire nerveux.

— Et comment vas-tu t'y prendre ?

— Je ne sais pas encore, mais je vais trouver !

Meredith fut surprise par la calme détermination qui émanait de son frère. Elle se dit, pour la première fois depuis bien longtemps, qu'il restait peut-être encore un espoir. Elle sourit, puis prit la main de son frère dans la sienne, comme lorsqu'ils étaient enfants. Surpris, Benedict sourit et serra à son tour la main de sa sœur. Ils étaient réunis, ensemble, à nouveau deux contre le reste du monde.

꒰❖꒱

L e soir tombait sur le manoir, désormais envahi par des cohortes de gardes. Nul n'entrait ni ne sortait sans montrer patte blanche, au grand désarroi des domestiques qui étaient entravés dans leurs tâches habituelles.

Comme de bien entendu, les jumeaux avaient été relégués dans leurs chambres pour la soirée et, comme de bien entendu, ils avaient décidé d'espionner la réunion par un trou qui existait entre le mur de la bibliothèque et celui du salon. Plongée dans la pénombre, la bibliothèque offrait aux jeunes gens un observatoire de choix. Toutefois, le trou étant de dimension fort modeste, ils devaient épier la soirée à tour de rôle et se bousculaient l'un l'autre, quand un événement leur semblait être sur le point de se passer. Après quelques minutes d'espionnage intensif, Benedict et Meredith étaient déçus. Loin d'être aussi passionnante que ce qu'ils avaient escompté, la réunion stratégique, pour laquelle la sécurité du manoir avait été tant renforcée, ne présentait aucune espèce d'intérêt. Des gens ennuyeux, en costumes de soirée ou en uniformes, paradaient de l'autre côté du mur, sans que rien ne se passât d'autre que des conversations inaudibles ou des présentations insipides.

Meredith observait la réunion d'un œil morne, quand elle vit son père sur le point de s'étouffer à l'entrée d'un personnage, dont la nonchalance et le sourire désarmant le faisaient paraître comme un perroquet dans un poulailler. L'intérêt de la jeune fille fut piqué et son frère ne manqua pas de le remarquer. Il la poussa pour la déloger du trou.

— Qu'est-ce qu'il y a ? chuchota-t-il.

Meredith se recula pour le laisser voir l'inconnu.

— Père a failli s'étrangler en voyant cet homme entrer. Tu ne peux pas le manquer, c'est le plus parfait exemple de dandy que l'on puisse imaginer.

Benedict observa à son tour l'homme et, effectivement, le trouva au premier regard. À cet instant, le dandy se déplaçait de groupe en groupe, saluant les uns, plaisantant avec les autres, virevoltant dans le salon, comme s'il était parfaitement à sa place au milieu de ces hommes si austères. Benedict céda la place à sa sœur qui reprit son observation.

— Et tu dis que Père a failli s'étrangler en le voyant ?

— Oui, confirma Meredith. Il le connaît et ne l'apprécie guère, mais j'ai beau observer cet homme, j'ignore qui il peut être. Flûte, il a disparu…

— Laisse-moi regarder.

Benedict colla son visage à la cloison, mais fut incapable de retrouver l'homme mystérieux, pas plus que son père. Il s'éloigna du mur et roula soudain des yeux exorbités. Comme pour faire écho à ses craintes, un bruit de pas dans le couloir résonna. Les jumeaux plongèrent sous la table la plus proche et se dissimulèrent tant bien que mal sous la nappe qui atteignait presque le sol.

La lumière s'alluma et le pas de deux hommes s'approcha.

— Mon cher oncle, je suis ravi de vous trouver ce soir en une santé de fer !

— Trêve de balivernes, Alistair, que faites-vous ici ? tonna Lord Clifford.

Le pas de l'un des hommes se rapprocha de la table sous laquelle les jumeaux étaient camouflés. Soudain, ils purent voir des chaussures brillantes et à la dernière mode s'approcher dangereusement d'un bout de jupon de Meredith qui dépassait de leur cachette. Les chaussures firent volte-face et, dans un mouvement circulaire, renvoyèrent le jupon sous la table. Meredith s'empara de l'étoffe rebelle et prit garde qu'elle ne s'échappât plus. Elle jeta un regard confondu à son frère, qui lui fit les gros yeux.

— Ce que je fais ici ? Mais je réponds simplement à la courtoise invitation que j'ai reçue.

La voix d'Alistair était plaisante, posée, articulée et quelque peu traînante, quoique cette dernière caractéristique semblât être travaillée pour mieux incommoder ses interlocuteurs.

— Je ne vous ai pas invité ! s'indigna Lord Clifford.

— Mais, mon cher oncle, je ne parlais pas de votre invitation. Je parlais de celle du colonel Mayfair. J'ai la chance de compter cet homme admirable parmi mes amis.

— Mayfair ? Invité par Mayfair ? Il va falloir que je révise mon jugement sur lui. S'il vous compte parmi ses amis, il n'est pas aussi honorable que je le pensais.

Alistair éclata d'un rire sonore et communicatif.

— Moi aussi, cela m'a fait un grand plaisir de vous revoir, mon oncle ! Toutefois, je ne souhaiterais pas vous monopoliser alors que votre soirée est déjà si chargée.

— Vous avez raison, mais tenez-vous et ne déshonorez pas mon nom.

— Notre nom, mon cher oncle. Notre nom.

Les pas s'éloignèrent. Les jumeaux se détendirent quand, soudain, un homme revint sur ses pas et souleva la nappe. Meredith et Benedict eurent à peine le temps de se crisper avant de voir Alistair se baisser, ses longs cheveux bruns accompagnant le mouvement de sa tête. Il avait les yeux noisette et vifs... Yeux qui étaient fixés sur les visages de ses cousins.

— Bien le bonsoir, jeunes gens. Si je puis me permettre un petit conseil, quand on se cache, on ne laisse pas dépasser ses vêtements. En vérité, j'ai deux conseils pour vous. Deuxième conseil, restez bien cachés jusqu'au clou du spectacle car si le vieil Henry vous attrape, je ne voudrais pas être à votre place, mes chers petits cousins !

Meredith ne put se retenir de rire à l'évocation du « vieil Henry », qualificatif qu'elle n'aurait jamais osé imaginer pour son vénérable père.

Alistair l'observa et sourit, ce qui fit apparaître au coin de ses yeux de charmantes ridules en patte d'oie.

Soudain, l'ambiance changea du tout au tout dans le manoir. Des hommes se mirent à courir de toutes parts, des cris fusèrent aux quatre coins du manoir. Le visage d'Alistair se durcit. Il se releva en faisant retomber la nappe derrière lui.

— Ne bougez pas, jeunes gens, je vais voir ce qu'il se passe.

Les pas d'Alistair résonnèrent et la lumière s'éteignit.

Pendant quelques instants, les jumeaux obéirent à leur cousin Alistair puis, la curiosité étant la plus forte, ils sortirent de leur cachette et rejoignirent à pas de loup leur poste d'observation. Meredith fut la première à coller son œil contre le trou du mur. La physionomie des hommes présents avait radicalement changé et marquait désormais une forte émotion ou une profonde inquiétude. Le plus touché d'entre eux était leur père. Lord Clifford était d'une pâleur qu'elle ne lui avait jamais vue auparavant. Benedict prit sa place et put observer le colonel Mayfair donner toute une série d'ordres, aboyant des directives inintelligibles de l'autre côté du mur, mais qui eurent pour effet de disperser les hommes en présence. Ils sortirent par les différentes portes et se répartirent dans tout le manoir. Les jumeaux comprirent que leur destin était scellé et qu'ils ne pourraient plus rejoindre leurs chambres en toute discrétion, comme ils l'avaient espéré plus tôt dans la soirée. Ils repartirent sous la table, mais n'avaient plus aucune illusion sur la sécurité de cette cachette.

L'attente ne fut pas longue avant que la lumière de la bibliothèque ne soit à nouveau allumée et que le bruit de pas se rapprochât des jumeaux cachés. Le pas était léger, la personne se déplaçait avec précaution. Une respiration sifflante se fit entendre. Les jumeaux se regardèrent affolés, ratatinés sous leur table. Soudain, la porte s'ouvrit de nouveau.

— Ne vous inquiétez pas, officier, je me charge de cette salle.

La voix d'Alistair tonna sans obtenir l'effet escompté. La respiration sifflante restait statique. Puis, lentement, le pas léger s'éloigna et sortit, entraînant à sa suite, le sifflement respiratoire. Les jumeaux entendirent alors un pas se rapprocher fermement. Heureusement pour eux, ils virent les chaussures d'Alistair. La nappe se souleva et le visage de leur cousin apparut, avant qu'il ne leur fasse signe de sortir de leur retraite. Les jumeaux se relevèrent, Meredith défroissant sa robe de son mieux. L'élégance de son cousin lui faisait prendre conscience du peu d'intérêt de sa propre tenue. Pourtant, elle avait toujours aimé sa robe grise aux larges poches si pratiques.

— Que se passe-t-il ? demanda Benedict.

Alistair observa son jeune cousin quelques instants, puis lui retourna sa question :

— Que savez-vous de la réunion de ce soir ?

— Absolument rien, répondit Meredith.

Son frère lui lança un regard noir car il avait bien espéré pouvoir duper Alistair. Ce dernier intercepta son regard et sourit.

— Pour vous répondre, sans mettre vos vies en danger, je

vous dirai simplement que la réunion de ce soir avait pour but de présenter certains travaux et que les documents relatifs auxdits travaux ont disparu. La difficulté pour notre famille est qu'il est certain que ces documents sont parvenus au manoir en toute sécurité mais, lorsque nous avons voulu les présenter aux parties en présence, ils avaient été dérobés et nous ignorons désormais où ils se trouvent. En conclusion, la Grande-Bretagne et notre famille traversent à présent une période de troubles, qui ne va guère aider à l'humeur de notre vieil Henry.

Les jumeaux se regardèrent avec un mélange de préoccupation et d'appréhension.

La porte de la bibliothèque pivota pour laisser passer Lord Clifford, suivi du colonel Mayfair. Henry Clifford ne put cacher sa surprise de trouver ses enfants en compagnie de leur cousin.

— Mais que faites-vous ici vous deux ? aboya-t-il.

Alistair fit un pas en avant, se plaçant entre ses cousins et son oncle.

— J'ai trouvé mes jeunes cousins dans l'escalier. Je les ai amenés dans cette pièce afin qu'ils ne soient pas pris à partie par les autres qui, ignorant leurs identités, auraient pu les soupçonner de quelque mauvaise entreprise. La soirée ayant déjà été assez préoccupante pour notre famille, je souhaitais éviter à ces jeunes gens d'être malmenés.

Lord Clifford regarda son neveu quelques instants puis, ses épaules s'affaissèrent. Il fit signe aux jumeaux de sortir de la bibliothèque. Ces derniers s'exécutèrent sans demander leur reste.

— Alistair, auriez-vous l'amabilité de raccompagner vos cousins à l'étage et de veiller à ce qu'ils rejoignent leurs chambres sans encombre, s'il vous plaît. Je suis d'accord avec vous, notre famille a subi assez d'outrages pour ce soir.

Alistair acquiesça d'un signe de tête, salua d'un geste le colonel Mayfair, puis sortit de la bibliothèque.

Quand la porte s'ouvrit de nouveau, le colonel Mayfair en jaillit d'un pas rapide et scandé. Quelques instants plus tard, Lord Clifford apparut, le visage défait, l'air beaucoup plus vieux qu'en début de soirée. Il fit quelques pas, puis tomba sur Alistair qui l'attendait, un verre de whisky dans chaque main.

— Si vous n'y voyez pas d'inconvénient, mon oncle, je souhaiterais rester ici pour cette nuit et vous tenir compagnie.

Lord Clifford regarda son neveu, comme s'il ne l'avait jamais vu auparavant et le découvrait pour la première fois. Alistair tendit un verre à son oncle, qui s'en saisit d'un geste las.

— C'est très aimable à vous, Alistair. Surtout après la façon dont je vous ai accueilli.

— J'ai l'habitude d'être rabroué pour ce que je semble être, mais ne suis pas.

Les deux hommes se dirigèrent vers la salle de réception, où ils s'assirent dans deux fauteuils se faisant face. Quelques heures auparavant, le salon des Clifford brillait de mille feux, prêt à accueillir la fine fleur de l'intelligence de Grande-Bretagne. Désormais, il avait tout d'un sombre champ de bataille déserté. Lord Clifford prit le temps de humer le whisky dans son verre, d'en admirer la riche couleur d'or ambré, puis but une gorgée. Il parut se détendre un peu.

— À quel point la situation est-elle catastrophique ? demanda Alistair.

Lord Clifford gloussa légèrement de dépit.

— Pire que vous ne pouvez l'imaginer. Je suis tenu pour personnellement responsable du vol des plans de cette torpille et je ne dois qu'à ma condition de pair héréditaire de conserver, pour le moment, ma liberté. Je suis consigné au manoir dans l'attente de plus amples développements de l'enquête.

— Nous en sommes donc à ce point.

Alistair but à son tour une gorgée de whisky et soupira.

CR ✦ SO

L e lendemain, l'aube apparaissait à peine à l'horizon que le manoir bruissait déjà d'une activité policière intense. Quand les jumeaux quittèrent l'abri de leurs chambres pour prendre leurs petits-déjeuners, ils croisèrent leur noble mère, Lady Rosalinde Clifford, dont le flegme habituel avait pour une fois cédé la place à un certain trouble. Passant devant eux sans les voir, elle parcourait le couloir du rez-de-chaussée pour surveiller les enquêteurs et tentait de comprendre ce que ces gens faisaient chez elle.

— Finira-t-on par m'expliquer ce que vous recherchez avec tant d'ardeur ? demanda-t-elle à un jeune policier, qui passait devant elle en sortant de la pièce adjacente.

— Désolé, Madame, mais si quelqu'un peut vous expliquer, c'est mon supérieur.

Le jeune policier entra dans la salle contiguë. Lady Clifford fixa quelques instants encore l'endroit où le jeune homme avait disparu de sa vue, avant de reporter son attention sur ses enfants. Elle découvrit avec satisfaction que Meredith avait, par extraordinaire, revêtu une robe avec quelques volants et des broderies, ce qui constituait une sorte d'exploit pour sa fille.

— Meredith, tu es d'une élégance rare ! Je dois avouer que j'apprécie particulièrement ton effort en cette journée de chaos.

Meredith sembla un peu gênée par le compliment de sa mère, mais apprécia qu'elle ait remarqué le changement.

— Que se passe-t-il ? demanda Benedict.

— Si seulement je le savais ! Ton père m'a simplement dit qu'il y avait eu un problème hier soir lors de sa réunion, puis il s'est enfermé dans son bureau avec trois inspecteurs qui se sont présentés comme des membres de la *Special Branch*... Mais la *Special Branch* de quoi, nul n'a songé à me le préciser. Comble de la matinée, votre cousin Alistair qui était *persona non grata* depuis des années est venu me présenter ses hommages ce matin, avant de disparaître dans le bureau avec votre père et les trois inspecteurs.

— Je crois que des documents ont été volés hier soir… glissa Meredith.

— Des documents ? Mais des documents relatifs à quoi ? Et pourquoi es-tu informée alors que je ne sais rien ?

Lady Clifford se redressa pour regarder sa fille de toute sa hauteur.

— Quand nous avons entendu du bruit hier soir, nous sommes descendus pour prendre des renseignements. Nous avons alors rencontré notre cousin qui nous a donné cette explication, tenta Benedict.

— Premièrement, jeunes gens, je vous avais donné l'ordre exprès de rester dans vos chambres quoi qu'il arrivât hier soir. Je constate qu'une fois de plus, vous n'en avez fait qu'à vos têtes. Deuxièmement, je vous interdis - et je ne plaisante pas - de vous entretenir avec votre cousin Alistair, tant que j'ignorerai la raison de son soudain retour en grâce. Est-ce clair ?

Les jumeaux se renfrognèrent et marmonnèrent dans leurs barbes. Lady Clifford les observa un instant de ses yeux perçants et, satisfaite, reporta son attention sur les policiers, qui continuaient à fouiller de façon systématique le manoir. Profitant de l'occasion, les jumeaux se précipitèrent hors de portée du regard maternel.

CR✦BO

En revanche, dans son bureau, Lord Henry Clifford n'avait aucune occasion d'échapper aux regards inquisitoriaux des trois inspecteurs de la *Special Branch*, l'unité d'élite de Scotland Yard, chargée du renseignement, du contre-espionnage et de la lutte contre toutes les menaces terroristes. D'après eux, compte tenu du soin apporté à la préparation de la réunion de la veille, seul un espion de haute volée avait pu s'emparer des plans du dernier modèle de torpille, développé par les ingénieurs britanniques. Restait à savoir comment et avec l'aide de qui... Malheureusement pour Lord Clifford, leur choix premier de suspect se portait sur sa personne et il ne devait qu'à son titre et à son rang d'être interrogé chez lui, à l'abri du scandale.

— Je vous l'ai déjà dit, Monsieur l'inspecteur, seul le colonel Mayfair et moi-même disposions des clefs du bureau où étaient enfermés ces plans.

— Nous interrogeons en parallèle le colonel Mayfair, l'informa le plus gradé. Pour le moment, nous voulons confirmer avec vous les différents éléments de vos déclarations car, comprenez notre trouble, si tout s'était déroulé de la manière dont vous nous avez décrit la soirée, les plans n'auraient pas pu disparaître.

— Monsieur l'inspecteur principal, avec tout le respect que j'ai pour votre fonction, je ne puis tolérer plus longtemps les sous-entendus dont vous m'accablez. La soirée s'est rigoureusement déroulée telle que je vous l'ai décrite et telle que vous l'a décrite le colonel Mayfair, à n'en pas douter. Nous sommes tous deux des hommes d'honneur, qui servons les intérêts de l'Empire britannique et de sa Majesté la Reine depuis de trop nombreuses années, pour être traités de la sorte. Aussi suis-je amené à vous demander de changer instamment de ton car il me déplaît fort d'être considéré comme un criminel.

Les inspecteurs ne furent pas le moins du monde émus par la tirade de Lord Clifford. L'inspecteur principal, qui présidait entre ses deux adjoints, lustra la fine moustache noire qui ornait sa lèvre. Il en semblait très fier et prenait grand soin de la faire remarquer. L'inspecteur principal Jasper Brixton, car tel était son nom, continua sans frémir de mener l'entretien précisément comme il l'avait prévu.

— Je suis désolé que vous considériez que notre intervention soit offensante, mais nous enquêtons sur le vol de plans d'une arme nécessaire à la défense de la Grande-Bretagne. Vous savez aussi bien que moi que la meilleure défense de notre territoire passe par notre marine et que, bien que j'aie le plus grand respect pour votre personne ou celle du colonel Mayfair, le vol de ces plans s'est déroulé sous votre toit, au cours d'une réunion que vous avez organisée, sous votre propre responsabilité.

Lord Clifford s'était tassé un peu plus dans son fauteuil, au fur et à mesure que l'inspecteur principal Brixton énumérait les différents éléments l'impliquant dans cette affaire.

— Que suis-je supposé faire maintenant ? s'inquiéta Lord Clifford.

— Vous êtes supposé répondre à nos questions tant qu'il nous plaira de vous les poser, à moins que Monsieur Alistair Clifford ne souhaite intervenir…

Tous se tournèrent vers Alistair, charmant dandy installé dans un fauteuil en retrait. Quand l'inspecteur principal Brixton avait ordonné que son neveu assistât à leur entretien, Lord Clifford n'avait pas compris les raisons de cette exigence mais, l'affaire concernant l'honneur de la famille, Alistair était, après tout, aussi concerné que lui-même par cette terrible histoire. Aussi Lord Clifford avait-il vu, avec un certain réconfort, son neveu s'installer dans la pièce avec lui et les trois inspecteurs. Cela lui faisait au moins un allié dans le bureau.

— Si je puis me permettre une intervention, Monsieur l'inspecteur principal, intervint enfin Alistair, je souhaiterais avoir quelques éclaircissements sur votre façon de procéder.

Intéressés, les trois inspecteurs tournèrent leur attention vers leur nouvel interlocuteur.

— Si j'ai bien suivi votre démonstration, nous aurions affaire à un espion de haute volée. Toutefois, si tel est le cas, cet espion n'est pas resté dans le manoir et a dû emporter les plans soit dans l'ambassade la plus proche, soit vers le port le plus proche. Aussi suis-je un peu surpris par votre présence ici, alors que vous savez pertinemment que Lord Clifford ne va pas s'envoler et que vous pourriez fouiller de façon beaucoup plus efficace les principaux ports de Grande-Bretagne.

Lord Clifford fut abasourdi par ce qu'il venait d'entendre. Non seulement son neveu n'était pas superficiel, mais ses remarques lui semblaient même être frappées au coin du bon sens. Alistair continua sur sa lancée :

— À moins que vous ne sachiez déjà qui a volé les plans et que l'objet de votre présence ici soit simplement de vous assurer de la loyauté de Lord Clifford.

Les trois inspecteurs regardèrent d'un œil neuf le jeune dandy. Sous la chevelure longue et soignée se cachait un esprit vif et tranchant. L'inspecteur principal esquissa un sourire sous sa moustache. Il lui plaisait de converser avec un homme aussi habile qu'Alistair Clifford... même si les manières désinvoltes du noble ne lui plaisait guère.

— Alors, Monsieur l'inspecteur principal, qui a volé les plans ? Et, plus intéressant encore, qu'est censé faire mon oncle pour laver le nom de notre famille ? Parce que, bien évidemment, vous avez déjà prévu quelque chose, n'est-ce pas ?

L'inspecteur principal Jasper Brixton acquiesça, tout en lustrant sa moustache.

— Monsieur Clifford, je dois avouer que vous nous avez percés à jour. Effectivement, nous avons des doutes très sérieux quant à l'auteur du vol et si ces doutes se révèlent être proches de la vérité, les plans se trouvent depuis longtemps à l'abri d'une ambassade. La difficulté est que nous ne comprenons pas l'objectif de ce vol. La nation à laquelle nous songeons n'est pas hostile actuellement et n'a aucun intérêt à nous froisser, bien au contraire. Notre problème, - et qui va devenir le vôtre -, est que leurs espions, agents, - appelez-les comme vous le souhaitez -, nous connaissent, tout comme nous les connaissons. Aussi avons-nous décidé d'envoyer du sang neuf pour surveiller ce pays et votre implication dans cette affaire ne vous donne guère le choix.

Le regard d'Alistair changea du tout au tout en un instant. De vaguement amusé et distant, il prit l'éclat du métal et transperça

31

l'inspecteur en face de lui.

— Mais qu'est-ce que cela signifie ? intervint Lord Clifford, totalement désarçonné par le tour que prenait la conversation.

— Cela signifie que votre neveu qui, il y a quelques mois, a quitté les sphères diplomatiques - pour les appeler ainsi -, va devoir réintégrer la partie s'il veut sauver le nom illustre de sa famille. Et avant que vous ne me blâmiez, je vous prie de bien vouloir prendre connaissance de cette lettre de Monsieur le Premier ministre, qui s'avère aussi assumer à ce jour les fonctions de Secrétaire d'État aux Affaires étrangères.

L'inspecteur sortit de sa veste une lettre cachetée à la cire rouge. Alistair se leva, marcha d'un air faussement nonchalant jusqu'à lui, s'empara de la lettre et retourna s'asseoir sans parvenir à dissimuler sa contrariété. Il décacheta la missive, la parcourut des yeux, la referma et l'enfouit dans sa propre poche.

— Que se passe-t-il, Alistair ? s'inquiéta Lord Clifford.

— Il se passe que Monsieur le Premier ministre a décidé que j'étais plus utile à risquer ma vie dans les ambassades d'Europe qu'à profiter de l'existence dans notre glorieuse Angleterre. Aussi, compte tenu de la suspicion de haute trahison pesant désormais sur notre famille, suis-je sommé de retrouver les plans et de comprendre ce qui se cache derrière cette affaire. La difficulté est que je suis connu comme le loup blanc, notamment en France, où ma mission m'enverrait, selon toute vraisemblance, dès demain. Si le but est d'envoyer un agent inconnu des autres services, je ne vois pas en quoi je pourrais changer la donne.

— Vous oubliez que nous savons tous que vous vous êtes retiré du jeu. Il vous faut simplement trouver une bonne couverture. Vous n'avez jamais manqué d'inspiration auparavant.

— Vous pourriez nous accompagner dans notre Grand Tour ! Nous voulions justement commencer par Paris et l'exposition universelle !

Les yeux des cinq hommes se braquèrent sur les jumeaux, qui venaient d'apparaître à la porte du bureau. Benedict se tenait devant sa sœur et venait d'interpeller son cousin.

Lord Clifford se leva d'un bond, se précipita sur son fils, l'attrapa sans ménagement par le bras et s'apprêtait à le jeter dehors, quand l'inspecteur principal Brixton intervint.

— Attendez ! Puisque ces jeunes gens sont là, pourquoi ne pas écouter ce qu'ils ont à dire ?

Lord Clifford se retourna comme un aspic. Il n'y avait plus aucune trace de civilité dans ses manières.

— Parce que ce sont mes enfants, qu'ils sont mineurs, sous ma responsabilité et qu'il est hors de question qu'ils partent où que ce soit traquer les espions, que je n'ai pas su arrêter dans leurs œuvres. Vous deux, dehors !

Lord Clifford lâcha Benedict qui ne demanda pas son reste et sortit, sa sœur sur les talons. Leur père, blême de rage, les regarda décamper et referma la porte derrière eux.

Lord Clifford prit quelques instants pour retrouver son calme. Puis, il rejoignit sa place derrière le bureau.

— Si quelqu'un doit aller à Paris avec Alistair, ce sera moi. Je n'exposerai pas mes enfants au danger pour sauver un nom que j'ai entaché.

— La difficulté, mon oncle, est que notre duo sera immanquablement rattaché au vol des plans et nous n'obtiendrons rien, à part quelques coups de revolvers. En revanche, partir à l'exposition universelle de Paris avec mes deux jeunes cousins pourrait constituer une bonne couverture…

Alistair se leva et fit quelques pas à travers la pièce.

— Cela pourrait fonctionner… Pendant que mes cousins visiteraient l'exposition universelle, je pourrais vaquer à mes occupations sans qu'ils soient impliqués et, dès que j'aurais le fin mot de l'histoire, nous rentrerions à Londres. En revanche, il me faudrait partir avec une personne de confiance, qui pourrait chaperonner Meredith et Benedict pendant que je serais occupé ailleurs.

— Veuillez m'excuser, Alistair, mais mes enfants n'iront nulle part. Je suis prêt à assumer le déshonneur que j'ai provoqué.

— Et un procès pour haute trahison ? demanda Alistair. Le déshonneur sur notre nom, notre famille, voire la perte de notre rang ? Car c'est bien de cela dont nous parlons, mon oncle.

Lord Clifford encaissa le choc. Il n'avait pas pris la pleine mesure de la menace qui planait sur lui et sa famille.

— Mais je n'ai pas trahi ! ! ! se défendit-il.

— Je le sais, mon oncle, mais tant que nous n'aurons pas cédé à leurs exigences, ils feindront de croire le contraire.

Alistair regarda avec compassion Henry Clifford, conscient de ce qui le torturait.

— Je vous jure sur mon honneur que vos enfants n'auront pas à souffrir de cette entreprise. Ils n'en garderont que le souvenir d'une escapade agréable à Paris, le temps pour eux de visiter l'exposition universelle et quelques musées. La seule chose dont j'ai besoin est une personne de confiance, qui accompagnera mes cousins dans leurs promenades.

Lord Clifford était en état de choc et articula avec peine :

— Nous pourrions peut-être les confier à Miss Fortescue. C'est la femme de chambre de Meredith, une femme intelligente, droite et rigoureuse, qui veillera sur eux.

— Cette dame me paraît correspondre à ce que nous recherchons.

Lord Clifford était sonné. Il cherchait encore un moyen de se battre et de protéger ses enfants d'un danger qu'il sentait prégnant dans cette affaire. Que son neveu fasse tout ce qui était en son pouvoir pour les préserver du danger, cela il ne le mettait pas en doute, mais que la situation lui échappât, compte tenu des adversaires qu'il aurait en face de lui, cela non plus il ne le mettait pas en doute. Après tout, leurs adversaires s'étaient montrés d'une grande habileté pour entrer dans le manoir et en ressortir avec les plans, sans être vus, ni aperçus, malgré toutes les précautions qu'il avait pu prendre. De tels adversaires ne mettraient pas longtemps à repérer le logement où Alistair résiderait avec Meredith et Benedict et, selon leurs intérêts, ils seraient capables de s'en prendre à leur adversaire attitré ou à ses compagnons de route...

— Je suis désolé, Alistair, mais je ne peux pas permettre que Meredith et Benedict soient impliqués dans cette affaire. Ils sont les héritiers de notre maison et leurs vies doivent être préservées. Je me déguiserai, j'irai comme un mendiant, je vous seconderai au prix de ma vie, s'il le faut, mais mes enfants demeureront sains et saufs en Angleterre.

— En toute honnêteté, mon oncle, sans une histoire crédible, je ne pourrai pas m'acquitter de la tâche dont m'a chargé Monsieur le Premier ministre. À moins que vous n'ayez une autre idée pour me permettre de me rendre à Paris ?

— N'avez-vous pas une maîtresse, là-bas... soit dit sans vous offenser, mon neveu...

Alistair rit à cette proposition.

— J'en ai certes quelques-unes, mais il serait malvenu, et pour le moins discourtois, de leur rendre visite après plusieurs mois d'absence... Toutefois, compte tenu de mon statut de mondain, je pourrai toujours prétexter vouloir me replonger dans le Gai Paris...

Alistair ne paraissait guère convaincu. C'est alors que l'inspecteur principal Brixton se décida à rappeler aux Clifford qu'il avait son mot à dire dans l'affaire.

— Je ne trouve pas cette couverture convaincante, trancha-t-il. Les services français sauront à la minute même où Monsieur Alistair Clifford arrivera à Paris, qu'il est venu pour les plans et les portes se fermeront devant lui. Faire de lui le tuteur, je n'ose dire « chaperon » aux vues de ses mœurs habituelles, de vos enfants me semble être un bien meilleur choix.

— Je refuse que mes enfants partent, coupa Lord Clifford.

L'inspecteur principal soupira, puis se leva.

— Par conséquent, Lord Clifford, après avoir été l'initiateur et l'organisateur de la réunion ayant permis le vol de nos plans par une nation, que nous devons considérer comme notre ennemie jusqu'à preuve du contraire, vous vous opposez désormais à la meilleure possibilité offerte à l'agent désigné par Monsieur le Premier ministre de mener à bien sa mission afin de récupérer lesdits plans…

— Présentez cette affaire comme il vous plaira, Monsieur l'inspecteur principal.

Alistair fit un mouvement pour prévenir son oncle, mais trop tard.

— Dans ces conditions, Lord Henry Clifford, au nom de Sa Majesté la Reine, je suis amené à procéder à votre arrestation pour suspicion de complot et de haute trahison. Messieurs, assurez-vous de la personne de Lord Clifford.

Les deux inspecteurs se levèrent et firent le tour du bureau pour encadrer le malheureux. Celui-ci mit un moment à comprendre la situation puis, très digne, il se leva pour suivre les deux inspecteurs.

— Si vous arrêtez mon oncle, je refuserai d'exécuter la mission qui m'a été confiée.

L'inspecteur principal Brixton regarda avec étonnement Alistair.

— En ce cas, Monsieur Clifford, vous serez vous aussi poursuivi pour haute trahison. Je vous demande de réfléchir à la situation de votre famille car, une fois que vous serez tous deux sous clef, nul ne pourra vous en sortir. Alors que si vous retrouvez les plans et que vous nous expliquez les raisons de ce vol, votre oncle sera sauf… et blanchi de toute accusation.

— Faites votre devoir, Alistair, intervint Henry Clifford, mais ne mettez pas votre vie en danger pour moi. J'ai fait une erreur en surestimant la sécurité du manoir, j'en assumerai les conséquences, mais les membres de ma famille ne doivent pas en pâtir. Prenez soin de vous.

Lord Clifford se redressa et se prépara à affronter l'ignominie de sortir en état d'arrestation devant son épouse et ses enfants. Il prit une profonde inspiration et suivit les deux inspecteurs.

ॐ✦ॐ

Quand la porte du bureau de son mari s'ouvrit, Lady Clifford s'attendait à tout sauf à voir son mari, l'homme le plus respectable qu'elle ait eu l'honneur de connaître au cours de sa vie, sortir entouré par deux inspecteurs et n'ayant d'autre choix que de les suivre. Elle regarda passer l'étrange procession avec stupeur. Puis, ses enfants se jetèrent sur leur père en hurlant qu'ils iraient à Paris et feraient ce qu'on attendait d'eux, pourvu que leur père fût libéré. Son incompréhension de la situation atteignit alors des sommets. Pour couronner le tout, leur père leur répondit qu'ils devaient rester en sécurité et le laisser assumer le poids de ses erreurs, avant de les repousser vers elle en lui recommandant d'être forte. Ce fut à cet instant précis que ses poumons auraient apprécié d'être plus libres de leurs mouvements, mais que le corset qu'elle portait leur rappela qu'une femme du monde ne pouvait pas respirer comme bon lui semblait. Fut-ce cette compression, voire oppression thoracique, l'émotion de voir son mari arrêté par ces policiers, l'angoisse dans laquelle la jetait cette arrestation, son esprit décida de se soustraire à la réalité et elle s'évanouit.

Alistair fut le plus rapide et empêcha sa tante de se heurter la tête contre le sol. Il parvint *in extremis* à la rattraper et finit de l'étendre sur le parquet, afin que l'on pût la ranimer. Heureusement, son évanouissement ne fut que de courte durée et Lady Clifford recouvra ses esprits, avant que son mari n'ait quitté le manoir. Lord Clifford put alors suivre les inspecteurs, l'esprit un peu plus tranquille.

Quand Lady Clifford fut un peu plus remise, Alistair l'aida à se relever.

— Merci, Monsieur.

Lady Clifford fit quelques pas, appuyée sur le bras d'Alistair, avant de se tourner vers lui et de fixer son regard dans le sien.

— Je souhaiterais que vous m'expliquiez pourquoi mon mari est parti entouré par ces inspecteurs et ce qu'il va se passer.

Alistair préféra conduire Lady Clifford jusque dans le salon afin qu'elle pût s'asseoir, avant de lui répondre.

Les jumeaux, qui s'étaient précipités à la suite de leur père, quand ils avaient vu leur mère recouvrer ses esprits, avaient désormais rebroussé chemin et les avaient retrouvés dans le salon.

— Allez-vous partir pour Paris, Alistair ? demanda Meredith.

— Je n'ai pas vraiment le choix, cousine. L'inspecteur principal Brixton m'a clairement fait comprendre que si je n'obéissais pas aux ordres, j'irais rejoindre mon oncle en prison.

— Pourquoi l'ont-ils arrêté ? Ils savent qu'il n'a jamais voulu que ces plans soient volés ! C'est injuste ! s'indigna Benedict.

— C'est sûrement injuste, mais l'arrestation de votre père n'est qu'un moyen de pression. Il refusait de vous voir impliqués dans cette affaire et a préféré se sacrifier plutôt que de vous voir partir avec moi à Paris.

— Si nous partons avec vous, est-ce qu'ils vont libérer Père ?

Meredith se tordait les mains d'angoisse, alors qu'elle n'aurait jamais imaginé être capable de tant de sollicitude pour son père. Il ne cessait de la contrarier en toute chose, mais il venait de préférer la prison et le déshonneur, plutôt que la voir courir le moindre risque avec son frère. Devait-elle en conclure que son père tentait de la protéger lorsqu'il la contrariait ?

— Ce n'est pas aussi simple, cousine, dit Alistair avec douceur. Votre père a refusé son assistance à une enquête impliquant la sécurité de la Couronne et, ce faisant, il s'est rendu coupable de trahison.

— Mais il n'essayait que de nous protéger ! s'insurgea Benedict. Si nous n'avions pas écouté aux portes et que nous n'étions pas intervenus pour vous proposer notre compagnie, ces inspecteurs n'auraient jamais imaginé nous envoyer avec vous.

Alistair prit le temps de s'asseoir et laissa l'occasion à ses cousins de réfléchir.

— En fait, nous sommes responsables de l'arrestation de Père... reprit Benedict. Dès qu'il nous a vus dans le bureau, il a compris ce que cela impliquait. C'est pour cela qu'il était si furieux et s'est jeté sur nous... Si nous étions restés à notre place, il n'aurait pas eu à refuser que nous soyons envoyés en France avec vous...

— Votre père s'est sacrifié pour vous protéger... intervint Lady Clifford d'une voix sourde.

Lady Clifford avait du mal à endiguer la rage qui submergeait, peu à peu, toutes les barrières que son éducation avait forgées au fil des ans. L'indignation et la fureur s'emparaient d'elle. Elle se leva d'un bond, toute trace de faiblesse due à son évanouissement ayant disparu.

— Votre père s'est sacrifié pour vous sauver ??? Ridicules jeunes prétentieux !!! Alors que nous vous avons donné la meilleure éducation, alors que nous avons toujours tout fait pour que vous soyez en bonne santé et les plus heureux enfants au monde, vous n'avez eu de cesse que de nous contredire et de ne jamais respecter les limites que nous vous donnions... Non, pas nous ! Que la société vous donnait ! Car il y a des règles en société ! Et que cela vous plaise ou non, il y a un prix à payer quand on ne respecte pas ces règles ! ! ! Vous mériteriez que je vous donne le fouet ! Par votre faute, par votre manque total de respect des convenances les plus élémentaires, vous avez obligé votre père à vous protéger au détriment de sa propre sécurité et de son honneur ! Comment osez-vous vous présenter encore devant moi ? Hors de ma vue ! Sortez ! ! !

Les jumeaux furent sidérés de voir leur mère, modèle de pondération, entrer dans une telle fureur. Ils fuirent le salon et disparurent dans le couloir, alors que Lady Clifford tordait entre ses doigts l'étoffe rebrodée de sa robe. Elle arpentait le salon de long en large.

Alistair laissa le temps à Lady Clifford de se calmer un peu.

— Les jumeaux ne sont pas les seuls fautifs, plaida-t-il. J'ai une part de responsabilité dans le malheur qui nous frappe.

Lady Clifford le regarda sans intervenir, attendant qu'il s'expliquât.

— Je souhaiterais que vous ne répétiez à personne ce que je m'apprête à vous révéler...

Lady Clifford acquiesça d'un hochement de tête.

— Ces dernières années, reprit Alistair, j'ai plus ou moins servi d'informateur à nos services de renseignement, lorsque je me trouvais à Paris. J'ai certaines capacités me permettant d'être toujours aimable en société et ma bonne compagnie m'a permis d'intégrer différents cercles diplomatiques dans la capitale française. Cet élément n'a pas échappé à nos services et j'ai été amené à rechercher pour leur compte... certains renseignements. Toutefois, il y a quelques mois, j'ai considéré que mes missions étaient de plus en plus ardues et dangereuses, aussi ai-je décidé de me retirer du jeu et j'ai quitté Paris pour retourner à Londres. Manifestement, ma décision n'a guère été appréciée en haut lieu et le vol, que vous avez subi hier soir, a été l'occasion de m'enchaîner de nouveau à la tâche, que j'avais abandonnée.

— J'entends ce que vous me dites, Monsieur, et je vous remercie de la confiance que vous m'accordez en me faisant cette confidence. Toutefois, cela n'allège en rien la responsabilité de vos cousins dans l'arrestation de leur père. Si, pour une fois, ils étaient restés à leur place, nous ne serions pas dans cette situation catastrophique.

— Il est certain que l'intervention de mes cousins n'a pas amélioré les choses, mais sachez que l'inspecteur principal Brixton avait déjà reçu l'ordre d'arrêter votre mari pour faire pression sur moi, afin que je reprenne mon poste à Paris. L'intervention des jumeaux n'a été qu'un prétexte de plus pour s'emparer de votre mari. Maintenant, si vous me le permettez, je vais prendre congé afin de retourner à Londres, de préparer mes affaires et de partir dès demain pour la France.

Alistair salua sa tante. Alors qu'il partait, Lady Clifford lui effleura le bras avant de retirer vivement sa main.

— Faites attention à vous, mon neveu. Je ne souhaite pas voir s'ajouter à nos malheurs actuels l'annonce d'une blessure vous concernant... Ou pire.

— Ne vous inquiétez pas, ma tante, je suis toujours de la plus extrême prudence.

Alistair sortit, le visage marqué par l'inquiétude, alors qu'il tournait le dos à Lady Clifford.

Quand Alistair déboucha dans le couloir, il ne vit pas les jumeaux, qui l'observaient depuis le haut de l'escalier, tapis dans l'ombre. Bouleversés par le chaos qu'ils avaient contribué à déclencher, Meredith et Benedict avaient pris une grande décision : ils allaient rejoindre Paris par leurs propres moyens et aider leur cousin à retrouver ces maudits plans.

À peine Alistair avait-il quitté le manoir, que les jumeaux se précipitaient dans leurs chambres respectives, sortant chacun un sac de voyage pour le remplir avec méthode. De son côté, Meredith vida sa boîte à bijoux dans le fond de son sac. En cas de pénurie d'argent, l'or et l'argent trouvaient toujours preneurs. Elle aurait apprécié de pouvoir apporter son épée, mais la place lui manquait et, dans le cas d'un contrôle policier ou douanier, comment expliquer la présence de cette arme dans son sac ? Un revolver serait plus discret. Leur père en avait toute une collection à l'armurerie, il suffirait d'y faire une halte avant de quitter le manoir.

De son côté, Benedict enfouit dans son large sac de cuir, la montre et la chaîne ouvragée que ses parents lui avaient offertes pour son dernier anniversaire, puis il réunit tout l'argent qu'il avait pu économiser au cours de ses années de pensionnat et emporta son pactole avec lui. Faisant la même constatation que sa sœur sur le manque de discrétion des épées, il opta, tout comme sa jumelle, pour un revolver paternel. Sans se concerter, l'esprit des jumeaux suivait le même cheminement logique et délictuel.

Meredith et Benedict eurent tôt fait de finir leurs sacs et de les dissimuler sous leurs lits. Ils se rejoignirent dans la bibliothèque et complotèrent ensemble, décidant de ce qu'ils devaient dérober dans la cuisine pour le voyage et dans l'armurerie pour l'espionnage. Ils ne remarquèrent pas qu'Hayley, consciente que les jumeaux tramaient quelque mauvais coup, ne ratait rien de leurs préparatifs, dissimulée derrière la porte.

೧✦ನ

Au plus profond de la nuit, Meredith et Benedict se rejoignirent dans le hall, chacun portant son sac à la main et ayant revêtu une tenue de voyage. Abrités sous leurs manteaux en fine toile de laine, les jumeaux ouvrirent la porte et s'engouffrèrent dans la nuit, laissant derrière eux le manoir endormi. Ils avaient décidé de rejoindre la gare la plus proche et d'attendre sur ses bancs le premier train, qui passerait en partance pour Londres. Les jumeaux étaient conscients du côté bancal de leur plan mais, ayant été pris au dépourvu, ils avaient improvisé leur voyage dans la bibliothèque, en ne songeant qu'à une chose : rejoindre leur cousin Alistair, avant qu'il ne gagnât la France sans eux.

Afin que leur mère ne se fasse pas trop de souci et surtout qu'elle ne prévienne pas toutes les forces de police britanniques, ils avaient laissé une lettre à son attention, expliquant que, ce qu'ils avaient fait en contribuant à l'arrestation de leur père, ils allaient le défaire en contribuant à la restitution des plans volés. Il s'agissait pour eux d'une question d'honneur et de loyauté envers leur père. Les jumeaux espéraient que cette question d'honneur suffirait à retenir leur mère de les dénoncer... Ils espéraient aussi que cette fameuse question d'honneur suffirait à convaincre leur cousin Alistair du bien-fondé de leur immixtion dans ses affaires, quoique cet aspect du plan leur parût encore plus boiteux que le reste... Autant dire qu'ils préféraient ne pas y songer.

Meredith et Benedict marchaient d'un bon pas, la fraîcheur de la nuit transformant en buée leurs respirations. Ils progressaient vite, deux silhouettes sombres cheminant sur le bas-côté. Meredith n'appréciait guère cette promenade nocturne et tapotait à intervalle régulier le revolver, qu'elle avait dérobé dans l'armurerie paternelle. Lorsqu'elle l'avait vu, elle s'était dit qu'il était tout ce dont une dame avait besoin : petit, léger, fonctionnel et son barillet tournait comme une horloge... Enfin, mieux qu'une horloge, car un barillet qui tournerait à la vitesse d'une horloge ne serait que de peu d'utilité. La jeune fille avait donc jeté son dévolu sur ce revolver qui prenait tout naturellement place dans la poche de son manteau. Son frère, quant à lui, avait opté pour une arme plus lourde et plus imposante, qu'il avait placée au milieu de ses chemises dans son sac. Les jumeaux avaient ensuite pillé les munitions de leur père, avant de quitter l'armurerie.

Benedict ne prêtait aucune attention aux environs, son seul but étant de parvenir à la gare dans les plus brefs délais. Son plan consistait à envoyer un télégramme à leur cousin dès l'ouverture du service, à monter dans le premier train et à rejoindre Londres dans les plus brefs délais. Une fois sur place, il espérait qu'Alistair, ayant reçu son télégramme, les attendrait à la gare Victoria et qu'ils partiraient ensemble combattre les espions de toutes nationalités sur le territoire français. Le tout étant d'arriver à Londres et de joindre Alistair, avant que celui-ci ne partît. Et s'il était déjà parti ? Eh bien, ils devraient rejoindre la France par leurs propres moyens. D'après les guides touristiques qu'ils avaient lus la veille, deux itinéraires s'offraient à eux : le premier passant par Douvres, le second par Folkestone. Meredith avait décrété qu'elle préférerait passer par Folkestone car elle était convaincue que cet itinéraire serait moins surveillé que celui de Douvres. Pourquoi ? Nul ne le savait… Cela faisait peut-être partie de ce que l'on appelait l'intuition féminine. N'ayant pas d'opinion sur cet aspect de la question, il était indifférent à Benedict de passer par Folkestone ou par Douvres. Aussi, puisque sa sœur semblait attachée à l'itinéraire de Folkestone, qu'il en soit ainsi !

Après presque une heure de marche, les jumeaux aperçurent la silhouette de la gare et commencèrent curieusement à se détendre, alors que rien n'était encore joué. Quand ils arrivèrent dans le hall de la modeste gare, ils se précipitèrent sur les horaires et, constatant qu'il leur restait encore une heure avant de pouvoir monter dans un train, ils s'installèrent sur un banc et se reposèrent un peu.

CR✦ED

U ne heure plus tard, le soleil s'était levé et une douce chaleur s'installait peu à peu dans l'air. Benedict avait envoyé le télégramme à son cousin, acheté leurs billets pour Londres et il attendait avec sa sœur sur le quai que le train daignât arriver. L'impatience des jumeaux avait crû à chaque minute passée à attendre et le léger retard du train leur rendait désormais intolérable le moindre délai. Nerveuse, Meredith dévisageait les autres passagers à la recherche d'un quelconque ennemi, dont le but serait de les empêcher de rejoindre Alistair. Benedict, quant à lui, commençait à trouver l'aventure moins amusante désormais qu'il avait mal aux pieds. Après tout, Meredith n'avait pas été de si mauvais conseil le matin même, quand elle lui avait proposé de changer ses souliers à la dernière mode contre des chaussures, certes moins chics, mais plus confortables. En homme du monde, Benedict avait décidé de ne pas suivre les conseils de sa sœur et de conserver ses plus beaux souliers qui, désormais, lui faisaient payer au prix fort le fait de les avoir confondus avec des chaussures de marche. Il allait devoir en acquérir d'autres, car ceux-ci ne vaudraient rien pour courir après les espions à travers l'exposition universelle parisienne.

Un coup de sifflet retentit et le train apparut enfin à l'horizon. Jamais les jumeaux n'avaient été aussi soulagés de contempler les panaches de fumée sortant d'une locomotive. Le bruit aussi assourdissant que strident de la lourde machine arrêtant sa masse en face du quai leur parut même agréable, voire empreint d'une certaine mélodie. Les deux jeunes gens et les autres voyageurs attendirent que les passagers, se trouvant dans le train et souhaitant en descendre, aient quitté les entrailles d'acier, puis ils s'engouffraient à leur place, quand une main fine mais ferme se referma sur le poignet de Meredith. Celle-ci se retourna tel un aspic, mais ses yeux plein de colère, qui s'apprêtaient à foudroyer l'importun osant la saisir ainsi, s'écarquillèrent devant le visage d'Hayley.

— Puis-je savoir ce que vous comptez faire, Miss Meredith ?

Meredith bredouillait, quand Benedict vint à son secours. Décidément, ce mal aux pieds le mettait en rage !

— Miss Fortescue, ce n'est pas le moment ! Soit vous venez avec nous, soit vous restez sur le quai de la gare, mais il est hors de question que vous nous empêchiez de prendre ce train !

À ces mots, Benedict desserra l'étreinte sur le poignet de sa sœur et la fit monter d'autorité devant lui, sous le regard sidéré et choqué d'Hayley.

— Mais, comment osez-vous me parler de la sorte ! Vous vous enfuyez de chez vous et vous osez me rabrouer ! ! !

Benedict la regarda droit dans les yeux.

— Miss Fortescue, j'ai le plus grand respect pour votre tâche, mais il m'est impossible aujourd'hui, pas plus qu'à ma sœur, de me conformer aux bonnes manières. Nous avons causé un tort incommensurable à notre père et nous allons le réparer. Donc je vous le répète, soit vous nous accompagnez, considérant que cette aventure parisienne participera à notre éducation, soit vous restez ici, considérant qu'il est préférable de prévenir notre mère.

— Mais je n'ai pas de billet ! Ni d'affaires, ni rien…

— Ne m'ennuyez pas avec des détails, Miss Fortescue, cingla Benedict, nous vous achèterons ce qu'il vous sera nécessaire à Londres ou à Paris !

Hayley réfléchissait à toute vitesse, pesant le pour et le contre de chaque situation. D'un côté, sauf à rameuter le chef de gare pour les obliger à descendre du train et perdre ainsi la confiance de Meredith, Hayley n'était pas de taille, seule, à faire abandonner leur projet aux jumeaux. D'un autre côté, elle pouvait rester ici et rentrer raconter leur évasion, mais elle les laissait ainsi partir seuls à l'aventure, ce qui était la pire des options. Son devoir était de veiller sur ces jeunes écervelés jusqu'à ce qu'ils reviennent à la raison.

— Alors, dois-je vous aider à monter ou pas ? demanda Benedict brusquement, ses pieds le faisaient trop souffrir pour tergiverser !

— Très bien ! Je viens avec vous, mais je tiens à ce que vous sachiez que je suis indignée par votre conduite, qui…

— Oui… Très bien… parfait, mais si vous pouviez vous presser un peu, afin que nous puissions rejoindre la cabine que nous avons louée, cela m'arrangerait infiniment !

Benedict avait bien conscience qu'il n'aurait pas dû parler ainsi à Hayley, mais ses souliers étaient une véritable torture qui lui portait désormais à l'estomac. Vivement qu'il puisse desserrer ses lacets.

Quand Hayley entra dans la cabine, Meredith se tassa dans son fauteuil. Sa femme de chambre-duègne-gouvernante avait l'air hors d'elle. Benedict, qui la suivait de peu, jeta son sac dans le compartiment au-dessus de la banquette faisant face à Meredith et se précipita pour défaire ses souliers. Ses pieds retrouvèrent un peu d'espace à la grande satisfaction de leur propriétaire.

— Misère, je n'en pouvais plus ! souffla-t-il d'aise.

— Je te l'avais dit !

— Je sais, Meredith, la prochaine fois, je considérerai tes conseils avec plus d'attention.

Hayley restait debout à les contempler, comme des bêtes curieuses.

— Je ne vous ai jamais vus vous conduire de la sorte, dit-elle.

— Oui, Miss Fortescue, nous savons, bougonna Meredith. Nous ne sommes ni un gentleman, ni une lady. Nous manquons à tous nos devoirs, etc., etc., etc…

Hayley la regarda, surprise.

— Ce n'est pas ce que je voulais dire. Je ne vous avais jamais vus complices, ce que je trouvais triste pour des jumeaux…

Hayley observa le compartiment autour d'elle et contempla les sacs des jeunes gens. Elle s'assit à côté de Meredith, faisant barrage entre la jeune fille et la porte de la cabine.

— Après tout, ce sera peut-être une expérience enrichissante pour vous, conclut-elle. En revanche, je veux qu'il soit clair entre nous que je suis votre gouvernante à tous les deux et que, pendant la durée de ce voyage, vous devrez m'obéir en tous points.

Les jumeaux grommelèrent mais acquiescèrent d'un signe de

tête.

— Bien, conclut Hayley. Tout d'abord, Monsieur Benedict, que vous souffriez des pieds est une chose, que vous nous fassiez bénéficier de leurs odeurs de transpirations en est une autre. Aussi vous saurais-je gré de bien vouloir relacer vos souliers et de vous tenir convenablement.

Benedict regarda avec stupéfaction Hayley, qui le fusillait du regard, puis rechercha du soutien auprès de Meredith, qui était toutefois trop occupée à se retenir de pouffer pour lui accorder le moindre appui. Avec déplaisir, Benedict relaça ses souliers, tout en conservant un espace raisonnable à ses pieds. Hayley consacra alors son attention aux paysages qui défilaient sous leurs yeux et songea que la vie était pleine de surprises.

Chapitre II

A rrivés à la gare Victoria, les jumeaux ne prirent pas le temps d'admirer l'architecture du bâtiment, ni de respirer l'air frais et humide chargé d'odeurs de charbon, de graisse et de poussières, avant de se précipiter dans le hall. À n'en pas douter, Alistair les attendait avec impatience pour s'engouffrer dans le premier train en partance pour la France. Quelle ne fut pas leur déception quand ils constatèrent que ni Alistair, ni même l'un de ses domestiques ne les attendaient. Décontenancés, les jumeaux s'écroulèrent sur un banc afin d'attendre. Décidément, ils n'avaient pas envisagé l'aventure comme une longue suite d'attentes. Hayley les rejoignit avec calme.

— Alors, jeunes gens, quelle est la suite du voyage ?

— Vous pouvez vous gausser autant que vous le souhaitez, Miss Fortescue, nous n'abandonnerons pas à la première déconvenue ! affirma crânement Meredith.

— Exactement ! confirma Benedict. Nous allons attendre notre cousin Alistair dans le hall de la gare jusqu'à ce qu'il vienne nous chercher !

Hayley se mit tout simplement à rire, ce qui décontenança les jumeaux plus que si elle s'était mise à développer une argumentation sérieuse visant à leur montrer les défauts de leur plan savant. Elle riait de bon cœur et c'était fort déplaisant, voire blessant !

— Fort bien, jeunes gens, nous allons attendre que Monsieur Clifford nous prenne en charge d'une façon ou d'une autre.

Hayley s'assit à côté des jumeaux, qui se renfrognèrent,

accoudés sur les sacs de voyage posés sur leurs genoux respectifs. Attendre, encore attendre...

Après une bonne heure à subir les courants d'air de la gare, les jumeaux plus ou moins assoupis sur leurs sacs furent réveillés par Hayley qui les secouait avec douceur.

— Je pense que ce Monsieur souhaite vous parler... précisa-t-elle.

Ce qu'elle n'avait pas précisé, c'était le regard plein de colère qu'Alistair posait sur ses deux jeunes cousins. À peine réveillés, les yeux encore embués et l'esprit embrumé, les jumeaux virent fondre sur eux un Alistair, qu'ils ne connaissaient pas encore.

— Vous ne cessez donc jamais vos stupidités ? J'ai d'abord trouvé vos sessions d'espionnage rafraîchissantes, avant le fait délictuel que nous connaissons. Je vous ai ensuite trouvés beaucoup moins amusants hier, avec les conséquences que nous connaissons une fois de plus. Désormais, alors que nous savons les ennuis dans lesquels vous avez plongé votre pauvre père, je ne vous trouve plus ni divertissants, ni amusants, mais mal élevés et incapables de rester à vos places !

Benedict en était encore à se frotter les yeux afin de s'éclaircir les idées, aussi Meredith décida-t-elle d'affronter la tempête.

— Cousin Alistair, nous sommes conscients du tort que nous avons causé à notre père et nous voulons contribuer à faire cesser cette injustice. Il n'y a aucune raison que vous soyez seul à vous battre pour l'honneur de notre famille et la libération de notre père.

— Parce que vous comptez vous battre ? grinça Alistair. Et vous battre avec qui ? Et comment ? Je ne tiens pas à avoir dans les jambes deux jeunes imprudents, qui considéreront ma mission comme un divertissement.

— Nous ne sommes pas imprudents et nous savons tous deux

nous battre ! rétorqua Meredith.

— Bien sûr, cousine, vous savez vous battre contre vos poupées, mais contre des hommes ?

— Mes maîtres d'armes n'étaient pas des poupées ! s'enflamma la jeune fille.

Meredith se leva d'un bond et fit face à Alistair, qui s'en amusa. *Elle est grande cette petite... Grande et énergique, mais son frère est un vrai rat de bibliothèque...*

— Très bien, jeunes gens. Si vous voulez venir avec moi en France, il va falloir me prouver que vous pourrez prendre soin de vous tout seuls !

— C'est-à-dire, cousin ? demanda Benedict d'un air méfiant.

— C'est-à-dire, mes chers cousins, que vous allez m'affronter tous deux épée à la main et qu'au premier sang, nous arrêterons. Celui qui aura blessé l'autre aura gagné.

— C'est hors de question !

Hayley bondit et s'interposa entre les jumeaux et Alistair. Ce dernier la considéra avec attention. Un peu plus âgée que lui, jolie femme. *De beaux yeux myosotis... De très beaux yeux, en vérité.* Alistair sourit.

— Miss Fortescue, je suppose ?

Hayley fut troublée dans son indignation.

— Elle-même, bredouilla-t-elle. Je suis honorée de faire votre connaissance, Monsieur Clifford, bien que les circonstances soient un peu étranges.

Alistair inclina la tête en direction d'Hayley et l'observa avec acuité. Son regard noisette la transperça, à la recherche de réponses et de certitude. *Intelligente, droite et rigoureuse, comme l'a décrite mon oncle... Possible... Mais aura-t-elle les nerfs assez solides ?* Alistair cligna des yeux et sourit à Hayley.

— Je vous propose de rejoindre mon hôtel particulier afin que vous puissiez vous remettre de votre départ...

Alistair regarda aux pieds d'Hayley. *Rien.*

— Départ précipité, s'il en est, puisque je constate que ces garnements ne vous ont pas même laissé le temps de prendre vos affaires.

— Mon cousin, nous ne sommes ni des garnements, ni de jeunes imbéciles ! s'emporta Meredith. Vous voulez vous battre contre nous afin de savoir si nous sommes capables de tenir tête à des hommes en armes, soit ! Nous allons nous battre et si je ne parviens pas à vous toucher, je repartirai sagement rejoindre le manoir familial comme la bonne et douce jeune fille que je suis supposée être. Mais si je vous touche, je pars avec vous et mon frère à Paris et rien ne pourra m'en empêcher.

Alistair regarda Meredith avec attention. Elle n'avait pas peur. Elle était même persuadée qu'elle allait le toucher... *Intéressant.*

— Très bien, cousine, s'amusa Alistair. Les jeux sont faits. Je note au passage que vous pensez que votre frère ne me touchera pas.

Benedict inspira profondément, puis se lança :

— Je sais que je ne devrais pas l'avouer, mais ma sœur a toujours été physiquement plus apte que je ne le suis. Toutefois, ne me prenez pas pour une mauviette, je sais être brutal à l'occasion.

Alistair jaugea son cousin et lui accorda le bénéfice du doute.

— Nous verrons cela, cousin. Si vous voulez bien me suivre, maintenant.

Un domestique, qui avait gardé ses distances pendant toute la conversation, s'approcha soudain de Meredith pour prendre son sac, mais celle-ci resserra sa prise sur la poignée et ne le lâcha pas. Décontenancé, l'homme se tourna vers Benedict qui observa sa sœur et conserva lui aussi son sac, tentant de marcher le plus dignement possible, alors que ses pieds le mettaient au martyre.

Décontenancée, Hayley ne savait plus quelle attitude adopter. À la tête que faisait Alistair, elle avait tout d'abord cru que l'escapade des jumeaux allait prendre fin sur le quai de cette gare et que les jeunes gens allaient être renvoyés par le premier train auprès de leur mère, mais force était de constater que le retour immédiat était compromis. Pire, Alistair semblait être encore plus inconséquent que les deux jumeaux réunis. Il parlait d'affronter ses cousins à l'épée pour juger de leurs aptitudes martiales... Hayley était désarçonnée et contrariée par le caractère déraisonnable de la situation... Lorsqu'elle s'était décidée à consacrer sa vie à l'éducation des enfants de la noblesse, elle n'avait certes pas imaginé devoir empêcher un duel entre cousins. Elle décida d'escorter les jumeaux, afin de les empêcher de commettre des folies.

La route vers l'hôtel particulier d'Alistair se fit dans le silence des quatre passagers, seul le son routinier du trot des chevaux tirant la lourde voiture animait la cabine. Les rues de Londres défilaient devant leurs yeux, mais ils ne leur accordaient aucune attention.

Alistair réfléchissait encore à la possibilité de renvoyer ses jeunes cousins dans les jupes de leur mère. D'un autre côté, la possibilité de réapparaître à leur côté dans l'échiquier parisien, lui donnerait la place du fou, place qu'il avait toujours affectionnée. Paraître inoffensif quand on ne l'était pas était toujours la meilleure protection. Quoi de plus innocent qu'être le tuteur de ses jeunes cousins pendant leur visite de l'exposition universelle ? Toutefois, les scrupules retenaient Alistair. Son oncle s'était sacrifié pour que les jumeaux n'aient pas à aller à Paris et il comprenait qu'un danger féroce rôdait autour de ces plans. Il ne se pardonnerait jamais si l'un des jumeaux avait à souffrir de cette expérience parisienne. La difficulté était que le Premier ministre ne s'était guère donné la peine de présenter le contexte du vol. Il devait supposer qu'Alistair était resté assez en contact avec le milieu de l'espionnage pour savoir où il devait chercher. Malheureusement, les services de renseignement évoluait à une vitesse folle et les acteurs, qu'Alistair avait quittés quelques mois auparavant, ne seraient sans doute plus les mêmes que ceux qu'il allait rencontrer à Paris. Quant à jauger la dangerosité de chacun, il allait devoir se faire une idée seul, sans le soutien habituel de ses homologues. Le Premier ministre avait insisté sur ce point dans sa lettre. Il ferait cavalier seul, afin de ne pas compromettre l'Empire britannique. S'il advenait qu'il fût capturé en France pour espionnage, il devrait affronter la tempête en solitaire. Cette situation ne l'effrayait guère pour lui-même, mais la présence de ses jeunes cousins lui faisait penser à deux fois aux conséquences, avant de les engager dans la mêlée. Bien éloignés de la cruauté et de la violence habituelle des affaires d'État, Meredith et Benedict ne soupçonnaient sans doute même pas ce que leur impétuosité leur proposait d'affronter. Alistair regarda une fois de plus les visages lisses et doux de ses deux jeunes cousins et se replongea dans ses pensées.

Meredith, quant à elle, bouillait de rage. Elle avait toujours estimé être une excellente escrimeuse et voir ses talents minimisés par ce cousin sorti de nulle part, alors même qu'elle lui proposait son aide, l'avait piquée au vif. Elle allait démontrer à ce pédant ce qu'une Clifford savait faire.

Loin de ces considérations martiales, Benedict, de son côté, se demandait comment il allait pouvoir assumer un duel avec un homme qu'il soupçonnait être une fine lame, tout en ayant les pieds enfermés dans un carcan de douleur. Il lui fallait choisir entre deux situations ridicules : soit il acceptait d'être battu à plates coutures lors du duel et ne parlait pas de ses pieds, soit il en parlait, demandait des souliers plus confortables et pouvait défendre ses chances correctement. Le jeune lord se tourna vers sa sœur et vit le regard plein de fureur qu'elle posait sur Alistair. Meredith ne lui pardonnerait jamais de ne pas se battre en duel au sommet de ses capacités. Il allait donc devoir affronter le ridicule de dire qu'il souffrait des pieds et qu'il souhaitait se voir prêter d'autres souliers avant le duel.

Hayley, quant à elle, se demandait comment elle allait faire pour contrôler ces trois bouillonnants personnages de la noblesse. Pauvre gouvernante isolée, elle devait s'interposer dans ce curieux duel à trois et exiger qu'aucun sang ne soit versé de quelque façon que ce fût. Lord et Lady Clifford ne lui pardonneraient jamais que Meredith ou Benedict soient blessés d'une quelconque manière, alors qu'elle avait choisi de les accompagner dans leur fugue.

Les chevaux ralentirent et, enfin, les passagers s'intéressèrent à leur environnement. Ils pénétraient dans la cour d'un bel hôtel particulier. Quelques secondes après que la voiture hippotractée se fut arrêtée, la porte s'ouvrit sur un strict valet aux sourcils épais.

Meredith fut la première à sauter hors de la voiture, sans s'appuyer sur la main que lui tendait le valet pour l'aider à descendre. Celui-ci en fut quelque peu confus, mais n'en laissa rien paraître, s'intéressant aux passagers suivants. Hayley, quant à elle, accepta l'aide du valet et descendit avec toute la grâce et la dignité que lui laissait la fatigue accumulée depuis la nuit précédente. Benedict et Alistair suivirent le mouvement, avant que le maître de maison ne fasse signe à ses trois invités inattendus de bien vouloir l'accompagner à l'intérieur. Les jumeaux et leur gouvernante le suivirent, non sans admirer la beauté claire et moderne de l'hôtel particulier aux formes géométriques et pures.

Arrivé dans le hall, Alistair donna son manteau à l'un de ses domestiques et présenta ses jeunes cousins et leur gouvernante à son majordome, le strict Monsieur Barnett.

— Pouvez-vous faire préparer la salle d'armes, je vous prie, Barnett. Mes jeunes cousins et moi-même avons un point à régler avant de savoir s'ils repartent directement pour le manoir familial ou si nous pouvons envisager la possibilité qu'ils m'accompagnent à Paris.

Le majordome acquiesça, sans comprendre, mais ne s'autorisa pas à poser de questions. La solution s'imposerait d'elle-même un peu plus tard. Alors qu'il s'éloignait, Monsieur Barnett eut la surprise d'être interpellé par Benedict :

— Veuillez m'excuser, Barnett, mais vous serait-il possible de me trouver une paire de souliers plus conformes à la pratique de l'escrime que ceux que je porte actuellement ?

Avant que la moindre question n'ait pu lui être posée, Benedict se déchaussa avec un bonheur extrême et tendit ses chaussures au majordome.

— Ainsi vous aurez ma pointure.

Le majordome s'empara des souliers d'un air sévère.

— Certainement, Monsieur.

Alistair contempla son cousin, un sourire en angle sur la figure.

— Je constate, mon cher Benedict, que votre sœur est plus sage que vous. Elle, au moins, part à l'aventure avec des souliers faits pour la marche.

— L'élégance n'est pas un défaut, à ce que je sache, mon cher Alistair.

— Certes non, mon cher Benedict, mais un gentleman doit savoir adapter sa tenue à son activité. Nul besoin d'avoir mal aux pieds lorsque l'on s'apprête à arpenter une ville de long en large. Car, soyons très clairs sur ce point. Si, par hasard, votre mère vous autorise à me suivre dans notre aventure parisienne, votre part se limitera à visiter l'exposition universelle avec Miss Fortescue et, à l'issue de cette visite, à arpenter les musées qui vous plairont dans Paris. Il est hors de question que vous preniez part d'une quelconque façon aux recherches qui m'ont été imposées.

— Dans ce cas, en quoi nos capacités à l'escrime et au tir peuvent-elles vous intéresser ? intervint Meredith.

— Elles m'intéressent, ma bouillante cousine, car je ne serai pas toujours présent à vos côtés et que vous devrez vous défendre seuls s'il advenait que vous soyez attaqués par un malandrin quelconque. L'exposition universelle attire des millions de visiteurs et, par là même, tous les bandits d'Europe se sont réunis à Paris pour profiter de l'aubaine. Aussi dois-je compter sur vous pour être prudents et ne pas vous mettre en danger.

— Je puis vous assurer, Monsieur, que jamais Miss Meredith et Monsieur Benedict n'auront à se défendre d'une quelconque façon, car ils n'iront nulle part sans moi. Ce point a été réglé de façon définitive ce matin. En outre, je suis heureuse de vous entendre évoquer l'obligation préalable d'obtenir le consentement de Lady Clifford avant toute excursion parisienne.

— C'est une évidence, Miss Fortescue, les jumeaux n'iront nulle part sans le consentement de leur mère. En revanche, la conversation que j'aurai avec Lady Clifford sera en grande partie déterminée par leurs aptitudes dans la salle d'armes. À cet égard, si vous êtes prêts, mes chers cousins, je souhaiterais maintenant éprouver vos cours d'escrime.

Meredith fit un pas en avant d'un air bravache, alors que son frère semblait beaucoup moins motivé à affronter cette nouvelle épreuve. Il aurait apprécié qu'on laissât le temps à ses pieds de se remettre de leur calvaire. Toutefois, sans égard pour ses embarras personnels, Benedict vit Meredith et Alistair s'éloigner à grands pas dans le couloir.

CR✦SO

L a salle d'armes était plus vaste que ne l'avaient escompté les jumeaux. Lorsqu'ils arrivèrent, l'impeccable Monsieur Barnett tenait à la disposition de Benedict des souliers à sa taille et plus appropriés à l'exercice de l'escrime que ceux qu'il portait auparavant. Meredith enleva son manteau, son chapeau et commença à faire quelques assouplissements.

— Si vous le souhaitez, cousine, je peux vous laisser le temps de vous changer et de revêtir une tenue plus confortable pour l'exercice de l'escrime.

Meredith cessa quelques instants ses assouplissements.

— Si j'ai bien compris, l'objectif de cette épreuve est d'évaluer notre capacité à nous battre et à défendre nos vies si nous étions attaqués. Pensez-vous que les bandits, que nous affronterions alors, me permettraient de me mettre dans une tenue plus adéquate à l'escrime ? En outre, je vous ferai remarquer que je n'ai rien contre l'escrime mais, si nous devons affronter quiconque à Paris, nous n'aurons pas nos épées à nos côtés. Il serait donc plus logique de vérifier notre capacité au tir plutôt qu'à l'escrime.

Alistair se détourna pour cacher le sourire qui illuminait son visage. Décidément, sa cousine était le feu incarné et ne semblait guère impressionnée par quelque épreuve que l'on pût lui donner.

— Je ne dispose malheureusement pas d'assez de terrain pour vous permettre de me montrer vos compétences au tir mais, dès que nous en aurons la possibilité, je vous assure que je serai très curieux de vous voir à l'œuvre. En attendant, je souhaite savoir comment vous bougez et si vous êtes capables de vous défendre.

Alistair retira sa veste, attrapa une épée et fit quelques mouvements. Il fendait l'air de bottes précises qui cinglaient autour de lui. Meredith s'approcha, elle aussi, des différentes lames à disposition des combattants et, après avoir hésité quelques instants, en choisit une qui lui parut adéquate. Pendant ce temps, Benedict enfilait ses souliers et ne se montrait guère pressé d'affronter son cousin. Une fois qu'il eut lacé ses nouvelles chaussures, il les essaya quelque peu, puis enleva sa veste, son épingle à foulard, son foulard et s'approcha enfin des armes afin d'en choisir une.

— Avant toute chose, mes chers cousins, je tiens à vous préciser qu'il ne s'agit pas d'un duel respectant les règles de l'escrime, mais que vous devez vous mettre dans la situation d'un combat de rue. Tous les coups sont permis, y compris les plus vicieux. Vous avez des questions ?

Benedict se tortilla, mal à l'aise.

— Comment détermine-t-on le gagnant du perdant ?

Meredith fit claquer son épée.

— Au premier sang, Benedict ! Nous l'avons déjà dit, répondit-elle.

— C'est hors de question ! s'insurgea Hayley.

— Cette question ne vous regarde en aucune manière, Miss Fortescue !

Meredith la regarda avec violence. Non elle n'était certes pas une lady, mais elle était orgueilleuse et âpre à défendre l'héritage de sa lignée. Son cousin l'avait méprisée, elle allait lui montrer et nul ne s'interposerait.

— Comment procédons-nous, cousin ? Devons-nous vous affronter l'un après l'autre ou tous les deux en même temps ?

— Cela dépend. Vous sentez-vous de taille à lutter contre moi seul à seul ?

— Oui, clama Meredith.

— Pas vraiment, dit Benedict avant de croiser le regard choqué de sa sœur et de se tasser légèrement.

Alistair souriait, la situation lui plaisait. Le caractère et la vérité des hommes… et des femmes dans le cas présent… se révélaient beaucoup l'épée à la main.

— Vous n'êtes guère impressionnée, cousine. Vous devriez pourtant. Du moins, la sagesse et la raison voudraient que vous soyez plus inquiète à l'idée de m'affronter. Je suis plus fort que vous, plus expérimenté…

— Et infiniment plus bavard, conclut-elle.

Meredith se positionna en face de son cousin et se mit en position, l'épée tendue, les jambes fléchies. Le regard d'Alistair brillait, puis il prit une profonde inspiration et toute trace de sourire disparut de son visage et de son regard. Meredith engagea le combat. Vive, rapide et solide sur ses appuis, elle porta plusieurs bottes bien exécutées que son cousin para pourtant sans aucune difficulté. Elle attaquait bille en tête, mais de façon intelligente, sans jamais s'exposer à une quelconque riposte. Au bout de plusieurs échanges où Alistair ne faisait que parer les attaques de Meredith, il changea de rythme et riposta. Meredith ne se laissa pas impressionner et elle para aussi efficacement qu'elle avait attaqué auparavant.

Les chocs métalliques des armes retentissaient dans la salle d'armes silencieuse. Les deux combattants se séparèrent quelques instants. Meredith se mit à tourner autour d'Alistair cherchant un angle d'attaque. Elle commençait à chercher son souffle et ce maudit corset ne l'aidait guère. Elle avait eu beau choisir le moins rigide et le lacer de la façon la plus confortable possible, les baleines du corset empêchaient ses poumons de trouver leur place naturelle. Alistair était un adversaire de qualité. Quelque chose lui suggérait que le combat ne faisait que commencer et qu'elle allait devoir rapidement trouver une solution, si elle ne voulait pas être battue. Elle retourna à l'attaque, parvint à s'approcher d'Alistair qui para de son épée, puis plia le bras pour laisser sa cousine s'approcher au corps à corps. Posant sa main sur l'épaule de la jeune fille, il la repoussa avec violence, la projetant au sol. Meredith, folle de rage, se retrouva par terre assise sur les fesses.

— Mais qu'est-ce qui vous prend ? s'indigna-t-elle.

— Combat de rue, répondit-il avec calme.

Alistair se rapprocha dangereusement de Meredith qui, toujours assise, raffermit sa prise sur la garde de son épée et se releva d'un bond.

Souplesse et agilité... deux qualités intéressantes, petite cousine.

Les yeux de Meredith lançaient des flammes, puis la jeune

fille inspira profondément et recouvra son calme.

Contrôle et lucidité... Finalement, nous ferons peut-être quelque chose de vous, Meredith.

Alistair attaqua comme il ne l'avait pas fait jusqu'à présent, frappant de toutes ses forces afin que Meredith s'épuisât à parer. Elle tint bon, compensant par la position de son corps, la force qui lui manquait dans les bras. Naturellement, elle utilisait la force de ses jambes pour repousser son adversaire, qui la dépassait tant en puissance. Puis, elle contre-attaqua, rapide, tournoyante, elle frappait vite, avec précision et rudesse.

Alistair fut surpris, ne s'attendant pas à une telle détermination de la part d'une jeune fille. Meredith n'était pas une fragile fillette. Elle était courageuse, déterminée, intelligente et s'adaptait vite. Avec un peu d'expérience, elle pourrait être une excellente recrue... quoique sa condition de jeune lady l'éloignât sans doute de ce genre de carrière.

Alistair se reconcentra sur le combat en cours et engagea une phase de combat beaucoup plus rapprochée. Il s'approchait de sa cousine, la bousculait sans cesse, la repoussait, la faisait trébucher, la harcelait mais, invariablement, Meredith retournait au combat. Elle cherchait, analysait, comprenait, s'adaptait, trouvait un nouvel angle, une nouvelle feinte, rendait coup pour coup.

Meredith s'étonnait elle-même, prenant conscience que ses cours d'escrime la bridaient dans un respect strict des règles et ne lui permettaient pas de s'exprimer pleinement. Elle aimait ce combat où tout était permis et commença à improviser ces coups. Son cousin la poussait, elle le repoussait, il la bousculait, elle lui mettait un coup d'épaule, il la faisait trébucher, elle lui faisait un croche-pied. Coup pour coup, botte pour botte, riposte pour riposte. Elle oubliait où elle était, l'enjeu du combat, juste continuer, se battre, lui montrer qu'elle était comme lui, sauvage sous l'aspect policé des bonnes manières, féroce sous sa peau de porcelaine.

Soudain, alors qu'elle était proche de lui, épée contre épée, épaule contre épaule, Alistair saisit sa cousine par la nuque et l'immobilisa. Elle se cabra, se débattit, mais il la tenait d'une poigne de fer et l'obligea à pivoter sur elle-même afin qu'elle se retrouvât de dos par rapport à lui.

Meredith entendit au loin le son indigné de la voix d'Hayley, quand la solution se fit jour. De sa main désarmée, elle frappa l'entrejambe d'Alistair, qui relâcha sa prise dans un cri et se recroquevilla sur lui-même en jurant. Meredith prit de la distance par rapport à lui et posa sa lame sur le cou de son cousin.

— Vous avez perdu, cousin !

Encore endolori, Alistair ne put s'empêcher de rire. *Un vrai démon, ce petit bout de femme.* Meredith retira sa lame de sa gorge. Il se redressa alors et la salua avec toute l'élégance dont il était capable dans les circonstances présentes.

— Je m'incline, cousine, vous avez gagné.

Meredith sourit de toutes ses dents, comme Alistair ne l'avait jamais vue auparavant. Elle rayonnait de bonheur. Hayley se précipita sur elle, l'inspectant sous toutes les coutures afin de vérifier qu'elle n'avait pas été blessée dans la bataille. Meredith respirait, libérée d'un poids, enfin certaine qu'elle voulait vivre comme un homme, s'enivrer de la liberté dont eux jouissaient chaque jour de leur vie. Qu'il le veuille ou pas, Meredith suivrait son cousin à Paris et prendrait part à cette aventure. Au moins une fois dans sa vie, elle voulait vivre pleinement avant que sa condition de femme de la noblesse ne l'enfermât dans un quelconque manoir avec un mari plus ou moins aimé.

Benedict avait observé, avec consternation, la transformation de sa sœur, une jeune femme, certes vive et inhabituellement sportive pour son sexe, en une féroce combattante rendant coup pour coup et tenant la dragée haute à un homme aguerri à toutes formes de combat. Son honneur de mâle ne pourrit supporter d'être moins brillant que sa sœur dans l'affrontement à venir. Il allait devoir se surpasser et trouver en lui des ressources guerrières jamais soupçonnées. Benedict commença à s'échauffer.

Pendant ce temps, adossé au mur, Alistair récupérait. Il avait malmené sa cousine de façon progressive pour voir jusqu'où elle était capable d'aller. Il avait pensé, à tort, qu'elle s'écroulerait s'il la poussait un peu dans ses retranchements, mais ce fut l'inverse qui se produisit. Loin de s'effondrer en larmes et de demander grâce avant de repartir gentiment chez elle, Meredith avait été galvanisée par les coups et l'adversité. Elle avait probablement combattu comme jamais auparavant et, même s'il avait contenu sa force afin que la jeune fille ne se blessât pas au cours du combat, il était conscient qu'elle pouvait en remontrer à nombre d'épéistes. Une fois, une seule, il avait usé de sa force pour impressionner sa cousine, la saisissant à la nuque et lui montrant ainsi le danger auquel elle s'exposait à s'approcher trop de son adversaire. Toutefois, une fois de plus, Meredith avait répliqué et quelle réplique ! Il allait ressentir son coup durant les deux prochains jours à n'en pas douter.

Maintenant, il devait récupérer avant d'affronter Benedict. Il se demandait comment le frère allait réagir après la démonstration de force de sa flamboyante sœur. Alistair jeta un coup d'œil à Benedict et constata que son cousin avait été piqué au vif, puisqu'il s'échauffait… Ayant quelque peu recouvré ses forces, Alistair entendit enfin une espèce de litanie qui envahissait peu à peu son esprit. Hayley se tenait non loin de lui et était clairement indignée.

— Avez-vous perdu le sens commun, vous battre ainsi avec une jeune fille ! Vous auriez pu la blesser, l'estropier, que sais-je encore ? C'est une honte ! Je vais raccompagner Meredith et Benedict au manoir et…

— Vous n'en ferez rien, Miss Fortescue ! trancha Benedict.

— Pardon ? s'indigna Hayley.

— Vous n'en ferez rien !

La voix de Benedict était forte, sonore et sans réplique. Hayley le regarda, éberluée qu'il osât lui parler sur ce ton. Le jeune lord avait fini de s'échauffer et s'approchait d'Alistair.

— Si vous êtes remis, cousin, je suis à votre disposition.

L'espion sourit et se redressa. Il salua son cousin qui lui rendit son salut d'un air solennel.

— Nous sommes bien d'accord, cousin. C'est un combat sans règle.

— Absolument, acquiesça Benedict.

— Bien.

Alistair sourit et porta la première attaque, vive, puissante et précise. Benedict para mais, difficilement. Puis, il se concentra et repoussa son adversaire. Loin des élégants combats dont il avait l'habitude, les deux cousins allaient s'affronter en force. Les trente-cinq ans d'Alistair lui offraient un avantage significatif sur les dix-sept ans de Benedict mais, comme l'avait fait sa sœur avant lui, il allait devoir trouver une parade et répliquer. Il devait se montrer mobile et tenir Alistair à distance. Le laisser approcher signifiait s'exposer aux coups et Benedict ne goûtait guère ce genre de contact. En revanche, le jeune homme était un peu plus grand et plus élancé que son cousin, ce qui constituait un avantage. Quand Alistair voulait combattre en force, il allait le battre en vélocité et souplesse. Benedict adaptait son style de combat à ses avantages physiques et non pas à suivre son cousin sur le terrain qu'il avait choisi pour lui-même.

Alistair vit le changement et pensa que les maîtres d'armes, qui s'étaient occupés de ses deux jeunes cousins, avaient fait du bon travail. Il suivit Benedict sur le terrain de la vitesse et de la souplesse car, loin d'être un combattant lourdaud, Alistair était une fine lame et pouvait donner quelques leçons à son jeune cousin. Peu à peu, il amena Benedict dans un angle de la pièce.

Au début de ce pas de danse armé, Benedict ne s'était pas

aperçu du plan de son cousin, trop occupé qu'il était à tenter de prendre le dessus sur son adversaire. Cependant, quand il comprit ce que l'autre faisait, il tenta de rouvrir son espace, mais il était trop tard. Il avait déjà cédé trop de terrain et se retrouvait dos au mur, au sens littéral du terme. Benedict attaqua bille en tête, sans élégance, sans technique particulière, sans plan préétabli, mais avec force, violence et peut-être même un soupçon de sauvagerie.

Surpris, Alistair perdit du terrain face à ce déchaînement de coups. Soudain, pris à son propre jeu, il trébucha, manquant de peu de se faire embrocher par Benedict, qui dévia son coup au dernier moment. Alistair se redressa, prêt à continuer, mais son cousin rompit le combat. Il baissa son arme, pointe vers le sol. Alistair en fut décontenancé.

— Qu'est-ce qui vous prend, cousin ?

— Je me rends compte que vous n'êtes pas remis du coup que vous a porté Meredith et je me vois dans l'obligation de cesser le combat.

— C'est à moi de juger si je suis apte ou pas à combattre ! s'emporta Alistair.

— Un combat engage deux personnes, répondit Benedict avec calme. Pour ma part, je pense vous avoir montré ce dont j'étais capable une épée à la main. Maintenant que vous avez pu nous évaluer tous les deux, je souhaiterais savoir si vous nous jugez aptes à vous accompagner à Paris.

Meredith, qui s'était assise sur un banc installé sur le côté de la salle d'armes, se leva d'un bond et rejoignit son frère. Tous deux, côte à côte, ils attendaient le jugement d'Alistair.

Ce dernier, encore frustré de l'arrêt du combat, dut reconnaître que Benedict n'avait pas tort. Cette petite furie de Meredith ne l'avait pas raté et il venait de frôler l'accident. Ses cousins étaient sans conteste capables de l'accompagner, voire de le seconder dans sa mission. Il allait tenter de convaincre Lady Clifford de l'opportunité de leur départ en sa compagnie.

— Très bien. Je vais m'entretenir avec ma tante afin de tenter de la convaincre de vous laisser partir à Paris avec moi. Toutefois, soyons clairs. Vous ne ferez que visiter l'exposition universelle ou quelques musées et ne prendrez part, en aucune manière, à ce qui m'envoie dans la capitale française. Nous sommes bien d'accord ?

Benedict et Meredith acquiescèrent vivement de la tête. Ils étaient pleins d'espoir et voyaient enfin s'ouvrir devant eux un espace de liberté... enfin de semi-liberté, la rigoureuse Hayley devant les chaperonner. Toutefois, une semi-liberté était toujours plus agréable que la voie toute tracée qu'ils auraient dû suivre s'ils étaient restés au manoir.

Alistair reposa son arme et sortit de la salle d'armes. Monsieur Barnett apparut alors et invita les autres à le suivre.

ભ✦ຽૂ

L es jumeaux attendaient. Ils attendaient et avaient horreur de cela. Meredith et Benedict tournaient en rond dans le salon où Monsieur Barnett les avait conduits. Ils avaient à peine touché au déjeuner, qui leur avait été servi, et attendaient. Que pouvait bien faire Alistair ? La négociation avec leur mère ne pouvait pas être aussi longue... Elle ne le devait pas ! Si Alistair devait argumenter à ce point, cela signifiait que Lady Clifford était aussi difficile à convaincre que son mari. Les jumeaux voulaient aller à Paris, ils le devaient car, loin des engagements de rester à l'écart des recherches d'Alistair, ils avaient la ferme intention de prendre part d'une manière ou d'une autre à l'enquête pour retrouver les plans volés et préserver l'honneur de leur famille.

La porte d'entrée s'ouvrit. Les jumeaux se précipitèrent vers l'arrivant et virent leurs espoirs fondre comme neige au soleil, quand une femme de chambre boulotte entra pour débarrasser les restes du déjeuner. Meredith et Benedict s'écroulèrent ensemble sur un canapé, sans aucune tenue.

— Je vous prierai de vous tenir convenablement ! Ce n'est pas parce que nous sommes seuls que vous devez vous avachir comme des porcs au soleil.

Droite dans son fauteuil, Hayley lisait un roman, qu'elle avait glissé dans son sac à main juste avant de partir en toute hâte pour la gare. Elle était sereine. Alistair pouvait avancer les arguments qu'il souhaitait, arguer, exiger, raisonner, réclamer, demander, implorer, supplier, Hayley avait une certitude : les jumeaux et elle-même seraient dans le train du retour avant le soir même. Elle lisait donc sans appréhension son roman, sans se préoccuper le moins du monde d'un éventuel voyage à Paris, sans ses bagages, à la poursuite d'on ne savait trop quoi.

La sérénité d'Hayley aurait été ébranlée si elle avait entendu, au moment même où elle se croyait hors de portée d'un quelconque danger, Lady Clifford s'en remettre à Alistair pour gérer au mieux la crise familiale qu'ils traversaient.

Quelques minutes plus tard, alors que les jumeaux perdaient tout espoir d'une aventure parisienne, Alistair entra, un sourire éclatant sur le visage.

— Jeunes gens, nous partons pour Folkestone en début d'après-midi !

Les jumeaux se levèrent d'un bond et sautèrent de joie, formant une ronde à deux, comme ils le faisaient lorsqu'ils étaient enfants. Alistair les laissa à leur joie enfantine quelques instants et rompit le cortège :

— Avez-vous tout ce dont vous avez besoin pour Paris ?

— Oui, s'écrièrent les jumeaux en cœur.

— Non ! ! ! s'étrangla Hayley.

Alistair regarda Hayley avec étonnement.

— Et bien, nous achèterons le nécessaire à Paris !

Hayley était sidérée. Jamais elle n'avait envisagé partir en France avec les jumeaux et Alistair. Elle bondit du fauteuil en brandissant son livre.

— Ce roman constitue mon seul et unique bagage et il est hors de question que je parte où que ce soit avec ! ! !

— Que puis-je vous répondre, Miss Fortescue ? répondit Alistair d'un air peiné. Je ne vais pas vous amener de force à Paris. Libre à vous de nous suivre ou pas. J'admets sans difficulté que votre présence à mes côtés pour veiller sur les jumeaux, pendant que je vaquerai à mes propres occupations, m'arrangerait au plus haut point, mais si vous souhaitez retourner au manoir, c'est votre choix.

Un instant, Meredith et Benedict eurent l'espoir fou qu'Hayley s'en retournerait au manoir et les laisserait libres comme l'air à Paris... L'espoir ne dura que le temps d'un souffle. Hayley saisit son livre, l'enfonça dans son sac et, se tournant vers les jumeaux, ordonna :

— Miss Meredith, Monsieur Benedict, nous allons vérifier ce que vous avez apporté avec vous, afin de faire une liste de ce que nous devons acheter avant de partir.

— Mais nous avons tout ce dont nous avons besoin ! ! ! s'écria Meredith.

— Vous serez fort aimable de me laisser en juger par moi-même, Miss Meredith.

La jeune fille s'apprêtait à répliquer, quand Hayley l'arrêta net d'un geste impérieux de la main.

— Et ne nous faites pas perdre de temps, Miss Meredith, nous partons dans peu de temps et nous devons acheter le nécessaire avant ! À cet égard, je vous saurais gré, Monsieur Clifford, de bien vouloir me faire indiquer vos fournisseurs habituels afin que je puisse compléter nos affaires avant notre départ.

— Mais, certainement, Miss Fortescue, répondit-il dans un sourire charmant. Barnett va vous épauler dans cette tâche.

— Je vous remercie, Monsieur Clifford, répondit Hayley sans lui prêter la moindre attention. Miss Meredith, Monsieur

Benedict, je vous remercie de bien vouloir me montrer le contenu de vos sacs.

Les jumeaux se dandinaient d'un pied sur l'autre, se demandant comment ils allaient dissimuler les revolvers qu'ils avaient tous deux enfouis dans leurs sacs.

— Dois-je étaler mes chemises devant mon frère et mon cousin afin que nous gagnions du temps ? demanda Meredith sur un ton pincé.

Hayley fit une moue choquée.

— Bien évidemment que non !

Alistair observa Meredith. *Petite futée...*

— Vous pouvez vous installer dans une chambre d'amis, si cela vous agrée, proposa Alistair. Barnett, conduisez mes cousins et leur gouvernante dans les chambres au fond du couloir et veillez à ce que leurs sacs leur soient apportés. Ensuite, vous ferez accompagner Miss Fortescue et mes cousins chez Harrod's, afin qu'ils puissent faire l'acquisition de ce dont ils ont besoin sur mon compte. Enfin, j'attire votre attention sur le fait que notre train pour Folkestone part cet après-midi à trois heures. Aussi, je vous remercie de bien vouloir revenir à l'avance afin que nous ayons le temps de rejoindre la gare Victoria.

À ces mots, Monsieur Barnett fit signe à Hayley et aux jumeaux de le suivre.

Alors qu'ils montaient l'escalier à la suite du majordome et d'un valet chargé de leurs sacs, Meredith eut soudain une illumination.

— Miss Fortescue, avant que vous ne fouilliez mes affaires, je souhaiterais pouvoir les arranger quelque peu, cela me gêne que vous voyiez avec quel désordre j'ai rempli mon sac.

— Moi de même, confirma Benedict. Je ne suis guère à l'aise avec l'idée que vous regardiez mes affaires. Je suis un homme, tout de même, plus un petit garçon !

Benedict avait dit cette dernière phrase avec tant de ferveur outragée qu'Hayley en fut impressionnée.

— C'est vrai, Monsieur Benedict, vous devriez avoir un valet pour cette tâche. Contentez-vous de me dire ce que vous avez apporté et je vous dirai s'il faut compléter vos affaires.

Les jumeaux se firent un signe de connivence.

— Je souhaiterais aussi pouvoir vous dire ce que j'ai apporté. Je trouve que cet inventaire manque totalement de pudeur ! s'indigna Meredith.

Hayley la regarda avec curiosité. Elle connaissait assez la jeune lady pour savoir que ce n'était pas la pudeur qui la retenait. Meredith ne s'était jamais plainte auparavant qu'Hayley se chargeât tous les jours de l'entretien de ses vêtements. Elle regarda la jeune fille dans les yeux.

— Que cherchez-vous à cacher, Miss Meredith ?

— Moi, mais… rien… bredouilla-t-elle en réponse.

Les yeux d'Hayley marquaient une forte suspicion. Arrivés dans la chambre, Meredith tenta de s'emparer de son sac, mais Hayley fut la plus rapide. Elle délesta le valet du sac, le posa sur le lit, l'ouvrit et le fouilla. À la grande surprise de Meredith, elle ne trouva rien. Le revolver avait disparu…

Benedict, qui avait assisté à la scène avec la même stupéfaction que sa sœur, s'enferma dans une autre chambre et fouilla son propre sac. Rien. Son revolver avait lui aussi disparu. Il se fit un devoir de vérifier ses affaires, mais rien ne manquait en dehors de la pièce la plus inestimable de son attirail d'apprenti espion. Benedict s'interrogeait sur le moment où leurs revolvers avaient pu être subtilisés. Il était certain qu'ils les avaient en arrivant chez Alistair, puisque Meredith avait profité d'une inattention passagère d'Hayley pour sortir le sien de sa poche et l'enfoncer dans son sac. Quant à celui de Benedict, il n'avait jamais quitté son propre bagage. La seule solution était que leurs armes avaient été subtilisées pendant qu'ils déjeunaient et qu'Alistair s'entretenait avec leur mère. La difficulté était de savoir qui les avait prises ? Leur cousin ou l'un de ses domestiques ? En outre, allait-on les leur restituer ? Ou s'agissait-il d'un vol pur et simple ? Benedict se montra fort contrarié par cet incident, mais se dut de faire bonne figure pour n'en rien laisser paraître lorsqu'ils partirent avec sa sœur, Hayley et une femme de chambre faire leurs emplettes.

CR✦SO

L e grand magasin plut beaucoup aux jumeaux, qui y trouvèrent tout ce qu'Hayley considérait comme indispensable au voyage. La gouvernante fut également contente de sa visite, car elle trouva ce qu'elle recherchait pour elle-même et bien plus encore. En revanche, elle nota scrupuleusement le prix de tout ce qu'elle venait d'acquérir, afin de pouvoir rembourser ses achats à Alistair. Elle allait devoir demander une avance sur ses gages pour s'acquitter de sa dette en une fois, mais elle ne regrettait pas ses emplettes, tant la qualité des produits différait de ce qu'elle avait l'habitude de trouver dans les petits commerces de province.

Une fois leurs achats faits, Meredith, Benedict et Hayley rentrèrent, l'esprit tranquille et ne pensant plus à leur départ imminent pour la France. L'effervescence dans laquelle était plongé l'hôtel particulier leur rappela le but de leur voyage. Alistair était prêt, les bagages étaient chargés et seuls les trois passagers inattendus manquaient au départ. Meredith, Benedict et Hayley eurent à peine le temps de se rafraîchir qu'ils montaient déjà dans la voiture et retournaient à la gare.

CR✦SO

L a gare Victoria grouillait de monde. Heureusement pour eux, Alistair connaissait fort bien les lieux et les guida jusqu'à leur train sans encombres. Les bagages furent dûment chargés avant que les Clifford et Hayley ne rejoignissent la cabine au style victorien impeccable qu'Alistair avait louée. Le train se mit en mouvement. Benedict attrapa son guide touristique et chercha des renseignements sur le trajet via Folkestone et Boulogne pour rallier Paris.

— Huit heures ! C'est extraordinairement rapide ! s'exclama-t-il.

— Nous mettrons un peu plus de temps car nous voyagerons pour partie de nuit et je dois rejoindre une personne à Folkestone avant de pouvoir gagner la France en votre compagnie.

— Qui allons-nous rejoindre ? s'intéressa Meredith.

— Nous ? Personne. Je vais rejoindre une personne, dont vous n'avez rien à savoir, et je compte sur la vigilance de Miss Fortescue pour vous empêcher de venir mettre votre nez dans mes affaires.

— Vous pouvez compter sur moi, Monsieur Clifford.

Hayley se retrouvait en terrain connu. De prime abord, elle n'avait pas apprécié d'être entraînée dans ce voyage improvisé, mais le fait d'être chargée de veiller sur les jumeaux et d'exercer ainsi le métier qu'elle avait choisi, la rassérénait. Sa tâche était simple et bien déterminée : empêcher les jumeaux de n'en faire qu'à leurs têtes et de se mettre en danger... ou de mettre en danger leur cousin... ou pire, de LA mettre en danger ! Elle veillerait à ce que ces deux jeunes gens se limitassent au programme qui avait été défini pour eux, à savoir : la visite de l'exposition universelle et, éventuellement, quelques musées. Point final. Pas de promenades au fil de l'inspiration, ni de flâneries au fil de l'eau et encore moins d'espionnage !

Raffermie dans son rôle social, Hayley se détendit et profita un peu plus du voyage. Elle avait somme toute de la chance de se trouver dans une élégante cabine comme celle-ci. Tout y était de bon goût, sobre et élégant à la fois. Elle finirait peut-être par apprécier ce voyage... Et elle avait toujours voulu visiter l'une de ses grandes foires internationales, mais n'en avait jamais eu l'occasion. Après réflexion, ce voyage pourrait être fort agréable, sans compter la jalousie qu'une telle expédition déclencherait chez les autres domestiques ! Elle aurait des sujets de conversation pour un certain nombre de soirs, voire un certain nombre de semaines.

Meredith se leva soudain d'un air décidé et se dirigea sans autre cérémonie vers la porte de la cabine.

— Où pensez-vous aller, Miss Meredith ? interrogea Hayley.

— Je souhaiterais juste m'absenter pour quelques instants. Je n'en ai pas pour longtemps.

— Je comprends parfaitement, Miss Meredith, répondit Hayley, mais il est hors de question que vous alliez vous promener seule dans le train. Je vous accompagne.

Meredith s'apprêtait à répondre, mais lorsqu'elle vit l'air déterminé d'Hayley, elle comprit qu'il valait mieux capituler… du moins pour le moment. Les deux femmes quittèrent la cabine, sous le regard de Benedict.

Une fois seul avec Alistair, Benedict saisit l'occasion qui lui était offerte.

— Puis-je m'entretenir avec vous d'un problème qui se pose à moi, cousin ?

Alistair baissa le journal qu'il était en train de parcourir et fixa du regard Benedict.

— Bien sûr, Benedict. Que puis-je pour vous ?

— Il s'avère que Meredith et moi-même avons égaré deux objets appartenant à notre père et auxquels nous tenons infiniment.

Alistair esquissa un sourire en coin.

— Deux objets… et peut-on savoir quel type de souvenirs vous avez jugé opportun d'emporter avec vous ?

Benedict se tortilla sur son fauteuil, mal à l'aise, mais la perspective d'un retour rapide d'Hayley et de sa sœur le fit avouer la vérité à Alistair.

— Compte tenu des circonstances nous ayant entraînés à poursuivre des espions à vos côtés, il nous est apparu nécessaire d'emprunter deux revolvers dans l'armurerie de notre père.

Alistair acquiesça d'un signe de tête.

— Et vous pensiez que je n'allais pas remarquer la bosse dans la poche du manteau de votre sœur, formée par le revolver qu'elle portait à son côté ? Ce fut en vérité la première arme dont je vous ai délestés. Ensuite, n'imaginant pas un instant que vous aviez pu laisser votre sœur seule en charge de votre protection, j'ai fouillé votre sac et j'ai trouvé la deuxième arme.

— Quand allez-vous nous restituer nos revolvers ?

— Dès notre retour.

— Notre retour où ?

Benedict était quelque peu déstabilisé par cette nouvelle.

— Dès notre retour à Londres, bien sûr.

Estimant que la conversation était close, Alistair reprit son journal. Piqué au vif, Benedict se leva d'un bond.

— Et vous pensez que je vais me contenter de cette réponse ?

Alistair replia son journal avec un mouvement d'humeur.

— Certes, je pense que cette réponse est satisfaisante, puisque vous n'allez pas prendre part à ma mission. Vous n'êtes ici qu'en tant qu'alibi. Je commence à comprendre la colère de votre père face à votre entêtement maladif… Votre simple rôle dans cette affaire consistera à visiter l'exposition universelle et les quelques musées que Miss Fortescue jugera utiles à votre culture.

— Je suis désolé de devoir vous contredire, cher cousin, mais si vous imaginez une minute que nos adversaires vont faire une différence entre vous et vos accompagnateurs, vous êtes plus naïf que je ne le pensais ! Nous allons forcément subir des attaques et vous le savez, sinon quel aurait été le but de l'épreuve d'escrime que vous nous avez fait passer ?

— Si vous êtes aussi certain de subir des violences, mon cher Benedict, je vais être contraint de vous renvoyer chez votre mère par le premier train.

— Certainement pas, mon cher Alistair, car vous savez que vous ne pouvez pas réussir cette mission seul !

Les deux hommes s'affrontèrent du regard un instant. Alistair était étonné par la détermination de Benedict qu'il avait, de prime abord, jugé comme un gentil garçon bien moins apte à se débrouiller dans la vie que sa sœur.

— Nous devons pouvoir nous défendre. J'exige donc que ma sœur et moi-même soyons dûment armés !

Benedict alla se rasseoir dans son fauteuil et fixa son regard le plus sombre sur Alistair. Ce dernier soutint le regard de son cousin, puis rouvrit son journal et fit semblant de s'intéresser à un article. Le calme revint dans la cabine.

C3 ✦ &0

P endant ce temps, Meredith et Hayley parcouraient les wagons à la recherche de commodités pouvant convenir aux standards de la jeune lady. Meredith se montrait très difficile dans son choix, car elle voulait en réalité parcourir le train sur toute sa longueur, afin de vérifier qui en étaient les passagers. Ses investigations ne furent pas vaines puisqu'elle eut la surprise de croiser, dans un couloir, l'un des deux inspecteurs qui avaient arrêté son père sur ordre de l'inspecteur principal Brixton. Lorsque l'homme lui céda le passage, il ne réagit guère ce qui troubla Meredith dans ses réflexions. Se pouvait-il que cet inspecteur ne se souvînt pas d'elle ? Meredith fut saisie d'un doute pendant quelques instants, mais quand elle se retourna pour observer l'homme qui s'éloignait, elle surprit l'un de ses regards. Le policier s'était bel et bien retourné et ne semblait pas heureux de la voir l'observer. Il s'engouffra dans une cabine et disparut du champ de vision de Meredith.

— Miss Meredith, il est fort grossier pour une jeune femme de fixer ainsi une personne, qui plus est un homme ! s'indigna

Hayley. Je ne pense que vous ayez reçu ce genre d'éducation où que ce soit !

Meredith n'entendit guère la remarque de sa gouvernante. Elle était trop concentrée sur ce qu'elle venait de voir. Elle avait donc bien reconnu l'inspecteur de la *Special Branch*. Restait à savoir ce qu'il faisait dans leur train... et s'il était seul ou pas. La jeune lady redoubla d'attention et chercha d'autres suspects qu'elle aurait pu croiser au manoir mais, malgré ses efforts, elle ne remarqua personne d'autre.

— Miss Meredith, vous devriez vous décider ! Nous avons parcouru ce train de long en large !

L'apprentie espionne acquiesça d'un signe de tête et retourna une nouvelle fois sur ses pas.

— Cela ira, Miss Fortescue, j'attendrai que nous soyons arrivés à Folkestone.

Hayley ne put empêcher son corps d'exprimer la plus vive contrariété mais, grâce à des années de contrôle de soi, elle parvint à recouvrer son habituelle impassibilité en quelques secondes. Meredith passa devant elle et parcourut les couloirs en sens inverse. Arrivée devant la porte de cabine où elle avait vu disparaître l'inspecteur de la *Special Branch*, elle fit semblant de trébucher, s'écrasa contre la porte de la cabine et en profita pour l'ouvrir à la volée. Emportée par son élan, Meredith s'écroula au beau milieu de la cabine et se retrouva à quatre pattes, ce qui manquait d'élégance pour une lady. Quand elle releva la tête, elle put voir trois hommes debout, armes à la main, la fixant avec incompréhension et surprise. Hayley entra dans la cabine et les armes disparurent comme par magie.

— Miss Meredith, allez-vous bien ? intervint Hayley.

Hayley aida Meredith à se remettre debout. Celle-ci fixa avec attention les trois hommes. Il y avait là l'inspecteur de la *Special Branch* et deux autres hommes qu'elle n'avait jamais vus auparavant... Le son d'une respiration sifflée lui glaça le sang et Meredith fixa son attention sur l'un des deux inconnus. Petit, mais élancé et au corps nerveux, les cheveux clairsemés, il fixait sur elle ses yeux de myope aux grosses lunettes, en mordillant sa fine moustache. Quelque chose en lui déplut d'instinct à la jeune fille.

— Je suis désolée pour cette intrusion, Messieurs, s'excusa-t-elle. Je ne sais pas comment j'ai pu trébucher de la sorte. Probablement, un moment de faiblesse... après tout je ne suis qu'une faible femme.

Meredith n'en pensait pas un mot et cela se voyait. Les hommes bougonnèrent des « aucun problème, Miss », plus inaudibles les uns que les autres et les deux femmes quittèrent la cabine en refermant derrière elles.

Hayley attendit qu'elles se soient un peu éloignées, avant de remarquer :

— Vous n'avez pas eu la main heureuse en vous écroulant dans cette cabine, Miss Meredith ! Ces hommes m'ont proprement glacé le sang.

Meredith sourit en coin, fière de son propre jeu de comédienne qui, certes, n'avait pas dû faire illusion auprès des hommes de la *Special Branch*, mais qui s'était au moins joué de cette brave Hayley. Cette dernière, craignant que Meredith ne défonçât une autre porte, la soutenait par le bras et l'escortait de son mieux vers leur propre cabine.

Quand elles entrèrent, un calme olympien régnait entre les deux hommes, chacun d'entre eux étant fort absorbé par son journal ou son guide touristique. Benedict fut surpris qu'Hayley soutînt sa sœur par le bras et l'aidât à s'asseoir sans que celle-ci se rebiffât. Il arrêta sa lecture, supposant que des explications intéressantes allaient suivre. Avant même que la pauvre Hayley n'ait eu le temps de conter leur mésaventure, Meredith s'exclama :

— Nous ne sommes pas seuls dans le train ! J'ai reconnu l'un des inspecteurs de la *Special Branch* dans le wagon !

Alistair replia son journal.

— Pardon ?

— Pendant que vous restiez bien tranquillement à l'abri de votre cabine, je suis partie explorer le train avec Miss Fortescue...

— Nous avons fait quoi ? s'étrangla Hayley.

— Une lady ne dit pas quoi, Miss Fortescue ! la reprit avec gravité Meredith.

Elle reporta son attention sur Alistair et Benedict et eut la satisfaction de les voir tous deux suspendus à ses lèvres.

— Et j'ai bien fait de vérifier qui nous accompagnait, car j'ai retrouvé l'un des agents de la *Special Branch* qui a arrêté Père et l'homme à la respiration sifflante, que vous avez empêché de nous trouver sous la table de la bibliothèque !

Le regard d'Alistair se figea. Hayley était en train d'évaluer les éléments qu'elle venait d'entendre et se demandait s'il lui fallait paniquer, exprimer sa furieuse indignation contre l'odieuse manipulation dont elle avait été victime ou simplement se taire. Au regard du silence d'Alistair et de l'expression dure qu'il avait désormais sur le visage, elle opta pour la dernière solution et conserva un silence réprobateur.

Alistair se leva d'un bond, jeta son journal sur son fauteuil, attrapa son bagage et fouilla à l'intérieur. Hayley, qui ne voulait pas apercevoir le moindre effet intime de cet homme, détourna le regard, alors que les jumeaux observaient sans vergogne le contenu du sac. Alistair sortit un revolver qu'il se mit en devoir de vérifier. Une fois qu'il eut fait tourner le barillet et inspecté son arme, il la plaça dans une sorte d'étui en cuir qu'il portait à l'épaule, sous sa veste. À la grande contrariété de Benedict, Alistair referma son bagage sans lui tendre d'arme.

— Alors, Monsieur mon cousin, vous vous armez et vous nous laissez tels des nouveau-nés exposés au danger.

— Benedict, ne recommencez pas à me contrarier. Vous

n'aurez pas d'arme !

Alistair fit signe à sa cousine.

— Meredith, vous allez me montrer dans quelle cabine vous avez trouvé ces gentlemen et vous reviendrez immédiatement ici. Miss Fortescue, j'exige que la cabine reste fermée pendant mon absence.

Hayley opina de la tête, sidérée du tour que prenait son élégant voyage... Finalement, cette aventure pourrait s'avérer bien pire que tout ce qu'elle avait pu imaginer...

Alistair et Meredith quittèrent la cabine, sous le regard noir de Benedict. Comme convenu, Hayley verrouilla la porte de la cabine derrière eux et, quand elle se retourna pour rejoindre sa place, elle vit Benedict fouiller sans gêne aucune dans le bagage de son cousin.

— Voulez-vous remettre ce sac où vous l'avez trouvé !

— Miss Fortescue, ce n'est pas le moment ! Mon cousin nous laisse désarmés alors que nous sommes à l'aube d'une enquête que je pressens comme extrêmement périlleuse et je ne suis pas homme à me laisser assassiner sans me battre.

Tout en parlant, Benedict continuait ses investigations et eut la satisfaction de trouver ce qu'il cherchait. Comme il le supposait, Alistair avait bien apporté avec lui leurs deux revolvers. Il sortit les armes, les vérifia et les chargea. Hayley n'osait même plus intervenir et se dit que la meilleure option était d'attendre le retour d'Alistair pour lui rapporter l'incident.

Soudain, des coups de feu éclatèrent dans le wagon, figeant sur place Benedict et Hayley.

Une voyageuse anonyme aux alentours de 1900.

Chapitre III

Les coups de feu éclatèrent dans la routine du voyage comme des pétards dans un poulailler. En une seconde, tout ne fut plus que hurlements, cris, bruit et fureur. Dès le premier coup de feu, Hayley fut saisie de terreur et resta figée comme une statue, debout au milieu de la cabine. Benedict qui, par réflexe, s'était recroquevillé sur lui-même pendant un instant, reprit son sang-froid et sauta sur la gouvernante, la plaquant au sol, juste au moment où la porte de la cabine volait en éclats, traversée par plusieurs balles. Toujours à terre, couché près d'Hayley, Benedict se tourna vers la porte pour faire face aux assaillants et vit un bras prolongé d'un revolver passer au travers du bois éventré. Le jeune lord visa et tira. Sa balle traversa l'avant-bras, qui lâcha l'arme et se retira, en sang, par où il était apparu. Le revolver de leur agresseur gisait non loin de la porte, désormais inoffensif. Benedict s'approcha de l'ouverture, se positionnant juste à côté de celle-ci, côté charnière, afin de se retrouver derrière l'assaillant, s'il lui venait la fantaisie d'entrer dans la cabine.

Terrorisée, Hayley restait prostrée à terre. Elle collait ses mains sur ses oreilles pour s'isoler du chaos, qui venait de fracasser son monde ordinaire, classique et ordonné.

Benedict attendait. Il était calme, plus calme qu'il ne l'aurait jamais espéré en de pareilles circonstances. Viscéralement, il refusait d'être une proie. Il ne serait pas l'agneau que l'on égorgerait sans écueils. Alors qu'il s'était toujours considéré comme un intellectuel, il se sentait galvanisé par l'odeur de la poudre et le fracas des armes. La fusillade avait d'ailleurs cessé, quelques instants après qu'il eût tiré sur le bras ennemi. À travers les wagons, des voix autoritaires d'hommes intimaient aux passagers de se taire et à chacun de faire silence. Le malfaiteur avait été abattu et plus aucun péril ne planait sur les têtes des voyageurs. Pourtant, Benedict était presque certain que, dans le tumulte qui avait suivi sa riposte, aucun autre tir n'avait été assez proche pour blesser leur assaillant. Alors quoi ? Y avait-il eu deux malfaiteurs ? L'un aurait été abattu et l'autre blessé aurait fui ? Benedict n'était guère satisfait par cette explication car, s'il était certain d'une chose, c'est que celui qui avait passé son bras par la porte n'avait pas même regardé à l'intérieur avant de tenter de les tuer. Soit ils avaient eu affaire à un fou tirant au hasard sur eux, soit ils étaient personnellement visés. Dans cette dernière hypothèse, il fallait conclure que l'artifice visant à cacher la mission d'Alistair sous une innocente visite de l'exposition universelle avait été éventé et que plus aucun d'eux n'était en sécurité. Du coin de l'œil, Benedict vit Hayley bouger.

Le son des voix impérieuses avait rappelé la gouvernante à la réalité. Non ce n'était pas un cauchemar, elle vivait un moment dramatique et avait été en dessous de tout. Au lieu de veiller sur le jeune Benedict Clifford, c'était lui qui avait veillé sur elle et l'avait précipitée au sol pour lui éviter une blessure certaine. Elle devait reprendre le dessus et lui apporter son aide. Elle se mit à quatre pattes et avança vers lui, en prenant garde de ne pas se blesser sur les bouts de bois jonchant le sol de feue l'élégante cabine victorienne. Hayley s'adossa au mur, côté couloir, assise sur le sol à côté de Benedict. Elle observa le jeune homme du coin de l'œil. Il était étrangement calme, comme s'il était dans son élément.

— Vous n'êtes pas blessé, Monsieur Benedict ? chuchota-t-elle, la voix tremblante.

— Non. Et vous ?

82

— Je ne crois pas…

Benedict lui fit signe de se taire. Des pas précipités venaient de s'arrêter devant la cabine. Un hurlement retentit.

— Benedict ! ! !

Meredith hurlait de l'autre côté de la porte. Un bruit de lutte parvint aux deux rescapés.

ⱥ✦ȿ

M eredith était troublée. Pour la première fois de sa vie, elle venait de voir un homme mourir devant ses yeux. Sa bouche était pâteuse et sa langue collait à son palais. Elle avait voulu jouer aux espionnes, le prix venait de lui être présenté. Elle avait beau se remémorer les dernières minutes, elle ne comprenait pas l'enchaînement fatal qui venait de se dérouler.

Elle avait quitté la cabine avec Alistair, fière de pouvoir lui montrer sa trouvaille. Elle avait découvert seule un inspecteur de la *Special Branch* et son acolyte à la respiration sifflante. Ainsi, après s'être montrée supérieure à son frère à l'épée, avait-elle démontré qu'elle avait aussi le sens de l'observation et qu'elle pouvait se montrer utile, voire indispensable à l'enquête de son cousin. C'était donc toute gonflée d'orgueil qu'elle avait suivi Alistair, dans les couloirs du train, pour lui désigner la cabine où elle avait vu les hommes en question. À cet égard, elle n'avait pas compris pourquoi il s'était escrimé à la précéder. Elle savait où les trouver, il n'avait qu'à la suivre, que diable ! Au lieu de cela, il l'avait devancée et lui avait demandé avec précision où aller. Il avait l'air sur les nerfs ou bien… sur ses gardes… C'était étrange, puisque les hommes qu'ils allaient voir étaient anglais et, par conséquent, en toute bonne logique n'étaient pas des espions étrangers. Quand ils étaient arrivés à proximité des lieux, Meredith avait eu la surprise de voir Alistair sortir son arme de son étui. Pire, le train évoluant pendant quelques secondes à pleine vitesse dans un tournant, la porte battante de la cabine s'était ouverte et Alistair avait juste eu le temps de se jeter en arrière, entraînant dans sa chute sa cousine, qu'il avait projetée derrière lui.

Meredith, qui venait de s'écrouler au sol et de recevoir en prime le poids de son cousin sur elle, s'apprêtait à protester quand elle vit l'inspecteur de la *Special Branch* surgir dans le couloir, arme au poing. Il prit une seconde de trop pour viser Alistair au cœur et s'effondra, en tirant vers le plafond, son propre cœur explosé par la balle de son adversaire. Meredith resta sans voix, elle sentit le poids de son cousin cesser de l'écraser, vit Alistair se relever, avancer vers l'inspecteur et lui tirer une deuxième balle dans la tête. Puis, son cousin se baissa, récupéra l'arme à feu de l'inspecteur et jeta un coup d'œil dans la cabine désormais vide. Les hurlements des autres passagers paraissaient lointains à Meredith.

C'est alors qu'une deuxième salve explosa. Alistair tendait la main à sa cousine pour l'aider à se relever, quand une balle vint fracasser le bois, juste à hauteur de sa joue. Il se jeta tête la première dans la cabine. Mue par une énergie soudaine et primale, Meredith se rua dans la cabine juste après son cousin. D'un bras puissant, il projeta la jeune fille derrière lui.

Deux balles s'écrasèrent contre l'encadrement de la porte, avant qu'Alistair n'osât risquer un œil à l'extérieur. L'homme se trouvait à quelques mètres de là, debout au milieu des passagers hurlant de terreur. Il avait une vue imprenable sur la cabine où Alistair s'était réfugié avec Meredith. Un bon point pour sa cousine, elle ne braillait pas comme les autres passagers et gardait son sang-froid. Il était coincé jusqu'à ce que les contrôleurs, attirés par le bruit de la fusillade, ne finissent par apparaître. Il jouerait alors son va-tout et tenterait d'abattre leur agresseur.

Au lieu de cela, au milieu des hurlements indistincts, il

entendit clairement un « il est mort », se détacher des autres paroles. D'un naturel curieux, Alistair avait pour habitude de s'intéresser à ce genre d'information. Il risqua un œil hors de sa cachette. Non seulement le tireur ne se tenait plus debout au milieu des passagers, mais il gisait même à leurs pieds, se vidant de son sang par plusieurs plaies, la plus spectaculaire étant celle qui partageait sa gorge sur toute sa largeur.

— Meredith, vous restez à l'intérieur, intima-t-il.

Meredith acquiesça et vit Alistair disparaître. Elle n'était plus si fière et enviait son frère d'être resté à l'abri de leur cabine.

Alistair s'approcha de l'homme qui gargouillait encore un peu et le déchargea de son arme. L'Anglais s'accroupit et l'observa.

— Et bien mon brave. On dirait que vous avez raté votre mission.

L'homme émit un dernier borborygme et mourut. Alistair se pencha sur lui et observa la plaie sur sa gorge. Seule une arme extrêmement effilée avait pu causer une telle blessure. Il fit basculer le cadavre sur le côté et vit que l'homme avait aussi reçu un coup de couteau dans les reins. Alistair relâcha le cadavre, qui s'écrasa au sol dans un bruit poisseux, au moment précis où les contrôleurs arrivaient.

Les passagers se jetèrent sur eux pour leur faire part de leur profonde indignation et de leur grand mécontentement concernant les conditions inadmissibles, dans lesquelles se déroulait ce voyage, ce qui permit à Alistair de filer à l'anglaise. Sur le chemin du retour, il surgit dans la cabine où il avait laissé Meredith et eut la bonne surprise de la trouver toute prête à assommer le premier qui passerait la porte et aurait l'audace de lui déplaire.

Meredith avait trouvé une solide canne en bois et la tenait au-dessus de sa tête, prête à frapper. Quand elle reconnut son cousin, elle le suivit dans le couloir, gardant à la main son précieux bâton. Elle était soulagée de revenir dans leur cabine. Elle allait pouvoir raconter à son frère comment elle avait vu un homme mourir sous ses yeux, expérience que peu de ladies avaient dû connaître... du moins à sa connaissance. Hayley allait avoir beaucoup de choses à dire à ce sujet, mais une telle expérience valait bien quelques désagréments. Meredith commençait à envisager son aventure sous un jour plus positif qu'elle ne l'était en réalité, faisant d'elle une héroïne romanesque, quand elle vit la porte fracassée de leur propre cabine. Son cœur eut un raté et se glaça dans sa poitrine. Elle se jeta en avant, voulant ouvrir la porte et voir ce qu'il était advenu de son frère.

— Benedict ! ! ! hurla-t-elle.

Alistair se saisit d'elle, la bâillonnant de sa main et l'entraînant loin de la porte éventrée. Meredith se débattait, elle voulait savoir. Alistair la plaqua contre le mur. À travers son aveuglement douloureux, elle finit par entendre ce qu'il lui disait.

— Meredith ! Taisez-vous ! Je vais vous lâcher, mais vous devez rester en arrière. Je vais voir ce qu'il s'est passé.

Meredith fit un pauvre oui de la tête et vit Alistair s'éloigner. Il saisit la poignée de la porte et tenta de l'ouvrir, mais la porte résista.

Alistair avait les entrailles tordues par la peur comme rarement au cours de son existence. S'il était arrivé quelque chose de funeste à son jeune cousin ou à Miss Fortescue, il ne pourrait jamais se le pardonner. La porte était encore fermée et, de l'intérieur, aucun son d'agonie ne lui parvenait, ce qui était déjà une bonne chose. Au moins, pouvait-il l'espérer.

— Benedict, êtes-vous là ? C'est Alistair.

Des bruits feutrés se firent entendre à côté de la porte.

— Alistair ? Où est Meredith ?

— À côté. Je lui fais signe de venir, mais ouvrez cette

satanée porte !

Ce qui restait de la porte pivota et laissa apparaître un Benedict intact, arme à la main. Alistair se précipita à l'intérieur et, contre toute attente, serra son cousin dans ses bras, rapidement et virilement, avec force tapes dans le dos, lui montrant à quel point il était heureux de le voir en bonne santé. Puis, Alistair relâcha son étreinte et se tourna vers Hayley, encore un peu pâle. Il ne renouvela pas sa démonstration d'affection sur la gouvernante, dont le pauvre cœur n'aurait pas supporté l'expérience, mais il la fit pivoter sur elle-même et, ayant pu constater qu'elle était elle aussi intacte, il s'accorda le droit d'être soulagé.

Meredith entra alors, les jambes tremblantes et, quand elle vit son frère debout et indemne, elle lui fonça dessus et le serra contre elle. Benedict était lui aussi fort heureux de voir sa sœur en vie et la serra en retour dans ses bras.

— Que s'est-il passé ? interrogea Alistair.

— Quelqu'un a tiré dans notre porte jusqu'à la transpercer et a passé son bras armé à travers. Avant qu'il n'ait eu le temps de nous tuer, je lui ai tiré dessus. J'ai récupéré son revolver. Tenez.

Benedict tendit l'arme à Alistair. Compact sans être assez petit pour appartenir à une femme, le revolver était bien entretenu, léger, équilibré en main. Alistair le soupesa, l'examina mais ne put, à première vue, trouver le moindre indice sur sa provenance ou son propriétaire. Il prit l'arme, la déchargea, l'enveloppa avec les balles dans un large mouchoir blanc et la rangea dans son sac. Il sortit alors le revolver qu'il avait confisqué à Meredith, le vérifia et le lui tendit.

— Avec toutes mes excuses pour cette confiscation qui aurait pu tourner au drame, s'excusa-t-il.

Alistair fit quelques pas dans la pièce encore jonchée des éclats de bois de la porte, puis se tourna vers ses cousins.

— Mes chers cousins, je vous présente mes plus sincères excuses pour tout ce qui vient de se passer. Je m'aperçois que j'ai sous-estimé le risque que je vous faisais encourir. Je me dois de veiller à votre protection et vous demande donc de prendre le premier train qui repartira vers Londres, lorsque nous serons parvenus à Folkestone.

Meredith et Benedict se consultèrent du regard et trouvèrent un terrain d'entente sans qu'aucune parole ne soit échangée. Benedict se leva.

— Alistair, lorsque nous avons décidé de vous suivre, nous avions évalué le risque que nous prenions et c'est pourquoi nous avons emprunté des armes dans l'armurerie de notre père. Il est hors de question que nous vous abandonnions après la démonstration de force, que viennent de faire nos adversaires. Il est vrai que j'ai été surpris par la rapidité et la violence de leur attaque. Toutefois, cela confirme que le complot ayant pris place au cœur de notre manoir est bien plus important que ce que nous pouvions supposer de prime abord.

— C'est vrai ! confirma Meredith. Je pense même que l'ennemi n'est pas seulement à rechercher parmi les nations étrangères. Nombre de traîtres y sont mêlés. Après tout, sur les trois hommes que j'ai vus dans la cabine, l'un appartenait à la *Special Branch*, le second à la respiration sifflante faisait partie des invités à la présentation des documents dérobés, quant au troisième, j'ignore qui il était, mais je ne serais pas autrement surprise qu'il soit lui aussi anglais. Il faut se rendre à l'évidence, désormais ni Benedict, ni moi-même ne serons en sécurité en Angleterre. Nous devons vous suivre en France et vous aider à démêler les fils de cette histoire.

Les jumeaux paraissaient plus déterminés que jamais. Même Hayley avait acquiescé à leur démonstration. Alistair se tourna vers elle.

— Je souhaiterais avoir votre opinion, Miss Fortescue.

Hayley parut quelque peu décontenancée. Elle prit le temps de la réflexion et conclut :

— À ma grande stupéfaction, je crois que Miss Meredith et

Monsieur Benedict ont raison. L'attaque que nous avons subie n'était pas le fait du hasard et si Monsieur Benedict ne s'était pas armé contre mon opinion, nous serions morts à l'heure qu'il est. Je pense qu'ils ont mieux compris que nous ce dans quoi ils se jetaient tête la première et sont, de fait, plus aptes à décider de leur implication dans cette affaire. S'ils veulent continuer, je les suivrai et les aiderai de mon mieux.

Meredith et Benedict regardèrent Hayley avec ébahissement. Jamais ils n'avaient imaginé que la sévère Miss Fortescue pût un jour se ranger de leur côté dans de telles circonstances. Pour être honnête, ils n'avaient jamais imaginé que de telles circonstances pussent un jour exister.

Alistair ne semblait pas encore convaincu, quand un contrôleur écarlate de rage surgit par la porte dévastée. Il était suivi par deux autres employés des chemins de fer.

— Je vous demande bien pardon de vous déranger, Messieurs, Dames, mais je souhaiterais avoir des explications sur les deux cadavres qui encombrent mon train et la fusillade qui a dévasté deux cabines et traumatisé la moitié des passagers !

Meredith, Benedict et Hayley regardèrent le pauvre homme, comme s'il était tout à fait saugrenu qu'il s'adressât à eux pour obtenir une quelconque explication. Alistair se leva et fit face aux trois hommes.

— Tout d'abord, je souhaiterais savoir si vous avez retrouvé le fugitif blessé qui a détruit notre cabine et la personne qui s'est débarrassée du tireur égorgé au milieu du wagon.

Le contrôleur fut décontenancé par ces questions et l'aplomb d'Alistair.

— De quoi parlez-vous ?

— Comme vous avez dû le comprendre, votre train transportait trois malfaiteurs, dont deux ont été abattus. J'ai tué le premier alors qu'il jaillissait de sa cabine et me menaçait de son arme sans autre explication, le deuxième s'est ensuite mis à me tirer dessus, alors qu'il se trouvait au milieu des voyageurs, avant d'être égorgé par un inconnu, et le troisième a attaqué mon jeune cousin, qui a réussi à le blesser au bras et à le mettre en déroute. Donc je réitère ma question : avez-vous trouvé un homme blessé au bras qui sera, selon toute vraisemblance, l'agresseur de mon cousin et une autre personne recouverte du sang du deuxième assaillant qui sera, selon toute vraisemblance, l'égorgeur que je souhaiterais interroger ?

Un silence s'installa pendant que le contrôleur réfléchissait et que les deux autres employés des chemins de fer se balançaient d'un pied sur l'autre, trop heureux de ne pas avoir à répondre.

— Non, nous n'avons trouvé personne, mais nous vous avons vous !

— Quelle belle prise ! s'exclama Alistair. Et pensez-vous que vous allez être félicité d'avoir attrapé un agent de la *Special Branch* ? Ou pensez-vous que lorsque nous allons arriver à Folkestone, l'inspecteur qui nous attend va plutôt vous demander pourquoi vous n'avez pas recherché le troisième tireur blessé et la personne s'étant débarrassée du deuxième assassin en puissance ?

Le contrôleur pensait, par-devers lui, qu'il ne s'était pas engagé dans les chemins de fer pour avoir à gérer ce genre d'informations. Il aurait apprécié d'avoir un supérieur hiérarchique sur lequel se décharger de ce genre de difficultés. Malheureusement pour lui, il était le supérieur hiérarchique et tous attendaient sa décision. Il ne devait pas perdre la face... Un agent de la *Special Branch*... Quoi que puisse être cette branche spéciale d'on ne savait quoi au juste, le gentleman qui lui faisait face était trop sûr de lui pour ne pas être honnête, à moins que... Assurément, la situation le contrariait au plus au haut point.

— Fort bien, trancha-t-il. Prévenez les autres agents qu'ils doivent capturer tout suspect portant une blessure au bras ou dont le costume est taché de sang. Nous devons les retenir jusqu'à notre arrivée à Folkestone, où nous nous déchargerons d'eux sur les autorités locales.

Les deux agents partirent sans demander leur reste. Le contrôleur se tourna alors vers Alistair.

— Quant à vous, Monsieur, je vous demande de bien vouloir rester dans votre cabine jusqu'à notre arrivée à Folkestone.

— J'ai bien peur de devoir vous contrarier, Monsieur, puisqu'il est de mon devoir de commencer l'enquête, ce qui implique que je doive me rendre sur le lieu de la première fusillade. En outre, tant que le troisième tireur n'aura pas été arrêté, je souhaite que mes cousins et leur gouvernante soient mis en sécurité dans une autre cabine.

Le contrôleur regarda avec méfiance les jumeaux et Hayley. Ils durent lui faire bonne impression, puisqu'il conclut :

— Je dois pouvoir arranger cela, mais il va falloir que vous changiez de wagon et que vous apportiez vos bagages par vos propres moyens.

— Aucune difficulté sur ce point, juste pour nous le temps d'attraper nos affaires et nous vous suivons.

Alistair saisit sa valise et son manteau, juste avant que Meredith et Benedict n'en fassent autant. Seule Hayley semblait ne pas avoir repris pied dans la réalité. Elle mit son manteau, s'apprêtait à se coiffer avec soin de son chapeau quand Meredith lui prit son couvre-chef des mains et qu'Alistair, passant à côté d'elle, s'empara de sa valise, avant de faire signe au contrôleur d'avancer. Quand Alistair observa ses cousins, il vit que chacun d'eux marchait, la main crispée sur quelque chose dans leurs poches de manteaux. Il sourit en se disant qu'après tout, ses jeunes cousins avaient peut-être raison de vouloir l'accompagner, ils faisaient une vaillante équipe de petits soldats.

CR❖ℬ

L e contrôleur avançait vite dans les couloirs et les guida, en direction de la tête du train, vers une cabine vide à quelque distance de la précédente. Il déverrouilla la porte devant eux et les jumeaux s'engouffrèrent à l'intérieur, alors qu'Alistair poussait gentiment, mais fermement, Hayley pour qu'elle accélérât. Il remercia d'un signe de tête le contrôleur, qui disparut aussitôt, et vérifia le couloir une dernière fois. Normalement, ils n'avaient pas été suivis. Il entra le dernier dans la cabine et referma la porte derrière lui. Une odeur de poussière et de tabac froid emplissait leur nouvel abri, sans incommoder les jumeaux qui rangeaient leurs sacs. Hayley, assise, les regardait faire sans réaction. Alistair l'observa quelque peu préoccupé et prit Meredith à part.

— Je crois que Miss Fortescue a été sévèrement choquée. Il va vous falloir la surveiller, le temps pour elle de recouvrer ses esprits.

Meredith regarda Hayley et acquiesça avec une moue contrariée.

— Je suis d'accord avec vous, Alistair. Hayley ne nous aurait jamais autorisés à ranger ses affaires, si elle n'avait pas été en état de choc.

— Hayley ?

— C'est son prénom. Miss Hayley Fortescue.

— Hayley… Joli prénom.

Meredith regarda son cousin avec suspicion.

— J'espère que vous n'avez pas pour projet de séduire ma gouvernante, cousin ! dit-elle d'un ton sévère. C'est un tel cliché !

Surpris, Alistair ne répondit pas, se contentant d'opposer un large sourire à sa cousine. Cette dernière leva les yeux au ciel et rejoignit son frère, qui vérifiait son arme pour la énième fois.

— Je vais enquêter de mon côté. La seule chose que je vous demande est de rester éveillés, armes au poing, prêts à faire feu.

Les jumeaux acquiescèrent d'un signe vigoureux de tête.

Leur cousin entrouvrit la porte, vérifia que la voie était libre et disparut dans le couloir.

Alistair rebroussa, tout d'abord, chemin jusqu'à leur première cabine. À peine arrivé, il inspecta la porte, puis la cloison. Il observa une zone précise décrite par son cousin. Il ne mit pas longtemps à trouver ce qu'il cherchait. Un trou marquait l'impact de la balle de Benedict dans la cloison. Contrairement à ce que son cousin croyait, son agresseur n'était pas reparti avec une balle fichée dans l'avant-bras, mais avec une simple blessure, voire une éraflure. La balle se trouvait encore dans le trou de la cloison... Alistair jeta un dernier coup d'œil afin de s'assurer que rien ne lui avait échappé, puis sortit en refermant la porte, du moins ce qu'il en restait.

Alistair avançait à grands pas dans le train déserté, observant avec acuité les rares voyageurs qui se risquaient encore dans le couloir. Toutefois, il ne repéra personne de suspect, ni à la veste tachée. Il rejoignit la cabine où s'étaient trouvés les trois hommes désignés par Meredith et retrouva le contrôleur en train d'y faire apporter le corps du deuxième tireur. Le corps de l'agent de la *Special Branch*, qu'il avait lui-même abattu, s'y trouvait déjà, allongé sur le sol et recouvert d'une bâche noirâtre. Alistair grimaça de contrariété. Il sortit une paire de gants de sa veste pour soulever la toile et observer le cadavre. Il fouilla ses poches avec application, mais ne trouva aucune carte, aucun papier, rien. Soit l'homme ne portait sur lui aucun moyen de l'identifier, ce qui était pour le moins curieux pour un inspecteur, soit le cadavre avait déjà été délesté de tout ce qui pourrait permettre de l'identifier. Deux agents des chemins de fer entrèrent, chargés du cadavre de l'homme savamment poignardé, puis égorgé. Ils déposèrent le corps, posèrent une toile à côté de lui et sortirent de la cabine comme si le diable en personne y avait pris place. Le contrôleur s'approcha d'Alistair.

— Je préférerais que vous attendiez que nous soyons arrivés

à Folkestone pour faire ce genre de choses.

Alistair ne prêta pas la moindre attention à ce que le contrôleur essayait de lui dire. Accroupi à côté du cadavre, il se retourna et ficha ses yeux dans ceux de l'employé du rail.

— Qui a vidé les poches de cet homme ?

— Je ne sais pas… Personne a priori.

— Personne ? Alors où sont les bagages de ces deux hommes ?

Le contrôleur leva les épaules au ciel. Cet homme lui était de plus en plus antipathique.

— J'ai omis de vous demander à la *Special Branch* de quoi vous apparteniez ? dit-il d'un air de défi.

Alistair ricana de façon sonore, afin de lui montrer le profond mépris que lui inspirait sa question. Il se tourna et fouilla les poches de l'homme égorgé, mais ne trouva rien de plus. Il observa une fois de plus les blessures précises, qui avaient emporté cet homme de vie à trépas, et confirma sa première impression : seul un professionnel du meurtre pouvait avoir agi. La question était de savoir s'il avait affaire à un autre ennemi ou à un allié… Était-ce ce quatrième homme qui avait vidé les poches des morts ? Il allait devoir redoubler de précautions. Alistair se releva, observa la pièce, recherchant le moindre document oublié, la moindre serviette abandonnée, mais ne découvrit rien.

— Vos agents ont-ils retrouvé l'un des deux hommes que nous recherchons ? s'enquit-il.

— Non. Nous avons isolé les personnes dont les vêtements portaient des traces de sang, mais rien ne nous a paru correspondre à ce que vous recherchez. La personne dont les habits sont les plus tachés est la malheureuse, qui se trouvait juste à côté du tireur fou et qui a reçu sur elle le corps de cet homme mourant. La pauvre femme est dans un état de nerf épouvantable. Nous avons été obligés de la séparer des autres tellement elle était hystérique.

Alistair se figea.

— Où est-elle ?

— Je vais vous y mener, grommela le contrôleur. Toutefois, je vous demande de bien vouloir faire preuve de délicatesse, la dame étant assez perturbée par ce qu'elle a subi... et je peux le comprendre.

— Ne vous inquiétez pas, je serai l'exemple même de la courtoisie.

L'homme fit une grimace peu convaincue, mais n'osa pas faire de plus amples commentaires. Il traversa le wagon désormais vidé de ses occupants et conduisit Alistair dans la voiture limitrophe où les voyageurs, témoins de la scène, racontaient avec moult détails la fusillade qui avait marqué leur voyage et, pour certains, leur entière existence. Alistair jeta un coup d'œil à ces gens, mais aucun n'était maculé d'assez de sang pour être celui qu'il recherchait. Le contrôleur traversa le wagon et le conduisit vers une cabine à l'écart, presque en queue de train.

— C'est la salle de repos des autres agents mais, compte tenu des circonstances, j'ai préféré permettre à cette pauvre femme de s'isoler un peu.

Le contrôleur frappa à la porte sans qu'aucune réponse ne lui parvînt. Alistair le poussa et ouvrit la porte d'un geste vif, malgré les récriminations de l'homme. La cabine était vide. Alistair leva les yeux au ciel.

— Vous allez me décrire le plus précisément possible la femme que vous avez laissée s'échapper.

— Mais... Mais... C'est impossible !

— Pour votre gouverne, j'étais présent quand cet homme a été assassiné mais, étant la cible privilégiée de ses coups de feu, j'ai dû attendre quelques instants après leur arrêt, pour sortir de ma cachette et me précipiter sur lui. Quand je suis arrivé, il était trop tard, il était encore vivant, mais plus pour longtemps, et il n'y avait aucune femme à ses côtés ! Donc la pauvre créature que vous avez prise en pitié est sa meurtrière. Décrivez-la-moi !

— Grande, presque autant que vous, la peau claire, de grands yeux vert clair, rousse, une belle femme en vérité… Un anglais impeccable, mais un léger accent…

— Quel accent ?

— Je ne sais pas… Russe peut-être… Oui, elle devait être russe.

— Vous avez souvent entendu des Russes parler anglais ?

Le contrôleur se rengorgea.

— Dans mon métier, Monsieur, on croise de nombreux étrangers. Alors oui, j'ai souvent entendu des Russes parler anglais.

— Bien. Cette dame avait-elle un sac avec elle, des bagages ?

— Oui, elle n'avait qu'un petit sac et elle a tenu à le prendre avec elle. J'ai supposé qu'elle voulait se changer…

— Sur ce point, au moins, nous sommes d'accord. Elle s'est certainement changée pour mieux disparaître.

Alistair se tourna et observa avec acuité la salle de repos vide, sans rien trouver d'intéressant. Il marmonna dans sa barbe :

— Une espionne russe, maintenant… Mais dans quelle affaire avons-nous été emportés ?

Ɑ✦ℬ

A listair regagna la cabine où il avait laissé ses cousins. Sans prendre le temps de frapper, il ouvrit la porte d'un geste brusque et tomba nez à nez avec deux revolvers pointés dans sa direction. Quand Meredith et Benedict virent qu'ils braquaient leurs armes sur le visage de leur cousin, ils les relevèrent.

— Vous devriez être plus prudent, Alistair ! assena Benedict d'un ton réprobateur.

Alistair entra dans la cabine, à peine troublé.

— Je constate avec une certaine satisfaction que, lorsque les instructions que l'on vous laisse vous conviennent, vous les appliquez à la lettre. Je suppose que vous n'avez pas eu d'autres visites importunes ?

— Non. Et vous, qu'avez-vous trouvé, cousin ? intervint Meredith, ne souhaitant pas laisser la conversation aux seuls hommes.

— Notre affaire prend certains développements dont nous parlerons lorsque nous serons plus sûrs de ne pas être écoutés. Pour le moment, nous n'allons pas tarder à arriver à Folkestone et mes consignes demeurent les mêmes : rester éveillés, armes au poing, prêts à faire feu.

Le sang d'Hayley se glaça dans ses veines. Elle reprenait pied et ne pouvait tolérer de telles consignes. Elle se leva sans équilibre, comme si elle était un peu ivre.

— Je n'ai accepté ce voyage qu'à la condition que Miss Meredith et Monsieur Benedict ne soient ni en danger, ni impliqués dans vos affaires. Je constate que nous sommes tous en danger et que vos cousins doivent assurer leur protection et la mienne en votre absence.

— Vous me voyez désolé du tour que prend notre histoire mais, comme nous en avons convenu tout à l'heure, les jumeaux ne seront plus en sécurité nulle part, puisqu'ils ont vu ce qu'ils ne devaient pas voir.

— Souvenez-vous, intervint Benedict, vous nous avez même confirmé que nous étions dans le vrai en souhaitant continuer l'enquête.

— Mais certainement pas ! Je m'en souviendrais ! s'offusqua Hayley.

Les cousins Clifford se regardèrent avec incompréhension, avant que Meredith ne soit saisie d'une pure indignation.

— Miss Fortescue, je suis choquée par votre manque de constance. Il y a moins d'une demi-heure vous nous avez soutenus dans notre décision et avez conclu votre discours par un flamboyant « S'ils veulent continuer, je les suivrai et les aiderai de mon mieux », dont vous ne pensiez pas un mot.

Hayley regarda Meredith avec ébahissement et s'assit, les jambes coupées. Meredith avait raison, elle avait bel et bien prononcé cette phrase. C'était incompréhensible. Hayley commençait à s'inquiéter pour sa santé mentale, quand le train ralentit. Les trois Clifford se préparèrent en toute hâte, laissant Hayley aller à son rythme.

— Nous allons nous répartir dans les wagons et empêcher que les voyageurs ne descendent jusqu'à ce que mon correspondant arrive.

Ils sortirent tous les trois en trombe de la cabine, laissant Hayley seule. Elle boutonna son manteau avec solennité, pensant que le métier de gouvernante n'était peut-être plus fait pour elle. Elle mit son chapeau et le maintint en place grâce à de longues épingles, en se disant que l'aventure n'était vraiment pas sa tasse de thé et attrapa son sac, en concluant qu'elle allait devoir se charger d'empêcher les voyageurs de ce wagon de sortir… Comment ? Probablement à coups de sac, puisque c'était la seule arme dont elle disposait. Hayley sortit de la cabine, tiraillée entre la résignation et le mécontentement.

Toutefois, Hayley n'eut pas à contenir les voyageurs mécontents à grands coups de sac, puisque le train s'était à peine arrêté en gare qu'il fut envahi en quelques secondes par une horde de policiers, qui se chargea de cette besogne. Quelques minutes plus tard, des instructions claires et précises leur furent données et ils fouillèrent avec zèle chaque bagage, avant d'autoriser son propriétaire à descendre.

Sur le quai, Alistair eut la surprise de trouver l'inspecteur principal Jasper Brixton en personne. Il s'approcha de lui d'un pas vif.

— Cher inspecteur principal, il ne fallait pas vous déplacer en personne, voyons ! Je suis gêné. Il ne s'agissait que de me remettre quelques papiers. Votre agent, qui a essayé de m'assassiner, aurait très bien pu s'en charger.

Alistair avait retrouvé son costume de dandy. L'inspecteur principal le fusilla du regard.

— Croyez bien que si j'avais su son implication dans ce vol avant aujourd'hui, je l'aurais appréhendé moi-même ! À cet égard, étiez-vous obligé de le tuer ?

— Compte tenu du fait qu'il braquait son arme dans ma direction et que j'avais avec moi ma cousine et une vingtaine de passagers désarmés, je serais tenté de vous répondre par l'affirmative.

L'inspecteur principal Brixton marmonna et vit descendre du train les jumeaux. Alistair leur fit signe de s'approcher. La foule se pressait sur le quai, furieuse d'avoir d'abord été canardée pendant le voyage, puis retenue à l'arrivée. Les voyageurs, qui se bousculaient dans leur hâte de quitter cet abominable train, évitaient pourtant avec grand soin le groupe formé par l'inspecteur principal, Alistair et les jumeaux. Depuis le marchepied du train, Hayley les repéra et les rejoignit en quelques pas.

Peu à peu le train se vidait. Lorsque le dernier voyageur l'eut quitté, les Clifford et les policiers durent se rendre à l'évidence : les deux malfaiteurs qu'ils recherchaient s'étaient échappés.

Sur le quai, alors que les jumeaux et Hayley s'étaient un peu éloignés et attendaient la suite des événements, Alistair, à quelques distances de là, était en grande conversation avec l'inspecteur principal Brixton.

— Voilà les documents nécessaires au passage de vos cousins et de leur gouvernante, disait le policier. Dans le dossier, vous trouverez le nom et la description des agents travaillant à Paris, étant précisé que, malgré les efforts des services extérieurs, le contexte de l'exposition universelle ne nous permet pas d'affirmer que tous les agents étrangers présents ont été recensés. Enfin, nous vous avons trouvé un hôtel particulier offrant les protections que vous exigiez. À cet égard, ne confondez plus nos services avec un service d'hôtellerie.

— Quant à vous, ne confondez plus ma famille avec un nid d'espions.

Les deux hommes s'affrontèrent du regard quelques instants.

— Compte tenu de l'implication de la *Special Branch* dans le vol nous intéressant, je suppose que je pars seul, sans soutien, mis à part mes jeunes cousins et je n'ose mentionner leur gouvernante.

L'inspecteur principal Brixton bougonna.

— L'implication de Johnston dans cette affaire ne signifie pas que la *Special Branch* soit compromise.

— Veuillez m'excuser, Monsieur l'inspecteur principal, mais votre service ne compte pas plus d'une petite quinzaine de personnes et, dans cette petite quinzaine d'agents triés sur le volet, vous avez trouvé le moyen d'inclure un traître. Alors si cela ne vous dérange pas trop, je préfère me charger seul de cette affaire. J'aurai assez à faire avec les agents étrangers, amis et ennemis, sans risquer de prendre un coup de poignard fraternel dans le dos.

L'inspecteur principal Brixton réfléchit en silence quelques instants.

— Johnston était présent quand nous avons arrêté votre oncle et, selon toute vraisemblance, il a donné toutes les informations vous concernant, voire concernant vos cousins, à ses commanditaires. Aussi ne suis-je guère convaincu par votre volonté de rester isolé dans cette affaire... Mais, après tout, il s'agit de votre peau, vous pouvez bien en faire ce que vous voulez. Le cas échéant, si vous avez besoin de me contacter, passez par l'ambassade et demandez à parler en personne à Lord Arthur Williams. Il saura quoi faire.

Avec une raideur toute militaire, l'inspecteur principal

Brixton salua Alistair, qui lui répondit tout aussi strictement. Puis, l'espion enfouit le dossier sous sa veste et rejoignit ses cousins.

— Fort bien. Avec tout ce remue-ménage, le bateau a été retardé et nous allons pouvoir partir sans attendre.

— Je pensais que nous allions prendre un peu de repos... intervint Benedict.

— Déjà fatigué, cousin ? Nous prendrons du repos quand nous serons arrivés à Paris, entre-temps je vous demande d'être vigilants.

Alistair ramassa son sac et partit d'un pas décidé vers le navire, qui attendait non loin de là. Afin d'accélérer les voyages des passagers et des marchandises, la voie ferrée avait été construite à deux pas des quais d'embarquement, ce qui permettait une correspondance des plus rapides entre les deux moyens de locomotion. Nombre de passagers avaient déjà embarqué, pendant que les débardeurs transportaient les denrées, courriers et bagages dans le navire à vapeur, amarré à quai.

Meredith et Benedict retrouvèrent leur vivacité à la vue de cette fourmilière humaine, alors qu'ils attendaient leur tour sur la passerelle. Les voyageurs déjà perturbés par leur voyage en train s'impatientaient face au contrôle tatillon, que l'équipage opérait avant l'embarquement. La file avançait pourtant et Alistair fut bientôt invité à fournir son nom et celui de ses compagnons de voyage. Le contrôle se passa sans aucune difficulté et ils montèrent à bord.

Quand Meredith passa devant les deux employés chargés de l'embarquement, elle les vit pointer les passagers absents.

— Il ne manque plus que cette dame, dit l'un d'entre eux.

— Étrange... Je suis presque certain que ses bagages sont arrivés dans l'après-midi. Ce sont les premiers que nous ayons chargés à bord.

Meredith tenta de ralentir au maximum son pas pour écouter

la conversation des deux hommes mais, conscients de l'attention inhabituelle dont ils étaient l'objet, ils s'éloignèrent. Elle rejoignit son frère et son cousin, suivie de près par Hayley qui ne paraissait guère à son aise.

— Vous portez-vous bien, Miss Fortescue ? interrogea Benedict.

— Parfaitement bien ! répondit-elle d'une voix blanche. Je dois juste m'habituer un peu...

— Vous habituer à quoi ? intervint Meredith.

— Au bateau... À l'eau... À tout !

Alistair tendit son bras à Hayley.

— Venez, Miss Fortescue, je vais vous guider jusqu'à notre cabine et vous pourrez y prendre un peu de repos.

Hayley, qui détestait le léger tangage du bateau, saisit le bras d'Alistair et s'y ancra, espérant retrouver quelque équilibre. Meredith fit une moue désapprobatrice, mais ne souffla mot.

— En espérant qu'aucun assassin ne soit monté à bord pour nous tenir compagnie... conclut Benedict assez fort pour que sa sœur l'entende, mais pas assez pour qu'Hayley puisse en saisir le sens.

Benedict et Meredith suivirent Alistair et Hayley quelques instants pour repérer leur cabine, puis ils changèrent de direction et se rapprochèrent de la proue. Ils s'emplirent les poumons de l'air iodé et observèrent les flots les entourer. La terre s'éloignait au fur et à mesure que le navire à vapeur gagnait la Manche, direction Boulogne-sur-Mer. Après quelques minutes, les jumeaux durent se rendre à l'évidence : ils n'avaient peut-être pas le pied aussi marin que ce qu'ils croyaient. Les flots étaient tumultueux et le navire, malgré la puissance de son moteur à vapeur, était malmené par les eaux. Meredith et Benedict rejoignirent un point d'observation, qui leur serait plus agréable, et s'installèrent au bas de la passerelle de commandement. Adossés au navire, les mains bien à plat contre le bois pour stabiliser leur position, ils scrutaient ceux qui se promenaient sur le pont, passagers et membres d'équipage.

— Il faut que nous réfléchissions à la disparition de ces deux hommes, commença Benedict. Il doit bien y avoir une explication logique au fait qu'un homme maculé de sang et un autre blessé aient pu disparaître sans laisser de traces.

— Le problème est qu'Alistair ne nous raconte pas tout, râla Meredith, et que nous devons nous débrouiller avec les pauvres éléments que nous avons.

— Récapitulons. Tu as surpris trois hommes qui ne devaient pas être vus ensemble : l'homme à la respiration sifflante, un détective de la *Special Branch* et un inconnu. Quand tu es retournée avec Alistair sur les lieux, le détective a essayé de vous tuer et Alistair l'a abattu, puis le troisième homme vous a attaqués, mais a été tué par une tierce personne qui a disparu. Pendant ce temps, l'homme à la respiration sifflante est venu nous attaquer, Hayley et moi, puis a disparu aussi sûrement que votre sauveur. Si tu étais l'un de ces deux hommes, comment ferais-tu pour quitter un train en marche lancé à pleine vitesse ?

— Je ne pourrai pas le quitter, même si je le voulais, répliqua Meredith. Donc ils sont restés dans le train et se sont cachés. Le problème est que, dans ces circonstances, tu ne peux pas rester caché indéfiniment... Tôt ou tard, tu dois descendre du train.

— Sachant que le train a été fouillé une première fois par les agents des chemins de fer et une deuxième fois par la police, ils n'ont disposé que de peu de temps pour trouver une cachette capable de résister à deux fouilles successives. Comment peut-on se cacher aussi bien ?

Meredith prit un instant pour réfléchir, observant les flots illuminés par le soleil d'été.

— En ne se cachant pas.

Benedict regarda sa sœur avec incompréhension. Elle inspira avant de reprendre son explication.

— Si tu te caches, tu seras tôt ou tard trouvé, et le fait que l'on te retrouve dans un lieu isolé fera de toi un suspect. En revanche, si tu te caches le temps, par exemple, de panser la plaie que tu as à l'avant-bras, puis que tu ressors et te mêles aux voyageurs, alors tes chances de sortir du train en même temps que tous les autres augmentent sensiblement.

Benedict prit le temps de penser à cette explication.

— Se cacher en pleine lumière... Pendant que tout le monde te cherchera dans l'ombre, toi, tu restes tranquillement dans la lumière avec les autres... C'est brillant, Meredith. Il faudra que nous en parlions à Alistair, même si, désormais, cela ne change plus rien à notre affaire. Au fait, à quoi ressemble cet homme à la respiration sifflante ?

Meredith réfléchit et fut bien incapable de répondre. Elle avait pourtant croisé par deux fois cet homme mais, mis à part sa respiration caractéristique, elle ne pouvait guère le décrire.

— Je ne sais pas vraiment. La première fois que je l'ai croisé, nous étions tous les deux sous la table et, la deuxième fois, je l'ai juste aperçu avant que Miss Fortescue n'entre dans leur cabine à ma suite et ne m'en sorte à toute vitesse. D'après mon souvenir, c'est un homme entre deux âges, ni beau, ni laid, avec des cheveux courts. Il fait à peu près ma taille.

— Tu saurais le reconnaître si tu le croisais ?

— Je n'en suis même pas sûre. Je l'ai reconnu à cause de sa respiration, c'est tout.

— Donc c'est un homme quelconque qui se fond dans le paysage et dont le seul signe distinctif est qu'il a de l'asthme... voire une affection pulmonaire temporaire, ce qui serait pire que tout, puisque nous perdrions notre seul élément pour le reconnaître. Quand tu t'es précipitée dans leur cabine, les hommes ont-ils dit quelque chose ? Dans une langue étrangère peut-être ?

Meredith secoua la tête négativement, ses longues boucles suivant les mouvements de son visage.

— Je crois qu'il vaudrait mieux que nous rejoignions Alistair et Miss Fortescue.

Benedict se décolla du navire et précéda sa sœur sur le chemin. Les jumeaux marchaient au rythme des vagues, sans méfiance, comme si le pire était déjà derrière eux. Ils ne virent pas l'étrange petit bonhomme, un peu bossu, qui les observait en retrait. Pourtant, lui, n'avait d'yeux que pour eux.

છ♦ﻬ

Q uand Meredith et Benedict entrèrent dans la cabine, ils trouvèrent Hayley plongée dans ses pensées. La cabine était spacieuse et confortable, un peu encombrée par de trop volumineux fauteuils club. Meredith s'octroya le bénéfice d'un large fauteuil en cuir sombre. Benedict préféra s'asseoir sur la seule chaise, en face de la porte, et se fit un devoir d'en surveiller l'éventuelle ouverture.

— Où est Alistair ? demanda Meredith.

— Il était parti à votre rencontre, mais aura probablement changé d'avis entre-temps.

— Et il vous a laissée seule ?

Hayley regarda Benedict en souriant.

— Vous aurez peut-être quelque difficulté à le croire, Monsieur Benedict, mais, jusqu'à aujourd'hui, je me suis toujours fort bien passée de gentlemen armés pour assurer ma protection.

Benedict sembla piqué par la remarque.

— Je voulais dire que ce n'était pas prudent, vu les circonstances.

— J'espère que les circonstances particulières qui ont prévalu aujourd'hui ne vont pas se répéter.

— Le problème est que nous sommes sans nouvelles de deux hommes dangereux, intervint Meredith.

— Dont l'un vous a probablement sauvé la vie. Aussi ne serais-je préoccupée que par celui qui nous a pris pour cible avec Monsieur Benedict et, selon moi, cet homme n'a pas pu monter dans le navire en même temps que nous.

— Je serai curieux de savoir pourquoi ?

Alistair se tenait à la porte, sans qu'aucun des occupants de la cabine ne se soit aperçu de sa présence. Il finit d'entrer et s'installa dans le canapé à côté d'Hayley.

— Je constate que vous avez relâché votre garde mes cousins, si j'avais été mal intentionné, vous seriez tous morts à l'heure qu'il est.

— Nous parlions des deux hommes qui ont disparu… reprit Benedict.

— Deux hommes ? Certes non, celui que vous avez blessé est sans doute l'homme à la respiration sifflante, comme vous l'avez baptisé, mais celui qui nous a débarrassés du tireur du wagon est une femme.

Benedict ne put cacher sa stupéfaction, pendant que Meredith le regardait avec des yeux pleins d'incompréhension. Comprenant leur surprise, Alistair se mit en devoir de raconter ses découvertes sur l'espionne à l'accent russe. Meredith semblait passionnée par cette trouvaille et voulait qu'Alistair lui donnât plus de détails.

— Je n'ai rien de plus à vous dire, ma chère cousine. D'après le contrôleur, cette femme était grande, belle, rousse aux yeux verts, parlant un anglais impeccable avec un léger accent, qu'il a identifié comme étant un accent russe.

— Nous recherchions donc la mauvaise personne… Pensez-vous que la police ait fouillé aussi bien les hommes que les femmes ? demanda Benedict.

— Oui, puisque j'ai prévenu l'inspecteur principal Brixton de ma découverte.

Meredith se leva de son fauteuil et arpenta la cabine de long en large, la marche l'ayant toujours aidée à se concentrer.

— Avec Benedict, nous avons supposé que le meilleur moyen de se cacher était de se fondre dans la foule. Nous avons, par exemple, supposé que l'homme à la respiration sifflante pouvait avoir pansé sa plaie, s'être changé et avoir réintégré la foule des passagers pour mieux y disparaître. Dans le cas de notre femme, sa tâche a pu être encore plus simple. Le contrôleur l'avait isolée dans la salle de repos des agents du chemin de fer. Elle a très bien pu improviser, trouver un uniforme et se déguiser en agent. Pendant que la police cherchait une femme à la robe ensanglantée, elle est descendue en tant qu'employé des chemins de fer et a aidé à décharger les bagages du train...

— Et est montée à bord du navire sous le même déguisement, finit Benedict.

Les yeux de Meredith s'ouvrirent soudain en grand.

— La femme qui a fait livrer ses bagages et ne s'est pas présentée à l'embarquement !

Tous la regardèrent sans comprendre.

— Quand nous avons embarqué, expliqua-t-elle, nous étions parmi les derniers et j'ai entendu les deux membres d'équipage en charge de l'embarquement dire qu'une femme avait fait livrer ses bagages tôt dans la journée, mais qu'elle ne s'était pas présentée.

— Et cette femme est-elle finalement arrivée avant notre départ ? s'enquit Alistair.

— Je l'ignore. Je voulais continuer à écouter, mais les deux hommes se sont éloignés.

Meredith retourna s'asseoir à sa place. Son cousin se leva, défroissa son gilet et sa veste d'un geste machinal, perdu dans ses pensées pour quelques instants.

— Fort bien, conclut-il en revenant à la réalité, il nous faut vérifier si cette femme est à bord avec nous et, si tel est le cas, il nous faudra savoir si elle est notre alliée ou pas. Mes chers cousins, je sais que je m'apprête à vous contrarier, mais je souhaite vivement que vous restiez ici.

— Si vous n'y voyez pas d'inconvénient, je préfère attendre

dehors, intervint Benedict. Au moins, cette fois-ci, on ne me tirera pas dessus à l'improviste.

Le ton du jeune homme ne souffrait aucune réplique. Aussi Alistair acquiesça-t-il d'un signe de tête.

— D'accord, mais à la condition que vous ne vous éloigniez pas de la cabine.

Les jumeaux ne se donnèrent même pas la peine de répondre.

— Je souhaiterais avoir une réponse.

— Non, mon cousin, vous souhaitez avoir la réponse que vous attendez et je ne suis pas prêt à vous l'offrir. Meredith, peut-être ?

Meredith secoua la tête à la négative avec vigueur, indignée que son frère osât s'adresser à elle.

— Bien ! conclut Alistair. Faites ce que vous voulez, mais soyez prudents !

— Cela, je veux bien vous le promettre, conclut Benedict.

Alistair sortit de la cabine, en levant les yeux au ciel. Alors qu'il ouvrait la porte, sa méfiance naturelle le poussa à plus de prudence et il jeta un rapide coup d'œil. Il vit un étrange petit bonhomme, un peu bossu, trop maigre pour ses larges vêtements, tirer avec difficulté un lourd sac de voyage. L'homme disparut et Alistair sortit. Les jumeaux, qui avaient observé leur cousin, se précipitèrent à sa suite pour tenter d'apercevoir la même chose que lui, mais ne virent rien. Ils revêtirent leurs manteaux et se glissèrent à l'extérieur afin de surveiller les abords de la cabine. Restée seule, Hayley soupira. Personne ne semblait se préoccuper de son opinion…

෩✦෨

L e temps parut long aux jumeaux car rien ne se passa. Alors qu'ils réfléchissaient à la possibilité de rejoindre Hayley dans le confort de leur cabine, ils virent arriver quatre hommes d'équipage au visage préoccupé. Les jumeaux se placèrent sur leur route d'un air d'innocence.

— C'est impossible ! S'il était passé par-dessus bord…

Les hommes s'éloignèrent, rendant le reste de leur conversation inaudible. Meredith et Benedict échangèrent un regard plein d'angoisse.

— Alistair ? finit par articuler Meredith, résumant l'idée qui leur était venue en tête au même moment.

Le Steamer « L'Arundel », entré en service à l'occasion de l'exposition universelle de 1900.

Chapitre IV

M eredith et Benedict se regardèrent avec appréhension. Aucun des deux n'osait prendre la parole en premier.

— Alistair ? finit par articuler Meredith.

— C'est impossible... Il vient à peine de nous quitter.

— Qui alors ?

— Je l'ignore, mais il va falloir que nous le découvrions. Il y a trop de personnes qui disparaissent dans cette histoire.

Meredith acquiesça. Au moment où ils s'apprêtaient à s'éloigner de la cabine, Hayley sortit pour prendre le frais. Elle manqua les bousculer.

— Je vous félicite, vous êtes restés à proximité de la cabine, comme nous vous l'avions demandé, remarqua-t-elle. Je vous ai surveillés et je dois avouer que je suis très satisfaite de votre conduite ! En revanche, je conçois que cela puisse vous paraître un peu monotone. Aussi suis-je venue vous proposer que nous fassions le tour du navire ensemble.

— Parfait, un tour du navire avec notre gouvernante ! Quoi de plus innocent ! s'enthousiasma Meredith.

— Miss Fortescue inspire tellement confiance avec son air si victorien, que cela va peut-être nous faciliter la tâche ! renchérit Benedict.

Hayley resta un instant interdite, se demandant ce que ces deux jeunes fous pouvaient bien vouloir dire... Toutefois, avant qu'elle n'ait le temps de poser la moindre question, les jumeaux se précipitèrent en avant et entamèrent le tour du pont au pas de course, à la recherche de quelque chose ou de quelqu'un. Hayley n'avait plus qu'à suivre tant bien que mal. Au bout de quelques mètres, elle était déjà essoufflée et maudissait tour à tour l'inventeur du corset, le voleur des plans, l'inspecteur principal, voire le Premier ministre, les jumeaux et Alistair, mais elle était trop bien élevée pour le reconnaître.

Meredith et Benedict interrogeaient, sans subtilité aucune, tous ceux qui passaient à leur portée. Du jeune explorateur en route pour des territoires inconnus, à la sévère matrone intransigeante, en passant par les membres d'équipage, ils les questionnaient tous au sujet du mystérieux disparu. En retrait, Hayley les observait, en se disant qu'ils faisaient de bien piètres espions. Elle se promit de leur en toucher deux mots avant leur arrivée à Paris, afin de ne pas subir une autre attaque, due au manque total de discrétion des jumeaux. Pourtant, aussi bancale que pouvait paraître leur façon de procéder, Meredith et Benedict, protégés par leur innocence et leur jeunesse, soutirèrent quand même quelques informations de leurs informateurs improvisés.

Meredith, qui avait eu le courage d'aborder la sévère matrone, eut la surprise d'apprendre que cette dame avait effectivement remarqué ce pauvre homme chétif, qui pliait sous le poids d'un énorme bagage. La brave dame s'était dit, par-devers elle, que c'était une réelle pitié que de voir des gens aussi malingres devoir faire des travaux aussi durs. La vie était bien difficile pour les braves gens. Meredith vit ses soupçons se confirmer, quand son indicatrice lui confirma que le disparu n'était pas un passager, mais bien un employé du port. Le pauvre homme avait dû basculer par-dessus bord, entraîné vers la mort par le poids d'un bagage trop lourd pour lui. La jeune enquêtrice avait ensuite dû endurer une bonne dizaine de minutes de commentaires sur l'inconfort de la traversée, les cahots incessants, que la Manche s'acharnait à créer devant le navire, et sur l'odeur épouvantable de ce moteur à vapeur. Habituée à ce genre de difficultés, Meredith subit avec grâce les élucubrations de la matrone, sans l'écouter, tant les informations, qu'elle venait de lui donner, avaient enflammé son imagination.

Benedict se chargea, quant à lui, d'interroger le jeune explorateur. L'homme était à peine plus âgé que lui, bouffi de l'orgueil de ceux qui se pensent destinés à une renommée internationale. Néanmoins, comme put le constater Benedict, l'aspirant explorateur n'avait pas les yeux dans sa poche et put lui décrire avec précision l'homme aux poignets si fins, qu'ils auraient pu appartenir à une femme. Le pauvre bougre avait ployé sous le poids d'une caisse, qui l'emportait d'un côté puis de l'autre, au gré du tangage du navire. Le voyageur avait observé ce petit homme, jusqu'à ce qu'il eût disparu de sa vue. Sentant qu'il pouvait pousser sa chance plus avant, Benedict demanda à l'autre s'il avait remarqué une lady, rousse aux grands yeux verts, qui aurait pu monter discrètement à bord. Le jeune homme répondit par la négative et informa Benedict que la seule femme, qu'il eût remarquée à bord, était la plaisante créature qui l'accompagnait. Benedict faillit faire manger ses gants à l'aspirant explorateur, qui fut alors gratifié du premier frisson de son voyage, et s'excusa platement de sa maladresse.

Les membres d'équipage s'étaient montré plus taiseux et les jumeaux n'apprirent que deux choses à leur contact : non, ils ne connaissaient pas cet homme ; oui, il avait disparu. Déçus par ce résultat, le frère et la sœur considérèrent tout de même que les voyageurs leur avaient confirmaient leur hypothèse première. L'espionne russe avait sans doute revêtu un uniforme d'agent du chemin de fer, avant de profiter de la confusion de l'arrivée pour monter à bord sous son déguisement, avant de disparaître. Restait à savoir ce qu'Alistair apprendrait sur la femme, qui ne s'était pas présentée à l'embarquement. Si cette inconnue réapparaissait, ils pourraient supposer que cette femme était l'espionne disparue.

Hayley rejoignit les jumeaux à son rythme habituel d'ambassadeur. Elle s'était habituée au roulis du navire et progressait désormais sur le pont avec la même raideur que sur terre. Pourtant, lorsqu'elle rattrapa les jumeaux, ceux-ci purent constater que leur gouvernante était d'une étrange bonne humeur.

— Êtes-vous satisfaits des informations que vous avez pu glaner ? Fort maladroitement, je dois vous le préciser.

Les jumeaux se braquèrent.

— Nous n'avons peut-être pas fait montre de la plus grande discrétion, mais nous avons été efficaces, répondit Meredith piquée dans son orgueil.

— Fort bien, s'amusa Hayley. Toutefois, je vous saurais gré à l'avenir d'être plus subtils dans vos recherches. Je ne tiens pas à renouveler l'expérience de tantôt.

— Ne souhaitez-vous pas que nous partagions nos informations avec vous ? s'étonna Benedict.

— Non merci, Monsieur Benedict. Je pense avoir récolté les mêmes informations que vous et bien plus encore. Toutefois, avant de vous les livrer, je souhaiterais que Monsieur Clifford fût présent. Savez-vous où il est parti ?

Les espions en herbe haussèrent les épaules.

— Je vous propose de passer à la cabine et, si Monsieur Clifford ne s'y trouve pas, nous allons devoir agir seuls.

Meredith et Benedict regardèrent avec consternation Hayley.

— C'est le monde à l'envers, Miss Fortescue ! s'indigna Meredith.

Hayley sourit avec calme et, sans mot dire, se dirigea vers la cabine. Rongés par la curiosité, Meredith et Benedict lui emboîtèrent le pas.

CR✦SO

P endant ce temps, Alistair passait un mauvais moment. Personne n'avait voulu lui livrer la plus petite information. Lui qui se targuait naguère de pouvoir faire parler un mort, se retrouvait confronté à l'équipage le plus silencieux qu'il eût jamais rencontré. Pas un matelot, pas un marin, pas un officier n'avait voulu évoquer avec lui l'éventuelle disparition d'un homme. Pire, lorsqu'il avait tenté d'aborder la question de la mystérieuse femme, ayant fait livrer ses bagages, mais ne s'étant pas présentée à l'embarquement, les personnels navigants avaient nié les faits et lui avaient fait remarquer, fort courtoisement il est vrai, qu'il était un fouineur dont ils se seraient passés. Alistair était déçu. Il regagnait sa cabine, tout penaud, lorsque la chance lui sourit enfin.

Il furetait aux abords du poste de commandement et surveillait les allers-retours des membres d'équipage, lorsqu'il reconnut l'un des deux hommes, qui s'étaient chargés des formalités d'embarquement. Alistair joua son va-tout et le suivit, dans l'espoir d'en apprendre un peu plus. Quelques instants à peine après avoir commencé sa filature, l'homme s'engouffra dans une petite salle, où il retrouva un autre membre d'équipage. Les deux marins parlèrent en toute liberté, sans avoir pris le soin de fermer la porte. Alistair se posta dans le couloir, à portée de voix.

— Le commandant est fou de rage, constata le premier. D'abord cette femme qui ne se présente pas, ensuite ce vieux bonhomme qui passe par-dessus bord ! On a plutôt intérêt à retrouver l'un ou l'autre, sinon ça va barder pour nous !

— Et qu'est-ce qu'on y peut si le vieux a basculé ? remarqua le second. On l'a pas poussé quand même !

— J'sais bien, mais je préférerais le retrouver à cuver son vin dans un endroit tranquille, plutôt que d'arriver à Boulogne et de devoir confirmer au commandant qu'on n'a pas de traces du bonhomme.

— Bon, qu'est-ce qu'on fait ?

— D'abord, on va aller vérifier si la cabine de la dame est bien vide, ensuite on va passer le navire au peigne fin pour retrouver le bonhomme.

— D'accord. Je te suis.

Alistair s'éloigna d'un bon pas, avant que les deux hommes ne sortissent de la salle. L'espion avait à peine rejoint l'endroit du couloir, qui formait un coude pour disparaître, qu'il entendit les deux hommes claquer la porte derrière eux. Le son de leur conversation s'assourdissait peu à peu, ce qui l'encouragea à jeter un coup d'œil. Les deux marins avaient choisi la direction inverse d'Alistair, qui les suivit. À quelques distances, une porte se referma devant lui. L'espion s'engouffra à leur suite et se retrouva sur le pont.

CR◆ED

Hayley et les jumeaux trouvèrent leur cabine vide, ce qui contraria fort la gouvernante. Elle allait devoir agir seule… empêtrée des jumeaux.

— Monsieur Clifford n'étant pas revenu, nous allons devoir nous débrouiller par nous-mêmes, conclut-elle.

— Si vous pouviez nous dire ce qu'il se passe, intervint Benedict, cela nous aiderait à comprendre.

— Ce qu'il se passe ? Mais le voyage touche à sa fin et si nous n'arrivons pas à identifier cette espionne russe, elle nous échappera à jamais !

Les yeux des jumeaux s'arrondirent à l'extrême. Hayley avait désormais pris les commandes de l'action et ne comptait plus les lâcher.

— Pendant que vous interrogiez au petit bonheur la chance tous les quidams que vous pouviez rencontrer sur le pont, je me suis rendue au poste de commandement. J'ai sollicité de la bienveillance du commandant qu'il me laissât entrer dans la cabine, afin que je puisse admirer cette merveilleuse machine.

Quelques politesses et sourires plus tard, j'étais entrée et je flattais le commandant pour la superbe organisation de son navire, ainsi que la grande efficacité de son équipage. C'est alors que le jeune homme, que nous avions croisé à l'embarquement, est venu faire le point avec le commandant. Croyant que j'étais absorbée par l'horizon, il lui a confié que la dame et l'agent des chemins de fer restaient tous deux introuvables. Le commandant répondit sèchement et le jeune homme est reparti. J'ai alors feint la panique à l'idée que ces malheureux aient pu basculer par-dessus bord, sans que personne ne s'en rendît compte, et le commandant me rassura, pensant pour sa part que l'équipage ne les avait simplement pas vus. J'ai alors demandé au commandant s'il connaissait le numéro de cabine de la dame, afin que je puisse lui indiquer si je l'avais remarquée ou pas. Nous pouvions en effet être voisines. Le commandant me précisa qu'il s'agissait de l'occupante de la cabine n°18. Cabine où nous allons nous rendre de ce pas, avant que les côtes françaises ne soient trop proches. Avez-vous vos armes ?

Les jumeaux acquiescèrent d'un signe de tête, tous deux sans voix face au récit d'Hayley. Non seulement la gouvernante avait confirmé leurs informations, mais elle était même allée plus loin et avait obtenu des renseignements, qui leur étaient restés inconnus.

— Une dernière chose. Je vous prierais de me laisser faire car, au vu de vos manœuvres sur le pont, je vous crois trop maladroits pour aborder une espionne, sans nous mettre en danger.

Meredith et Benedict se renfrognèrent, mais n'osèrent pas contredire Hayley, qui venait de leur démontrer qu'elle pouvait encore leur apprendre quelques petites choses sur le monde. Les jumeaux vérifièrent leurs armes et tous trois sortirent.

Hayley précédait les jumeaux de quelques pas. Elle marchait

vite, sachant où aller.

— Savez-vous où est la cabine ? demanda Benedict.

— Oui, j'y suis passée avant de venir vous retrouver, mais elle était encore vide. Cependant, maintenant que nous approchons des côtes françaises, notre dame aura sans doute regagné sa cabine pour reprendre une apparence plus convenable. Si tel n'est pas le cas, nous saurons que nous avons fait une erreur.

Hayley s'arrêta net. Les jumeaux faillirent la percuter de plein fouet, mais parvinrent à s'arrêter à temps.

— Je vous demanderais de bien vouloir m'attendre ici.

— Certainement pas ! s'indigna Meredith.

Hayley la fusilla du regard.

— Pouvez-vous m'assurer, Miss Meredith, que cette dame ne vous a pas vue lors de la fusillade ?

Meredith réfléchit un instant et fit une moue boudeuse pour toute réponse.

— Concernant Meredith, je comprends votre point de vue mais, pour ma part, je ne vois pas ce qui pourrait m'empêcher de vous accompagner…

— Votre manque de discrétion sur le pont, peut-être ? Pouvez-vous m'assurer que cette dame ne vous a pas vu interroger les passagers et les membres d'équipage ?

— Non, certes pas, mais ce ne sont que des suppositions…

— Veuillez m'excuser, Monsieur Benedict, mais je ne vais prendre aucun risque. Par conséquent, vous restez ici et tendez l'oreille. Si vous m'entendez crier, je vous saurais gré de bien vouloir venir m'aider.

Hayley tourna les talons et se dirigea d'un pas hardi vers la cabine n°18. Désormais qu'elle n'avait plus les jumeaux dans les jambes, elle pouvait songer à la façon d'aborder cette espionne. Elle devait bien s'avouer qu'elle n'avait pas le début d'un plan et qu'elle devrait improviser. La seule chose qui la rassérénait était que, par définition, une espionne était une femme et deux femmes trouvaient toujours un sujet de conversation.

Hayley se promenait sur le pont devant la cabine n°18, en attendant une occasion d'agir, dans un court délai de préférence. Elle revenait pour la deuxième fois sur ses pas, quand elle vit arriver les deux membres d'équipage, suivis à quelque distance par Alistair. Elle s'arrêta et observa les deux hommes frapper à la porte. Ils attendirent à peine et, certains de l'absence de la dame, ouvrirent la cabine, afin de clore le débat autour de l'absence ou de la présence de la passagère. Quelle ne fut pas leur surprise, quand ils virent surgir une femme aux boucles brunes, qui les frappait de son sac. Saisissant sa chance, Hayley bondit en avant et vola au secours de la pauvre femme.

— C'est une honte ! s'indigna Hayley. Comment osez-vous entrer ainsi dans la cabine d'une dame !

Elle était toute proche du groupe constitué par les deux hommes et la femme. Face à la réception peu amène qu'ils venaient de subir, les deux marins reculaient et s'excusaient tout à la fois, ne sachant plus quoi dire pour faire oublier leur manque total de civilité. Eux qui souhaitaient régler promptement cette question afin de ne plus être malmenés par le commandant, venaient de trouver une raison autrement plus grave d'être récriminés. Ils étaient entrés sans frapper dans la cabine d'une dame, qui leur hurlait désormais sa façon de penser et avait, bien évidemment, trouvé le soutien de l'une de ses semblables. Le groupe était le point de mire de tous les voyageurs se trouvant sur le pont. Les hauts cris des deux femmes commençaient même à faire sortir quelques passagers de leurs cabines.

— C'est inadmissible ! s'offusquait Hayley. Si vous le souhaitez, Madame, je puis vous accompagner voir le commandant, auquel vous pourrez vous plaindre du comportement de ces deux hommes !

La femme hésita un instant et sonda Hayley d'un œil perçant. Cette dernière se demanda si elle s'était trahie et décida de reprendre la main.

— Vous sentez-vous bien, Madame ? Vous êtes toute pâle, dit-elle du ton le plus honnête du monde. Je comprendrais que la contrariété d'une telle mésaventure puisse vous incommoder. Voulez-vous que nous fassions quelques pas ensemble sur le pont ?

La femme passa sa longue main, d'une rare finesse, sur son visage.

— Oui... Si cela ne vous dérange pas, Madame, je ferais volontiers quelques pas en votre compagnie.

Les deux hommes d'équipage profitèrent de cette accalmie pour se carapater à toute vitesse, sous les regards amusés des badauds. Le calme revenant, la petite assemblée de curieux disparut aussi vite qu'elle s'était formée. La femme brune rentra quelques instants dans sa cabine pour passer son manteau et de mettre un chapeau, puis elle ressortit.

— Je suis confuse, Madame, que vous ayez été prise dans cette altercation, mais je vous remercie infiniment de votre soutien face à ces rustres.

La femme brune parlait lentement, mais parfaitement anglais. Hayley tenta de déceler l'origine du léger accent qui animait son phrasé, mais ne put se décider pour l'un d'eux.

— Je vous en prie, Madame. Face à de tels goujats, il est du devoir de chaque femme de soutenir ses semblables ! Miss Amy Dorchester, mentit Hayley. Enchantée de faire votre connaissance.

Hayley s'étonna de l'aisance avec laquelle elle venait de mentir. La femme l'observa d'ailleurs un instant d'un regard aiguisé.

— Enchantée de faire votre connaissance, Miss Dorchester. Pour ma part, je suis Madame Isabelle Fontaine.

— Oh, vous êtes française ? Merveilleux. Votre anglais est si impeccable que je ne parvenais pas à savoir d'où vous pouviez venir.

Isabelle sourit et, d'un signe de la main, invita Hayley à la suivre. Les deux femmes marchaient le long du pont.

— Vous avez visité Londres, peut-être ?

— Pas vraiment. Je rendais visite à une de mes tantes qui est malade.

— Vous m'en voyez désolée. J'espère que votre tante se portera mieux désormais.

Hayley attendit quelques instants avant de continuer.

— Vous avez donc de la famille en Angleterre, ce qui explique votre parfaite maîtrise de notre langue. Pour ma part, la raison de mon voyage est plus heureuse, je me rends à l'exposition universelle de Paris. Avez-vous eu l'occasion de la visiter ?

Les deux femmes avançaient avec la lenteur de celles encombrées de lourdes robes et comprimées dans de solides corsets. Un léger froufrou suivait leurs pas. Hayley songea qu'il n'était pas si difficile de jouer les espionnes. Toutefois, elle se gardait bien d'un triomphalisme mal venu, car elle sentait qu'Isabelle - ou quel que fût son vrai prénom - pouvait être une adversaire redoutable. L'Anglaise se reconcentra sur l'instant présent et asséna les mondanités les plus plates pour ne pas éveiller les soupçons.

À quelque distance, Alistair avait assisté à toute la scène et se disait que cette Miss Fortescue valait beaucoup mieux que son apparence austère ne le laissait supposer. Il observa les deux femmes s'éloigner et lorsqu'elles furent à une distance convenable, il s'assura que personne ne regardait dans sa direction, avant de se diriger vers la cabine n°18. Alistair força sa chance et tourna la poignée, qui céda sans résistance.

Alistair disparut du pont et s'engouffra dans la cabine, espérant, mais un peu tard, qu'elle serait vide. La chance lui sourit car il ne trouva pas âme qui vive à l'intérieur.

Alistair observa la pièce, mais ne trouva rien d'autre que le bagage à fouiller. Dans sa précipitation, la dame avait omis de le fermer. Des brosses, quelques mouchoirs, une écharpe, un livre, un carnet dans lequel la plupart des pages étaient blanches, les autres ne comportant rien de compromettant... Rien d'intéressant en vérité. Alistair tâta la doublure du sac, mais fit chou blanc. Rien ! À croire que cette femme était l'innocente victime de leurs imaginations. Pourtant, elle devait bien être ce qu'ils soupçonnaient qu'elle fût. Sinon, quelle autre explication pouvait-on trouver à la disparition de la femme du wagon, à l'absence d'une femme à l'embarquement et, dans le même temps, à la présence incongrue d'un homme chétif à bord qui disparaissait ensuite à son tour... Alistair souleva le bagage, son poids correspondait à ce qu'il contenait additionné à son propre poids, donc pas de double-fond... Alors quoi ? Le livre... Alistair s'empara du livre, le feuilleta et trouva enfin ce qu'il cherchait sous une forme inattendue.

Au milieu du livre, plusieurs pages avaient été découpées d'un carré en leur centre, laissant la place à la dissimulation d'un jeton. Alistair y jeta un coup d'œil, l'empocha, arrangea les affaires dans le sac et sortit aussi vite qu'il était entré.

Sur le pont, l'Anglais prit grand soin de ne pas rencontrer Hayley et celle qu'il supposait être une espionne, mais tomba sur les jumeaux, qui attendaient toujours là où Hayley les avait abandonnés.

— Que faites-vous là tous les deux ?

Meredith et Benedict regardèrent avec reproche leur cousin.

— Nous protégeons Miss Fortescue ! s'indigna Benedict.

— Ce que vous étiez supposé faire, enchaîna Meredith d'un ton de reproche, mais, lorsque nous avons obtenu les renseignements que nous recherchions, vous aviez tout bonnement disparu !

— Et vous avez donc décidé, à l'encontre de tout ce que nous avions convenu, de vous jeter dans la gueule du loup et de précipiter Miss Fortescue à la rencontre de notre potentielle ennemie...

Les jumeaux restèrent muets face à cette présentation très personnelle des événements.

— Nous ne parvenions pas à vous trouver, plaida Benedict, et, la France approchant, nous voulions nous assurer de la qualité d'espionne de la dame occupant la cabine n°18, avant de perdre sa trace à Boulogne.

— Formidable initiative, grinça Alistair, et vous avez envoyé votre gouvernante affronter une espionne russe ?

— C'est elle qui a voulu y aller ! s'insurgea Meredith.

Alistair apprécia l'information à sa juste valeur.

— Très bien, mes jeunes cousins, je vous relève de votre garde et vous remercie de votre vigilance. Regagnez la cabine ensemble et je me charge de surveiller notre chère Miss Fortescue.

— Vous ne savez même pas où elle est, fit une Meredith boudeuse.

— Je sais mieux que vous où elle se trouve et je vous interdis de bouger. Elle est juste derrière vous et a fait le tour du navire avec sa nouvelle amie. Soyez détendus, naturels.

Les jumeaux se crispèrent aussitôt. Alistair ricana.

— Bien heureusement, vous êtes des acteurs nés. Alors maintenant, souriez et partez vers votre droite, les dames arrivant sur votre gauche et on ne regarde toujours pas...

Benedict et Meredith se demandaient si leur cousin se moquait d'eux, mais ils n'osèrent pas regarder par-dessus leurs épaules. Ils filèrent à vive allure sur leur droite et rejoignirent la cabine en faisant le large détour, que leur imposait cette direction.

En réalité, Alistair ne plaisantait pas le moins du monde. Hayley et la femme brune arrivaient bien sur la gauche, le doublèrent et prirent la direction du poste de commandement. Il pivota afin de présenter son dos aux deux femmes, puis les observa pendant qu'elles s'éloignaient. Hayley ne semblait pas en danger pour le moment, elle paraissait même tout à fait à son aise dans la discussion qui la liait à la présumée espionne. Les deux femmes continuèrent leur tour au rythme lent de leur marche froufroutante.

ଔ✦ଵ

D e son côté, Hayley n'en pouvait plus de jouer la comédie. Il lui semblait qu'elle allait, de façon imminente, être écrasée par le poids de tous les mensonges, qu'elle venait de proférer en moins d'un quart d'heure. Ne sachant plus comment se dépêtrer de la situation, elle avait proposé à Isabelle de l'accompagner auprès du commandant, pour que cette dernière pût se plaindre du comportement des deux marins. Secrètement, elle avait espéré qu'Isabelle refuserait sa proposition. Bien mal lui en prit, puisque ce fut le contraire qui se passa. Isabelle décida que le comportement des deux membres d'équipage ne pouvait pas rester impuni et elle demanda à Hayley de bien vouloir l'accompagner auprès du commandant. Les deux femmes n'achevèrent pas le tour du navire et rejoignirent le poste de commandement. Hayley se rendit compte, trop tard, qu'en prenant cette direction, elles rencontreraient les jumeaux, qui devaient encore l'attendre. Ne pouvant plus revenir sur ses pas, sans éveiller les soupçons de sa compagne de route, Hayley pria tous les saints du ciel pour que le Seigneur intercédât en sa faveur. Elle dut être entendue, puisque lorsqu'elles arrivèrent au point de rencontre fatidique, les deux apprentis espions avaient disparu et, à leur place, Alistair leur tournait le dos. Un soulagement s'empara d'elle et elle put se reconcentrer sur la discussion en cours, étant désormais persuadée que ses arrières étaient assurés. Si à un quelconque moment la situation devait dégénérer, elle pourrait compter sur l'aide de l'espion anglais. C'est dans cet état d'esprit qu'Hayley pénétra pour la seconde fois de la journée dans le poste de commandement.

ભ✦ဆ

A listair se demandait s'il serait opportun de prévenir le commandant de ses soupçons sur l'occupante de la cabine n°18. Ainsi pourrait-il procéder à son arrestation, dans l'attente d'un éventuel retour en Angleterre et de la fouille complète de ses effets personnels par la *Special Branch*. Toutefois, il savait que de simples soupçons ne suffiraient pas à convaincre l'officier et que la proximité des côtes françaises ne jouait pas, non plus, en sa faveur. La difficulté était que, malgré la fouille de la cabine, Alistair n'avait rien trouvé de compromettant, mis à part le jeton qu'il tournait désormais entre ses doigts, bien à l'abri de sa poche. Il n'avait pas eu le temps de l'observer en détail, mais il savait une chose, ce petit bout de métal n'avait rien à faire dans les affaires d'une femme du monde. Un jeton de maison close ne serait jamais apparu dans les effets personnels d'une Miss Fortescue, par exemple. Alistair ignorait encore à quelle maison appartenait cette médaille et à quel genre de prestations elle donnait droit, mais il était certain qu'il allait, dès son arrivée à Paris, rendre une petite visite de courtoisie à cet établissement. Il espérait qu'en contrepartie du jeton, on lui remettrait une mallette ou un quelconque document qui le mettrait sur la piste de ses adversaires. Dans le pire des cas, il n'aurait droit qu'à une prestation et il pourrait toujours interroger la fille.

Alistair avait bien observé la femme, qui accompagnait Hayley, et il était sûr d'une chose, il ne s'agissait en aucun cas d'une cocotte. Aussi se félicitait-il d'avoir subtilisé cet objet qui constituait, pour le moment, la meilleure piste qu'il ait eue depuis le début de cette affaire... Si tant est qu'il s'agît d'une piste...

Hayley et la femme brune entrèrent dans la timonerie sous le regard attentif d'Alistair. Il s'installa à quelque distance de la porte, afin de pouvoir surveiller la sortie des deux femmes et la présence éventuelle d'un complice ou d'un autre agent.

CR❖EO

L e commandant subissait, avec flegme, les récriminations d'Isabelle, quant au manque de professionnalisme de son équipage. Il avait eu beau admettre qu'il était inadmissible que ses deux hommes soient entrés en ayant frappé qu'une seule fois à la porte, il ne parvenait plus à placer un traître mot dans le flot de paroles de sa passagère furibonde. Il prit son parti d'attendre que la tempête se calmât et lorsque Isabelle sembla ne plus avoir d'arguments à avancer ou, plus simplement, qu'il lui fallut respirer avant de pouvoir reprendre le fil de son discours, le commandant profita de l'occasion et glissa :

— Chère Madame, vous me voyez au comble de la consternation face à l'attitude de mes hommes. En revanche, je dois tout de même remarquer que nous avons eu beau vous chercher, depuis le départ de Folkestone, nous ne sommes pas parvenus à vous trouver. Vous ne vous êtes pas présentée à l'embarquement et vous n'étiez pas non plus dans votre cabine. Puis-je savoir ce que vous faisiez sur mon bateau pendant ce temps-là ?

Isabelle parut choquée et soufflée. Comment ce cuistre osait-il lui demander des comptes ?

— Vous devez plaisanter, Commandant. Vous n'imaginez tout de même pas que je suis montée à bord par la mer ? Si vos hommes n'ont pas été capables de remarquer ma présence, ne m'en tenez pas rigueur. De plus, ce que j'ai fait à votre bord jusqu'au moment où vos hommes ont pénétré dans ma cabine, sans mon autorisation, n'est guère original. Que croyez-vous que j'ai pu faire ? Je me suis promenée sur le pont comme tout un chacun. D'ailleurs, comme vous avez pu le remarquer, je n'étais pas la seule à me promener ainsi. Nombre de voyageurs ont passé la traversée sur le pont.

Le commandant se dit par-devers lui qu'il allait devoir morigéner très sérieusement les deux membres d'équipage en charge de l'embarquement. Il était évident que cette femme, dont la tenue vestimentaire laissait entrevoir une certaine aisance, était passée devant eux. Non seulement ces deux crétins ne l'avaient pas vu monter à bord, mais ils n'avaient pas non plus vu débarquer l'homme qu'ils soupçonnaient d'avoir disparu. Il allait y avoir du changement à l'embarquement.

Hayley, quant à elle, observait la scène en restant silencieuse. Elle se disait que si cette femme était une espionne française, elle jouait la comédie à la perfection. Tout dans son attitude lui paraissait confirmer la juste indignation d'une femme contrariée. Hayley se demandait si elle serait capable de tenir ainsi un rôle à la perfection. La petite comédie qu'elle avait jouée jusqu'alors, dans son dialogue avec Isabelle, lui semblait bien loin de la compétence de celle-ci dans l'art de la dissimulation.

Quelques instants plus tard, Isabelle, estimant l'affront lavé, tourna les talons et entraîna Hayley à sa suite. Les deux femmes sortirent au grand soulagement du commandant et des autres membres d'équipage présents.

 CR✦ℬ

A listair attendait toujours, appuyé à la rambarde de sécurité, le regard tourné vers l'horizon. Les côtes françaises apparaissaient. Bien qu'il ne regardât pas dans la direction des deux femmes, il savait qu'elles étaient sorties, s'étant retourné au moment même où la porte s'ouvrait.

Hayley était soulagée de voir qu'il était toujours là. Elle n'était guère rassurée, en vérité. Le temps de la discussion entre le commandant et Isabelle lui avait permis de faire le point sur la situation et elle se rendait compte que, si la supposée espionne sortait une arme à feu de son sac à main, elle n'aurait guère de moyens de défense. Il devrait réfléchir à ce qui l'avait entraînée dans cette aventure, car elle ne pouvait blâmer personne d'autre qu'elle-même. Personne ne l'avait poussée à partir à la rencontre d'Isabelle. C'était de sa propre initiative qu'elle s'était jetée dans la gueule du loup et cela ne lui ressemblait guère. Était-ce l'enthousiasme des jumeaux qui avait déteint sur elle, la poussant dans cette situation inconfortable ? Était-ce l'air du large, qui avait éveillé en elle une âme plus aventureuse qu'à l'accoutumée ? Hayley l'ignorait mais elle se promettait d'y songer. Pour le moment, il fallait qu'elle continuât à jouer la comédie, sans éveiller les soupçons de son interlocutrice.

— Ma chère Miss Dorchester, il me semble que vous avez un chevalier servant.

Isabelle tourna son regard vers Alistair et le désigna du menton à Hayley. Celle-ci regarda le dos de son comparse et parvint à cacher son émotion, pour répondre le plus innocemment du monde :

— Vous devez faire erreur, ma chère. Je suis trop vieille et trop austère pour avoir un chevalier servant.

Isabelle fut sincèrement choquée par cette réponse.

— Une femme ne doit jamais dire cela, s'indigna Isabelle. Une femme n'est jamais trop vieille pour séduire et être désirée ! Quant à votre prétendue austérité, sachez que tous les goûts sont dans la nature, ma chère. Je pense que vous allez apprendre beaucoup au contact des Françaises. Si je puis me permettre de vous donner un petit conseil : une femme est désirable, quand elle est sûre d'elle-même et de son corps. Quel que soit le corps que vous ait donné la nature, vous serez attirante aux yeux des hommes, si vous agissez avec aplomb et détermination.

Hayley sourit. Elle ne savait pas si Isabelle était une espionne, mais cette femme était très différente de toutes celles qu'elle avait rencontrées auparavant et, au fond d'elle-même, la gouvernante la trouvait sympathique.

Les deux femmes rejoignirent la cabine de la Française.

— Ma chère Miss Dorchester, nos routes se séparent ici, mais j'espère pouvoir vous rencontrer à Paris, lorsque vous y serez.

— Ne prenez-vous pas le train qui va à Paris ? s'étonna Hayley.

— Non, j'ai pris d'autres dispositions. Un ami vient me chercher en automobile, car je dois déposer une partie de mes affaires sur le chemin. En revanche, dès que je serai à Paris, je souhaiterais vivement vous rencontrer à nouveau. Si vous le voulez, nous pourrons aller dîner ensemble un soir.

— Deux femmes qui vont dîner seules ensemble le soir ? Mais ce serait scandaleux !

Le regard d'Isabelle prit un éclat plus vif.

— Pas plus scandaleux qu'une femme qui voyage seule.

Hayley comprit, mais trop tard, qu'elle venait de se faire piéger. Elle sourit pour toute réponse, souhaita une bonne fin de voyage à Isabelle et repartit le plus dignement possible, en se mordant les joues pour faire bonne figure.

Hayley regagnait la cabine où devaient l'attendre les jumeaux et tomba sur Alistair, qui la suivait de près. Avant même qu'il ne puisse articuler un mot, Hayley avoua :

— J'ai été découverte.

Alistair la regarda avec surprise et intérêt.

— Pourquoi dites-vous cela ?

— J'ai fait croire à Madame Fontaine que j'étais une femme moderne, qui voyageait seule pour aller visiter l'exposition universelle, et, à la fin de la conversation, au moment où je m'y attendais le moins, elle m'a proposé d'aller dîner toutes les deux un soir à Paris. Malheureusement, le naturel est revenu et je lui ai répondu que cela pourrait être jugé comme scandaleux... Et elle a compris. Elle m'a rétorqué que ce ne serait pas plus scandaleux qu'une femme qui voyageait seule.

Alistair se contenta de sourire, les petites rides en patte d'oie animant ses yeux.

— Fine mouche... constata-t-il. Tant que le dernier mot n'a pas été dit, il faut rester sur ses gardes, Miss Fortescue. En revanche, je trouve que, pour une première mission, vous vous en êtes royalement sortie. Vous avez de la ressource. Cela pourrait nous être utile.

— Ah non ! s'indigna Hayley. Ne comptez pas sur moi ! Il est hors de question que je me remette dans ce genre de situation catastrophique. À vrai dire, je ne sais pas du tout pourquoi j'ai pris cette initiative. Je ne sais pas si c'est le voyage, l'air du large, une espèce de fausse sensation de liberté, mais il est hors de question que je me remette en danger de la sorte ! Les choses avaient été clairement établies dès le départ : vous faites votre enquête et nous n'y sommes pas mêlés.

Alistair s'inclina devant la détermination indignée d'Hayley, ouvrit la porte et lui céda le passage pour qu'elle entrât la première.

ଔ◆ଯ

D ans la cabine, la conversation allait bon train. En effet, les opinions divergeaient quant à la suite à donner à la presque confirmation du statut d'espionne de Madame Isabelle Fontaine. Tout d'abord, les jumeaux se montrèrent mécontents de ne pas avoir affaire à une espionne russe, une espionne française manquant d'exotisme à leur goût. Ensuite, ils se montrèrent enragés quant à leur détermination à s'emparer de la dame et de ses effets personnels, avant qu'elle ne pût rejoindre la terre de France, où ils prévoyaient qu'elle serait intouchable. Alistair eut beau leur expliquer que leur seule suspicion ne suffirait pas à faire arrêter qui que ce soit par le commandant, les jumeaux n'en démordaient pas, ils voulaient agir maintenant. Pour sa part, Hayley restait circonspecte sur le choix de la meilleure option s'offrant à eux. Elle était déçue par le résultat de la fouille de la cabine d'Isabelle et se rangea du côté d'Alistair, en soutenant qu'on ne pouvait pas demander l'arrestation d'une Française à quelques miles des côtes de son pays, sur le seul fait qu'elle détenait un jeton de maison close. Meredith choisit cet instant pour poser la question, qui la taraudait :

— Vous semblez tous fort bien informés sur ces maisons closes. Mais quelqu'un va-t-il finir par m'expliquer ce que c'est ?

Alistair ne put réprimer un large sourire et examina ses chaussures en étouffant, de son mieux, le rire irrépressible qui montait en lui. Benedict eut un haussement de sourcils significatif, qui n'échappât pas à l'œil exercé d'Hayley. Voyant qu'elle ne recevrait aucune aide de la part de son cousin et de son frère, Meredith se tourna vers sa « gouvernante-femme de chambre » et la fixa d'un air déterminé. Cette dernière se racla la gorge, prit un air fort sérieux et tenta :

— Aucune lady, digne de ce nom, ne doit s'intéresser à ce genre d'établissements, Miss Meredith.

Alistair fixa Hayley d'un air intéressé et ne put retenir :

— Pourtant, quand elles ignorent où sont leurs maris, c'est souvent une bonne piste…

Il regretta à l'instant même ses paroles. Alistair fut transpercé par le regard assassin d'Hayley, alors que Benedict pouffait le plus discrètement possible. Meredith, quant à elle, les observait en silence, comprenant qu'elle avait trouvé là matière à réflexion. Se pouvait-il qu'il s'agît d'un lieu où se trouver les fameuses cocottes ? Le terme de « maison close » n'évoquait rien à la jeune lady, mais elle se souvenait d'un effroyable scandale, qui avait frappé la famille de l'une des pensionnaires de Mrs Cunningham. Le père de cette infortunée avait été surpris avec l'une de ces femmes au théâtre. Cette histoire avait occupé nombre de conversations nocturnes au sein du pensionnat. Aux différentes mines de ses compagnons de voyage, Meredith était certaine d'être dans le vrai et s'abstint de tout autre commentaire.

La conversation revint vers l'espionne française et il fut décidé de ne rien faire, en attendant de pouvoir retrouver la trace d'Isabelle grâce à la maison close précédemment évoquée.

— Je suis contre cette décision, s'exclama Meredith. Il est absurde d'attendre et de laisser cette espionne nous échapper, alors que nous savons qu'une automobile va l'attendre à Boulogne-sur-Mer et qu'elle va disparaître dans son pays, sans que nous ne puissions jamais retrouver sa trace.

— Le problème, ma chère cousine, est que nous n'avons pas retrouvé la trace des plans volés. Nous ne savons même pas avec certitude si cette femme est une espionne et nous savons, encore moins, si elle détient les plans. Il est impossible dans ces conditions de faire quoique ce soit, tant que nous ne serons pas arrivés à Paris.

Les jumeaux se montrèrent fort contrariés, tout le reste du voyage, et ne dirent plus un mot. Alistair et Hayley regroupèrent les affaires et sortirent avec eux sur le pont, afin d'assister à l'accostage. Nombre de passagers s'y trouvaient déjà pour ne rien rater de cette manœuvre. Alistair et Hayley profitèrent de l'anonymat de la foule, pour chercher des yeux l'espionne française, sans parvenir à la repérer.

❦

L a proximité du quai raviva l'enthousiasme des jumeaux. La gare maritime de Boulogne-sur-Mer était moderne, fourmillante d'activités et offrait une distance aussi courte que possible entre le quai de débarquement des navires et le quai d'embarquement des trains, afin que les passagers puissent rejoindre la capitale française dans les plus brefs délais. Ici, tout était organisé pour gagner du temps et raccourcir autant que possible le trajet entre Londres et Paris.

Portés par l'énergie qui les environnait, les jumeaux oublièrent quelques instants le but de leur voyage, les affaires d'espions et de plans volés, pour profiter de la découverte de la gare maritime. Hayley souriait devant tant d'agitations, oubliant elle aussi les menaces du voyage. Seul Alistair demeurait vigilant, recherchant sans relâche la femme brune de la cabine n°18. Soudain, il repéra une automobile qui, comme toujours, faisait sensation. Le véhicule était surprenant et Alistair, qui se passionnait pour ce nouveau mode de transport, l'identifia comme l'une des « Sirènes » d'Henry Bauchet. Selon lui, les automobiles du futur ressembleraient à coup sûr à celle-ci. Deux places à l'avant, une banquette à l'arrière, permettant au choix de transporter des passagers ou de caler une malle. Alistair coupa net ses pensées vagabondes, quand il vit une femme rousse, portant un pantalon bouffant et une veste longue, monter à bord de la « Sirène » et s'asseoir à côté du chauffeur. Deux hommes installaient une lourde malle sur la banquette arrière et l'arrimaient solidement à l'automobile. Dès que tout fut accroché, le chauffeur démarra avec moult coups de klaxon pour faire reculer les curieux, qui s'étaient agglutinés autour du véhicule. Le bruit du moteur attira l'attention de Meredith et Benedict qui fixèrent eux aussi la voiture, qui démarrait.

— C'est impossible, cette femme est rousse. Cela ne peut pas être notre espionne française, trancha Benedict.

— Vous oubliez, mon cher cousin, que la première description de la femme, ayant abattu notre adversaire dans le train, était celle d'une femme rousse à l'accent étranger. Si elle est assez experte dans l'art du déguisement, il ne lui est d'aucune difficulté de changer la couleur de ses cheveux. Brune ou rousse, française ou russe, notre adversaire ressemble de plus en plus à un agent de premier ordre.

Alistair laissa son regard encore quelques instants sur l'automobile, qui s'éloignait, puis reporta son attention sur le train, qui attendait avec impatience, sifflant et soufflant tout à la fois, que les derniers passagers montassent à son bord, pour filer à toute vapeur vers Paris. Les quatre compagnons de voyage s'engouffrèrent dans la voiture de première classe et attendirent que le puissant moteur à vapeur les portât jusqu'à leur destination.

Chapitre V

L a nuit parisienne battait son plein, quand les Clifford arrivèrent enfin à l'hôtel particulier, loué par l'entremise de la *Special Branch*. Avant de laisser les jumeaux et Hayley s'installer, Alistair inspecta lui-même le bâtiment, pour s'assurer qu'il répondait à ses critères de sécurité. Une large porte, à laquelle trois marches d'escalier menaient, donnait sur la pimpante entrée de la bâtisse, où un grand escalier desservait l'étage. À l'arrière, une lourde porte donnait sur une ruelle et leur permettrait de fuir, si besoin était. Cette sortie providentielle pouvait, en outre, être condamnée par un système de barres en acier, rendant cet accès imprenable depuis l'extérieur. Alistair fut satisfait de ce premier point et observa avec attention les fenêtres, toutes munies de solides barreaux au rez-de-chaussée. À l'étage, elles étaient protégées par de lourds volets en bois, rendant l'entrée fastidieuse à ceux qui souhaiteraient escalader la façade de nuit. Le niveau de sécurité de la demeure paraissant convenable, Alistair autorisa enfin ses cousins et leur gouvernante à s'installer.

Hayley et les jumeaux ne cachèrent pas leur soulagement de pouvoir enfin se détendre, après un voyage qui avait été plus éprouvant que ce qu'ils avaient imaginé. En revanche, ils ne furent guère enchantés par l'hôtel particulier, où ils allaient loger, n'y trouvant pas du tout les mêmes avantages qu'Alistair. Les impératifs de sécurité, qui avaient primé dans le choix de cette demeure, ne les convainquaient guère. L'absence de vue qu'offraient les différentes fenêtres leur donnait l'impression d'étouffer, habitués qu'ils étaient au large parc du manoir Clifford. La vue étroite sur la ruelle donnant à l'arrière du bâtiment et celle à peine plus large sur la rue principale ne leur seyaient guère. Toutefois, ils trouvèrent quelque avantage à la localisation de cette demeure dans Paris, située à moins d'un kilomètre de l'exposition universelle. Ils pourraient s'y rendre à pied à leur grande satisfaction.

Enfin, le personnel attaché à cette demeure, composé d'un majordome et d'une cuisinière, leur sembla compétent, la cuisinière remportant tous les suffrages, quand elle annonça pour le soir même un menu typiquement français, où la tarte tatin viendrait effacer toutes les fatigues de la journée.

Alistair avait convenu avec la *Special Branch* que les deux membres du personnel devraient quitter la résidence le soir, après leur service, et logeraient dans un hôtel non loin de là, afin qu'ils ne soient pas mis en danger par sa mission. Bien qu'ils ne posassent aucune question sur ce point, Alistair comprit qu'il devrait trouver une explication plausible à leur fournir pour éviter toutes rumeurs.

Une fois les bagages ouverts et leur contenu rangé, les Clifford et Hayley s'accordèrent un moment de détente dans le salon. Cette pièce, organisée autour d'une cheminée, était confortable et assez fraîche, grâce au soin qu'avaient apporté les domestiques à la maintenir hors de portée du soleil de juillet. Alors même qu'ils étaient arrivés dans Paris en début de soirée, la chaleur qu'ils y avaient trouvée, les avait accablés et rendait d'autant plus appréciable la fraîcheur de la limonade, que venait de leur servir le majordome.

— Je n'ai jamais eu aussi chaud de toute ma vie, se plaignit Meredith.

— Il est vrai que la chaleur est étouffante et nous en serons sans doute incommodés demain lorsque nous visiterons l'exposition universelle en plein soleil, ajouta Benedict.

— Si vous avez trop chaud, intervint Alistair, je vous conseillerais de vous arrêter dans une boutique de confection, dont Paris a le secret. Bien, assez parlé de la pluie et du beau temps, ou plutôt du seul beau temps, je souhaiterais que nous abordions le programme de demain de façon claire. Pour ma part, je vais vaquer à mes occupations pendant que vous vous rendrez à l'exposition universelle. En revanche, j'attire votre attention sur le fait que vous pouvez être en danger dans ces lieux publics et que la présence des différents pavillons des Nations permet aux espions en tout genre de trouver un refuge, si nécessaire. Aussi soyez vigilants aux abords de la rue des Nations. En outre, en plus des espions, je vous demanderais de prêter une attention particulière à vos effets personnels et à votre argent, car tous les malandrins d'Europe se sont donnés rendez-vous dans la capitale française pour détrousser les touristes.

— Pensez-vous que nous pouvons emporter nos revolvers ? demanda Benedict.

— Ce genre d'armes est plutôt malvenu en France, mais je vous conseillerais de ne pas sortir sans elles. En revanche, je vous fais confiance pour n'en user qu'en cas de nécessité absolue. Nous comprenons-nous bien, jeunes gens ? Je ne tiens pas à ajouter au déshonneur de la famille, le fait que mes cousins se seraient conduits de façon défavorable dans la capitale d'un pays plus ou moins allié.

Meredith et Benedict acquiescèrent d'un mouvement de tête. En revanche, Hayley ne semblait guère enchantée par cette nouvelle.

— Je croyais que notre voyage était sans danger.

— Il est sans danger, comme pour la plupart des touristes, mais notre implication dans une affaire d'espionnage me fait préférer prendre quelques précautions, peut-être excessives, plutôt que de sous-estimer nos adversaires.

Hayley n'était pas convaincue, mais elle se garda bien de dire le fond de sa pensée à Alistair. Elle se promit de fourrer au fond de son sac un objet lourd et dense, avec lequel elle pourrait assommer un homme, si le besoin s'en faisait sentir.

Sur ces entrefaites, le majordome vint les prévenir que le dîner était prêt à être servi dans la salle à manger et les Clifford ainsi qu'Hayley changèrent de pièce afin de déguster leur premier repas français. Hayley avait reçu le privilège, peu commun, de partager la table des maîtres durant toute la durée du voyage. Elle comptait bien profiter de ce petit avantage.

La cuisinière défendit haut la main la réputation de la cuisine française. Elle s'échina à ensevelir ses hôtes sous des saveurs et des textures peu communes dans les contrées anglaises. Après des darnes de saumon glacées à la parisienne, les quatre compagnons purent déguster un filet de bœuf en Bellevue - la recette favorite de Madame de Pompadour avait précisé l'habile cuisinière - avant de conclure leur repas par une fine tarte tatin avec une boule de glace à la vanille. L'humeur des Anglais était au beau fixe et ils partirent satisfaits se plonger dans les bras de Morphée pour leur première nuit parisienne.

CR✦SO

L e lendemain matin, Alistair arriva le premier dans la salle à manger pour prendre son petit-déjeuner. Il se montra fort satisfait du plateau de confitures, de miel, de pain frais et de viennoiseries que lui proposa le majordome. Quelques instants plus tard, Hayley arriva, essoufflée, achevant de son mieux un chignon peu réussi. Voyant Alistair déjà attablé, elle blêmit.

— Monsieur Clifford, je vous prie humblement de bien vouloir excuser mon retard. Croyez bien que cela ne se renouvellera pas.

Alistair regarda Hayley avec une certaine incompréhension. Elle interpréta son silence comme une demande d'explications, ce qui n'était pas faux en fait.

— Demain, je serai prête à l'heure habituelle...

Les sourcils d'Alistair se relevèrent un bref instant.

— Miss Fortescue, pensez-vous vraiment que je puisse être préoccupé par l'heure de votre arrivée ? Je vais être très clair sur ce point : vous avez été entraînée dans cette affaire plus ou moins contre votre gré. Vous avez déjà été exposée au danger, ce pour quoi je vous présente à nouveau mes excuses les plus sincères. Je vous assure que vous pouvez vous lever à l'heure qu'il vous plaira, sans que cela me pose la moindre difficulté. Aussi pouvez-vous vous asseoir et prendre votre petit-déjeuner en toute quiétude.

Hayley regarda Alistair avec des yeux ronds mais, ne souhaitant pas être discourtoise, elle s'assit et profita de l'invitation.

Quand Meredith et Benedict arrivèrent, ils trouvèrent Alistair et Hayley en pleine conversation sur l'exposition universelle qui faisait l'objet d'un long article dans le journal, que le majordome avait apporté. Les jumeaux écoutèrent avec attention la lecture qu'Alistair faisait à haute voix de la description du clou de l'exposition universelle, le Palais dédié à la fée Électricité :

— « Le Palais de l'électricité, œuvre de Monsieur Eugène Hénard, prend place au fond du Champ de Mars. La façade, légère et compliquée, ressemble à une dentelle de verre et de métal, constellée de pierres précieuses. Au sommet de l'édifice se dresse la statue monumentale de la fée Électricité s'élançant vers le ciel, debout sur un char attelé d'hippogriffes et auréolée tout entière d'un soleil de cristal, de verre et de zinc qui, la nuit, crépite d'étincelles. Devant le Palais, s'élève un monumental château d'eau, œuvre de Monsieur Edmond Paulin, d'où jaillissent des cascades qui roulent et s'écoulent, de degré en degré, jusqu'au Champ-de-Mars. Ce décor fantastique cache une usine : une centrale à charbon spécialement construite pour alimenter toute l'exposition. Un chemin de fer spécial apporte constamment du combustible qu'on enfourne dans les chaudières où, chaque heure, 200 000 litres d'eau se transforment en vapeur. L'annuaire de l'exposition annonce lui-même : Que le Palais de l'électricité vienne, pour une cause ou pour une autre, à s'arrêter et, toute l'exposition s'arrête avec lui ». Il faut que j'aille voir ce Palais avant de quitter Paris ! Toutes ces découvertes, toutes ces innovations et ces inventions réunies en un seul lieu, c'est terriblement enthousiasmant. En fait, je vous envie ! Vous allez passer la journée à découvrir des choses merveilleuses, passant d'un lieu à l'autre grâce aux trottoirs roulants, alors que je vais pour ma part dans un lieu sordide et déplaisant...

— Un trottoir roulant ? interrogea Hayley.

Benedict acquiesça vivement d'un signe de tête et avant même qu'Alistair n'ait eu le temps de répondre, précisa :

— Oui ! C'est une invention incroyable ! Les Français ont installé un double trottoir roulant qui fait le tour de l'exposition. On peut prendre le trottoir lent qui avance à 4,5 kilomètres à l'heure ou le trottoir rapide qui atteint les 8 kilomètres à l'heure ! C'est un moyen de transport révolutionnaire qui, j'en suis certain, équipera bientôt tous les trottoirs de nos grandes villes !

Hayley était plus réservée sur la question, mais se garda bien de faire un quelconque commentaire. Après tout, les hommes étaient bien assez fous, pour saccager la beauté et la quiétude des villes avec de tels engins... Assurément, cette exposition universelle prévoyait d'être une source d'expériences mémorables.

Le majordome entra, portant un petit plateau. Il le présenta à Alistair qui saisit la lettre s'y trouvant. Il examina l'enveloppe, la tournant entre ses doigts, mais la lettre ne portait aucune adresse.

— Quand cette lettre est-elle arrivée ? demanda Alistair.

— Je viens de la trouver à l'instant, Monsieur. Elle a été glissée sous la porte.

Alistair s'empara d'un couteau et ouvrit l'enveloppe blanche. L'en-tête du courrier ne laissait pas de place au doute : l'ambassade de Grande-Bretagne avait quelque nouvelle urgente à communiquer à son nouvel agent. Benedict et Meredith arrêtèrent même de manger, de peur que le son de leur propre mastication ne leur fasse rater une information de première importance. Toutefois, Alistair lut la lettre en silence, la replia et la plaça dans sa poche. Il se leva et se dirigea vers la porte d'un pas décidé, alors que le majordome le précédait de quelques pas.

— Mais où allez-vous ? s'indigna Meredith. Je veux savoir ce que contient cette lettre !

Hayley sursauta.

— Miss Meredith, c'est grossier ! Une lady ne doit pas faire preuve d'une aussi grande curiosité.

— Curiosité ? Si les informations contenues dans ce courrier me font courir un risque, je veux le savoir !

Alistair hésita un instant. Il ne voulait pas impliquer ses cousins et leur gouvernante plus que nécessaire mais, d'un autre côté, Meredith avait raison. Les informations de la lettre pouvaient avoir un effet sur leur sécurité. Il revint s'asseoir et fit signe aux trois autres de se rapprocher de lui. Les jumeaux se levèrent d'un bond et entourèrent Alistair, alors qu'Hayley restait plus sobrement à quelque distance, mais assez près pour entendre.

— L'ambassade m'apprend que d'autres vols ont été commis en Russie et en France. En outre, ces deux pays ont manifestement perdu plusieurs agents durant les vols, dont deux ont été poignardés en plein cœur.

— La Française ? Ou Russe ? Enfin, l'espionne ? se demanda Benedict.

— Je l'ignore, mais il va falloir que je le découvre. Notre

affaire de vol prend une ampleur que je ne soupçonnais pas. J'ai bien peur que la partie ne soit engagée depuis quelque temps déjà et que nous n'arrivions au beau milieu d'un règlement de comptes entre services des différentes Nations.

— Il me semblait pourtant que nous avions de bonnes relations avec ces deux Nations… s'interrogea Meredith.

— Le fait que l'espionne française nous ait soulagés de l'un de nos adversaires tend à confirmer cette entente relative entre nos deux pays. Reste à savoir qui a tenté de nous supprimer, a volé nos plans et assassiné les agents russes et français…

— Vous avez des soupçons ? demanda Benedict.

— J'ai toujours des soupçons dans ce genre d'affaires mais, pour le moment, ils ne sont étayés par aucune preuve. Aussi vais-je me montrer prudent et vous conseiller de l'être davantage encore.

Les jumeaux en convinrent d'un air grave et se remirent à table, pour y finir leurs petits-déjeuners. Chacun était plongé dans ses propres réflexions et la salle à manger, pleine d'une belle énergie quelques instants auparavant, fut emplie d'un grand silence.

CR✦ဆာ

M oins d'une heure après, les jumeaux étaient prêts, portant chacun un chapeau de paille et une besace en bandoulière, dont le poids faisait supposer que leurs revolvers avaient été glissés à l'intérieur parmi les mouchoirs, les porte-monnaie et autres guides touristiques. À côté d'eux, Hayley avait refait son chignon, dont pas une mèche ne s'échappait désormais, et s'était glissée dans sa robe la plus légère, en prévision de la chaleur accablante qu'elle allait subir toute la journée. Une délicate ombrelle finissait sa tenue, quelque peu gâchée par un petit sac à main rond, si lourd qu'il faisait blanchir la peau de ses doigts. Alors qu'ils s'apprêtaient à sortir, Alistair descendit l'escalier.

— Je vous souhaite une agréable visite, mes chers cousins, prenez soin de vous et n'oubliez pas de vous rafraîchir. Nos pauvres organismes britanniques ne sont pas habitués à ce genre de températures. Miss Fortescue, je vous confie mes chers cousins et vous souhaite, à vous aussi, de passer une agréable journée.

— Qu'allez-vous faire aujourd'hui ? questionna Meredith, sans pouvoir contenir une note d'angoisse.

Alistair la regarda un peu froidement.

— Rien qui ne puisse vous intéresser ou dont je puisse vous parler, cousine.

Meredith fut un peu chagrinée par cette réponse. Elle voulait dire quelque chose, mais ne parvenait pas à faire sortir les mots de sa bouche de façon convenable. Soudain, elle se précipita et serra Alistair dans ses bras.

— Faites attention à vous, cousin.

Alistair fut surpris et un peu bouleversé de voir l'inquiétude que sa mission provoquait chez sa cousine. C'était bien la première fois de sa vie que quelqu'un se préoccupait de son sort. Il tapota avec quelque maladresse le dos de Meredith, ne sachant pas réellement comment répondre à cette étreinte. Hayley attrapa avec douceur Meredith par les épaules et la décolla de son cousin.

— Miss Meredith, je ne vous dirai pas que votre comportement est inconvenant, parce que je peux comprendre votre angoisse. Cependant, comme vous le savez, une lady ne doit pas se laisser submerger par ses sentiments.

— Si je dois devenir un bloc de glace antipathique, je ne serai jamais une lady.

Meredith prit la direction de la porte d'entrée, l'ouvrit et disparut dans la rue, où Hayley la suivit de près, se retournant tout de même pour sourire à Alistair.

Benedict, quant à lui, ne savait pas trop comment réagir. Il était inquiet, mais il était un homme et ne devait pas laisser son jugement s'obscurcir à cause de choses aussi triviales que des sentiments. Il se racla la gorge pour se donner quelque contenance.

— Mon cher cousin, j'espère que vous serez prudent aujourd'hui et que nous nous verrons ce soir afin de nous raconter nos journées respectives. D'ici là, prenez soin de vous.

Alistair sourit devant la mâle assurance de son jeune cousin.

— Ne vous inquiétez pas pour moi, j'ai l'habitude de ce genre de situation. Profitez de l'exposition universelle, vous pourrez ainsi me décrire ce soir ce qu'elle a de plus exceptionnel.

Benedict se dirigea vers la porte, salua son cousin d'un signe de tête et disparut dans la rue.

Resté seul, Alistair regarda sa montre gousset et décida qu'il était temps d'agir. Il remonta à l'étage, gravissant l'escalier quatre à quatre.

୧ ✦ ୨

M eredith, Benedict et Hayley marchaient dans la rue d'un pas de plus en plus rapide. L'énergie que dégageait la capitale française était sans pareille. Entre la vie parisienne habituelle et l'afflux considérable des touristes attirés par l'exposition universelle, les rues de Paris grouillaient de monde quelle que soit l'heure. Certains se rendaient à l'exposition, d'autres vaquaient à leurs occupations pendant que la température était encore supportable, d'aucuns faisaient des réserves d'eau pour la journée. Paris connaissait cet été-là une période de canicule peu commune, les températures atteignant de façon régulière les 38,5° Celsius. À la chaleur de la ville s'ajoutaient les coupures d'eau en journée, ce qui compliquait la vie quotidienne et professionnelle de tous. Paris grognait donc, grouillait, bruissait, brassait, vrombissait et n'était jamais en repos.

Les jumeaux sentirent cette énergie qui les galvanisa. Peu à peu, ils oubliaient les événements qui les avaient menés jusque dans les rues parisiennes. Ils se laissaient emporter par l'ambiance de la ville et submerger par un parfum nouveau et enivrant, la liberté. Hayley, qui avait prévu cet enthousiasme débordant, n'avait guère serré son corset en s'habillant et s'en félicitait désormais. La perspective de cavaler derrière les jumeaux toute la journée, en bottines à talon et de surcroît en pleine chaleur, était détestable. Hayley eut beau tenter de les ralentir et de contenir leur vitalité exacerbée, elle n'y parvint jamais plus de trente secondes, les jumeaux filant en tête vers l'exposition universelle.

Soudain, ils marquèrent un coup d'arrêt et ne purent détacher leurs yeux de la porte monumentale, trônant à l'entrée de l'exposition près de la place de la Concorde. Ils se figèrent au même instant et admirèrent l'arche géante, ce qui permit à Hayley de les rattraper. À la vue de l'édifice, elle se figea elle aussi et ne put contenir son émotion, quoiqu'elle eût tenté d'enseigner l'inverse à Meredith. La vision, qui s'offrait à elle, ne ressemblait à rien de ce qu'elle avait pu observer auparavant dans sa vie de domestique. Jamais elle n'aurait pu imaginer être un jour le témoin d'un tel spectacle. La porte monumentale s'élevait vers le ciel en une symphonie de couleurs et de lumières scintillantes, ne semblant même plus appartenir à ce monde.

Benedict sortit avec fébrilité le guide, qu'il avait acquis dès son arrivée à Paris, et l'ouvrit en tâtonnant, essayant de trouver la bonne page sans pour autant quitter l'arche fantastique des yeux. Il dut tout de même regarder son livre pour lire :

— « La porte monumentale de la place de la Concorde a été créée par l'architecte français René Binet. Elle a été commandée en décembre 1896 et a été construite de mars 1899 à mi-avril 1900. Pour sa création, René Binet dit avoir exploré plusieurs sources tels les souvenirs d'un voyage à Venise, une volonté d'user de la polychromie et des formes naturelles. Sa volonté était de réaliser un ouvrage *qui n'a jamais été fait en architecture, une architecture de couleur et de lumière.* »

— On peut dire qu'il a réussi, souffla Hayley. C'est... C'est un enchantement.

Meredith se raidit et fusilla sa gouvernante du regard.

— Je croyais qu'une lady ne devait pas exposer ses sentiments.

Hayley tenta de réprimer un sourire, mais n'y parvient pas.

— C'est vrai, Miss Meredith, mais je crois que nous allons faire une entorse à cette règle pendant la visite de l'exposition.

Meredith observa sa gouvernante d'un œil neuf. Elle ne l'avait jamais vue aussi souriante, sereine et... belle. Oui, sa gouvernante était une belle femme et elle ne s'en était jamais aperçue, tant elle était préoccupée par sa colère contre elle. En vérité, Meredith s'apercevait avec étonnement qu'elle n'avait jamais regardé sa gouvernante en tant qu'être humain, mais seulement comme une femme insupportable, dont la tâche était de veiller à ce qu'elle fasse ce que la société attendait d'elle. Aujourd'hui, pourtant, elle observait avec surprise une femme encore jeune, aux longs cheveux bruns, aux yeux bleu myosotis, qui souriait devant la beauté d'un édifice, de toute son âme et de tout son cœur. Meredith fut troublée par cette constatation et se promit qu'à l'avenir, elle regarderait les gens qui l'entouraient non pas à travers leur seule fonction, mais aussi en tant qu'êtres humains. Que savait-elle d'Hayley en vérité ? Rien du tout. Elle ne s'était jamais demandée si cette femme appréciait son travail de gouvernante, si elle n'aurait pas souhaité faire autre chose de sa vie, si elle avait eu ne serait-ce que l'opportunité de faire quoi que ce fût de différent... Elle ne savait rien de cette femme qui partageait pourtant sa vie depuis de nombreuses années, tout d'abord au service de sa mère en tant que femme de chambre, puis à son propre service comme « femme de chambre-gouvernante-duègne » comme elle se plaisait à la décrire. Meredith comprit que sa colère l'avait rendue hargneuse et égoïste, ce qu'elle n'était pas en réalité. Elle avait toujours eu la volonté de se voir comme une jeune fille courageuse, énergique, libre et indépendante. Seulement le carcan de la société agissait sur elle et la rendait égocentrique. Si elle continuait sur cette voie, elle serait bientôt l'une de ces vieilles filles acariâtres, tout en aigreur et en colère, incapables d'accorder la moindre sympathie à qui que ce fût. Bien heureusement pour elle, Meredith en prenait conscience et remerciait le ciel de cette opportunité qui lui était offerte de changer. Puisqu'une trêve lui était offerte par Hayley dans le grand jeu des convenances, elle allait s'en saisir et en profiter pleinement afin de jouir de ce séjour parisien, quels qu'en soient les difficultés et les dangers.

Benedict donna un coup de coude à sa sœur et la sortit de sa rêverie.

— Mais qu'est-ce qui arrive à Miss Fortescue ?

— Rien, lui répondit sa sœur avec un sourire, c'est juste une femme qui s'apprête à vivre une belle journée.

Benedict observa sa jumelle avec attention, fronça les sourcils, se demanda par-devers lui ce qu'il lui prenait. *Le soleil parisien est proprement destructeur pour nos pauvres cervelles britanniques !* Il haussa les épaules et se reconcentra sur l'arche monumentale, vers laquelle ils marchaient tous les trois, heureux, détendus, conscients de la chance qu'ils avaient de voir le bilan du siècle passé s'exposer à leurs yeux.

ღ❖ჽი

A ssis à la table de sa chambre, Alistair observait avec attention le jeton qu'il avait subtilisé dans les affaires de la Française. Côté face, une scène d'alcôve sans ambiguïté montrait à quel genre d'établissement cette médaille appartenait, côté pile était gravé le nom de la maison close et le numéro 66. Malheureusement, la médaille avait été abîmée et le nom de l'établissement en partie effacé. Quant à savoir à quoi correspondait le chiffre 66, Alistair ne pouvait le deviner avec les seuls éléments de la médaille.

Le problème était que, sans l'adresse, l'espion était bien incapable de retrouver ce lupanar dans Paris, ville connue comme étant le plus grand bordel d'Europe et où le nombre des maisons closes, maisons de joie, maisons de plaisir et autres maisons de tolérance, qu'elles soient officielles ou officieuses, dépassait largement la capacité d'investigation d'un seul homme. Mais où prendre des renseignements ? Alistair ne pouvait certes pas se rendre au poste de police le plus proche et demander sa route, bien que ce genre d'établissements soit officiellement sous leur contrôle... Le guide touristique de Benedict ne serait lui non plus d'aucun secours... Quant à retrouver un ancien compagnon de débauche qui pourrait lui indiquer l'adresse recherchée, l'Anglais ne comptait pas trop dessus, la plupart de ses connaissances se cantonnant aux établissements de luxe comme le *Chabanais*, où il avait eu une sorte d'abonnement pendant quelques mois, ou encore la *Fleur Blanche* où il avait d'ailleurs rencontré un jeune peintre fort sympathique, Henri de Toulouse-Lautrec.

Alistair réfléchit au nom surgi du fond de sa mémoire. Anormalement petit, malingre et maladif, Henri de Toulouse-Lautrec avait laissé un souvenir vif et ardent à l'Anglais, grâce à une joie de vivre, une insolence et un coup de pinceau flamboyant qui lui étaient si personnels. *Henri de Toulouse-Lautrec...* Ce grand connaisseur de la prostitution parisienne pourrait peut-être l'aiguiller dans les méandres des maisons parisiennes. Alistair se leva, empocha le jeton et se prépara. Loin de s'habiller pour une visite de courtoisie comme il en avait eu l'habitude quelque temps auparavant, il enfila son porte-revolver par-dessus sa chemise puis passa sa veste. Il observa la bosse que formait son arme et camoufla sous une longue écharpe cet élément peu compatible avec la prétendue ambiance festive, qui régnait dans les lupanars de luxe. Enfin, il fixa deux couteaux fort aiguisés, l'un à son poignet et l'autre à sa cheville. Ainsi paré pour son enquête, Alistair observa une dernière fois son reflet de dandy dans le miroir de sa chambre et partit à l'aventure, une nouvelle fois... dont il se serait bien passé.

Arrivé dans le premier arrondissement de Paris, au 6 rue des Moulins, Alistair reconnut la *Fleur Blanche*, luxueuse maison close qui avait abrité certaines de ses frasques... quelques années auparavant... une éternité en réalité. Il savait que se présenter dans ce genre de lieu en milieu de matinée était d'une rare grossièreté, les occupants habituels récupérant alors de leurs nuits de besogne. Toutefois, Alistair n'avait pas le temps d'attendre le soir et frappa à la porte pour tenter sa chance. Si ses souvenirs étaient bons, le petit peintre boiteux y avait une chambre à demeure et il pourrait peut-être s'entretenir avec lui dès son réveil. Il toqua une deuxième fois et attendit patiemment. Personne ne réagit à l'intérieur. Il renouvela donc l'opération un peu plus fort, afin d'être peut-être entendu. Rien de plus ne se passa. Alistair frappa alors comme un forcené à la porte, jusqu'à ce qu'elle s'ouvrît.

Une frêle jeune fille le regardait, l'air ébahi, ne comprenant pas ce que cet homme pouvait bien faire devant l'entrée à une heure si matinale.

— C'est bien la première fois que je vois un client aussi pressé... Je suis désolée, Monsieur, mais l'établissement est fermé jusqu'à quatre heures cet après-midi.

— Je ne viens pas pour profiter de vos services, mais pour rencontrer l'un de vos habitués. Je souhaiterais voir Monsieur Henri de Toulouse-Lautrec.

Les yeux de la jeune fille s'ouvrirent en grand et elle resta bouche bée devant Alistair.

— Puis-je savoir en quoi ma demande est si étonnante ?

La jeune fille reprit contenance.

— Mais, c'est que Monsieur Henri n'est plus parmi nous. Il a été malade et il est reparti dans le sud de la France. Nous n'avons plus de ses nouvelles depuis bien longtemps maintenant.

Alistair accusa le coup, mais ne put cacher à la jeune fille son embarras.

— Est-ce que je peux vous aider ?

Il jaugea son interlocutrice, haussa les épaules d'un air peu convaincu et sortit la médaille de sa poche.

— Sauriez-vous, par hasard, à quel établissement cette médaille appartient et à quoi elle ouvre droit ?

La jeune fille prit le jeton entre ses fines mains, le tourna et le retourna à plusieurs reprises, en l'observant scrupuleusement.

— J'ai bien peur que ce ne soit pas un établissement de notre classe, Monsieur. Je crois que c'est une médaille du *Palais des plaisirs*, une de ces maisons temporaires, qui se sont ouvertes à la hâte pour la durée de l'exposition universelle. Ils les ont distribués à beaucoup de gens pour attirer la clientèle. Il y en a eu tellement que, même nous, nous en avons vu ! Votre chance, c'est que la maison n'est pas très loin d'ici, il faut juste que vous vous rapprochiez de l'exposition et elle est juste en face du pavillon de l'Allemagne.

À l'évocation de l'exposition universelle, les yeux de la jeune fille se mirent à briller.

— Avez-vous visité ce pavillon ? demanda Alistair.

Elle acquiesça vivement, montrant une grande joie au souvenir de cette visite.

— Oui, c'était formidable. Il y a tant de choses et tant d'inventions, que je me dis que le prochain siècle va être épatant. Franchement, j'envie ceux qui naîtront un peu plus tard que moi. Ils vont avoir des vies magnifiques !

— Du moins, c'est tout ce que nous pouvons leur souhaiter…

Alistair la détailla, comme il ne l'avait pas fait auparavant. Sa tenue était sobre, décente, ses manières étaient mesurées. Il n'avait pas affaire à une jeune prostituée… Ou alors la jeune femme était particulièrement inexpérimentée, ce qui était curieux dans un établissement tel que la *Fleur Blanche*.

— Puis-je vous poser une question, Mademoiselle ?

La jeune fille acquiesça d'un signe de tête.

— Que faites-vous ici ?

— Oh ! Je ne suis pas une fille ! Ah ça non ! Je suis commis de cuisine.

Alistair sourit à la réaction de la jeune Française.

— Et vous êtes contente de votre situation ?

— Ce n'est pas une mauvaise place. J'ai eu mieux, mais j'ai eu pire aussi. Au moins ici, personne ne m'embête. Madame est très stricte avec le personnel.

Un bon point pour cette dame…

— Je vous remercie infiniment pour votre aide, Mademoiselle.

Alistair sourit, reprit la médaille et laissa à sa place dans la main de la jeune fille un billet de 10 francs, qu'elle regarda avec l'étonnement de celle qui n'en avait jamais possédé un. Le temps qu'elle se remît de ses émotions, son bienfaiteur avait disparu.

CR✦ʒ೦

M eredith, Benedict et Hayley avaient entamé l'exploration de l'exposition à pied, flânant çà et là, se laissant porter par le flot des visiteurs. Ils passèrent le pont Alexandre III, inauguré le 14 avril 1900, symbole de l'amitié franco-russe, laissant derrière eux le Petit-Palais et le Grand-Palais, qu'ils se promirent de revenir voir plus tard. Pour le moment, ils flânaient sur l'esplanade des Invalides, qui était occupée par des pavillons exposant les produits issus des meilleures manufactures françaises et de quelques autres pays exposants. Au fil de la matinée, ils avaient pu admirer les plus beaux mobiliers, tapis, bijoux et tissus des manufactures françaises, belges, russes, allemandes, américaines, britanniques, italiennes, danoises, hongroises, autrichiennes et même japonaises. Dans cette grande compétition internationale, chaque pays rivalisait de raffinement et d'ingéniosité pour mettre en valeur son savoir-faire.

Ivres d'avoir visité tant de pays en si peu de temps et la chaleur accablante du mois de juillet pesant sur eux, les jumeaux et Hayley se reposaient un peu, assis sur un banc, tout en sirotant une limonade, qu'ils venaient d'acheter à un vendeur ambulant. Sa fraîcheur et son sucre les revigora, leur donnant une nouvelle énergie pour poursuivre leur promenade.

— D'après le guide officiel de l'exposition universelle, le clou du spectacle est à voir au fond du Champ-de-Mars : le Palais de l'électricité ! s'enthousiasma Benedict.

— Oh non, tu ne vas pas recommencer avec ton électricité ! s'exclama Meredith.

— Si, je vais recommencer avec mon électricité parce que, que tu le veuilles ou non, c'est l'énergie du futur et, bientôt, les hommes ne pourront plus s'en passer.

Meredith leva les yeux au ciel et se demanda en quoi cette fameuse électricité pouvait être aussi importante pour l'avenir de l'humanité. En effet, jusqu'à présent, les seules démonstrations électriques, qu'elle avait pu voir, étaient plutôt liées à des plaisanteries qu'à une véritable utilité pratique.

— Je ne vois pas en quoi le fait de faire passer un courant électrique dans une personne pour que ses cheveux se dressent sur sa tête peut être fondamental pour l'avenir.

— Eh bien justement, le Palais de l'électricité te montrera des applications techniques et pratiques dont, bientôt, tu ne pourras plus te passer. Par exemple, hier soir, je ne t'ai pas entendue te plaindre, lorsque nous avons allumé la lumière grâce à des ampoules électriques...

— C'est vrai que cela éclaire mieux que les bougies, intervint Hayley sous le regard noir de Meredith.

— Oui, admettons. Pour la lumière et ses fameuses ampoules, c'est intéressant, mais quoi d'autre ?

Meredith sentait que la conversation lui échappait et qu'elle avait probablement tort d'être aussi sceptique au sujet de l'électricité, mais elle ne voulait pas donner raison à son frère.

— Quoi d'autre ? Je pense que nous allons pouvoir utiliser l'électricité dans à peu près tous les domaines. Mais, de toute façon, je vois bien à ta mauvaise tête, que tu ne penses pas un mot de ce que tu dis. C'est juste pour m'ennuyer que tu continues à soutenir qu'elle ne sert à rien. Nous n'avons qu'à nous rendre au Palais de l'électricité et tu verras bien à quoi elle peut servir.

Meredith prit un air pincé, mais ne répliqua pas. Hayley, quant à elle, savourait sa limonade en regardant la Seine. Elle ne savait pas où allait l'amener cette aventure, mais elle profitait de chaque instant extraordinaire qu'elle ne revivrait probablement plus jamais de toute sa vie de domestique. Si elle avait su étant plus jeune, qu'un jour elle visiterait une exposition universelle à Paris par une chaleur extraordinaire, cela l'aurait peut-être aidée pendant les jours sombres, lorsqu'elle n'avait ni emploi, ni argent.

— Je veux bien aller où vous voulez, soupira-t-elle, mais laissez-moi quelques minutes pour récupérer.

— Mais vous n'aurez même pas besoin de marcher, Miss Fortescue ! remarqua Benedict. Nous allons emprunter ces fabuleux trottoirs roulants.

— Pardon ?

Benedict ouvrit son guide officiel de l'exposition à une autre page.

— Pour un tarif unique de 50 centimes chacun, nous pouvons emprunter le trottoir roulant, qui fait le tour de l'exposition, et en dessert les différents sites grâce à neuf stations. Nous pourrons y accéder par des rampes en pente douce, ce qui nous permettra de rejoindre la plate-forme à 7 mètres de hauteur, où un trottoir fixe de 80 cm permet d'accéder à un trottoir intermédiaire, qui se déplace à 4,5 kilomètres par heure, pour enfin accéder au troisième trottoir, qui fait 2 mètres de large et se déplace à 8,5 kilomètres par heure. Si nous restons sur le trottoir le plus rapide, nous ferons le tour complet de l'exposition en 26 minutes !

Hayley ne semblait toujours pas convaincue.

— Je vous lis le texte officiel, continua Benedict. « Le trottoir roulant consiste en deux planchers mobiles parallèles dont l'un, le plus large, roule à une vitesse de 8,5 kilomètres et l'autre à une vitesse de 4,5 kilomètres. On passe à volonté et sans danger de l'un à l'autre ». Cela nous permettra de rejoindre, sans nous fatiguer, tous les points de l'exposition que nous souhaiterions visiter.

— Fort bien, capitula Hayley, nous allons emprunter ce trottoir roulant. J'espère seulement qu'avec cette robe longue et mes bottines à talons, je ne vais pas m'écrouler en montant sur cette étrange machine.

— Ne vous inquiétez pas, Miss Fortescue, je vous donnerai le bras !

— Et moi ? ? ? s'indigna Meredith.

— Toi ma sœur, ta robe est plus courte et te permet de voir tes bottines, donc tu feras comme moi, tu te débrouilleras pour monter !

Meredith bouda. En réalité, elle était partagée entre deux sentiments antinomiques : elle était vexée que son frère lui dénie son statut de femme et ne lui donnât pas le bras à elle aussi ; en même temps, elle savait qu'elle aurait refusé ce bras, s'il le lui avait tendu, sous prétexte qu'elle n'était pas une petite chose fragile... C'était décidément bien difficile d'être une femme indépendante !

Les jumeaux et Hayley se levèrent et se rapprochèrent de la station du trottoir roulant la plus proche. Baptisé la « rue de l'Avenir », ce trottoir rencontrait un franc succès. Tout à leur admiration de cette construction extraordinaire, capable de transporter 14 000 passagers simultanément et occupés à écouter les explications de Benedict, ils ne remarquèrent pas le jeune homme blond aux yeux bleu acier, qui s'était mis à les suivre.

L'expérience du trottoir roulant n'avait pas été aussi désagréable, que ce qu'avait imaginé Hayley. Elle s'était même amusée sur cette étrange machine et avait apprécié le confort d'avancer de site en site sans avoir à s'épuiser à marcher au soleil.

Arrivés sur le Champ-de-Mars, ils furent ébahis par les multiples constructions, qui y avaient été érigées. Entre la tour Eiffel - vestige de la précédente exposition universelle de 1889 -, le globe céleste - gigantesque sphère de 60 mètres de haut, au cœur de laquelle Saint-Saëns dirigeait de multiples concerts -, le Palais lumineux, le Palais de l'optique, le Maréorama, le Cinéorama et tant d'autres attractions plus diverses les unes que les autres, les jumeaux et Hayley ne savaient plus où regarder. Pourtant, leur attention fut attirée par un château d'eau exceptionnel, qui trônait au fond du Champ-de-Mars, et dont les cascades d'eau brillant sous le soleil d'été étaient un aimant pour tous les visiteurs. Cependant, quelque spectaculaire que pût être ce château d'eau, il était écrasé par le Palais de l'électricité, construction plus monumentale encore que les autres, qui s'élevait vers le ciel dans une dentelle de verre et d'acier. Le Palais était surmonté par une statue impressionnante représentant la fée Électricité, haute de plus de 9 mètres et qui semblait s'élancer vers le ciel. Derrière elle, un diadème de fer, de verre et d'acier, rehaussait la beauté de l'édifice. Cependant, lorsqu'ils arrivèrent en face de ce Palais, Meredith, Benedict et Hayley ne purent l'admirer dans toute sa splendeur nocturne. De jour, le Palais de l'électricité était une construction parmi les autres, certes spectaculaire, mais pas aussi extraordinaire qu'elle le devenait à la nuit tombée, lorsque, crevant les ténèbres séculaires, toute sa structure s'illuminait et que son diadème se mettait à crépiter d'étincelles. Alors la fée Électricité montrait sa puissance et laissait présager sa future gloire.

Meredith, Benedict et Hayley en restèrent bouche bée. Ils avancèrent vers le Palais comme s'ils étaient en présence d'une cathédrale... une cathédrale de bruits et de fureurs en revanche. Le son assourdissant des machines à vapeur les ramena à la réalité. Derrière la façade aérienne et futuriste, les lourdes machineries créaient l'énergie nécessaire au fonctionnement de l'exposition. Au milieu des aires consacrées aux machines à vapeur, aux machines-outils et aux machines motrices, un espace avait été dédié à la « production et utilisation mécaniques de l'électricité ». Benedict ne ressentait plus la fatigue, n'entendait plus le bruit ambiant, n'écoutait plus ni sa sœur, ni Miss Fortescue qui, au bout d'une heure et demie à admirer des moteurs, des turbines, des engrenages et des objets mécaniques de toutes sortes, se trouvèrent quelque peu lassées du spectacle et décidèrent de retourner près du château d'eau à l'entrée du bâtiment. Benedict leur fit signe qu'il restait encore un peu, ayant la chance de s'entretenir en anglais avec un ingénieur américain. Meredith et Hayley abandonnèrent le jeune homme à l'ingénieur, ou plutôt elles abandonnèrent le pauvre Américain aux questions du jeune Anglais, et sortirent, heureuses de profiter du soleil de juillet et de la fraîcheur de l'eau jaillissante.

Le jeune homme blond, qui ne les avait pas quittés du regard, ne savait plus s'il devait surveiller Meredith et Hayley ou Benedict. Après un moment d'hésitation, il opta pour les deux femmes et s'assit non loin d'elles.

CR✦SO

A listair marchait d'un bon pas dans les rues du premier arrondissement. Il connaissait bien le quartier pour y avoir passé un temps certain à déambuler, folâtrer et espionner. Toutefois, plus il approchait de la Seine, plus le quartier avait été bouleversé par l'installation de l'exposition universelle. N'ayant d'autres indications que le nom de la maison close et son emplacement approximatif, en face du pavillon de l'Allemagne, Alistair partit de ce point et parcourut systématiquement les rues adjacentes jusqu'à trouver le lupanar.

Le pavillon de l'Allemagne se trouvait dans la rue des Nations, érigée le long du quai d'Orsay, entre le pont des Invalides et le pont de l'Alma, sur la rive gauche de la Seine. Encadré par ceux de la Norvège et de l'Espagne, le pavillon impérial était remarquable, non seulement par sa grandeur - le deuxième plus vaste de l'exposition après celui de la Grande-Bretagne -, et par la qualité de sa réalisation. En effet, l'Allemagne n'avait plus participé à une exposition universelle organisée en France depuis celle de Paris en 1867, l'hostilité existant entre les deux Nations étant trop forte. Toutefois, l'Empire allemand avait décidé de répondre cette fois-ci à l'invitation de la République française, cet événement participant de la politique de prestige soutenue par l'Empereur Guillaume II. Les architectes impériaux avaient créé, pour l'occasion, un haut et élégant bâtiment inspiré de l'architecture allemande du XVIème siècle, réunissant avec grâce diverses parties de différents édifices. L'ensemble donnait une construction remarquable d'une belle hauteur, aux couleurs vives et éclatantes, surplombée d'un haut beffroi scintillant de dorures, incrustée d'un gigantesque cadran d'horloge.

Pour son retour en France, l'Allemagne avait investi dans la représentation de son héritage culturel et dans la mise en valeur de sa puissance actuelle. L'Empire utilisait l'espace de son pavillon national pour exposer la richesse de ses bibliothèques et des collections impériales. Dans un geste politique d'apaisement, l'Empereur Guillaume II avait renvoyé en France le temps de l'exposition certains des chefs-d'œuvre français de la collection impériale de Frédéric II. Occupant aussi une vaste salle place des Invalides, l'Allemagne y exposait la richesse de ses manufactures, le fleuron de ses machines et de son industrie métallurgique, la vigueur de son agronomie et la croissance de sa marine marchande. Le Deuxième Reich démontrait à la face du monde sa puissance dans tous les domaines.

Alistair ne se préoccupait guère d'architecture. Il observait les abords du pavillon impérial, cherchant à reconnaître un visage familier puis, n'ayant repéré aucune connaissance amicale ou inamicale, il tourna autour de l'édifice et s'engouffra dans les rues parisiennes alentours. Après avoir parcouru la rue Malar et une bonne partie de la rue de l'Université, l'œil aguerri d'Alistair fut attiré par un minuscule médaillon de plâtre en façade au-dessus d'une porte. Reconnaissant la forme de la médaille qu'il avait empochée dans la cabine de l'espionne, il observa l'immeuble un moment. Quelques discrets va-et-vient confirmèrent ses doutes, il avait bien trouvé le lieu qu'il cherchait. En revanche, se précipiter tête la première dans la gueule du loup sans savoir à quoi s'attendre ne le tentait guère. Sans soutien et sans pouvoir attendre une quelconque aide en dehors de celle que pourraient lui apporter ses jeunes cousins et leur gouvernante, Alistair ne se sentait pas d'humeur à tenter le diable. Pourtant, il allait bien devoir y fureter, au moins pour reconnaître les lieux… Il se rapprocha de la porte en vérifiant qu'il n'était l'objet d'aucune surveillance - tout comme l'avaient fait avant lui d'autres hommes - et toqua.

Un homme à la mine patibulaire s'encadra dans la porte. Bâti comme une armoire normande, l'homme n'était pas pressé de laisser entrer Alistair. Celui-ci observait avec attention le portier en se demandant par quel bout il devrait le prendre s'il devait se battre avec lui.

— Qu'est-ce que vous voulez ?

— On ne peut pas dire que votre établissement se démarque par la chaleur de son accueil. Je souhaite recourir aux services de votre maison, dit Alistair en sortant la médaille.

L'homme jeta un coup d'œil au jeton, sourit de toutes ses dents et s'effaça de l'encadrement de la porte pour laisser le passage à l'Anglais.

— Si Monsieur veut bien se donner la peine d'entrer.

Alistair rempocha la médaille et entra dans le bâtiment.

La maison close était moins miteuse que ce à quoi il s'attendait. Agréablement agencé, le mobilier était assez récent et les tissus paraissaient propres. Le salon, où attendaient ces dames, comptait nombre de banquettes et de fauteuils semblant tout à fait confortables. Comme de coutume, les rideaux étaient fermés et occultaient le jour, la lumière étant apportée dans la salle par quelques lampes à pétrole. Cependant, même si l'heure pouvait encore être jugée matinale, Alistair fut étonné de ne pas voir davantage de prostituées en attente de clients. Soit l'établissement manquait de professionnelles, soit le nombre de clients était invraisemblable pour ce genre de maison. L'Anglais fit le tour de la pièce, en bon client qui se respecte, jaugeant les qualités de chacune de ces dames puis, jouant celui qui n'avait pas trouvé la perle rare, il s'approcha de la femme la plus âgée, qui trônait sur la salle avec un air mauvais. Installée derrière un bar en hauteur, la mère maquerelle, grasse et outrageusement poudrée, le regardait de ses yeux globuleux, comme un gros crapaud observe une jeune mouche.

— Je suis un peu étonné par vos filles, Madame, commença Alistair.

— Et qu'est-ce qu'elles ont mes filles ?

— Elles me semblent toutes fort jeunes et peu à même de satisfaire un homme tel que moi. J'aime les dames plus...

expérimentées.

La femme le scruta d'un œil mauvais.

— Cela dépend de ce que Monsieur recherche, mais je vous assure que la plupart de mes filles combleront n'importe quel homme.

Alistair fit une moue dubitative et sortit le jeton de sa poche.

— Celui qui m'a confié ce jeton m'avait promis que je trouverai mon bonheur dans votre établissement…

Alistair jouait avec le jeton et le faisait aller de doigt en doigt tout au long de sa main, montrant alternativement son côté face et son côté pile. La tenancière qui, de prime abord, jetait un regard peu intéressé au jeton manipulé, fixa son attention sur le côté pile et son regard se fit plus vif.

— Monsieur aurait dû commencer par ça. Si vous voulez bien me suivre.

L'énorme femme se leva du haut tabouret sur lequel elle reposait, sa robe aux tissus moirés froufroutant à chacun de ses mouvements. Elle se dirigea vers un rideau pareil à ceux qui occultaient les fenêtres et, le tirant, dévoila une porte donnant sur un sombre couloir. Elle s'y engouffra, devançant Alistair qui replongea son jeton dans sa poche avant de la suivre. La femme ondulait devant l'Anglais, dans un frou-frou étouffé et une semi-obscurité, jusqu'à ce qu'un violent coup ne fracassât le crâne d'Alistair. Il perdit connaissance, avant de tomber sur le sol recouvert d'un épais tapis.

෴ ✦ ෴

Au terme d'une journée riche en émotions, en connaissances et en découvertes, les jumeaux et Hayley rejoignirent l'hôtel particulier, qu'ils retrouvèrent sans peine dans les méandres des rues parisiennes. À peine étaient-ils rentrés dans le hall de la demeure, que les jumeaux se précipitaient dans la salle à manger, afin de faire part de leur mémorable journée à leur cousin. Cependant, ils trouvèrent la pièce vide et se ruèrent alors dans le salon, où Alistair ne les attendait pas davantage. Hayley arriva peu après eux et, considérant qu'elle avait assez marché pour la journée, elle s'assit, en s'effondrant le moins possible dans un fauteuil. Les jumeaux se mirent en quête du majordome, qui apparut avant même qu'ils aient le temps de prononcer son nom.

— Ah, Martin, notre cousin n'est-il pas encore rentré ? demanda Benedict.

— Non, Monsieur, Monsieur Clifford n'est pas revenu de toute la journée.

— Avons-nous reçu un autre courrier ?

— Non, Monsieur.

— Bon, je suppose que nous allons devoir attendre dans ces conditions.

— Puis-je offrir à Mesdames et Monsieur quelques rafraîchissements ?

— Ce serait avec un grand plaisir, Monsieur Martin, confirma Hayley.

— Très bien, Madame.

Le majordome disparut aussi vite qu'il était apparu. Meredith s'écroula dans un fauteuil à côté d'Hayley, alors que Benedict faisait le tour de la pièce.

— Je n'aime pas ça, grommela-t-il.

Hayley le regardait aller et venir et se demandait quand il finirait par être fatigué.

— Il ne faut pas vous inquiéter, Monsieur Benedict. Paris est une grande ville et votre cousin a sûrement mieux à faire de ses soirées que de les passer en notre compagnie.

— Non, je ne suis pas d'accord, intervint Meredith. Alistair nous a dit que nous nous verrions ce soir et je le crois homme de parole. Il ne nous aurait pas laissé entendre qu'il allait rentrer en fin de journée, si telle n'était pas sa volonté.

— Je suis d'accord avec toi, Meredith. Quelque chose ne va

pas. Le problème, c'est que nous sommes seuls et que nous ne pouvons attendre d'aide de personne.

— Avant d'imaginer le pire, patientons, intervint Hayley. Il n'est pas tard. Monsieur Clifford a encore le temps de rentrer.

Meredith fit une moue dubitative, mais ne répliqua pas, consciente qu'Hayley avait raison. Benedict haussa les épaules et s'abattit à son tour sur un fauteuil, au moment où le majordome entrait dans le salon avec un plateau chargé d'un pichet de limonade et de trois verres.

രു✦ഌ

Tout était noir. Alistair reprenait peu à peu connaissance et les messages, que lui envoyait son corps, ne le satisfaisaient guère. Il était parvenu à ne pas ouvrir les yeux à son réveil et feignait encore l'évanouissement, le temps pour lui de définir s'il était seul ou pas dans la pièce et de pouvoir savoir où il se trouvait. Il avait été frappé à l'arrière du crâne et s'était écroulé en se fracassant la pommette sur le sol. En revanche, ce qui le rassurait quelque peu, c'est que le reste de son corps ne lui envoyait guère d'informations douloureuses, mis à part ses chevilles et ses poignets qui étaient strictement liés à une chaise.

D'après son odorat, il avait quitté la ville, puisque l'air était chargé de senteurs boisées, outre une odeur fraîche et humide de pourriture. Une cabane dans les bois, selon toute vraisemblance.

Alistair entrouvrit avec précaution les yeux. La salle était plongée dans la pénombre. Il pouvait tout de même voir où il se trouvait et ce qu'il voyait ne lui plaisait pas, mais alors pas du tout. Il avait été abandonné dans une sorte d'atelier, aux murs encombrés de multiples outils tels des scies, des masses et tout autre matériel qu'un interrogateur sadique pourrait utiliser contre lui. En outre, la pièce n'avait qu'une seule sortie, une porte située en face de lui et sous laquelle la pâle lumière filtrait.

Alistair tira sur ses liens, mais son action n'eut pour effet que de les resserrer. Celui qui l'avait ligoté connaissait son métier. Il tenta alors de savoir s'il lui restait ses couteaux, mais il ne ressentait plus le poids de ses armes contre sa peau... *Bien évidemment...* Dans la situation inverse, il aurait lui aussi pris grand soin de délester son adversaire de ses jouets favoris. Alors quoi d'autre ? La bonne nouvelle était que la chaise sur laquelle il était attaché, était légère et lui permettrait de rejoindre le mur où les scies étaient accrochées. La deuxième bonne nouvelle était que le sol était de terre battue et il pourrait se déplacer sans trop attirer l'attention sur lui. La troisième bonne nouvelle... et bien, il n'y en avait pas mais, d'un naturel optimiste, Alistair considéra que deux bonnes nouvelles dans sa situation constituaient déjà une chance incroyable. Aussi entreprit-il de se glisser peu à peu vers le mur aux scies.

Alistair avait à peine parcouru quelques décimètres que la luminosité changea. Une ombre obscurcit la pièce, avant que l'ouverture de la porte n'apporta bien plus de lumière que ne le souhaitait l'Anglais.

— Je savais bien que notre hôte s'était réveillé.

Alistair sourit malgré lui. La femme s'approcha de lui, tenant une lampe-tempête et éclairant le visage de celui qu'elle avait fait ligoter quelques heures auparavant. Isabelle, ou quel que soit son véritable prénom, regardait Alistair avec un air narquois.

— Madame, vous me pardonnerez de ne pas me lever en votre présence. Un importun a jugé bon de m'ancrer à une vulgaire chaise.

La femme sourit, amusée par la forfanterie de l'Anglais. Alistair se dit par-devers lui qu'il n'avait jamais eu auparavant le privilège d'avoir un bourreau aussi incandescent que celle-ci. La lumière illuminait la lourde chevelure rousse de l'espionne.

La porte monumentale, place de la Concorde, à l'exposition universelle de 1900, d'après une carte postale.

Chapitre VI

La nuit était tombée sur Paris. À la fenêtre du salon, Benedict surveillait les passants dans la rue, guettant le moment où il apercevrait son cousin Alistair. Cependant, après avoir attendu avant de dîner, puis avoir patienté pendant toute la durée du repas, pour enfin reprendre son attente pendant plus de deux heures après, Benedict était à bout de patience. D'un naturel moins calme que son frère, Meredith ne faisait que monter et descendre les escaliers pour évacuer sa nervosité, sans y parvenir. Attendre ne lui valait rien.

Hayley, quant à elle, s'était montrée optimiste jusqu'à la fin du repas, puis elle avait enfin convenu que le retard d'Alistair était pour le moins curieux. En effet, un gentleman de sa qualité faisait toujours savoir à ceux, qui étaient supposés l'attendre, qu'il serait en retard. Bien qu'elle pût imaginer les plaisirs et mystères que Paris pouvait offrir à un célibataire en goguette, Hayley se rangea à l'opinion des jumeaux et considéra que le retard inexpliqué d'Alistair ne pouvait être dû qu'à un élément fort contrariant. En revanche, elle se montrait moins prompte que les jumeaux à convenir qu'il ne pouvait s'agir que d'une embuscade d'espions ennemis. Elle imaginait, quant à elle, un malaise dû à l'extrême chaleur de Paris en ce mois de juillet 1900, un accident quelconque dont aurait pu être victime Alistair ou, au pire, une attaque de malandrins ayant souhaité lui dérober son portefeuille et sa montre. Hayley devait tout de même reconnaître que, quelle que fût l'option retenue par le destin, elle n'avait rien d'engageant.

Meredith revint dans le salon, sans plus oser poser la

question fatidique, comme elle l'avait fait au moins une centaine de fois avant que son frère ne sortît de ses gonds. Elle constata que rien n'avait changé et vint s'écrouler dans un fauteuil.

Hayley posa le roman qu'elle ne parvenait plus à lire.

— Je pense que nous allons devoir prévenir la police française de la disparition de Monsieur Clifford.

Benedict se décolla à regret de sa fenêtre et vint s'asseoir face à Hayley.

— Je ne vois pas en quoi la police pourrait nous aider à retrouver notre cousin. Nous avons affaire à des services secrets étrangers et seuls les services secrets français ou britanniques pourraient nous venir en aide.

— Il faut que vous arrêtiez de tout rapporter à l'espionnage, Monsieur Benedict. Votre cousin a pu être la victime d'un accident de la circulation, d'une insolation ou d'un acte de brigandage contre lequel il nous a tant mis en garde avant que nous ne partions visiter l'exposition universelle. Je ne sais dans quels bas quartiers son enquête l'a mené, mais il n'y aurait rien de surprenant à ce qu'il ait été victime d'une telle agression.

— Je pense que notre cousin est tout à fait apte à faire mordre la poussière à n'importe quel voyou. De plus, je ne crois pas Alistair d'une constitution assez fragile pour subir une insolation qui le laisserait incapable de revenir depuis tout ce temps. Reste la possibilité d'un accident... Toutefois, ne pensez-vous pas que, dans un tel cas, l'ambassade britannique nous aurait déjà prévenus ?

Hayley fut surprise de l'argument, qu'elle trouva frappé au coin du bon sens.

— Il est certain que si un citoyen britannique est retrouvé accidenté dans une rue parisienne, la police française ne manquera pas de prévenir l'ambassade qui, selon toute vraisemblance, sait où nous vivons. Il me semble que notre logement a été loué par l'intermédiaire de l'un de leurs services, n'est-ce pas ?

Meredith acquiesça d'un signe de tête.

— Il nous faut donc nous préparer à une éventuelle attaque ennemie, trancha Meredith.

Son frère la regarda en silence, soupesant les possibilités d'une attaque nocturne. Dans l'hypothèse où leur cousin aurait été capturé par un service ennemi, ce même service ne mettrait pas longtemps à savoir où ils résidaient et serait capable de venir fouiller l'immeuble à la recherche dont ne savait quoi ou, pire, de venir capturer l'un ou l'autre des occupants pour faire pression sur Alistair lors de son interrogatoire. Benedict se rangea à l'opinion de sa sœur.

— Je crois que tu as raison, Meredith. Nous devons nous préparer à une visite désagréable cette nuit. Allons d'abord vérifier que tout a été fermé.

Les jumeaux se levèrent d'un bond et se précipitèrent l'un à l'étage, l'autre dans les pièces adjacentes du rez-de-chaussée, que les domestiques avaient fermées avant leur départ. Benedict, qui s'occupait du rez-de-chaussée, put constater qu'ils avaient fait leur travail avec sérieux. Aucun loquet, ni autre barre de protection ne pouvait être ajouté. À l'étage, Meredith vit que les fenêtres étaient aussi fermées qu'elles pouvaient l'être et ne put que redescendre pour rassurer son frère. Ils se rejoignirent au bas de l'escalier dans l'entrée, hors la présence d'Hayley.

— Miss Fortescue ne semble pas nous prendre au sérieux. Pourtant, je suis certain que nous allons subir une attaque cette nuit, commença Benedict.

— La porte à l'arrière est verrouillée et les fenêtres du rez-de-chaussée sont toutes munies de barreaux. Le seul point à surveiller est l'entrée où nous nous trouvons, analysa Meredith. Donc si attaque il y a, elle viendra d'ici.

Benedict observa l'entrée. Il réfléchissait à toute vitesse quand son attention s'arrêta sur la lampe électrique de l'entrée.

— Nous devons piéger l'entrée, trancha Benedict.

— Piéger, piéger, tu y vas fort, mon frère ! Et si Alistair

rentrait cette nuit ? Il tomberait dans ton piège !

— Ne t'inquiète pas, il s'agira d'un piège que je déclencherai moi-même.

Meredith scruta son frère, dont l'expression déterminée lui faisait penser qu'il savait déjà quoi faire.

— Tu as un plan ?

— Oui, dit-il avec un grand sourire. Je vais te montrer à quoi peut servir l'électricité...

Meredith ouvrait les yeux d'un air surpris, ses sourcils se relevant vers son front et sa bouche se pinçant en une moue comique. *L'électricité...* Mais qu'avait en tête Benedict ?

∝◆∞

L a tête d'Alistair partit à la volée sous l'impact de la gifle monumentale que le colosse, à côté de lui, venait de lui assener. Toujours assis sur sa chaise dans l'atelier, Alistair encaissait les coups, sans pour autant savoir ce que cet homme lui voulait. Bien qu'il sût que cette technique d'interrogatoire visait à le rendre plus vulnérable, il en avait assez de subir sans pouvoir répliquer. L'homme recula de quelques pas et lui laissa le temps de récupérer quelque peu ses esprits. Alistair se secoua, sourit autant que sa bouche boursouflée le lui permettait et lança à l'inconnu :

— Déjà fini ? Je pensais les Français plus appliqués à leur tâche.

L'homme ne broncha pas. Il attendait quelqu'un et n'était que le larbin auquel on avait donné la tâche ingrate de préparer le prisonnier pour la suite. Le son d'une conversation s'approcha de la porte. L'espionne rousse entra, suivie de deux hommes vêtus de noir. Elle aussi était habillée comme un homme, portant un pantalon et un veston noir sur une chemise blanche. Ses cheveux étaient relevés en un chignon sophistiqué, dont quelques mèches rousses s'échappaient. Malgré sa situation, Alistair ne put faire autrement que d'admirer la femme qui lui faisait face.

— Monsieur Clifford, j'aurais quelques questions à vous poser.

Alistair la regarda sans émotion et attendit.

— Je souhaiterais savoir ce que la *Special Branch* vient faire sur le territoire français.

Alistair ne broncha pas et se contenta d'esquisser un sourire narquois, malgré l'inconfort que cela lui occasionnait. Toutefois, le pincement de lèvres qu'occasionna ce sourire à son adversaire, lui fit oublier la petite douleur qu'il lui avait causée.

— Je vois que j'ai affaire à une forte tête. Je n'en attendais pas moins de vous. Mon prédécesseur dans ce service m'avait beaucoup parlé de votre étonnante capacité à provoquer l'irritation de vos adversaires.

La femme croisa les mains dans son dos ce qui eut pour effet de faire ressortir sa poitrine. Toutefois, loin de vouloir user de ses charmes, elle se concentrait et recherchait par quels moyens elle pourrait attaquer avec plus d'efficacité. Elle s'adaptait à son adversaire.

— Mon prédécesseur m'avait aussi vanté votre courage physique. Aussi suis-je amenée à penser que nous pourrions continuer cette séance pendant un long moment, avant que vous n'ouvriez la bouche. Toutefois, je n'ai aucun goût pour ce genre d'exercice et je préfère d'autres genres de cruauté.

La Française tournait autour de la chaise, comme un lion autour de sa proie. Elle marchait et observait du coin de l'œil les réactions d'Alistair. Celui-ci demeurait impassible, ne faisant qu'observer les trois sbires qui accompagnaient, un peu trop silencieusement à son goût, l'espionne qui lui tournait autour. Le colosse, qui l'avait frappé quelques minutes auparavant, se tenait en retrait, sans toutefois disparaître de la vue d'Alistair, afin de lui rappeler la menace constante sous laquelle il était. Quant aux deux nouveaux venus, ils étaient athlétiques, sans être d'un physique extraordinaire, mais avaient le regard vide de ceux qui sont capables d'exécuter un homme sans sourciller sur un simple ordre. La femme avait repris sa place juste en face d'Alistair et souriait désormais du coin de la bouche, le couvant d'un regard féroce.

— D'après ce que je sais, vous n'êtes pas venu seul à Paris. Il semblerait que deux jeunes gens de votre famille et leur gouvernante se soient joints à vous durant ce séjour, ce que je trouve pour le moins curieux, mais, après tout, chacun peut bien employer les méthodes qu'il souhaite.

— Du tourisme.

— Pardon ?

— Je réponds à votre première question : du tourisme.

La femme ne put s'empêcher de sourire à la réponse, mais reprit vite contenance. Pour se donner plus de temps afin de retrouver le calme menaçant nécessaire à ce genre de conversation, elle alla chercher une chaise qui se trouvait dans l'angle de la pièce, la ramena en face d'Alistair et s'assit dessus à l'envers, appuyant ses avant-bras sur le dossier.

— Ainsi, vous, l'ex-agent préféré des ambassades britanniques, vous revenez sur les lieux de vos exploits passés pour faire du tourisme. Vous avez tout de même une conception très particulière du tourisme. Parce que si mes souvenirs sont bons, vous n'aviez pas si tôt quitté Londres que trois hommes ont tenté de vous assassiner, ainsi que les membres de votre famille. Soit dit en passant, vous me devez une robe.

Alistair détailla la femme d'un regard chirurgical. Elle était fine, grande et élancée. Il ne faisait aucun doute que cette femme savait se battre aussi bien qu'un homme, voire mieux, et elle venait de lui avouer qu'elle avait tué pour le défendre. Mais dans quel but ?

— Je suis un homme qui paie ses dettes.

— Je n'en doute pas une minute. Toutefois, je veux une réponse à ma question : qu'est-ce qu'un agent de la *Special*

Branch vient faire à Paris ?

— Je suis fort étonné qu'une espionne de votre qualité n'ait toujours pas découvert l'objet de ma visite de courtoisie dans votre charmante capitale. En outre, je suis obligé de vous contredire. Je n'appartiens pas à la *Special Branch*.

La femme plissa les yeux.

— Pourtant, c'est bien à la demande de ce service que l'ambassade britannique s'est mise en quête d'un logement, qui vous conviendrait à Paris... Un fort bel hôtel particulier, soit dit en passant.

Alistair revint à son attitude granitique et ne la regarda même plus. Elle fit une moue appréciatrice, puis toute plaisanterie quitta son visage. Son regard se fit lointain, comme si elle acceptait l'inévitable. Elle se releva, repoussa la chaise, s'approcha d'Alistair, empoigna les cheveux de sa nuque et les tira violemment en arrière afin qu'il relevât son visage vers elle.

— Puisqu'il en est ainsi, Monsieur Clifford, nous allons aller chercher vos deux jeunes cousins et nous verrons bien si la morsure du fouet sur leurs tendres peaux de bébés ne délie pas votre langue.

La femme lâcha les cheveux d'Alistair, lui tourna le dos, fit signe aux deux hommes restés au fond de la salle de la suivre et s'apprêtait à sortir, quand Alistair se racla la gorge. Elle se retourna.

— Un dernier mot, peut-être ?

— Oui, très chère. J'aime savoir le nom de ceux que je m'apprête à tuer.

La femme ne put s'empêcher de sourire de toutes ses dents.

— Vous n'aurez pas mon nom, mais je peux vous donner mon prénom, si vous le souhaitez.

— Cela me conviendra.

— Philippine, dit-elle tout sourire.

— Très joli... apprécia Alistair. Dommage.

Elle sourit et referma la porte. Bientôt, un silence complet envahit la salle. Resté seul avec celui qui était son gardien, Alistair ne bougeait pas. Le colosse l'observait avec attention puis, estimant que le silence avait assez duré, il conclut :

— Ben, toi mon gars, on peut dire que tu manques pas d'estomac.

L'homme haussa les épaules, puis sortit.

Resté seul, Alistair se remit à rapprocher sa chaise des scies, aussi vite que sa position le lui permettait. Malgré ses efforts, ses liens s'étaient à peine desserrés, alors qu'il lui fallait rejoindre Paris avant que Philippine et ses acolytes ne mettent la main sur l'un des jumeaux. Peu à peu, Alistair se rapprochait des scies par petits bonds successifs. Transpirant sous l'effort, il s'octroya une petite pause à une cinquantaine de centimètres du mur et vit soudain que la chance ne l'avait pas abandonné. Sur le rebord de l'établi le plus proche, une pièce métallique tordue apparaissait. Selon toute vraisemblance, elle lui permettrait avec quelques efforts supplémentaires de libérer une de ses mains. Il positionna sa chaise de façon à ce que le lien de sa main gauche se trouvât juste en face de l'éclat métallique et frotta frénétiquement les cordes le liant contre cette aspérité. Peu à peu, la corde s'effilocha et, au bout d'une dizaine de minutes, il réussit à libérer sa main gauche. De sa main écorchée, meurtrie mais libre, il s'acharna sur le nœud de sa main droite et parvint à le défaire. Puis il s'attaqua aux liens de ses jambes, récupéra les cordes et fut debout.

Enfin libre, Alistair se frotta les membres pour faire circuler le sang dans ses mains et ses pieds meurtris, puis il fit le tour de la pièce du regard. Il jeta son dévolu sur un lourd maillet de bois. *Cela fera l'affaire.* Il éteignit la lampe-tempête, qu'avaient laissée ses ravisseurs, se plaça à côté de la porte et se mit à gémir. En quelques instants, un bruit de pas s'approcha. La lumière pénétra soudain dans la salle et le colosse entra, mâchant encore son repas.

— Qu'est-ce qui se…

Il n'eut jamais le temps de finir sa phrase, ni d'avaler ce qu'il avait dans la bouche, Alistair écrasa sur son crâne le lourd maillet de bois. L'homme s'effondra par terre et fut ligoté quasi instantanément grâce aux cordes récupérées. Alistair le fouilla, mais ne trouva aucune arme utile à son évasion. Il conserva son maillet et explora son lieu de détention.

Le bâtiment ne comptait que deux pièces et ressemblait aux ateliers d'une ferme. La salle, où il avait été détenu, donnait sur la pièce principale, qui ne contenait qu'une vieille table sur laquelle un repas et un journal avaient été posés. Alistair but goulûment au pichet d'eau fraîche, s'empara d'un bout de pain et de fromage, puis partit à la recherche d'une arme plus intéressante que son maillet. Il fit le tour et finit par dégotter un fusil de chasse et quelques munitions. Ainsi paré, il sortit.

L'Anglais entrebâilla la porte et tomba dans la cour d'une ferme en ruine. Éclairé par la seule lumière des étoiles et de la lune, il se glissa dans la cour miteuse, sur ses gardes. À l'affût du moindre bruit ou craquement, il recherchait un moyen de s'éloigner rapidement des lieux. Il ne put trouver qu'un brave cheval, peu taillé pour la course, mais assez solide pour appartenir au colosse qu'il venait d'assommer. Désormais convaincu qu'il était seul dans une ferme abandonnée, Alistair posa le fusil à côté de lui et sella l'imposant animal qui, d'un caractère placide, ne regimba pas. Il récupéra son fusil et monta en selle.

— Allez mon beau, il va falloir que tu m'aides…

Le cheval marchait d'un pas tranquille, qui s'accéléra peu à peu. Alistair ne cherchait pas à le guider, préférant laisser l'animal à la manœuvre. Celui-ci reprendrait peut-être le chemin inverse de celui qui l'avait mené jusqu'à la ferme… Au bout de quelques minutes, Alistair se félicitait d'avoir fait confiance au cheval, car il déboucha sur une route plus large et mieux entretenue, d'où il put admirer une percée de lumière à travers la nuit. Au loin, la tour Eiffel illuminait Paris de mille feux, aidée dans sa lutte contre l'obscurité par le Palais de l'électricité et quelques grandes attractions de l'exposition universelle. Alistair resta contemplatif durant quelques secondes.

— Merci, Monsieur Eiffel…

L'espion pressa le cheval qui renâcla un peu. L'animal était plus tenté par une calme promenade nocturne que par un galop vers Paris, mais comprenant que son cavalier ne changerait pas d'avis, il accéléra le pas en direction de la ville illuminée.

ଓଃ✦ଛ୦

D ans l'hôtel particulier, les jumeaux et Hayley se préparaient à recevoir avec tous les égards dus à leurs rangs les éventuels ennemis, qui souhaiteraient les attaquer durant la nuit. Sous les directives de Benedict, des linges tordus et serrés furent entassés entre l'escalier et le mur du couloir de l'entrée, pour former une sorte de barrage et créer un bassin artificiel devant l'escalier. Benedict avait, en effet, remarqué que la porte d'entrée de l'hôtel particulier était surélevée, pour éviter que l'eau de pluie ne rentrât dans le bâtiment, et qu'en outre, une distance d'un peu plus d'un mètre cinquante séparait l'escalier de la porte. Ainsi, entre les deux murs de l'entrée, la porte surélevée et le bas de l'escalier, les trois-quarts d'un bassin apparaissait dans l'entrée. Restait à construire le barrage le plus étanche possible pour qu'une étendue d'eau puisse être créée et maintenue à l'entrée de la demeure. Tous trois s'étaient escrimés à ériger le barrage le plus solide et le remplissaient d'eau. Une flaque de quatre à cinq centimètres de profondeur apparaissait désormais et personne ne pourrait entrer sans traverser cette pataugeoire.

Afin de parfaire son piège, Benedict avait pris soin de décoller du long de la plinthe le fil électrique qui reliait la lampe, destinée à éclairer l'entrée, au réseau d'électricité. Il avait démonté la lampe et disposait désormais d'un fil électrique mobile, démuni d'ampoule, qui pouvait être jeté à tout moment dans la flaque d'eau. L'heure avançant, chacun avait pris son poste dans l'élaboration du piège : Meredith attendait armée à l'étage, près de l'escalier, prête à tenir en joue les potentiels ennemis ; Hayley faisait des allers-retours avec des arrosoirs et veillait à ce que le niveau d'eau soit suffisant dans le bassin de fortune ; Benedict tenait avec précaution le fil relié à la fée Électricité, prêt à le jeter contre ses adversaires. Toutefois, n'étant pas certain du résultat, il tenait aussi son revolver, prêt à faire feu.

Dans la pénombre, tous les trois attendaient que l'ennemi passât enfin à l'attaque. Pendant près d'une heure, ils n'entendirent rien de suspect et finirent par se demander si leur imagination ne leur avait pas joué un tour. Si tel était le cas, ils devraient expliquer à Alistair pourquoi ils avaient dévasté l'entrée. Tout était détrempé, sans compter que l'eau s'infiltrait sans discontinuer dans le couloir, repoussée qu'elle était par l'escalier et la porte d'entrée étanche. La remise en état de l'entrée nécessiterait, sans conteste, quelques coûteux travaux… Pourtant, malgré le temps, qui s'écoulait sans apporter le moindre changement à la situation, Meredith et Benedict n'étaient toujours pas convaincus d'être en sécurité et ils continuaient à patienter dans l'obscurité, guettant le moindre bruit inquiétant. Pour sa part, fatiguée par l'attente et la journée de marche qu'elle avait vécue, Hayley était assise par terre sous l'escalier, entourée de ses deux arrosoirs, et luttait contre le sommeil.

Soudain, le bruit d'une clé tournant dans la porte d'entrée se fit entendre. Ce léger déclic métallique eut pour effet de réveiller en une fraction de seconde les trois occupants de l'hôtel particulier. Hayley se précipita et vida ses deux arrosoirs dans le bassin d'eau, puis retourna en courant sous l'escalier. L'emploi d'une clé troubla Benedict et il espérait qu'il n'électrocuterait pas son cousin. Il se résolut à attendre de voir la ou les personnes qui entreraient dans le bâtiment, avant de déclencher son piège. Meredith, enfin, était prête à faire feu et avait mis en joue l'entrée, depuis le haut de l'escalier.

La porte s'ouvrit lentement, précautionneusement, l'intrus prenant grand soin de ne pas faire de bruit. Celui qui s'apprêtait à entrer, observa depuis le perron l'intérieur de l'immeuble et apparut en ombre chinoise à Benedict. *Trop court et trop râblé pour être Alistair.* Benedict n'eut plus aucun doute. L'ennemi pataugea dans l'eau :

— Qu'est-ce que c'est que toute cette flotte ? chuchota-t-il en français.

Un deuxième homme le suivit, piétinant à son tour dans le bassin improvisé.

— C'est rien, râla-t-il, ils doivent avoir une fuite d'eau.

Enfin, une troisième silhouette s'encadra dans l'entrée en ombre chinoise. Plus fine et plus élancée que les deux autres, elle hésita avant d'entrer.

— Il y a trop d'eau pour que ce soit une fuite, dit-elle.

Comprenant qu'il ne pouvait plus attendre pour déclencher son piège, Benedict lança son fil électrique dans l'eau et actionna, dans le même temps, l'interrupteur du couloir. Les deux hommes virent une ombre bouger, se retournèrent pour faire face au danger, mais n'eurent pas le temps de comprendre ce qu'il se passait, puisque au même moment, le fil électrique toucha l'eau. Ils se mirent à hurler, l'eau grésillant sous eux au contact de l'électricité, qui glissait à travers elle. Les hommes se tordaient de douleur et, l'un d'eux, dans un spasme incontrôlé referma la porte au nez de la femme, qui restait pétrifiée sur le perron.

Comprenant que les deux hommes finiraient par mourir, Benedict se jeta sur l'interrupteur et coupa le courant. Il les vit s'effondrer en deux masses inertes. Ils étaient tombés, assommés, voire pire, mais Benedict n'osait pas l'imaginer. En revanche, il était mécontent et inquiet, car son piège n'avait fonctionné qu'en partie. La femme lui avait échappé et, tant qu'il ne saurait pas où elle était, il ne pourrait pas se préoccuper de la santé des deux hommes, affalés au sol. Benedict prit son courage à deux mains, retira le fil électrique du bassin et franchit le barrage le séparant de la porte d'entrée, enjambant les deux corps. Il jeta un coup d'œil vers le haut de l'escalier, aperçut sa sœur, qui s'était rapprochée à quelques marches de l'entrée, se tenant juste derrière lui, et ouvrit la porte d'un coup violent. La femme avait disparu. Benedict retira la clé de la porte, la referma et se tourna vers les deux hommes, toujours évanouis.

Avec l'aide d'Hayley, Meredith gardant les deux hommes en joue, Benedict tira le premier intrus hors de l'eau et l'attacha solidement à un fauteuil de salon... *Il faudra aussi faire nettoyer les fauteuils*... Puis, il revint à l'entrée, vérifia que le second vivait encore, il le tira vers le salon, pour l'attacher à un deuxième siège.

— Nous aurions peut-être dû les fouiller avant de les attacher... remarqua Meredith.

Benedict se frappa le front de la main et fouilla le premier homme. Il retira de ses vêtements un revolver et trois couteaux. Hayley se chargea de fouiller l'autre et le dépouilla du même genre d'armes, auxquelles il avait ajouté une matraque. Hayley observa cette dernière quelques instants, la prit en main, la soupesa, fit deux ou trois mouvements pour l'essayer et estima que cette arme serait bien mieux utilisée par ses soins que par le voyou ficelé en face d'elle. Elle l'empocha donc avec une certaine satisfaction.

Ces dernières minutes, Meredith et Benedict avaient multiplié les messes basses, laissant Hayley dans l'ignorance de leur plan, alors qu'elle surveillait le réveil de leurs deux prisonniers. Les hommes montraient quelques signes de vie, ce qui accrut la nervosité de leurs geôliers improvisés. Inquiet, Benedict se rendit en quelques pas rapides jusqu'à la porte d'entrée et vérifia que celle-ci était toujours close, avant de revenir dans le salon à grands pas. Quand il revint, Benedict trouva sa sœur en train de tenir en joue le premier des hommes à être entré. Il était désormais réveillé et éprouvait la solidité de ses liens, en tirant dessus de toutes ses forces.

— Si j'étais vous, gronda Meredith, je me tiendrais tranquille. Je ne suis pas aussi aimable que mon frère et, s'il ne s'était agi que de moi, je vous aurais laissé rôtir dans l'entrée.

L'homme la regarda d'un air étonné, puis se calma et cessa de gigoter sur sa chaise. Son compagnon finit par reprendre ses esprits. Plus grand et plus élancé que son comparse, il observait avec étonnement et colère les trois personnages insolites, qui les avaient mis hors de combat. De spectateur, Benedict devint acteur de la pièce qui se jouait.

— Messieurs, je suis enchanté de voir que vous avez repris vos esprits. J'ignorais si ma petite expérience électrique, dont vous avez été les innocents sujets, s'avérerait mortelle ou pas. Je suis ravi de constater que j'ai coupé l'électricité à temps, pour préserver vos corps et vos esprits.

Benedict se positionna en face des deux hommes.

— Pourrions-nous désormais savoir qui nous avons l'honneur de recevoir ce soir ?

Les deux hommes le regardèrent avec mépris et ne dirent pas un mot. Benedict leur sourit, très sûr de lui.

— La nuit risque d'être longue, si vous n'êtes pas plus coopératifs. Tout d'abord, outre le fait que nous n'avons pas l'intention de prévenir la police française de votre aimable visite, vous n'êtes pas sans savoir que notre petit logement parisien est une véritable place forte. Par conséquent, n'attendez aucun secours. Ensuite, je tiens à attirer votre attention sur un

178

point : nous sommes très attachés aux membres de notre famille. Aussi souhaiterions-nous savoir où vous détenez notre cousin et, le cas échéant, nous pourrions nous montrer charitables à votre encontre, en ne vous livrant pas aux services britanniques, par exemple...

Pas de réponse.

— Bien évidemment, si vous ne souhaitez pas coopérer de façon civilisée avec moi, je puis laisser ma sœur, au caractère plus vif et moins patient que le mien, vous poser quelques questions... à sa manière. Malheureusement pour vous, ma très chère sœur a toujours eu un penchant pour la cravache. Elle excelle dans l'art du dressage... de toutes sortes de bêtes en vérité.

Benedict se tourna d'un air jovial vers sa sœur, qui ne quittait pas des yeux les prisonniers. Était-ce l'air de folie que Meredith avait dans le regard ? Était-ce la stupéfaction de se voir ainsi à la merci de deux adolescents et de leur gouvernante ? Était-ce la vue de cette domestique toute victorienne, qui observait cette scène sans broncher ? Était-ce le choc électrique ? Ils l'ignoraient, mais les deux Français, ligotés à leurs fauteuils, se mirent à être fort mal à l'aise de leur situation. Benedict continuait à sourire, avec calme, comme s'il avait procédé à des interrogatoires de façon très régulière.

— Autre question qui me taraude, je souhaiterais savoir qui est la femme qui vous accompagnait et ce qu'elle peut bien nous vouloir, puisque nous la côtoyons depuis notre départ de Londres...

Les deux hommes ne faisant pas mine de bouger, de répondre ou de coopérer d'une quelconque façon, Benedict prit un air résigné.

— Puisqu'il en est ainsi, je vais être dans l'obligation de passer le relais à ma sœur et, Messieurs, je vous souhaite... bien du plaisir.

Benedict se retira dans le fond de la pièce et céda la place à

Meredith. Celle-ci fit le tour des deux fauteuils, puis se dirigea vers le couloir, disparut quelques instants, avant de revenir, chargée de deux fouets et d'une cravache en cuir. Elle posa ses armes sur la table du salon et les observa avec attention. Elle compara leurs souplesses, leurs formes et leurs poids. Puis, elle choisit le fouet le plus court et le soupesa.

— Si vous voulez bien rejoindre mon frère, Miss Fortescue. Je ne voudrais pas vous blesser.

Hayley se leva d'un bond, regarda Meredith avec stupeur, mais ne dit rien, supposant que cette étrange scène participait d'un plan élaboré entre les jumeaux.

Meredith se centra dans la pièce, évalua la distance qui la séparait de la fenêtre dans son dos et se tourna vers celui des deux hommes, qui transpirait le plus, le plus grand. Elle fit tourner le fouet en experte et, soudain, elle lança le bras et fit claquer le fouet juste en face du nez du prisonnier, qui ne put réprimer un mouvement de peur. Meredith le regarda dans les yeux.

— Que préférez-vous perdre ? Le nez ou une oreille ?

L'homme ne répondit pas, mais tira comme un forcené sur ses liens.

— À moins que… Oh, je sais ! Un œil…

Hayley avait beau savoir que Meredith jouait un rôle, convenu avec son frère lors des messes basses, elle commençait à transpirer, considérant que la jeune lady méritait d'avoir son nom en haut d'une affiche dans l'un des plus grands théâtres de Londres. L'homme croisa le regard affolé d'Hayley et n'en fut que plus perturbé. Selon lui, il était impossible que cette jeune fille, de bonne famille, puisse le découper en morceaux à grands coups de fouet. Toutefois, si la veille, on lui avait annoncé qu'il serait capturé par deux adolescents et une gouvernante, il n'en aurait pas cru un mot. Les services français avaient sous-estimé l'équipe anglaise ! Un ancien espion, ses deux jeunes cousins et leur gouvernante ! L'ancien espion était un dur à cuire, les deux jeunes cousins ressemblaient plus à deux sadiques qu'à deux jeunes nobles faisant du tourisme, quant à la gouvernante... Il l'avait vue empocher sa matraque... Quelle gouvernante digne de ce nom se conduirait de la sorte ? Cette mission était un piège et il se retrouvait à la merci d'une jeune folle, dont le regard vide ne laissait rien présager de bon.

— Vous ai-je dit que je tiens énormément à mon cousin Alistair ? demanda Meredith.

L'homme la regarda et jugea cette information sincère.

— Vous êtes le seul lien existant entre moi et mon cousin, aussi suis-je amenée à vous déconseiller de demeurer silencieux. Je ne vous le demanderai qu'une seule fois : Où est mon cousin ?

L'homme se tut et se dit, à la lueur de colère qui traversa le regard de Meredith, qu'il allait peut-être le regretter. La jeune lady lança le bras, le fouet voltigea dans les airs, suspendu au-dessus des hommes pour quelques instants encore, puis sa course s'accéléra et le claquement sinistre brisa le silence, qui régnait dans la pièce. Un hurlement retentit. Meredith venait d'éclater le menton de l'homme attaché en face d'elle. Elle ramena le fouet derrière elle en une boucle parfaite.

— Mon cousin, grogna-t-elle.

Elle ne lâchait pas du regard l'homme dont le sang se déversait désormais le long de son cou, des cordes et jusque sur le fauteuil. Benedict se dit que leur plan n'était peut-être pas si intelligent, qu'il l'avait cru de prime abord. Il avait sincèrement pensé que ces hommes parleraient et n'avait pas imaginé que sa sœur se mettrait vraiment à les fouetter... Il fallait qu'il trouvât une échappatoire. Son regard croisa celui d'Hayley et aperçut juste à temps la silhouette, qui s'encadrait dans la porte donnant sur le salon.

— Lâchez votre fouet ou je vous abats comme la garce, que vous êtes !

Meredith releva la tête, puis observa la femme rousse, qui venait d'entrer et la tenait en joue. La jeune lady ne broncha pas et garda le fouet en main, un air de féroce détermination sur le visage.

— Lâchez votre fouet ! ordonna Philippine.

Soudain, la Française sentit la présence de Benedict et de son revolver à un mètre de sa tempe.

— Je vous retourne le compliment, Madame. Lâchez votre arme ou je vous fais sauter la cervelle, pour parler trivialement.

Un éclair de rage traversa le regard vert de Philippine, mais elle posa son arme au sol, puis se releva, les mains en l'air. Hayley se saisit de son revolver et le posa sur la table avec les autres, alors que Benedict ne quittait pas l'espionne des yeux. De son côté, Meredith détaillait Philippine. Grande, rousse, élancée, elle était vêtue comme un homme, ce que la jeune Anglaise lui envia.

— Garce, vous-même ! Maintenant que vous êtes là, vous allez me dire où est mon cousin ou je me ferai un plaisir d'exploser votre joli visage !

— Mais qu'est-ce qu'ils donnent à manger à leurs petits lords en Angleterre ? s'amusa Philippine. C'est incroyable, vous êtes tous plus féroces les uns que les autres.

Philippine toisait Meredith en souriant. Très calme, désarmée, les mains en l'air, elle ne paraissait guère impressionnée par la situation. La colère de Meredith s'accrut d'un coup. Cette femme se moquait d'elle... La Française continua :

— En fait, nous venions vous chercher pour contribuer à l'interrogatoire de votre cousin. Il ne s'est guère montré coopératif, mais j'ai senti que lorsque j'ai menacé de fouetter vos peaux de bébés, j'avais touché un point sensible. C'est terrible de faire de l'espionnage en famille.

Meredith écumait de rage. Interrogé ? De quelle manière ? Avaient-ils fait du mal à Alistair ? Dans quel état se trouvait-il ?

Était-il blessé ?

— J'avais quelques réticences à devoir frapper des jouvenceaux, tels que vous, mais maintenant que je vous ai vus à l'œuvre, je prendrai un grand plaisir à vous donner une leçon... cuisante... tout comme j'ai adoré frappé le visage si parfait de votre cher cousin...

Meredith explosa et se jeta sur Philippine. Elle voulait lui ôter du visage le sourire sardonique avec lequel elle la narguait depuis son entrée.

— Meredith ! cria Benedict.

Il comprit, mais trop tard, ce que faisait Philippine, quand celle-ci esquiva l'attaque frontale de Meredith, lui tordit le bras et l'immobilisa en la maintenant devant elle. La Française plaça la jeune fille entre elle-même et Benedict. Ce dernier ne savait plus où viser. Il risquait de toucher Meredith...

— Alors, petit frère, que vas-tu faire ? Sacrifier ta sœur ? Ou nous suivre gentiment ?

Philippine n'eut pas le temps de finir sa tirade. Hayley venait de lui écraser sur le crâne sa toute nouvelle matraque. L'espionne s'abattit au sol.

— Maintenant tout le monde va se calmer, sinon je vous assomme tous autant que vous êtes ! s'indigna la gouvernante.

Hayley était très contrariée par le tour qu'avaient pris les événements. Quelque peu dépassée, elle avait laissé les jumeaux élaborer et suivre leurs propres plans et ils s'étaient conduits comme des sauvages, sadiques et vindicatifs. Absolument rien de commun avec l'éducation qu'elle avait tenté de leur donner et les qualités nécessaires à des personnes de leurs rangs. Hayley se sentait trahie.

— Monsieur Benedict, vous allez ligoter cette dame à coté de ses comparses et vous irez vous asseoir avec votre sœur sur le canapé qui demeure libre, pendant que je réfléchis.

Le Français indemne ricanait. Hayley fut sur lui en deux pas et lui assena un violent coup de matraque sur le crâne, ce qui eut pour effet de le renvoyer dans les bras de Morphée. Puis elle se dirigea d'un air déterminé vers le second, au menton meurtri :

— D'accord, d'accord, je me tiens coi.

Une étrange atmosphère régnait désormais dans le salon. Hayley avait besoin de silence pour réfléchir et elle l'avait obtenu. Elle devait trouver un moyen de faire parler l'un des trois prisonniers, sans pour autant s'adonner à une séance de torture. Non seulement c'était vulgaire mais, en plus, c'était inefficace. Elle se tourna vers l'homme encore réveillé, le plus grand des deux.

— Monsieur, étant donné que vous êtes le dernier encore conscient, je souhaiterais vous parler franchement. Je ne cherche querelle à personne et encore moins à une Nation toute entière. Peu m'importe en réalité pour quel Etat vous travaillez, France, Russie, Italie ou que sais-je encore. La seule chose qui m'importe est de retrouver Monsieur Clifford aussi vite que possible.

— Je rejoins votre position, Madame, dit une nouvelle voix, teintée d'un léger accent russe.

Hayley releva la tête pour observer d'où venait la voix. À l'entrée du salon, trois nouveaux venus se tenaient debout. Entouré par deux hommes de haute taille à l'allure martiale, le jeune homme blond, qui avait suivi les jumeaux et Hayley dans l'exposition, leur faisait face. Son regard bleu acier était calme et faisait le tour de la salle d'un air appréciateur. Les trois hommes étaient désarmés, du moins ne menaçaient-ils personne avec une arme visible.

— Veuillez excuser cette interruption, mais je me demandais si nous pourrions nous joindre à cette conversation fort prometteuse ? continua le jeune homme.

Hayley inspira avec contrariété. Tout était toujours compliqué dans ces affaires d'espionnage.

— Je vous en prie, Monsieur, puisque vous arrivez sans nous

menacer, vous êtes les bienvenus. En revanche, je pense qu'il serait sage d'aller refermer la porte d'entrée, Monsieur Benedict. Nous sommes désormais assez nombreux, me semble-t-il...

— Je peux m'en charger, intervint l'un des colosses avec un fort accent russe.

Sans attendre, l'homme se tourna, sortit de la pièce d'un pas lourd. Du salon, le claquement de la porte se fit entendre, puis des bruits de pas étrangement lents claquèrent dans l'entrée. L'homme revenait sur ses pas en marchant de dos. Il entra à reculons dans le salon, les bras en l'air, immédiatement suivi par un fusil de chasse. Alistair, la mine affreuse et le visage grièvement tuméfié, fit son entrée.

Frères NEURDEIN, Exposition Universelle de 1900, 1900,
Albumen silver print, 20.9 × 27.3 cm (8 1/4 × 10 3/4 in.), 84.XP.709.733,
The J. Paul Getty Museum, Los Angeles.

Chapitre VII

Les jumeaux n'en croyaient pas leurs yeux. Ils se levaient du canapé, où les avait envoyés Hayley, pour se précipiter vers leur cousin, mais Alistair lança :

— Restez à vos places, le temps pour moi de faire le point avec les différentes factions de cette charmante assemblée.

Alistair regarda avec attention, du moins autant que le lui permettait son œil boursouflé, les trois agents ligotés sur les fauteuils.

— Qui a capturé ces gens ?

— C'est nous, répondirent en chœur les jumeaux.

— Et qui a éclaté le menton de cet homme ?

— C'est moi... souffla Meredith.

Alistair fit un signe appréciateur et esquissa un sourire, qui se tordit en une grimace douloureuse. Sa lèvre venait de se rouvrir. Il tourna son attention vers les trois nouveaux venus.

— Je connais les tristes sires ligotés sur les fauteuils, pour avoir passé une après-midi fort déplaisante en leur compagnie, mais, quant à vous, il ne me semble pas avoir eu l'honneur de vous rencontrer auparavant.

Le jeune homme fit quelques pas en direction d'Alistair, qui l'observait avec attention. Il ne paraissait pas hostile et, bien que les deux colosses l'accompagnant se montrassent nerveux de voir celui sur lequel ils veillaient, se mettre en danger, ils ne firent pas un mouvement pour le retenir. Le jeune homme salua de façon militaire Alistair, en faisant claquer ses bottes rutilantes et en s'inclinant.

— Nous n'avons jamais eu l'honneur de nous rencontrer,

mais vous connaissiez assez bien mon frère aîné. Je suis le prince Mikhaïl Nikolaïevitch Kourakine.

Alistair marqua une vive surprise et baissa soudain son arme, cassant le fusil pour plus de sécurité. Il s'approcha de Mikhaïl avec un grand sourire.

— Le jeune frère de ce bon vieux Andreï ! Il me parlait souvent de vous ! Quel honneur de vous rencontrer... même aujourd'hui... Au moins avec les Russes, je sais toujours où j'en suis !

Mikhaïl souriait avec tristesse. Heureux de rencontrer cet homme, dont son frère lui avait si souvent vanté la loyauté et le courage, mais triste de devoir être un funeste messager. Alistair regarda Mikhaïl et recula.

— Où est votre frère ? s'inquiéta-t-il.

Mikhaïl inspira avant de répondre.

— Il a été assassiné le mois dernier à Paris.

Le visage d'Alistair se décomposa.

— Par qui ?

— Nous l'ignorons, c'est pourquoi je suis ici. Je souhaiterais interroger l'espionne française au sujet de l'assassin de mon frère.

— La Française ? Cela m'étonnerait. Elle n'est pas assez féroce pour cela. Elle m'a détenu dans un lieu contenant masses, marteaux et scies, mais s'est contentée de m'interroger à coups de gifles et de poings.

— Parce que je ne voulais pas vous tuer... articula Philippine d'une voix un peu faible.

L'espionne avait repris ses esprits, mais sa tête était encore dodelinante. Hayley ne plaisantait pas quand elle maniait sa matraque... Alistair s'approcha de la Française, attachée au fauteuil. Il se campa en face d'elle, le fusil cassé sur l'épaule.

— Maintenant, Madame, je vous encourage à être exhaustive dans vos explications.

Philippine le fixa du regard.

— Que faites-vous en France ?

Alistair ne put s'empêcher d'être impressionné par la force d'âme de cette femme.

— Je traque un voleur. À vous.

Philippine eut l'air surprise et quelque peu déstabilisée.

— Pourquoi ne l'avez-vous pas dit plus tôt ?

— Parce que je ne parle jamais sous la contrainte, c'est une question de principe !

Philippine semblait avoir du mal à comprendre ce qu'il lui disait.

— Vous voulez dire que si j'étais venue vous parler, vous m'auriez répondu ?

— Probablement, ma chère. J'ai toujours apprécié faire la conversation aux dames.

Philippine se rejeta en arrière dans son fauteuil, appuyant sa tête meurtrie contre le dossier. Elle ferma les yeux et sourit.

— Pour une fois, mon père n'enjolivait pas sa description.

Hors du temps pour quelques instants, Philippine sourit au souvenir de son père décrivant ses journées avec grandiloquence. Elle reprit :

— Voilà ce que je sais. Les services français ont été attaqués. Nous avons perdu trois agents. Deux ont été assassinés à Paris, un à Berlin. De plus, les plans d'une arme stratégique ont été volés au nez et à la barbe de nos services, au sein même du ministère de l'Armée. Le ministre a réuni une équipe triée sur le volet, afin que nous retrouvions le ou les responsables de ces crimes et que nous les éliminions. Une de nos pistes nous menait à Londres, mais j'ai perdu la trace de celui que je suivais et j'ai bientôt appris qu'un plan stratégique avait été volé aux Britanniques. J'ai essayé de retrouver l'homme que je poursuivais mais, hélas, sans résultat. Un contact m'a mis sur votre piste et je vous ai surveillé, espérant que l'autre attacherait ses pas aux vôtres et j'avais raison. Nous avons éliminé deux hommes, mais je suis certaine que celui que je recherche s'est échappé.

— L'homme à la respiration sifflante… souffla Benedict.

Philippine redressa la tête et regarda Benedict dans les yeux.

— Vous savez qui il est ?

Alistair intima le silence à son cousin du regard. Benedict se tassa dans son canapé, conscient d'avoir commis une erreur. Alistair reprit :

— Je ne sais pas s'il est celui que vous recherchez. Toutefois, il est certain qu'un homme à la respiration sifflante a été vu sur les lieux du vol et dans le train allant de Londres à Folkestone, dans la même cabine que les deux hommes que nous avons abattus. Quant à savoir s'il s'agit du même homme, je ne peux pas vous le confirmer, puisque je n'ai pas vu celui qui était dans le train et que je suis le seul à avoir vu celui qui était sur les lieux du vol.

— À quoi ressemble-t-il ?

— En vérité, un homme tout à fait quelconque. Plutôt mince, de taille moyenne, plus petit que moi, cheveux courts et épars, châtain, de petites lunettes rondes vissées sur le nez, une moustache. Un physique quelconque. Le meilleur physique pour un espion.

Alistair s'interrompit quelques instants dans sa description, plongé dans ses pensées.

— Nous sommes manifestement à la recherche du même ennemi. Il n'est pas français, il n'est pas anglais, il ne semble pas être russe non plus. Par conséquent, qui nous a envoyé son tueur favori ?

Mikhaïl s'approcha d'Alistair.

— Avant d'être assassiné, mon frère était sur la trace d'un espion allemand surnommé « Le Caméléon ». Nous ignorons s'il a été abattu par cet homme, mais nos services ont reçu l'ordre de se méfier, en toute priorité, des services allemands et austro-hongrois.

Alistair regardait d'un air surpris Mikhaïl.

— Le Caméléon ? Impossible. Cette vieille barbe a été supprimée, il y a plus de vingt ans.

— Je le sais, mais Andreï recherchait bel et bien un espion allemand surnommé « Le Caméléon ».

Alistair parut troublé par cette information. Cela évoquait en lui des souvenirs bien lointains, du temps où il commençait à peine à s'intéresser aux relations internationales sous l'angle si spécifique de l'espionnage. D'après ses souvenirs, l'espion évoqué par Mikhaïl avait été supprimé avant qu'il ne débutât sa propre carrière, mais il avait laissé un souvenir vif à ceux qui l'avaient rencontré. Peu en réalité avaient croisé sa route en connaissant son identité et en y survivant. L'homme était passé maître dans le déguisement, s'infiltrait en tout lieu et à toute époque et parvenait toujours à échapper aux services de sécurité des pays attaqués. Il avait fallu une entraide constante entre plusieurs États, dont la Russie, la France et la Grande-Bretagne, pour parvenir à le supprimer. Se pouvait-il qu'un espion allemand ait repris le flambeau et pût se targuer des mêmes qualités meurtrières que son prédécesseur ? Alistair n'était pas convaincu. Il aurait entendu parler d'un tel adversaire avant son départ, qui ne remontait pas à des temps immémoriaux.

Alistair se tourna vers Philippine et détacha ses liens. Les deux géants russes s'occupèrent de libérer leurs homologues français, tout en veillant à ce qu'ils conservassent leur calme.

— Une chose encore, ma chère. Vous nous avez affirmé avoir été triée sur le volet, mais mon souci est que je ne vous connais pas. Vous n'êtes pas ancienne dans le monde de l'espionnage et j'aimerais savoir pourquoi l'État français a placé sa confiance en vous.

— Parce que je ne pouvais pas être la meurtrière de mon père.

Alistair la regarda avec attention. Le visage de la jeune femme évoquait en lui un vague souvenir, mais il était incapable de savoir lequel.

— Qui était votre père ?

— Marcel Sergent.

Ce nom replongea Alistair bien des années auparavant, au moment où il était en poste à Paris et rencontrait régulièrement Marcel dans des troquets de bords de Seine, afin d'échanger certains renseignements. L'homme était jovial, loyal, parfois emporté et vif mais, après tout, n'était-il pas français... Après avoir libéré Philippine de ses liens, Alistair fit quelques pas dans le salon, puis se retourna pour observer l'assemblée réunie devant lui.

— Au final, nous sommes ici un peu en famille. Le seul élément qui me contrarie dans toute cette histoire est que je suis le dernier survivant d'une génération décimée d'espions. À part moi, vous êtes tous jeunes et, je n'ose dire, inexpérimentés. Je comprends mieux pourquoi j'ai été attaqué dès ma sortie de Londres.

Alistair se retrouvait le point de mire de toutes les attentions. Loin d'être vexés par sa remarque sur leur inexpérience, les femmes et les hommes en face de lui acceptaient ce commentaire, comme un constat. Il était désormais le chef naturel de cette assemblée, celui qui savait. À lui de les guider.

CR✦ƧꙄ

L'atmosphère changea dans la salle. Après le temps des constats venait le temps de la contre-attaque. Alistair reprit la parole que personne ne lui disputait.

— Si vous me le permettez, chers amis, je vais vous expliquer comment tout cela va se passer. Nous allons nous séparer ce soir, bons amis, chacun allant faire son rapport à qui de droit. Puis, chacun de nos États, l'un après l'autre, va refuser de croire qu'une menace commune plane sur nous. Aussi recevrons-nous l'ordre de cesser de coopérer avec les autres services et, enfin, nous continuerons à nous faire abattre l'un après l'autre. L'alternative, qui s'offre à nous, est de nous allier et, ceci, envers et contre les ordres que nous allons recevoir. Il nous faut maintenir un lien entre nous en toute discrétion. En effet, ne vous leurrez pas, nous sommes continuellement surveillés les uns par les autres. Quelqu'un a-t-il une proposition d'un moyen discret de communication, qui échapperait à la vigilance habituelle de nos services et qui nous permettrait de conserver un contact entre nous ?

Chacun observait son voisin dans l'attente d'une éventuelle proposition. Voyant que personne ne prenait la parole, Meredith osa un léger :

— Peut-être, une boîte aux lettres ?

Alistair fit un non de la tête.

— Non. Ce n'est pas assez direct. Nul ne peut savoir qui y a placé le mot. Il nous faut un moyen d'échanger directement entre nous et que nous soyons certains que les informations ne sont pas biaisées.

Un lourd silence s'installa. Hayley s'éclaircit la gorge.

— Vous souhaitez intervenir, Miss Fortescue ? proposa Alistair.

Hayley se leva du canapé, où elle avait rejoint les jumeaux, et se tourna vers Mikhaïl.

— Je suppose qu'un homme de votre qualité a un valet attaché à son service ?

Mikhaïl fut surpris et acquiesça d'un signe de la tête.

— Oui, Madame, j'ai un valet qui me connaît depuis mon enfance.

— Pensez-vous que vous pouvez faire confiance à cet homme ? continua Hayley.

— Il a toute ma confiance. Sans aucune hésitation.

Hayley se tourna vers Philippine.

— Je suppose que, pour votre part, Madame, vous avez dans votre entourage une connaissance, qui pourrait passer pour votre femme de chambre.

Philippine regarda Hayley avec attention.

— Oui, Madame, confirma l'intéressée. J'ai sous mes ordres une jeune femme, qui a toute ma confiance, et que vous avez d'ailleurs rencontrée, Monsieur Clifford. C'est elle qui vous a aiguillé vers notre établissement.

Alistair tenta de grimacer, sans succès.

— Effectivement, une jeune femme qui inspire fort confiance. C'est d'ailleurs bien la première fois que je paye dix francs pour être envoyé dans un piège.

Philippine esquissa un sourire en coin.

— Elle a beaucoup de caractère et est d'une grande loyauté. Mais, à quoi pensez-vous, Madame ?

— Vous allez tous faire l'objet d'une surveillance sérieuse, ce qui vous empêchera de vous rencontrer. Toutefois, je serai très étonnée que vos domestiques soient l'objet de la même surveillance. Aussi ai-je pensé que nous pourrions, tous les jours, nous retrouver sur un marché de Paris ou dans un commerce quelconque à une heure dite. Si rien de neuf n'est apparu, nous pourrions porter, par exemple, un foulard bleu ou un mouchoir bleu et, à l'inverse, si un danger ou un élément devait être communiqué aux autres, nous pourrions porter du rouge et nous réunir autour d'un étal pour échanger nos informations.

Alistair était très fier de la gouvernante de ses cousins. Cette femme, si distinguée et si au fait des bonnes manières, avait fait montre d'un courage certain depuis le début de leur aventure, mais faisait aussi preuve d'une grande ingéniosité et d'une parfaite intelligence. Ses gages n'étaient probablement pas à la hauteur des qualités qu'elle montrait. Alistair se promit d'en toucher un mot à son oncle et à sa tante, dès son retour en Angleterre.

Philippine se leva du fauteuil. La tête lui tournait, mais elle s'obligea à ne rien montrer de sa faiblesse passagère.

— Fort bien. Je suis avec vous Monsieur Clifford et quels

que soient les ordres que je recevrai de ma hiérarchie, vous pourrez toujours compter sur mon aide.

Philippine tendit la main à Alistair qui, souriant, s'empara de la main de la jeune femme.

— Choix judicieux, ma chère. Vous pourrez compter sur mon aide d'une façon inconditionnelle jusqu'à ce que nous ayons retrouvé notre tueur et voleur qu'il soit « Le Caméléon » ou qui que ce soit d'autre.

Mikhaïl s'approcha des deux autres et mit sa main sur celles déjà liées d'Alistair et de Philippine.

— Je m'allie à vous et vous assure que vous pourrez compter sur toute l'aide que je pourrai vous apporter. Dans cet état d'esprit, je vais prévenir l'intendant du pavillon de la Russie à l'exposition universelle, afin qu'il vous apporte aide et secours, si vous en aviez besoin. Il vous suffira de vous présenter au pavillon et de dire que vous venez de ma part et de celle de mon frère en évoquant nos seuls prénoms « Andreï et Mikhaïl ». Je donnerai les mêmes ordres à l'ambassade.

Philippine acquiesça d'un signe de tête.

— Pour ma part, je vous ouvre les portes de notre établissement, rue de l'Université, et vous engage à vous y rendre, si vous avez un quelconque problème. Ma « femme de chambre », si je puis l'appeler ainsi, y sera postée. Vous devrez simplement donner mon prénom et celui de mon père, si vous aviez besoin d'une quelconque aide.

— Pour ma part, je ne peux rien vous offrir de tel, regretta Alistair. Je suis quelque peu isolé dans cette affaire et ne peut attendre aucun soutien des services britanniques. En revanche, je pense que je vais être la cible privilégiée des attaques de nos ennemis. Aussi vous suffira-t-il de me suivre pour être au plus près de ce que vous recherchez. Ma réputation me précède déjà et je puis vous assurer que, dès demain, je vais m'assurer de ne pas passer inaperçu auprès des Allemands et des Autrichiens. Une question, toutefois, me taraude. Qu'en est-il de l'Italie ?

Les trois brisèrent la poignée de mains qui les liait jusque-là.

— À ma connaissance, commença Philippine, l'Italie n'est pas encore mêlée à cette histoire. Nous l'avons surveillée de par les liens qui l'unissent à l'Empire allemand, mais rien de probant n'est ressorti de notre enquête.

— Il en va de même pour les services russes. Nous n'avons rien repéré de suspect dans le comportement des Italiens.

— Très bien. Je vais tout de même rendre une petite visite de courtoisie au pavillon italien.

Mikhaïl semblait sceptique.

— Pourquoi les pavillons de l'exposition universelle et non pas les ambassades ?

— Parce que, selon moi, Paris est le centre du monde culturel et industriel durant l'exposition universelle. À cet égard, aucun service de renseignement ne peut se passer d'être présent à un tel événement. Entre l'espionnage des secrets industriels, la potentialité de débaucher certains des grands créateurs, l'évaluation des forces en présence, l'estimation des réussites de demain, l'exposition est un formidable terrain d'espionnage qui regroupe, en un seul lieu, le bilan du siècle passé, mais aussi les découvertes qui vont influencer le siècle à venir. Ne réduisez pas notre art aux seuls secrets militaires et stratégiques. Voyez plutôt cette discipline comme une activité globale d'évaluation et de déstabilisation d'un ennemi, dans toutes ses composantes. Avant de nous séparer, je souhaite savoir où nos différents messagers vont se retrouver pour, éventuellement, échanger des messages et quand ?

Philippine prit l'initiative.

— Juste en face de la porte monumentale de l'entrée de l'exposition sur la place de la Concorde, nous avons installé une petite échoppe de primeurs, qui est tenue par l'un de nos hommes. Il a pour mission de surveiller la place le matin de 6 heures à midi. Vous pourrez reconnaître son échoppe à ses nappes jaunes et à son auvent de la même couleur.

— Très bien, cela me paraît un choix judicieux. Je vous propose que nos messagers se retrouvent chaque matin à 8 heures devant cette échoppe à partir de demain.

Estimant que tout avait été dit, Mikhaïl salua martialement Philippine, puis Alistair, se tourna vers les autres membres de l'assemblée les salua de même et prit congé, suivi par ses deux cerbères.

Philippine hésitait avant de partir. Ces deux hommes l'attendaient déjà.

— Je voulais vous présenter mes excuses pour les coups que vous avez reçus cet après-midi. Mais, en toute franchise, je n'avais jamais imaginé qu'un homme puisse être aussi têtu que vous.

— Je ne suis pas têtu, s'indigna Alistair. C'est une question de principe.

Philippine haussa les sourcils, montrant ainsi qu'elle n'en pensait pas moins. Toutefois, elle ne répondit pas et fit signe aux deux hommes de la suivre. Alistair se tourna vers les jumeaux.

— Je pense que vous devez des excuses à ces deux hommes…

— Pour ma part, je ne le pense pas, trancha Meredith. Si nous les avons malmenés, c'est parce qu'ils sont venus nous attaquer. Chacun doit assumer les conséquences de ses actes.

— Et c'est moi que vous considérez comme têtu… dit-il en s'adressant à Philippine.

— Je pense qu'effectivement vos deux jeunes cousins promettent d'être des adversaires redoutables. L'avenir nous le dira.

Philippine adressa un dernier signe de tête à Alistair et quitta l'hôtel particulier avec ses deux hommes. Hayley s'effondra sur un canapé, les jambes coupées, pendant qu'Alistair bloquait la porte d'entrée.

Q uand Alistair revint, toute sa physionomie avait changé. Le stress d'un éventuel combat lui avait permis de trouver une énergie supplémentaire, qui était désormais tarie, et il s'écroulait sous les yeux des jumeaux et d'Hayley. Benedict et Hayley se précipitèrent pour le rattraper, le saisissant chacun par un bras et entourant sa taille de leur autre bras.

— Monsieur Benedict, vous allez m'aider à monter votre cousin dans sa chambre. Miss Meredith, allez dans la cuisine et faites bouillir de l'eau, nous allons devoir nettoyer les plaies de votre cousin. Ensuite, vous lui ferez réchauffer le reste de potage, que nous avons mangé ce soir. Et dépêchez-vous, jeunes gens ! ! !

À ces mots, Benedict entraîna son cousin vers l'escalier avec l'aide d'Hayley. Alourdis par le poids mort d'Alistair, Benedict et Hayley progressaient lentement dans l'escalier. Ils parvinrent à rejoindre l'étage, l'espion plongeant de plus en plus dans l'inconscience. Une fois en haut, les deux porteurs s'accordèrent une minute pour souffler, puis reprirent leur marche vers la chambre du blessé, où ils le déposèrent inconscient sur son lit. Ils lui ôtèrent ses chaussures, son veston et sa chemise poisseuse de sang. Hayley inspecta son torse et ses bras mais, mis à part un bel hématome sous son bras gauche, Alistair semblait être indemne. En revanche, son visage était gravement tuméfié. Hayley regarda la porte puis, avec un air agacé, ressortit de la chambre en disant :

— Déboutonnez le pantalon de votre cousin afin qu'il puisse respirer. Je vais voir ce que fait votre sœur.

Hayley disparut dans le couloir.

CR✦ƎƆ

Pendant ce temps, Meredith s'était précipitée dans la cuisine. Non pas qu'elle fût de mauvaise volonté, mais comment diable faisait-on bouillir de l'eau ? Et combien d'eau ? Et comment allumait-on cette cuisinière en fonte ? Meredith se rendait compte que son éducation privilégiée l'avait coupée de tout un pan de la vie domestique. La moindre fille de cuisine serait à cet instant plus utile à Alistair que ne l'était sa propre cousine. Toutefois, Meredith était une jeune fille déterminée et volontaire. Certes, elle ne savait pas encore comment s'y prendre, mais elle allait trouver. Elle alluma la lampe au-dessus d'elle, qui éclairait la cuisine d'une vague lueur jaunâtre, puis elle entreprit de fouiller les différents placards à la recherche d'un récipient, qui pourrait contenir de l'eau. Au troisième placard retourné, elle trouva enfin un grand fait-tout de cuivre lui convenant. Elle se dirigea vers le robinet et lorsque l'eau coula, elle remercia le ciel d'être dans un hôtel particulier luxueux et moderne, où l'eau venait jusqu'à soi et non l'inverse.

Quand Hayley arriva dans la cuisine, elle trouva Meredith plantée devant la lourde cuisinière en fonte, en train de se demander comment elle pouvait l'allumer. Hayley ouvrit une trappe à l'avant, vérifia que le foyer ne contenait pas trop de cendres et enfourna quelques morceaux de charbon, deux ou trois petites bûches de bois, puis tassa un peu de papier avant d'allumer le tout. La rutilante cuisinière chauffa à l'instant et, après de longues minutes d'attente, l'eau commença à bouillir au soulagement des deux femmes.

— Miss Meredith, n'y voyez pas une volonté de vous contrarier, mais je pense que votre éducation souffre de certaines lacunes et il vous serait utile d'apprendre certaines choses que toutes les femmes du peuple savent faire. Il est primordial pour une dame de savoir se débrouiller, quelles que soient les circonstances.

— Je suis d'accord avec vous, Miss Fortescue.

Hayley fut étonnée d'une telle réponse, mais s'en félicita.

Considérant que l'eau avait assez bouilli, Hayley retira le fait-tout du feu au moyen de grands torchons et posa le récipient sur la table de la cuisine. Puis, elle se tourna vers le robinet et observa le pain de savon.

— Avant de nettoyer les plaies de Monsieur Clifford, nous allons toutes deux nous laver avec attention les mains.

— Mais, mes mains sont propres ! s'indigna Meredith.

— Certainement pas ! cingla Hayley. À mes heures perdues, je me passionne pour les écrits de Monsieur Pasteur, un savant français. Il est convaincu que le nombre d'infections et de maladies pourrait être réduit, si ceux qui prennent soin des malades se lavaient les mains et portaient des habits propres. Aussi suis-je amenée à vous demander de bien vouloir relever vos manches et de vous laver les mains et, ceci, jusqu'aux coudes.

Meredith était vexée. C'était bien la première fois qu'Hayley lui faisait remarquer qu'elle était sale mais, dans le doute, elle obtempéra et se lava les mains, puis les avant-bras avec soin. Elle se sécha ensuite avec un linge propre qu'Hayley venait de sortir du placard. La gouvernante fit de même, puis attrapa deux autres torchons propres qu'elle tendit à Meredith.

— Prenez en soin, Miss Meredith, nous banderons la tête de votre cousin avec ces linges, si nécessaire. Pour le moment, je vais passer au feu le ciseau et les aiguilles.

— Les aiguilles ? ? ?

— Votre cousin a une très méchante plaie au crâne et je pense que nous allons devoir faire quelques points.

— Mais vous n'êtes pas médecin !

— Non, Miss Meredith, je ne suis pas médecin mais, avant de devenir gouvernante, j'ai été infirmière pendant trois années dans un hôpital londonien et je sais encore recoudre une plaie. Venez et ne touchez rien, ni avec vos mains, ni avec les linges.

Meredith regardait Hayley avec stupéfaction. Il fallait vraiment qu'elle parlât avec sa gouvernante pour découvrir qui pouvait bien être cette femme. Impressionnée malgré elle, Meredith prit grand soin des serviettes et torchons, que lui avait confiés Hayley, pendant que celle-ci brûlait les lames d'un ciseau affûté et les aiguilles qu'elle avait sorties de sa poche. Les deux femmes rejoignirent l'étage, Meredith portant les linges, le ciseau et les aiguilles, Hayley se chargeant du fait-tout rempli d'eau bouillante.

Arrivées dans la chambre d'Alistair, Hayley constata que Benedict avait allongé plus convenablement son cousin, l'ayant recouvert d'un drap et d'une couverture. Benedict se leva à leur entrée.

— A-t-il repris conscience ? demanda Hayley.

— Non. Il n'a pas bougé un cil, même lorsque je l'ai tourné dans le lit.

— Voyons le bon côté des choses, ce sera moins douloureux pour lui lorsque je lui ferai les points.

À l'entrée dans la chambre, Meredith avait blêmi. Elle prenait désormais conscience qu'Alistair avait été plus gravement blessé que ce qu'elle avait imaginé. Certes, elle avait pu voir les plaies sur son visage, mais le fait de le voir debout et alerte lui avait fait supposer que ses blessures n'étaient que superficielles. En revanche, le voir désormais allongé dans un lit, aussi blanc que son drap, lui faisait craindre le pire.

Hayley s'aperçut de la pâleur de Meredith et lui fit un sourire encourageant.

— Ne vous inquiétez pas, Miss Meredith. Si votre cousin avait été si gravement touché, il aurait été incapable de se libérer tout seul et de revenir ici. Les plaies à la tête sont toujours impressionnantes, car elles saignent beaucoup. Monsieur Benedict, vous allez prendre la lampe à pétrole et la tenir au-dessus de nous. Il faut que je voie ce que je fais, pendant que je recouds Monsieur Clifford.

Benedict s'approcha du lit et éclaira le visage de son cousin.

Pendant ce temps, Meredith et Hayley nettoyèrent les plaies pour découvrir, après avoir enlevé tout le sang coagulé, qu'il souffrait en réalité de deux grosses entailles : la première à la lèvre, la seconde en haut du crâne, à la frontière entre la chevelure et le front. Le reste des plaies d'Alistair était constitué de multiples bleus à différents stades de développement. Hayley le soigna avec professionnalisme et, à la stupéfaction de Benedict mais aussi de Meredith, elle fit deux points sur son crâne, laissant finalement la bouche. Benedict ne préféra pas regarder Hayley à l'œuvre, sentant son estomac entamer une étrange danse. En revanche, après un moment d'hésitation, Meredith se passionna pour les gestes de sa gouvernante. Elle n'avait jamais réfléchi à une profession, sa naissance l'empêchant d'envisager une carrière personnelle, mais elle découvrait, avec intérêt, ce que pouvait être une carrière médicale. Elle se promit de se renseigner sur ces professions dès son retour en Angleterre. Après tout, après avoir désobéi comme elle l'avait fait à son père, il se pourrait bien qu'il la déshéritât purement et simplement. Il lui faudrait alors trouver un moyen de subsistance et la pratique de la médecine pouvait être une discipline qui l'intéresserait.

Alistair se retrouva bientôt nettoyé, pansé et soigné. Hayley prit son pouls, observa sa respiration et décida que le malade devait désormais être laissé en paix. Elle fit sortir Meredith et Benedict et les envoya se reposer. Pour sa part, elle veillerait le malade tout au long de la nuit. Elle s'absenta quelques minutes, le temps pour elle d'aller chercher un châle et son livre. Hayley approcha un fauteuil du lit, massa ses jambes douloureuses puis, après une hésitation, libéra enfin ses pieds des bottines, qu'elle avait portées toute la journée. Elle était certaine de pouvoir remettre ses chaussures avant le réveil d'Alistair et ainsi de conserver une tenue correcte face à ce gentleman.

Au bout d'une heure, Hayley étendit ses jambes sur une

chaise. Alistair dormait du sommeil du juste, mais elle voulait continuer à le veiller. Elle reprit sa lecture en écarquillant les yeux pour lutter contre le sommeil. Deux pages plus tard, elle ronflait plus fort que son patient.

CR◆SO

L es premières lueurs du jour sourdaient entre les volets, quand Alistair ouvrit les yeux. Sa première sensation fut horrible. Nauséeux, la tête sur le point d'éclater en morceaux, il eut de la peine à savoir où il était. Son premier mouvement fut de porter sa main à son front, de la glisser sur son visage, puis de tâter ses différentes plaies et bosses. Il sentit sous ses doigts un bandage qui entourait son cuir chevelu, s'aperçut qu'il n'était plus ni poisseux, ni sale et en déduisit que quelqu'un avait pris soin de lui. Il se tourna dans son lit et eut la surprise de découvrir Hayley, la tête rejetée en arrière, profondément endormie. Il sourit. Décidément, il ne savait pas sur quels critères son oncle et sa tante recrutaient les gouvernantes de leurs enfants, mais il se promit de se renseigner. Alistair se redressa dans le lit et s'aperçut qu'il était torse nu. Surpris, il regarda Hayley avec étonnement, puis s'étira lentement, conscient que ce geste allait réveiller toute une série de douleurs encore endormies. Il put inventorier en paix toutes les parties de son corps, qui le faisaient souffrir, et il se dit qu'il avait connu pire… Rassuré sur son intégrité physique, il se leva et enfila une chemise propre. Puis, il s'approcha d'un grand miroir en pied et observa avec attention le pansement entourant sa tête. Impressionné par la qualité du bandage, il jeta un coup d'œil à la gouvernante endormie, se dirigea vers elle, posa sa main sur son épaule et la secoua avec douceur.

Hayley ouvrit les yeux, inspira profondément, cligna des yeux et, voyant Alistair debout, bondit sur ses pieds, faisant tomber son livre par terre.

— Mais qu'est-ce que vous faites debout ?

Hayley esquissa un mouvement pour rattraper Alistair puis, s'apercevant qu'il tenait parfaitement debout par ses propres moyens, elle se ravisa.

— Vous ne croyez quand même pas que je vais rester alité ?

Hayley le regarda avec de grands yeux ronds, Alistair esquissa un sourire qui s'acheva en grimace.

— Je pense que cette plaie à la bouche va me contrarier... Enfin, j'ai connu pire. Miss Fortescue, je vous annonce que j'ai une faim de loup et que je souhaite que nous descendions pour prendre nos petits-déjeuners !

Alistair, qui n'avait pas l'intention pour une fois de se laver ni de se vêtir avant de descendre, enfila une robe de chambre et ouvrit la porte à Hayley. Celle-ci attrapa ses bottines aussi discrètement que possible, prit son roman et, voyant la casserole d'eau souillée et les pansements qu'elle avait oubliés de redescendre la veille au soir, fit mine de les attraper.

— Laissez cela, Miss Fortescue. Je demanderai qu'on vienne nettoyer. Pour l'instant, je veux que vous veniez avec moi et que nous prenions le temps de discuter. Je brûle de savoir comment une gouvernante peut être capable de faire de tels pansements.

Hayley regarda au sol, un peu gênée par la franchise d'Alistair. Quand elle passa devant lui, il rabattit la porte de façon à lui bloquer le chemin. Surprise, elle stoppa net et le regarda dans les yeux.

— Merci d'avoir veillé sur moi cette nuit, Miss Fortescue.

Hayley sourit.

— Je vous en prie, Monsieur Clifford.

Alistair rouvrit la porte et Hayley s'engouffra dans l'entrebâillement. Il prit une seconde de réflexion avant de la suivre.

Quand les jumeaux descendirent dans le salon pour prendre leurs petits-déjeuners, ils trouvèrent Alistair en train de lire tranquillement son journal. Son visage était marqué par les coups, et le resterait encore pendant plusieurs jours, mais sa mine n'avait plus rien de commun avec la veille. L'œil vif, les joues glabres, les cheveux dûment lavés et peignés, les mèches de son front cachant ses points de suture, Alistair baissa son journal à l'entrée de ses cousins et sourit autant que le lui permettait sa lèvre fendue.

— Et bien, mes cousins ! C'est à cette heure-ci que vous vous levez ? Miss Fortescue est déjà partie aux nouvelles et, pour ma part, j'ai eu le temps de me débarrasser de toute la saleté d'hier !

— Et bien, pour notre part, cher cousin, railla Meredith, pendant que vous étiez évanoui, puis endormi, nous nous sommes relayés avec mon frère pour veiller sur votre sommeil et celui d'Hayley, jusqu'à ce que les domestiques arrivent ce matin !

— Des tours de garde ? s'enthousiasma Alistair. Vous capturez deux agents ennemis, vous commencez à les torturer pour les faire parler, puis vous organisez des tours de garde... Mais dans quel genre d'établissement vous a-t-on scolarisés ?

Alistair regarda les jumeaux s'installer à table et prendre leurs petits-déjeuners.

— J'ignore comment on élève les petits lords de nos jours, mais je dois avouer que cette éducation me sied fort. Vous faites sans conteste partie des meilleurs partenaires avec lesquels j'ai eu l'honneur de partir en mission.

Meredith et Benedict furent saisis par le compliment qu'ils n'attendaient plus. Leurs visages s'illuminèrent, heureux qu'ils étaient de voir leur action reconnue.

La porte d'entrée s'ouvrit et, quelques instants plus tard, Hayley entra dans le salon, portant encore son panier à commissions à la main.

— C'est exactement ce que vous aviez prévu hier soir ! Les services français et russes ont interdit à leurs agents une quelconque alliance avec nous ou entre eux et ne considèrent pas le Caméléon comme une menace commune à nos services. En revanche, les domestiques que j'ai vus m'ont confirmé que les agents français et russes tiendraient parole. Nous continuerons à nous rencontrer tous les matins, afin de nous tenir informés des différentes difficultés que nous pourrions rencontrer au fur et à mesure de nos investigations.

— Est-ce que le code de couleur a été bien respecté ?

— Oui, parfaitement, confirma Hayley. Je portais un ruban bleu autour du cou, la femme de chambre française et le valet russe portaient quant à eux du rouge sur leur tenue. Nous nous sommes retrouvés sans difficulté et avons pu parler. Je suis tout de même sidérée par le manque de clairvoyance des services des différents pays...

— Si je puis vous rassurer, Miss Fortescue, je puis vous affirmer qu'il en serait de même avec les services britanniques. Pour ma part, étant considéré comme un franc-tireur par mon propre pays, et ayant été envoyé en tant que tel sur le terrain, je n'ai même pas pris la peine d'en référer à nos services, sachant d'avance la réponse qu'ils allaient me faire.

Hayley s'assit sur une chaise et posa son lourd panier sur la table. Le majordome entra dans la salle, s'empara du panier et l'emporta vers la cuisine.

— Qu'allons-nous faire dans ces conditions ? interrogea Hayley.

Alistair la regarda un instant. Il se demanda pour la centième fois de la journée comment il pouvait s'autoriser à impliquer cette femme et ces deux jeunes gens dans une histoire aussi obscure que celle où ils avaient été plongés bien malgré eux. Son cœur lui disait de renvoyer par le premier train ses trois compagnons vers Londres, mais sa raison combattait cette idée, certaine qu'elle était du danger permanent dans lequel ils étaient tous plongés désormais... Du moins jusqu'à ce qu'ils parvinssent à appréhender leurs adversaires, quels qu'ils soient.

Alistair aurait donné beaucoup pour avoir la confirmation que les auteurs des tentatives d'assassinat contre eux dans le train étaient aussi ceux qui avaient assassiné ses deux amis, le prince Andreï Nikolaïevitch Kourakine et Marcel Sergent. Ces deux meurtres lui donnaient des raisons supplémentaires, s'il en avait fallu, de poursuivre ses investigations et de mettre hors d'état de nuire ceux qu'il poursuivait.

— Nous allons visiter la rue des Nations.

— Êtes-vous assez remis pour vous permettre ce genre d'investigation ? questionna Benedict.

— Ne vous inquiétez pas pour moi, mon cher cousin. J'ai connu pire et je connaîtrai probablement bien pire encore. De tels désagréments sont liés à la pratique de l'espionnage. C'est pourquoi, je m'étais retiré du jeu, étant plus que lassé par ce genre de contrariétés. Toutefois, je n'ai pas le loisir d'attendre d'être remis. Aussi, dès que vous aurez achevé de déjeuner, mes cousins, nous partirons sur le champ vers l'exposition. Je ne vous rappelle pas la nécessité d'être armé pour ce genre de circonstances.

Alistair fit un mouvement de menton pour montrer une table du salon. Les jumeaux achevèrent leurs petits-déjeuners en silence, lorgnant sur une série de couteaux et de revolvers que leur cousin avait déposée sur une table dans l'angle du salon.

ଔ✦ଞ

En ce début d'après-midi, malgré la chaleur caniculaire, l'exposition universelle de Paris ne désemplissait pas. Venue des quatre coins du monde, attirée tant par la renommée de la capitale française que par la volonté de découvrir les dernières nouveautés industrielles ou le savoir-faire des meilleurs artisans internationaux, la foule se pressait dans tous les pavillons, à travers les rues du quartier éphémère, dans le moindre espace consacré à cette grande foire.

La rue des Nations, quant à elle, connaissait un succès extraordinaire, les visiteurs étant surtout attirés par la possibilité de faire le tour du monde en une seule rue. Située entre le pont de l'Alma et le pont des Invalides, la rue des Nations s'ornait de vingt-trois pavillons représentant les États, ayant accepté de financer leur propre bâtiment pour le temps de l'exposition. Fières de leur participation et jalouses de représenter la grandeur de leur histoire et de leur poids économique, les Nations avaient rivalisé d'ingéniosité et d'imagination, pour créer les constructions les plus extraordinaires et les plus marquantes. Du majestueux pavillon britannique - inspiré de l'architecture de plusieurs résidences seigneuriales du XVIIème siècle -, au superbe palais italien - hommage à l'architecture vénitienne du XVIème siècle -, en passant par l'édifice grec - inspiré d'églises des XIème et XIIème siècles -, la rue des Nations était un petit monde. Mieux, elle était la quintessence de l'architecture des vingt-trois Nations présentes. D'autres États, comme la Russie, le Japon, l'Égypte… disposaient aussi de bâtisses, mais elles avaient été disséminées dans l'exposition et n'avaient pas pu, faute de place, rejoindre la rue des Nations.

Situé non loin du Trocadéro, le majestueux pavillon de l'Asie russe impressionnait les visiteurs par ses dimensions imposantes. Bâti en forme de kremlin, entouré de tourelles rehaussées d'or et de nuances vives, le palais de la Russie ravissait les touristes par la diversité et la richesse des éléments exposés. Des amoncellements de tapis et d'étoffes, aux tons puissants, recouvraient les murs et les sols. Les meilleurs peintres de Russie trouvaient une place au milieu d'armes brillantes, de broderies multicolores, de costumes cousus d'or, d'instruments de musique rares et autres coffrets, vases et objets précieux. Enivrés par tant de richesses et de savoir-faire, le visiteur achevait sa visite de ce merveilleux édifice par un repas dans son restaurant, situé dans le donjon, ou par la visite du restaurant-wagon du transsibérien. Toutefois, pays ami et allié, la Russie ne bénéficiait pas seulement de ce lieu d'exposition, mais jouissait aussi d'une section aux Champs-de-Mars et d'une autre aux Invalides, où était exhibé le cadeau du Tsar Nicolas II à la République française à l'occasion de cette exposition : une admirable carte de France faite de morceaux de marbres de toutes couleurs et de pierres précieuses. Les morceaux de marbres dessinaient les départements, quand les noms des villes, les rivières étaient tracés par des pierres précieuses. La Russie brillait de mille feux à Paris.

Bien qu'il fût concentré et à l'affût, Alistair ne pouvait se détacher de l'éblouissement, que lui procurait l'exposition universelle. En bon dandy, il avait pris l'habitude d'être blasé de toute chose et le cynisme, par moments, lui collait à la peau comme une mauvaise gale. S'il n'avait pas été préoccupé par l'affaire qui le menait à Paris, Alistair aurait pu jouir sans réserve de cette exposition extraordinaire, tant par ses dimensions, que par l'importance des bâtiments créés à son occasion ou par les trésors et les inventions exposés à la vue de tous. Il voyait briller les yeux de ses cousins et de leur gouvernante et se promit de revenir en tant que simple visiteur, lorsqu'il aurait réussi à démêler les fils de son affaire.

Aux aguets, il remarqua la présence d'un homme qui les suivait et auquel aucun de ses compagnons ne prêtait la moindre attention. Petit, malingre, le cheveu rare et le nez de travers, l'homme se faisait passer pour un vendeur de limonade, mais rien dans son allure ne confirmait sa profession. Sec et nerveux, il glissait dans la foule pour s'attacher aux pas du groupe d'Alistair. Ce dernier ignorait encore à quel pays il allait devoir rattacher cet homme, mais il était certain que ce poursuivant n'était pas un vendeur de limonade français. À chaque fois qu'un touriste lui demandait à boire, il feignait la surdité pour le faire répéter ou l'ignorait tout bonnement.

Afin de confirmer ses soupçons, Alistair changea à plusieurs reprises de direction, imposant à ses compagnons de route des itinéraires improbables, qui passaient brusquement des artères principales à des ruelles sombres et étroites, puis revenaient dans l'exposition par une petite porte dérobée, pour plonger au hasard dans les bâtiments les plus extravagants, consacrés à l'horticulture ou à l'économie. Tout au long du trajet, Alistair avait pu voir l'énigmatique camelot les suivre sans discrétion, ce qui paraissait pour le moins étonnant au vu de son âge. Il ne pouvait en aucun cas être un débutant. Dans ce cas, voulait-il être remarqué ? Sortant du Palais de l'économie et traversant le pont de l'Alma vers la rue des Nations, Alistair accéléra le pas pour atteindre le pavillon de l'Allemagne et, soudain, plonger seul entre ceux de la Bulgarie et de la Finlande.

Les jumeaux et Hayley ne s'aperçurent pas immédiatement de sa disparition. Ce n'est que quelques mètres plus loin, quand ils furent parvenus devant le pavillon de la Grande-Bretagne, que Benedict prit conscience de la disparition de son cousin.

À quelques mètres de là, le colporteur qui s'était attaché à leurs pas, marqua un temps d'arrêt, conscient lui aussi qu'il venait de perdre la trace de sa cible principale. L'homme n'était pas novice au point de croire qu'Alistair avait disparu dans la foule par le pur fait du hasard. Il se crispa, attendant de subir une attaque. Toutefois, il prit conscience que son attitude commençait à attirer les regards dans la foule, les visiteurs se demandant pourquoi ce vendeur de limonade était si nerveux. Pire, les badauds n'étaient pas les seuls à l'avoir repéré, son agitation avait attiré l'œil d'Hayley, qui le regardait avec un mélange de suspicion et de colère. La gouvernante prit les jumeaux par les bras et, leur faisant traverser la foule se déversant sans cesse dans la rue des Nations, elle les entraîna vers le bâtiment britannique.

— Que se passe-t-il, Miss Fortescue ? demanda Meredith en se dévissant la tête pour regarder alentour.

— Un homme suspect nous suit depuis quelque temps. Je

suppose que Monsieur Clifford s'en est aperçu et qu'il nous a faussé compagnie pour cette raison. Pour notre part, je vous propose de nous réfugier dans le pavillon de la Grande-Bretagne et d'y attendre que votre cousin vienne nous chercher. Ainsi, sera-t-il plus libre de ses mouvements sans nous.

Benedict se dégagea de la poigne d'Hayley d'un geste brusque, qui surprit la jeune femme.

— C'est absurde ! s'indigna-t-il.

— Qu'est-ce qui vous prend ?

— Je ne vais pas laisser Alistair seul aux prises avec un espion ennemi.

Hayley sentit la colère monter en elle.

— Vous n'avez toujours pas compris ! Vous êtes une gêne ! Vous n'êtes que des amateurs et la situation nous aurait échappé hier soir, si votre cousin n'était pas arrivé au moment opportun ! Que croyez-vous exactement ? Que les Russes étaient venus pour faire connaissance ?

— Nous avions la situation en main ! Les Français étaient hors d'état de nuire…

— Parce que j'ai assommé à propos Madame Sergent, qui venait de s'emparer de votre sœur… persifla Hayley.

— Et les Russes n'étaient pas armés…

— Pas armés ? Non mais vous devez plaisanter, Monsieur Benedict ! Pas armés ? Avez-vous vu la corpulence de ces hommes ! Ils n'avaient aucun besoin d'armes pour nous tenir en respect et faire de nous ce qu'ils voulaient ! Prenez conscience que nous ne sommes que des amateurs, plongés au beau milieu d'une lutte à mort entre services secrets de plusieurs puissances, et que, pour le moment, nous n'avons que des alliés de circonstances qui doivent agir en dehors des ordres qu'ils ont reçus ! Vous allez donc me faire le plaisir de cesser vos enfantillages et de venir avec moi dans le pavillon britannique, afin que nous puissions surveiller ceux qui nous poursuivent.

— Et Alistair ? risqua Meredith.

Hayley se tourna vers la jeune fille et s'aperçut qu'elle la tenait toujours par le bras. Elle la lâcha avant de continuer :

— Votre cousin est un grand garçon et saura se débrouiller sans nous. D'ailleurs, s'il s'est éloigné, ce ne peut être que pour nous éviter d'être pris dans une rixe quelconque.

Hayley acheva de traverser la rue des Nations et s'engouffra dans le pavillon de la Grande-Bretagne. Après une courte hésitation, ne sachant pas qui suivre, Meredith décida qu'Hayley avait raison quand elle disait qu'Alistair avait disparu pour prendre en chasse, seul, leur poursuivant. Elle jeta un coup d'œil autour d'elle, mais ne vit personne de suspect avant de suivre sa gouvernante. Resté seul dehors, Benedict ne décolérait pas. En réalité, il était vexé. Vexé qu'Alistair préférât s'occuper seul de l'espion qu'il avait repéré, vexé que sa sœur ne l'ait pas soutenu, vexé qu'une domestique ait osé lui dire qu'il n'était qu'un amateur. Bien que les circonstances soient particulières et qu'Hayley soit dans cette aventure un peu plus qu'une simple domestique, Benedict ne souhaitait pas qu'elle perdît de vue son statut premier. En revanche, il se devait d'être honnête en tant que gentleman et devait reconnaître qu'Hayley avait raison lorsqu'elle disait qu'elle avait assommé Philippine Sergent... Elle les avait certes tirés d'un fort mauvais pas... Pourtant, Benedict n'avait aucune envie, ni volonté, de suivre sa sœur et sa gouvernante dans le pavillon. L'action allait se dérouler dehors, il en était certain. Il se demanda ce qu'Alistair ou son père auraient fait dans sa situation et la solution lui apparut sans contestation possible : ni son père, ni son cousin n'auraient laissé deux femmes seules dans l'exposition... Son devoir était donc de rejoindre sa sœur et Hayley. La peste que de l'obstination des femmes ! Et encore, les deux qui l'accompagnaient n'étaient que sa sœur et une domestique. Qu'en serait-il lorsqu'il aurait pris épouse ? Benedict ne préféra pas y songer et plongea à son tour dans le bâtiment britannique.

Pendant ce temps, Alistair surveillait le vendeur de limonade depuis le clocher du pavillon finlandais. Province russe exceptionnellement autorisée par le Tsar Nicolas II à avoir son propre édifice, la Finlande n'en demeurait pas moins rattachée à la Russie et donc, en fonction des alliances passées la veille, un bâtiment plus sûr que les autres pour Alistair. Inspiré d'une église finnoise ancienne, la construction était surmontée d'un clocher octogonal depuis lequel Alistair avait un point de vue dégagé sur une bonne partie de la rue des Nations. Il avait vu Hayley, Meredith et enfin Benedict rejoindre le pavillon britannique et se félicitait de l'intelligence et de l'à-propos de la gouvernante, à laquelle il devait sans conteste cette décision. Le terrain étant désormais libéré, Alistair pouvait surveiller à loisir le vendeur de limonade qui avait perdu son sang-froid, pendant quelques instants, et avait ainsi confirmé ses soupçons.

Soudain, une main large et puissante s'abattit sur son épaule, comme une masse. Alistair fixa la main, son regard remonta le long du bras jusqu'au visage dur et inexpressif de l'un des colosses russes, qui accompagnait Mikhaïl la veille.

— Bien le bonjour, mon cher, ricana l'Anglais. Puis-je vous être d'une quelconque utilité ?

— Le prince m'a demandé de veiller sur vous et c'est ce que je fais.

Le Russe tira Alistair à l'intérieur de la bâtisse, sans lui demander son opinion ou plutôt sans s'en préoccuper d'une quelconque façon. Arrivé à l'intérieur, Alistair était fort mécontent et le fit savoir à son imposant ange gardien.

— Je vous prierai de ne pas interférer dans ma mission. Je suis en train de surveiller un homme qui…

— Oui, le vendeur de limonade. Je lui en ai acheté une il y a quelques minutes… Un Italien, pas beaucoup d'expérience. En revanche, l'Allemand qui vous surveille me semble bien meilleur.

— L'Allemand ? Mais je n'ai repéré personne d'autre que…

— C'est bien ce que je dis. Bien meilleur… À croire que c'est un piège.

Alistair parut troublé par cette information. Le Russe voyant que l'Anglais était calmé, retourna vers la fenêtre et émit un grondement. Alistair le rejoignit.

— Lequel ?

— Vous voyez l'entrée du pavillon de la Grande-Bretagne.

Alistair acquiesça d'un signe de tête.

— L'homme brun en costume noir, monocle, moustache et canne.

— Il n'y a pas plus anglais que ce gentleman… dont la canne est bien trop lourde pour être vraie.

— Tout juste.

Alistair regarda avec attention le gentleman, à l'allure toute britannique, que lui avait montré l'espion russe et se demanda comment il avait pu rater cet homme. La démarche raide, rapide, mais entravée par une canne trop lourde, l'œil aux aguets. Nul doute que le Russe avait vu juste. L'homme n'avait rien à voir avec un visiteur lambda et il surveillait désormais de près le moindre mouvement du vendeur de limonade.

— Un piège… Pendant que je regarde l'Italien, l'Allemand m'abat.

— Tout juste.

— Très bien. Je vais m'occuper d'eux.

— Besoin d'aide ? proposa le Russe.

— Non merci. Monsieur ?

— Vous pouvez m'appeler Boris.

— Très bien, Boris. Je vous remercie de votre aide et vous remercierez le prince Kourakine de ma part, mais je crois que nous devons rester discrets.

Alistair reçut pour seule réponse un grognement et Boris

disparut comme il était arrivé.

— Décidément, je préfère être avec, plutôt que contre les Russes.

Alistair se tourna une dernière fois vers la rue des Nations et observa les deux hommes, qui s'étaient attachés à ses pas.

— Maintenant, à nous Messieurs !

L'Anglais sortit par l'arrière du bâtiment finlandais. Il se glissa dans la foule, rapide, agile, se dissimulant sans cesse derrière les autres visiteurs, avançant peu à peu vers son objectif premier, le vendeur de limonade. Par chance, l'homme était occupé à vendre ses boissons, quand Alistair s'approcha de lui par-derrière. Le colporteur avait à peine achevé sa vente, qu'il sentit le contact désagréable d'un couteau se planter dans sa peau, juste à hauteur de son rein droit.

— Vous allez avancer bien gentiment.

Le ton d'Alistair ne supportait aucune réplique. L'homme avançait, quittant la rue des Nations en direction de la ruelle, formée par l'espace séparant le pavillon du Luxembourg de celui de la Perse. L'Italien essayait de donner le change, mais un long filet de sueur dégoulinait entre ses omoplates et il sentait la panique le submerger peu à peu. Si les autres s'apercevaient de cela, l'Anglais n'aurait même pas besoin de le tuer, ils s'en chargeraient avant lui. L'homme essayait d'avancer plus vite, se disant qu'au final l'Anglais serait plus enclin à la clémence que ses alliés, si l'on pouvait appeler ainsi des hommes aussi incontrôlables. Soudain, à travers la foule, il en repéra un. Trop tard, ils savaient. Ils savaient et ils allaient le tuer. L'homme s'arrêta de marcher et Alistair le bouscula.

— Avancez !

— *Per favore, aiuto !* Ils vont me tuer !

— Qui va vous tuer ? Les Allemands ?

Alistair poussait l'autre devant lui afin qu'il avançât plus vite. Il n'aimait guère être au milieu de la foule, si des tueurs s'étaient déjà attachés à leurs pas. Les sens aux aguets, il évaluait à toute vitesse le potentiel de dangerosité de chaque personne qui l'entourait. Une femme, un enfant, un vieillard, un homme, une femme, un homme, un homme... Il observait, quantifiait et surveillait la foule, mouvante et virevoltante autour de lui. Soudain, Alistair trébucha et fut poussé de côté. Il s'écroula à terre, se recevant sur la hanche. D'un mouvement, il se redressa, le couteau à la main, prêt au combat et vit l'Italien, encore debout, tituber. L'espion se releva d'un bond, rejoignit l'autre et l'amena près d'un arbre, à l'arrière des bâtiments de la rue des Nations. Les jambes de l'Italien cédèrent d'un coup, il s'accrocha avec désespoir à Alistair, qui l'aida à s'asseoir par terre.

— *I Camaleonti...*

— Le Caméléon ? C'est le Caméléon qui vous a frappé ?

— *Si, i Camaleon... ti...*

L'homme se cabra et rendit son dernier soupir en s'accrochant à la veste d'Alistair de toutes ses forces. Soudain, le hurlement d'une femme retentit à deux pas d'eux.

— À l'assassin ! ! ! Il l'a tué ! ! ! Au secours ! ! !

Alistair vit la foule se retourner. Chacun pivotait vers lui et quelques hommes s'approchaient. Alistair se leva d'un bond et partit en courant, s'enfonçant dans les rues de Paris. Il courait comme rarement dans sa vie et, malgré sa vitesse, il entendait le bruit d'une course derrière lui. Plusieurs hommes s'étaient lancés à sa poursuite.

Chapitre VIII

L es rues de Paris défilaient devant Alistair. Il savait où il devait aller et s'engouffra dans plusieurs ruelles, tournant en rond afin de perdre ses poursuivants. Une porte s'entrouvrit sur son passage, il se précipita à l'intérieur de l'habitation, bousculant la personne qui voulait sortir de chez elle. Un gros bonhomme, rougeaud et quelque peu aviné, protestait contre cette intrusion inacceptable. Alistair jeta un coup d'œil rapide à l'homme et conclut que la dette de jeu serait une bonne excuse.

— Je vous prie de bien vouloir excuser mon attitude, Monsieur, mais je fuis des escrocs qui ont tenté de me voler aux cartes. Heureusement, je me suis aperçu de leurs manœuvres avant de me faire plumer.

L'homme prit le temps d'observer l'intrus.

— Allons bon ! Qu'est-ce encore que cela ? demanda le bonhomme désormais plus intrigué qu'en colère.

— Je jouais aux cartes avec trois personnages peu recommandables, je dois l'avouer, mais quand on veut jouer gros, il se trouve peu de gentlemen autour de la table et je me suis aperçu que, loin d'être de parfaits inconnus, comme ils s'étaient présentés, ces fieffés menteurs jouaient ensemble pour me voler. Aussi ai-je pris mes jambes à mon cou et me voici !

L'homme regardait Alistair avec insistance, souhaitant savoir s'il avait affaire à un touriste un peu benêt ou à un escroc cherchant à s'installer chez lui. Ayant un sixième sens pour les ennuis, Alistair regarda la porte et paraissait hésiter.

— Le bruit s'est calmé dehors, je pense que je vais pouvoir

vous quitter. Je vous remercie pour votre aide. Je souhaiterais toutefois que vous restiez discret sur notre petite entrevue, bien évidemment contre compensation.

Alistair sortit un billet de dix francs de sa poche et le glissa dans le panier du bonhomme, qui lorgna dessus comme si le bout de papier s'était déjà changé en une bouteille de vin rouge.

— Entre hommes, on doit parfois se serrer les coudes, conclut le Français, philosophe.

Alistair le salua avec courtoisie, entrouvrit la porte, jeta un coup d'œil à la rue tranquille et sortit, se recoiffant afin de ne pas paraître échevelé.

Il marchait du pas tranquille de celui qui n'a rien à se reprocher et pour lequel la vie est simple et joyeuse. Il s'orienta sans hésitation, sachant qu'il avait dépassé depuis longtemps déjà la rue de l'Université et revint sur ses pas. Méfiant, aux aguets, il s'inquiétait pour les jumeaux et Hayley, en espérant que Boris les raccompagnerait chez eux. Pour sa part, il allait demander de l'aide aux Français et se rendait de ce pas au *Palais des Plaisirs*, en croisant les doigts pour que Philippine tînt parole.

CR✦ঞ

L es jumeaux visitaient pour la troisième fois l'exposition réunissant un mobilier luxueux, typiquement britannique, et de grands peintres anglais. Loin d'être impressionnés par les lieux aménagés à la façon d'une grande maison anglaise - l'ensemble ressemblant fort à ce qu'ils avaient l'habitude de voir dans le manoir familial -, ils perdaient patience et se demandaient ce qu'Alistair pouvait bien faire. Hayley, même, se lassait sans vouloir s'avouer qu'elle s'inquiétait du sort de l'espion. Toutefois, elle devait bien reconnaître qu'elle scrutait, avec une acuité peu commune, l'ensemble des visiteurs du pavillon britannique, dans l'espoir de trouver la silhouette d'Alistair dans la foule. Accaparée par sa recherche, Hayley ne s'aperçut pas qu'un homme se glissait derrière elle, la frôlant presque, tant il était proche d'elle. Soudain, son instinct s'éveilla et elle se jeta de côté, à peine avait-elle entendu la respiration sifflante juste derrière son oreille. Son mouvement désordonné lui sauva la vie, puisqu'une lame déchira sa robe sur le côté, le couteau ripant sur l'une des baleines de son corset. Affolée et déboussolée, Hayley se tenait à quatre pattes par terre et se retourna, regardant avec des yeux ronds l'homme, qui se tenait debout au-dessus d'elle. Pâle, les cheveux bruns poivre et sel, de fines lunettes sur le bout de son nez et une moustache si peu soignée, qu'elle semblait être un postiche de piètre qualité, il avait sur le visage une grimace effrayante.

Déjà, des femmes au fort accent espagnol se précipitaient pour aider Hayley à se relever, craignant qu'elle n'ait eu un malaise. La chute de la jeune femme n'était pas non plus passée inaperçue aux yeux de quelques gardes anglais, qui se rapprochaient d'elle d'un pas vif. Une lueur de fureur traversa le regard du tueur, qui observa Hayley une seconde de trop, pour ne pas attirer l'attention sur lui. Alors qu'un gentleman, qui s'était précipité pour venir en aide à la jeune femme, la soulevait par les bras pour la relever, il remarqua qu'elle ne détachait pas son regard de l'homme se tenant en face d'elle. Le gentleman croisa les yeux fous de l'assassin et il comprit qu'il ne s'agissait pas d'un simple évanouissement, mais bien d'une agression.

— Arrêtez cet homme ! cria-t-il soudainement.

À ces mots, les gardes anglais se figèrent et cherchèrent qui pouvait bien être désigné par ce cri. Ils arrêtèrent leur choix sur l'homme à la respiration sifflante, seule personne figée, debout, sans aucune compassion manifeste pour la femme gisant sur le sol. Le tueur fit volte-face et s'enfonça, sans hésiter, dans la foule, plongeant sa lame au gré des rencontres dans les bras et les jambes de ceux qui avaient le malheur de croiser sa route.

Des hurlements de douleur se firent entendre partout dans le pavillon et la peur s'empara de la foule, qui n'eut plus qu'un seul but, sortir le plus vite possible de cet endroit maudit.

Benedict et Meredith, qui s'étaient séparés d'Hayley, furent entraînés vers la sortie et ne purent faire autrement que de suivre le mouvement. Ils parvinrent tout juste à rester ensemble dans la cohue invraisemblable, qui les mena dehors. Rejetés dans la rue des Nations par une foule apeurée, les jumeaux comprirent qu'ils avaient sous-estimé le cran de leurs adversaires et s'inquiétèrent pour Hayley.

— Hayley ! Hayley ! hurla Meredith en fouillant la foule du regard.

— Miss Fortescue ! Miss Fortescue ! enchaîna Benedict.

Meredith se tourna vers son frère, les pupilles dilatées par l'angoisse.

— Ce n'est pas possible ! Après Alistair, nous perdons Hayley !

— Tu l'appelles Hayley, maintenant ? dit Benedict d'un air pincé.

— Peu importe. Il faut que nous la retrouvions.

La foule s'étant déversée dans la rue des Nations, les jumeaux purent enfin retourner à l'intérieur et tombèrent aussitôt sur leur gouvernante, qui était entourée par deux gardes peu commodes et le gentleman qui ne la lâchait plus.

— Je vous assure que j'ignore l'identité de cet homme. Comment voulez-vous que je puisse vous aider, alors que ce fou a poignardé au hasard les gens qui se trouvaient ici ?

Le gentleman ne l'entendait pas de cette oreille.

— Manifestement, Madame, vous étiez la première à subir son attaque et je ne pense pas que cet homme ait agi en fou.

— Que vous faut-il donc pour qualifier un homme de fou ? Il a poignardé au hasard toutes les personnes qui croisaient sa route.

— Pour couvrir sa retraite, Madame.

Hayley observa quelques instants celui qui l'interrogeait. Très élégant, costume de bonne facture, mince, moustache soignée d'un blond doré, l'homme avait la prestance et l'autorité d'un officier, habitué à être obéi sans qu'il ait à se justifier.

— Je pense que vous m'avez fait perdre assez de temps, Monsieur. Je dois retrouver les deux jeunes gens que j'accompagnais afin de les mettre à l'abri.

— Vous n'irez nulle part sans mon accord, Madame, et, pour le moment, j'ai encore besoin de vous.

— Faites-vous partie de la police française ?

L'homme marqua un temps d'arrêt. La femme qui se tenait en face de lui n'était guère impressionnée par son autorité naturelle et n'entendait pas lui obéir…

— Non, mais…

— Que je sache, l'exposition universelle est sur le territoire français. Aussi, s'il y a une enquête, je répondrai à la police française et seulement à la police française. Messieurs, je vous souhaite bon courage pour la suite de votre journée.

Hayley tourna les talons et s'éloigna le plus vite possible du groupe d'hommes. Elle sentait quelque chose couler le long de ses côtes et préféra ne pas y songer. Elle vit alors les jumeaux se diriger vers elle. Elle les rejoignit en quelques pas et les attrapant chacun par la main, comme elle l'aurait fait pour de jeunes enfants, elle les entraîna à l'extérieur du bâtiment avant que le gentleman offensé ne trouvât un moyen légal de la retenir.

Dans la rue des Nations, la foule avait plus ou moins retrouvé son calme et Hayley, marchant à toute vitesse, entraînait les jumeaux vers le pavillon de la Russie, non loin du Trocadéro. Elle marchait vite, très vite, regardant souvent par-dessus son épaule, à la recherche de l'homme qu'elle avait vu et identifié comme étant le Caméléon. Hayley se doutait que le privilège de connaître le visage de cet espion redoutable allait lui coûter la vie. Toutefois, elle n'était pas décidée à lui simplifier la tâche. Elle se précipitait donc chez les seuls alliés, qu'elle se connaissait à Paris, et se mettrait sous la protection du jeune prince Kourakine et de ses deux colosses. En l'absence d'Alistair, parti elle ne savait où, il fallait qu'elle trouvât une solution pour préserver sa vie et celles des jumeaux. Hayley prit alors conscience qu'Alistair avait pu tomber sous les coups du Caméléon et pouvait très bien gésir quelque part, seul, blessé, voire pire. Elle chassa cette idée de son esprit et décida qu'il était de taille à lutter contre cet homme. Pourquoi donc s'attaquer à elle ? Pour atteindre Alistair ? Le voir renoncer ? C'était tout bonnement ridicule ! Allait-il attaquer les jumeaux ? Probablement… Hayley accéléra encore le pas, si tant est que cela fût possible. Moitié marchant, moitié courant, la gouvernante et les jumeaux parvinrent enfin au pavillon de la Russie, petit Kremlin multicolore et recouvert d'or, si reconnaissable au cœur de l'exposition universelle. À cette vue, Hayley sentit un soulagement en même temps qu'une vive douleur au côté. Elle refusa de nouveau d'y prêter attention.

Était-ce leur précipitation ? Leur air affolé ? Mais leur comportement parut suspect aux deux gardes, postés à l'entrée du bâtiment, qui leur barrèrent le chemin.

— Nous voulons juste entrer, supplia Hayley.

— Pas accès, répondit l'un des deux gardes.

En tenue d'apparat, les deux hommes semblaient faire partie du spectacle offert par le pavillon russe mais, en réalité, il n'en était rien. Véritables gardiens des richesses exposées, les deux hommes n'entendaient pas laisser passer cette femme échevelée et les deux jeunes gens qu'elle entraînait à sa suite.

— Nous sommes anglais. Nous demandons officiellement l'aide de la Russie.

Les deux hommes ne comprenaient pas ce qu'elle leur disait.

— Pas ambassade ici ! Pas accès.

Soudain, la physionomie des deux gardes changea alors

qu'ils observaient quelqu'un dans le dos d'Hayley. Les hommes se redressèrent et saluèrent l'homme derrière elle. Hayley n'osait plus respirer, ni regarder derrière elle. La seule chose qu'elle pouvait percevoir était qu'une ombre imposante se projetait au sol à côté de la sienne. Meredith se retourna d'un bond, prête au combat, et Hayley vit le soulagement envahir le visage de la jeune fille.

— Prince Kourakine, nous avons besoin d'aide.

Hayley se retourna et vit le jeune homme blond aux yeux bleu acier, qui se tenait derrière elle. En grande tenue, portant une riche veste bleue rebrodée d'or et d'argent, la poitrine barrée par le ruban de soie rouge de l'Ordre de Saint-Alexandre Nevski, Mikhaïl semblait tout droit sorti d'un conte russe et sa vue n'était que quelque peu gâtée par celle de son compagnon, Yegor, le patibulaire camarade de Boris. Hayley s'octroya alors une longue respiration et fut sciée en deux par la douleur. Benedict, dont elle tenait encore la main, la sentit le lâcher, avant qu'elle ne tombât à genoux. Meredith se pencha vers sa gouvernante et vit avec horreur la robe, originellement bleue, recouverte d'une large tache d'un rouge vif. Hayley porta sa main au côté, puis regarda sa paume recouverte de sang. Le souffle lui manqua et elle s'évanouit dans les bras d'un des gardes russes. L'homme souleva la jeune femme comme s'il s'agissait d'une plume et l'emporta sur les ordres de Mikhaïl à l'intérieur. Désormais alertés, les Russes agirent vite, avec efficacité. Le nombre des gardes à l'entrée fut doublé, les hommes étaient à l'affût de la moindre menace.

CR✦BO

A listair déambulait dans la rue de l'Université comme nombre de touristes en goguette, prêt à s'encanailler à la moindre occasion. Il allait et venait, regardait une porte, puis une autre, semblant hésiter entre plusieurs établissements. Puis, comme s'il s'était agi d'un pur hasard, il finit par toquer à la porte de la maison close qu'il avait au préalable visitée. La porte s'ouvrit et Alistair fut soulagé de voir la jeune apprentie de Philippine apparaître à l'entrée. Elle marqua une vive surprise, s'effaçant de l'entrée pour le faire entrer.

— Nous n'attendions pas Monsieur aussi rapidement... dit-elle.

Alistair avança dans le couloir, avant qu'elle eût fini de fermer la porte. La jeune femme le rattrapa.

— De quel genre de service avez-vous besoin, Monsieur ?

— Rien de bien original. Un lieu tranquille pour quelques heures plaisantes, loin de la foule déchaînée du dehors.

La jeune femme le regarda et hocha la tête.

— Bien évidemment, Monsieur. Si Monsieur n'est pas trop pressé, peut-être pourrait-il saluer les patronnes ? Il me semble que vous n'avez pas encore été présenté à Madame Isabelle, l'associée de Madame Solange.

— Isabelle ? Je pense avoir croisé cette dame, mais en d'autres occasions. Je vais aller la saluer avec un grand plaisir.

Alistair suivit la jeune femme dans la salle d'attente où il était déjà passé la première fois. Il salua les dames installées sur les fauteuils et les divans, en attendant leurs clients, et se dirigea vers le bar où la grosse femme aux yeux globuleux, le regardait d'un air mauvais.

— Déjà de retour ? grinça-t-elle. Monsieur ne va bientôt plus pouvoir se passer de nos services. Que pouvons-nous faire pour vous, cette fois-ci ?

— Il semblerait que je n'ai pas été présenté à votre associée. Madame Isabelle, c'est bien cela ?

La femme le fixa de ses yeux globuleux et un sourire forcé fendit son visage en une grimace peu amène. La femme sauta du tabouret haut, sur lequel elle était de nouveau assise derrière le bar, et fit signe à Alistair de la suivre. Ils quittèrent la salle principale et s'enfoncèrent dans un couloir sombre.

Machinalement, Alistair regarda par-dessus son épaule afin de vérifier que, cette fois-ci, personne ne vînt lui écraser le crâne à coups de gourdin. Il fut content de se voir seul avec Madame Solange.

— Se pourrait-il que Monsieur soit suivi par des connaissances portant l'uniforme ? demanda-t-elle sans se retourner.

— C'est possible effectivement. En revanche, il ne faudra pas leur dire que je suis ici, c'est une surprise.

— Assurément, Monsieur.

La femme s'arrêta devant une porte et céda le passage à Alistair.

— Je vous remercie de votre aide, Madame.

— Je vous en prie, Monsieur, c'est toujours un plaisir d'aider un gentleman.

La femme fit volte-face dans un bruissement de brocard et disparut dans l'ombre du couloir. Resté seul, Alistair hésita un instant, puis toqua. Il entendit un léger mouvement derrière la porte, qui s'ouvrit d'un coup sec. Eclairée de dos, la silhouette d'une femme en pantalon s'encadra dans la porte. Alistair sourit.

— Isabelle, je suppose…

— Vous ici ? demanda Philippine. Qu'est-ce qu'il se passe ?

Alistair fit mine d'entrer dans la salle mais, Philippine se poussant à peine, il la frôla en passant.

— Il se passe que je suis tombé dans un piège, comme l'imbécile que je suis.

Philippine ferma la porte derrière eux et lui montra un siège de la main. Alistair s'assit. La Française préféra rester debout et croisa ses bras sur sa poitrine avec un air sévère.

— J'écoute.

— J'étais attendu à l'exposition. J'ai été suivi par un homme fort maladroit, qui s'est avéré être un Italien. Le problème est que je n'ai pas repéré mon autre poursuivant. Heureusement, Boris, l'un des deux colosses russes qui accompagnait Mikhaïl, m'a averti et a probablement évité que je prenne un mauvais coup de plus. Cependant, l'autre a adapté son plan et puisqu'il ne pouvait plus m'assassiner, il a supprimé l'Italien afin de me rendre coupable de ce meurtre.

— Il s'y est pris comment ?

— Au couteau, en pleine foule.

Philippine fit une grimace entre le dégoût et le sourire. Son visage était déformé par la colère qui brûlait dans ses yeux.

— C'est lui. Au couteau dans une foule, c'est sa signature. Il a assassiné mon père de cette manière et, d'après ce que j'ai pu apprendre, le frère du prince Kourakine a été assassiné de cette façon en pleine réception à l'ambassade de Russie à Paris.

Alistair marqua un temps.

— Bien. Depuis le début, je ne fais que courir et, lui, me traque. Il est temps que j'inverse les rôles. Vous avez de quoi me déguiser ici ?

Philippine le regarda avec un demi-sourire et lui montra ses cheveux redevenus bruns. Alistair sourit.

— Entre Isabelle la brune et Philippine la rousse, je ne sais laquelle choisir.

— Et encore, vous ne m'avez pas vu en blonde.

— Vous me montrerez cela un jour… sourit Alistair. Mais, avant cela, je vais débarrasser le monde d'un tueur. Puisque c'est un maître du déguisement, je vais l'affronter sur son terrain.

Philippine se dirigea vers le fond de la pièce et rabattit un paravent. Une coiffeuse apparut, chargée de fards, de poudres, de postiches et de perruques. Une belle perruque aux boucles blondes trônait au milieu de ces accessoires d'acteurs ou d'espions. Alistair sourit, fit glisser sa main à travers les boucles blondes et se concentra sur les postiches à sa disposition. Soudain, il sourit.

— Auriez-vous un uniforme allemand à ma taille ?

— Pardon ?

— Vous m'avez très bien compris.

— Un coup d'épée dans le nid de guêpes ? J'ai déjà vu plus subtil comme plan...

— Qui vous a dit que j'étais subtil ?

— Mon père.

— Votre père était un homme bienveillant et peu capable de juger avec impartialité les gens qu'il appréciait. Il m'a toujours surestimé.

— Vous parlez allemand au moins ?

Alistair se contenta de sourire et commença à se maquiller. Voyant qu'elle n'obtiendrait rien de plus de sa part, Philippine se rendit dans la pièce adjacente et en revint avec un uniforme de l'armée impériale. Alistair apprécia la tenue d'un œil expert.

— Vous êtes une perle, ma chère.

Philippine fit une moue dubitative.

— Et vous, je cherche encore ce que vous êtes.

Alistair ricana, puis grimaça, sa lèvre fendue se rappelant à son bon souvenir.

ଔ✦ଓ

B enedict et Meredith suivaient le garde emportant Hayley dans ses bras, derrière Mikhaïl qui guidait le groupe. Yegor, l'imposant garde du corps du prince Kourakine, fermait la marche. Mikhaïl souleva une riche tapisserie, qui camouflait aux yeux du public une porte dérobée. Le groupe s'engouffra dans la salle cachée où quelques gardes se reposaient. Une douce odeur de thé épicé et de miel flottait dans la pièce. Les gardes se levèrent tous dans un même mouvement pour saluer Mikhaïl, connu comme le loup blanc parmi les Russes alors à Paris. Meredith avait rejoint sa gouvernante et tenait sa main inanimée. Mikhaïl parla dans sa langue quelques instants et un homme à lunettes, plus âgé que la moyenne des hommes présents, sorti du groupe, s'empara du poignet d'Hayley et donna un ordre au garde russe, qui la tenait toujours dans ses bras. En quelques instants, les autres hommes débarrassèrent la table sur laquelle ils jouaient aux cartes et la table fut recouverte d'une nappe blanche. Hayley fut posée dessus, inconsciente. Mikhaïl s'empara d'un coussin rebrodé et le glissa sous la tête de la jeune femme. Meredith tapotait la main d'Hayley, pendant que l'homme à lunettes observait la plaie sur le côté. Le Russe se rendit dans un angle de la pièce, versa un peu d'eau claire dans un bassin en faïence et se lava consciencieusement les mains. Puis il attrapa ses aiguilles, qu'il passa au feu. Il donna soudain un ordre en russe et la plupart des hommes quittèrent la salle.

— Parlez-vous français, Mademoiselle ? demanda-t-il en s'adressant à Meredith.

— Oui, Monsieur.

— Fort bien, mon anglais est quasi inexistant et j'ai besoin d'aide. Je vais devoir déshabiller votre amie pour la recoudre. À première vue, c'est une belle estafilade, mais je ne pense pas que cela soit sérieux. Elle a eu de la chance…

— De la chance ?

— Oh oui, la lame a glissé sur son corset, ce qui a évité que le couteau ne se plante en elle. Elle s'en sortira avec une belle cicatrice.

À ces mots, les larmes montèrent aux yeux de Meredith. Elle se sentait tellement coupable. Coupable d'avoir foncé tête baissée dans cette aventure en emportant à sa suite la pauvre Hayley, coupable de l'avoir laissée seule dans le pavillon alors qu'elle cherchait Alistair, coupable de ne pas l'avoir défendue alors que son cousin avait été très clair : les jumeaux devaient veiller sur Hayley, qui était la seule à ne pas savoir se battre et à être désarmée. Elle avait failli et sa pauvre femme de chambre gisait désormais sur cette table, inconsciente, blessée, entourée par des espions russes. Meredith ravala ses larmes et prêta main-forte au médecin, qui déshabillait Hayley.

Quand ils virent cela Mikhaïl, le colosse et Benedict, seuls à être restés dans la salle, se retournèrent, fixant avec gravité les murs en face d'eux. Benedict pouvait admirer un tableau merveilleux qu'en d'autres circonstances, il aurait apprécié à sa juste valeur. Pourtant, la scène de bataille héroïque, mêlant les hommes et leurs montures, ne trouvait pas grâce à ses yeux à cet instant. Il avait abandonné une femme, laissée sous sa protection, aux coups de couteau du Caméléon. Il avait fait l'erreur de croire ou plutôt de penser, car il y avait songé, que le Caméléon ne pouvait pas prendre Hayley pour cible... Ce n'était qu'une domestique ! Les vraies cibles ne pouvaient être que son cousin, sa sœur et lui-même. Le Caméléon venait de lui démontrer le contraire et seule la chance avait fait qu'Hayley fût encore en vie. Pire, déshonneur suprême, alors que cette pauvre femme était blessée, elle avait encore veillé sur eux, les entraînant loin du lieu de l'attaque en une place où elle pensait trouver quelque protection. Benedict sentait monter en lui une colère sourde, alors que sa bouche s'emplissait de l'amertume de l'échec. Qu'allait penser son père quand il saurait ? Et Alistair ? Et, pire, que pouvait-il penser de lui-même ? Alors qu'il avait toujours été très fier de sa conduite et de son rang, il découvrait avec horreur son incompétence face au danger, son manque de clairvoyance face à une situation périlleuse. Désormais, il se méfierait, il ne sous-estimerait plus l'adversaire et considérerait chacun, maître ou domestique, comme des êtres humains revêtus de la même importance. Un cri de douleur le fit tressaillir.

— Calmez-vous, Madame, j'ai presque fini.

Meredith tenait fermement Hayley, qui reprenait conscience en se débattant, l'esprit obscurci par l'évanouissement, la vive douleur qui lui déchirait la chair, la peur aussi face à cet inconnu au-dessus d'elle. Puis, Hayley vit Meredith et se calma un peu. Le médecin acheva sa tâche et il rhabilla l'Anglaise.

— Pouvez-vous servir un thé très sucré à cette dame ?

Le médecin avait lancé cette demande à la cantonade, sans prévoir que le prince Kourakine se chargerait en personne de cette tâche, étant le plus proche du samovar. Le prince servit un thé sombre et épais dans une délicate tasse, ajouta du miel à la boisson et posa sur la soucoupe un *baranki* à la pâte moelleuse. Quand il vit Mikhaïl apporter le thé, le médecin blêmit. Le prince lui sourit avec calme, pour lui signifier qu'il n'y avait pas d'offense.

— Comment vous sentez-vous, Madame ? demanda Mikhaïl dans un anglais parfait.

— Pas très bien, j'en ai peur.

Le médecin comprit la réponse d'Hayley et intervint.

— Votre blessure est superficielle, Madame. Le couteau a heurté votre corset et a glissé le long d'une baleine, vous déchirant le côté, mais sans mettre en danger votre vie. Quand votre plaie aura cicatrisé, vous ne ressentirez plus rien de cette blessure. En revanche, je vous demande de vous reposer et de manger de la viande, cela vous aidera à vous remettre. Dans une dizaine de jours, il faudra montrer votre cicatrice à un médecin afin qu'il vous enlève les points de suture, que je viens de vous poser.

Hayley acquiesça d'un signe de tête. Elle regardait Meredith avec une expression inquiète sur le visage. Meredith lui sourit gentiment et, se penchant vers elle pour lui parler en confidence, lui dit :

— Ne vous inquiétez pas, Hayley. Il s'est lavé les mains et a passé au feu ses aiguilles.

Hayley sourit, un peu soulagée. Elle mordit dans le gâteau et fut étonnée par la douceur de son goût. Puis, elle but une longue gorgée de thé, mais elle ne pouvait pas dire qu'elle se sentait mieux. Elle ignorait combien de temps elle était restée inconsciente, Alistair demeurait absent, elle avait froid, se sentait épuisée, avait peur aussi, peur de voir ce tueur revenir, peur de le voir s'en prendre aux jumeaux, peur de devoir rentrer seule avec les jumeaux dans l'hôtel particulier, qui avait démontré la veille au soir son peu de sécurité.

Comprenant le trouble d'Hayley, Mikhaïl se tourna vers Benedict.

— Nous allons vous raccompagner à votre logement et nous vérifierons avant de partir que tout est verrouillé, proposa Mikhaïl.

— Savez-vous où est Monsieur Clifford ? demanda Hayley.

— Je l'ignore, mais Boris est attaché à lui comme son ombre. Aussi suis-je plutôt rassuré quant à son sort. Cela pourrait même être une explication à votre agression. Ne pouvant pas s'approcher de Monsieur Clifford sans buter sur mon garde du corps, le Caméléon aura changé ses plans et vous aura agressée. Je n'ai malheureusement pas assez d'hommes à ma disposition à Paris pour veiller sur vous tous. Aussi vous conseillerais-je de rester chez vous le temps de dénouer cette affaire et de trouver notre ennemi.

Hayley ne paraissait pas vraiment soulagée, mais Meredith et Benedict échangèrent un regard entendu. Mikhaïl avait raison, ils allaient demeurer dans leur logement et se préparer à recevoir le Caméléon… Seulement, cette fois-ci, ils ne feraient pas de quartier.

Paris Exposition, U.S. Government Building, Paris France, ca. 1900, avec l'aimable autorisation de la Bibliothèque du Congrès (Washington - USA). https://www.loc.gov/item/98512033/.

Chapitre IX

L a République américaine avait érigé dans la rue des Nations un immeuble moderne, blanc et majestueux, véritable hymne à la liberté et à l'un de ses plus fervents défenseurs, le président George Washington. Devant l'entrée principale de la bâtisse, tournée vers la Seine, un arc de triomphe aux colonnes corinthiennes avait été édifié. Au-dessous, une statue de George Washington montrait aux visiteurs le chemin de la liberté et désignait, d'un large geste de la main, le quadrige doré mené par une allégorie de la liberté, au sommet de l'arc de triomphe. Derrière cet ensemble blanc et or, un bâtiment blanc aux dimensions imposantes était surplombé d'un vaste dôme sur lequel un aigle aux ailes déployées incarnait l'envol des États-Unis d'Amérique.

Un officier allemand se promenait autour du bâtiment. Il allait et venait, tournant en rond, observant les passants, mais sans trouver ce qu'il cherchait. Finalement, il s'installa dos au pavillon, appuyé sur la rambarde, pour observer la Seine. Il attendit ainsi un bon quart d'heure, avant qu'un petit homme râblé ne vienne s'installer à son côté.

— Colonel Schüller ? demanda l'homme d'une voix hésitante.

L'officier allemand regarda avec intérêt l'Américain aux larges lunettes, qui venait de s'installer à côté de lui. Plus grand et plus massif que le nouveau venu, l'officier allemand sourit et grimaça à cause de sa lèvre fendue.

— Monsieur Casimir Zeglen, je suppose ?

— Oui, c'est cela même ! Mais votre anglais est

remarquable, colonel ! Je dirais même que vous parlez anglais avec un accent britannique, que nombre d'Américains vous envieraient !

Le colonel se contenta de sourire.

— J'ai longtemps été stationné à Londres, ce qui explique mon fort accent britannique. Avez-vous ce dont nous avons parlé ?

— Oui, Colonel. J'ai le prototype que vous m'avez demandé. En revanche, je vous confirme qu'il faudra me le restituer après les essais que vous voulez faire. En effet, pour améliorer mon invention, j'ai besoin de savoir comment cette veste va réagir.

— J'ignore si je pourrai vous restituer quoique ce soit mais, croyez bien que s'il en reste un morceau, je vous le renverrai avec un grand plaisir.

Casimir Zeglen fut étonné par cette réponse.

— La veste n'est pas faite pour résister à un armement lourd, Colonel. Nous ne sommes pas encore arrivés à ce stade de développement de notre produit.

— J'en ai conscience, Monsieur Zeglen, et je vous assure que je vous ferai le meilleur retour possible, quant à son utilité ou à son inutilité.

Casimir Zeglen tendit un large sac en toile à l'officier.

— J'ai pris la taille la plus grande, en espérant que vous n'y serez pas trop à l'étroit.

— Ne vous inquiétez pas. Je suis certain que je serai fort à mon aise dans votre invention.

Le colonel s'empara du sac et tendit à son tour une épaisse enveloppe à Casimir Zeglen. Ce dernier résista à l'envie d'ouvrir et de vérifier le contenu de l'enveloppe.

— Vous pouvez recompter.

— Je vous fais confiance, Colonel !

L'officier allemand salua l'inventeur, tourna les talons et partit d'un pas vif, avant de disparaître dans la foule de la rue des Nations. Casimir Zeglen ouvrit l'enveloppe et constata qu'elle était remplie de dollars américains. Un large sourire s'ancra sur son visage, il fit disparaître l'enveloppe dans sa poche intérieure, boutonna sa veste et partit dans la direction opposée.

ର✦ଈ

Non loin de la rue des Nations, le colonel Schüller, désormais débarrassé de son sac, entendit force rires et chansons venant d'une auberge en contre-bas de la rue. Attiré par le bruit et les chants, l'officier chercha l'entrée de l'établissement. Il la trouva dans un escalier qui s'enfonçait dans le sol et menait à une auberge aménagée, pour le temps de l'exposition, sous un bâtiment parisien. Dans la salle chargée d'une odeur de bière rance, l'entrée du colonel jeta un froid sur l'assemblée. La plupart des hommes présents étaient soit de simples visiteurs, soit de simples soldats, mais aucun d'eux n'avait envie de voir un officier de l'armée impériale venir surveiller leurs faits et gestes dans ce moment de détente. Toutefois, le nouveau venu ne sembla guère troublé par cet accueil glacial et s'installa au bar, tournant le dos à l'aubergiste pour mieux surveiller les clients attablés. Il commanda une bière et la dégusta, alors que l'ambiance dans l'auberge revenait peu à peu à la normale. Après tout, le colonel ne souhaitait peut-être que se désaltérer par cette journée caniculaire. N'ayant repéré aucun personnage susceptible de retenir son intérêt, l'officier se tourna vers l'aubergiste et lui parla en français avec un fort accent germanique.

— Je recherche l'une de mes connaissances. Il m'a assuré qu'il venait tous les jours dans la taverne la plus prisée des visiteurs impériaux. Je pensais que c'était ici ?

L'aubergiste nettoyait avec sérieux les verres empilés sur le comptoir. Il réfléchissait.

— Il est allemand ou autrichien ?

— Allemand.

— S'il est allemand, ce n'est pas ici que vous le trouverez. Ici, c'est plutôt le point de ralliement des Autrichiens. Pour les Allemands, j'ai entendu dire qu'ils préféraient une gargote infâme, en bord de Seine, non loin du nouveau pont. Vous savez, le pont russe. J'oublie toujours son nom.

— Le pont Alexandre III ?

— Oui, c'est ça. Pas loin du pont Alexandre III. Je pense que vous pourrez les repérer au bruit. Il paraît qu'ils font un vacarme du diable.

— Merci pour le renseignement.

Le colonel se leva sans avoir terminé son verre, ce qui surprit l'aubergiste. Il s'empara du verre encore à moitié plein, le renifla d'un air suspect, haussa les épaules et le vida dans un saut, posé à terre à côté du comptoir. Puis, il se mit en devoir de nettoyer le verre, alors que l'atmosphère se détendait.

L'officier fit un tour au pavillon allemand, surmonté de son clocher si reconnaissable. Toutefois, comme lors de ses trois précédents passages, il ne remarqua personne de sa connaissance et quitta les lieux, en veillant à ne pas être suivi. Il déambula dans les rues adjacentes de la rue des Nations, puis revint vers le cœur de l'exposition, avant de monter comme nombre de visiteurs sur la « rue de l'Avenir », le fameux trottoir roulant. Se laissant porter vers sa destination, il eut tout loisir d'observer l'exposition qui défilait sous ses pieds. Les bords de Seine s'accrochaient longtemps à son regard. Il cherchait à repérer la fameuse taverne dont nombre d'Allemands se servaient comme point de ralliement.

Le trottoir roulant emporta le colonel vers les jardins du Trocadéro, qu'il dépassa de peu, puis il descendit de cette attraction en empruntant l'une des passerelles, qui desservaient l'exposition universelle. Sur ses gardes, l'Allemand marchait d'un pas vif et observait sans cesse ceux qui, dans la foule, s'approchaient trop près de lui à son goût. Soudain, son attention fut retenue par des chants à consonance germanique et il dévia de sa route pour se laisser guider par le son. Non loin des jardins du Trocadéro, il tomba sur un joyeux troquet, pimpant et propre, loin de la description de gargote que lui avait faite l'autre aubergiste. Il fit mine de s'intéresser à la carte, avant qu'une jeune serveuse vînt l'accoster avec cordialité.

— Bonjour, Monsieur. Que pouvons-nous pour votre service ?

— Je souhaiterais pouvoir déjeuner en extérieur à une table un peu tranquille, mais d'où je pourrai observer la salle, puisque j'attends l'un de mes amis.

La serveuse fit un signe de compréhension et entraîna le visiteur vers une table en angle, qui permettait de surveiller sans aucune difficulté l'ensemble de la clientèle. L'Allemand se fit alors servir le plat du jour avec un grand bock de bière et déjeuna sans plus de cérémonie.

Au bout d'un quart d'heure et son repas englouti, l'instinct du colonel le rappela à l'ordre et lui fit remarquer un homme, installé non loin de lui et dont il avait toute l'attention. L'homme était grand, massif et arborait une large moustache, dont il était très fier, au vu de l'entretien qu'il consacrait à son ornement pileux. Sa tenue vestimentaire détonnait quelque peu avec son attitude physique. En effet, son attitude droite et rigide ne convenait guère aux vêtements d'un titi parisien qu'il avait choisis pour se fondre dans la foule. Le colonel l'observa un instant, prit son verre et leva sa chope de bière en signe de salut. Le faux Parisien se détourna, comme s'il n'était pas visé par ce geste. Quelques instants plus tard, ce dernier s'effaça, non sans avoir passé le relais à un autre personnage plus trouble encore. Mince, de fines lunettes sur le nez, les cheveux bruns parsemés de cheveux blancs et gris, la silhouette rappelait au faux colonel celle de l'homme, qu'il avait entraperçu au manoir Clifford, mais sans qu'il fût certain qu'il s'agît de la même personne. L'œil d'Alistair, sous l'uniforme du colonel allemand, s'alluma et il se dit qu'il était au bon endroit pour poursuivre son enquête. Par provocation, il leva à nouveau sa chope en signe de salut. Toutefois, loin de faire fuir le nouvel arrivant, ce geste le décida à rejoindre l'Anglais à sa table.

Désormais qu'ils étaient face à face, Alistair était persuadé qu'il ne s'agissait pas de l'homme, qu'il avait croisé au manoir Clifford. En revanche, il lui ressemblait. Il lui ressemblait étrangement, comme un mauvais sosie ressemblerait à un artiste célèbre. Un déclic se fit entendre.

— Je vois que nous sommes entre hommes du monde, commença Alistair.

L'autre ne broncha pas et se contenta de demeurer immobile.

— En revanche, je tiens à vous spécifier que vous n'êtes pas le seul à braquer une arme sous la table. Si vous vous donnez la peine de jeter un coup d'œil, vous verrez qu'en cas de maladresse de votre part, qui viendrait à me loger une balle dans l'estomac, vous ne sortiriez pas non plus vivant de notre petite rencontre.

Le masque imperturbable de l'homme marqua une légère faille. Il se demandait si Alistair pérorait ou s'il était sérieux. Il n'avait jamais envisagé la possibilité que cet espion britannique pût être dangereux. Du moins dangereux pour lui. L'homme hésita un instant puis, sous prétexte de renouer son lacet, jeta un coup d'œil sous la table et s'aperçut qu'Alistair ne plaisantait pas. Un revolver était braqué sur son abdomen. Une vive contrariété se marqua sur son visage.

L'homme ne souhaitant toujours pas prendre la parole, Alistair continua d'un ton badin :

— Maintenant que les choses sont établies, je souhaiterais amorcer un dialogue avec vous. Votre âge, votre physionomie, votre manque de méfiance à mon égard me font dire que vous n'êtes pas le Caméléon.

L'homme ne bougea pas

— Je pense également que celui que j'ai croisé au manoir Clifford n'est pas le Caméléon. En revanche, les services secrets impériaux ont manifestement décidé de ressusciter cet espion légendaire, afin de déstabiliser les autres services du continent. Toutefois, je ne saisis toujours pas le grand plan existant derrière les différents vols et assassinats, que vous avez commis ces derniers temps. Votre façon de faire me paraît anarchique et bien peu convaincante. Vous avez certes supprimé quelques agents, qui auraient pu se montrer gênants pour vos manœuvres, et vous êtes parvenus à vous emparer de quelques plans, dont l'intérêt stratégique sera dépassé d'ici quelques mois. Au final, vous n'avez pas obtenu grand-chose. Les services refusent encore et toujours de se liguer contre vous et, pire, certains pays ne vous recherchent même pas. Si votre volonté était de prendre l'ascendant sur les autres, je dois avouer que toute votre mascarade ressemble à un échec retentissant. Certes, d'un point de vue individuel, certains agents entendent bien vous faire payer au prix fort vos forfaits mais, au niveau étatique, vous n'avez suscité que peu de réactions. Même l'Angleterre n'a pas jugé bon d'envoyer un agent à part entière à vos trousses et est venue me sortir de ma retraite pour récupérer nos plans.

L'homme ne bougeait toujours pas. Alistair en fut quelque peu décontenancé.

— Votre mutisme est impressionnant. Soit vous ne parlez pas anglais - et dans ces conditions, je suis en train de parler à un mur -, soit on vous a arraché la langue, - ce qui pourrait être le cas -, soit vous attendez votre supérieur et vous ne savez pas comment réagir.

À cette dernière proposition, l'homme ne put empêcher son sourcil de tressaillir sous un tic nerveux.

— Bien, manifestement, vous êtes un subalterne et vous attendez votre supérieur. Je serais curieux de rencontrer cette personne. Homme ou femme, il a une plaisante façon d'organiser ses services. En revanche, je n'apprécie guère d'être poursuivi par la police française pour un meurtre que je n'ai pas commis. Que l'on tente de m'assassiner est une chose, que l'on tente de me faire embastiller dans un cul-de-basse-fosse français en est une autre, et autrement plus déplaisante.

L'œil d'Alistair fut soudain attiré par un autre homme, beaucoup plus déterminé et énergique que le précédent. Le nouveau venu se dirigea sans ambages vers sa table et s'assit, sans prononcer la moindre parole, aux côtés de son quasi-clone, avant de fixer l'Anglais d'un air supérieur et méprisant. Soudain, alors qu'il avait gardé les deux mains au-dessus de la table, il lança une gifle sèche à son acolyte, qui tenait toujours Alistair en respect. Le subalterne comprit le message, un déclic fut entendu, puis il se leva et les quitta sans un mot. La main cachée d'Alistair réapparut au-dessus de la table.

— Maintenant que nous sommes entre nous, notre petite affaire va peut-être pouvoir avancer.

— Avancer en quoi ? interrogea l'Allemand, le souffle court.

— Comme vous le savez, j'ai été dépêché pour récupérer les plans que vous avez dérobés au manoir Clifford.

— Et ?

— Et bien, je vais les récupérer. Si vous êtes un peu plus compétent que vos subalternes, vous devez connaître ma réputation et vous savez que je n'échoue jamais.

— La difficulté pour vous, Monsieur Clifford, est que vous n'avez aucun moyen de pression sur mon service, ni aucune monnaie d'échange.

— Finalement, nous y arrivons. Que vouliez-vous faire des plans dérobés ? Et ne me répondez pas que vous vous proposiez de les vendre au plus offrant, ce serait ridicule. Ces plans ne sont même pas achevés et seront dépassés d'ici quelques mois. Pourquoi les avoir volés dans ce cas ?

— Pour démontrer l'inefficacité de vos services.

Alistair eut un mouvement de dépit.

— Vous insultez mon intelligence. Pour ma part, je pense que l'Empire allemand a décidé de déstabiliser tous ses potentiels concurrents. Depuis une trentaine d'années désormais, vous n'avez eu de cesse que d'affaiblir et d'isoler votre grande rivale, la République française, mais, à force de manœuvres et de trahisons, vous êtes parvenus à ranimer l'amitié franco-russe. Cette alliance vous déplaît au plus haut point - entendons-nous bien, lorsque je dis vous, je ne m'adresse pas à vous à titre personnel, mais bien au représentant de l'Empire allemand - donc vous voyez d'un très mauvais œil cette alliance franco-russe, dont on peut admirer la vigueur quand on visite l'exposition universelle. Désormais pris en tenaille entre la France et la Russie, l'Allemagne fomente un complot visant à déstabiliser les services secrets des autres Nations. Vous éliminez alors les espions français et russes. Outre le fait que ces assassinats affaiblissent vos deux ennemies, ils servent votre stratégie. Marcel Sergent était probablement le dernier agent vivant à avoir connu le vrai Caméléon. En assassinant cet homme, vous faisiez d'une pierre deux coups. Ensuite, vous vous attaquez à la Grande-Bretagne. Nous ne sommes pas alliés à la France, mais nous ne sommes plus non plus les ennemis héréditaires, que nous avons été lors des siècles précédents. Aussi, dans votre logique d'isolement à toute force de votre voisine jalousée, vous volez des plans, des plans que vous croyez primordiaux pour nos services mais qui, en réalité, n'étaient qu'une ébauche présentée à de nombreux gradés pour les rassurer quant au perfectionnement de notre armement. Vous volez les plans et faites tout pour impliquer la France dans ce vol. Alors que je vous ai vu à l'œuvre au manoir et que j'ai pu juger de votre discrétion, soudain vous laissez des traces visibles afin que la *Special Branch* puisse suivre vos déplacements jusqu'à l'ambassade de France à Londres. Vous perdez deux jours à brouiller les pistes, sans vous apercevoir que vous êtes suivi par un agent français bien décidé à vous éliminer. Quand vous voyez mon intrépide cousine entrer dans votre cabine et vous surprendre avec l'agent de la *Special Branch*, que vous étiez parvenu à corrompre, vous agissez sans attendre. Malheureusement pour vous, j'abats le traître, l'agent français élimine votre homme et mon cousin vous blesse à l'avant-bras. Ensuite, plus rien ne va, vous rentrez en France poursuivi par les services français et les services britanniques, que j'ai l'honneur de représenter.

L'homme leva un sourcil appréciateur.

— Je dois avouer, Monsieur Clifford, que vous êtes plus intéressant que je ne l'imaginais. Toutefois, le sort que nous vous avons réservé dans nos plans est incompatible avec votre survie. Puisque vous avez bouleversé nos projets en survivant, nous avons fait de vous notre bouc émissaire et vous êtes désormais le meurtrier que recherchent les services européens.

— Certes, ce qui est fort désagréable, reconnut Alistair avec flegme. Toutefois, nous en arrivons ici à la faiblesse de votre plan.

— La faiblesse ? s'irrita l'espion allemand.

— Oui, une faiblesse étonnante et qui vous différencie très précisément du précédent Caméléon. Vous assassinez un pauvre bougre et vous vous arrangez pour que la police française croie que je suis coupable. Toutefois, le choix de la nationalité de ce pauvre homme me laisse perplexe. Pourquoi un Italien ? L'Italie est le pays le plus à même de s'allier à l'Empire allemand, exception faite de l'Autriche-Hongrie.

— Mais Monsieur Clifford, c'est assurément un geste de rapprochement avec l'Italie. Vous avez assassiné un agent italien et nous allons vous arrêter et vous remettre à l'Italie.

— Évidemment, s'amusa Alistair. Dans ce sens, c'est cohérent, maladroit mais cohérent.

L'Allemand perdit soudain toute patience.

— Depuis tout à l'heure, je vous entends dire que je suis maladroit, moins compétent que le précédent Caméléon, mais j'aimerais bien savoir en quoi ?

— En cela.

Alistair planta une dague dans la main gauche de l'homme en face de lui et le cloua à la table. Les yeux exorbités par la surprise et la douleur, l'homme ne parvenait même pas à hurler. Il porta sa main valide sur le manche de l'arme mais, voyant ce geste, Alistair tourna la lame dans la main, la retira et la plongea vers la gorge de son adversaire. Dans un mouvement réflexe, l'Allemand évita le coup fatal. Un long hurlement sortit enfin de sa bouche. Tous les clients se retournèrent et n'eurent le temps que d'apercevoir Alistair de dos, qui s'échappait déjà, s'enfonçant dans la foule des visiteurs.

ର ✦ ଛ

B enedict et Meredith entouraient Hayley et la soutenaient, alors qu'ils attendaient devant une sortie discrète du pavillon de la Russie. La chaleur était encore intense, mais Hayley ne pouvait s'empêcher de frissonner au moindre souffle d'air, que les autres appelaient de leurs vœux. Une riche voiture s'arrêta et, la porte s'ouvrant devant eux, ils découvrirent Mikhaïl installé à l'intérieur. Le jeune homme descendit et aida Hayley à monter, puis il tendit sa main pour aider Meredith. Celle-ci hésita un instant et, estimant qu'elle ne pouvait pas se conduire avec grossièreté, elle accepta l'aide de Mikhaïl. Au moment où elle montait, Mikhaïl planta son regard bleu acier dans les yeux d'un bleu plus foncé de Meredith, qui le fixa avec intérêt. La jeune lady se dit par-devers elle que, finalement, cela pouvait être agréable d'être traitée en femme. Benedict allait monter à la suite de sa sœur, quand il vit arriver Boris d'un pas rapide. L'homme s'arrêta près de Mikhaïl, lui parla en russe d'une voix étouffée, avant de repartir aussi vite qu'il était arrivé. Le prince Kourakine paraissait préoccupé par ce que venait de lui rapporter son garde. Il invita Benedict à monter dans la voiture et grimpa à sa suite.

Une fois assis, il tapa contre la cloison de la voiture qui démarra. Mikhaïl contempla le visage de Meredith un instant plus long que nécessaire, du moins selon Benedict, et dit :

— Votre cousin, Monsieur Alistair Clifford, est officiellement recherché par la police française pour le meurtre d'un vendeur de limonade italien. De plus, il est soupçonné d'être l'assassin de mon frère et de Monsieur Marcel Sergent par les services de nos deux pays. Nous avons reçu l'ordre de l'appréhender et de l'envoyer en Russie pour interrogatoire.

— Vous vous rendez compte que c'est absurde, intervint Benedict.

— Bien sûr. Mon frère avait la plus grande estime pour votre cousin et Boris, qui s'était attaché à ses pas, a bien vu l'agent allemand poignarder l'Italien. Monsieur Clifford avait raison dans son analyse de la situation. Il est le prochain à devoir être éliminé, d'une manière ou d'une autre. En revanche, ce que je ne comprends pas, ce sont les raisons de cette manœuvre. Si les Allemands n'étaient pas allés dérober vos plans en Angleterre, jamais Monsieur Clifford ne serait venu se mêler de cette histoire.

— Selon vous, les Allemands voulaient impliquer Alistair... souffla Meredith.

— Peut-être pas Monsieur Clifford en particulier, mais il est certain que l'Allemagne voulait attirer la Grande-Bretagne dans l'affrontement, qui oppose les différents services secrets. La difficulté est que je ne parviens pas à saisir l'ensemble du tableau.

— Expliquez-nous... Ensemble, nous allons comprendre, dit Hayley d'un ton las.

Mikhaïl les regarda tour à tour et prit sa décision. Certes, il ne devait pas divulguer de secrets, mais ces gens étaient ce qui se rapprochait le plus d'alliés. Mikhaïl parlait en leur donnant des informations claires et précises. Les trois Anglais écoutaient avec attention, oubliant même pour un instant qu'ils se trouvaient dans une voiture, qui les berçait au gré des cahots de la route. Sans le savoir, ils venaient de se rapprocher de la Seine et pouvaient parfois l'apercevoir par la fenêtre.

— Selon moi, résuma Hayley, le point commun à tout ce dont vous venez de nous parler, c'est la France. Les services allemands veulent isoler la France et notre intervention dans cette affaire n'est qu'un coup du sort. Le grand dessein sous-jacent est de briser l'alliance franco-russe. Ils assassinent votre frère, puis le père de Madame Sergent, brouillent les cartes, volent des plans stratégiques et reviennent toujours en France. Ils commettent divers forfaits et ramènent chaque piste vers la France ou ses ambassades. L'Allemagne mène une guerre larvée contre la République française.

Cette longue tirade avait épuisé Hayley. Elle semblait au bord du malaise. Pourtant, ni les jumeaux ni Mikhaïl ne se préoccupaient de son état de santé, tant grande était leur stupéfaction.

— Vous êtes vraiment gouvernante ? demanda Mikhaïl.

Hayley sourit à cette remarque.

— Oui, vraiment, mais peut-être plus pour longtemps compte tenu des dangers auxquels j'ai exposé mes protégés. Je n'aurais jamais dû céder…

— Je ne sais pas ce qu'il se passera pour vous à votre retour en Angleterre, mais sachez que je vous trouverai sur l'heure une place de choix en Russie. Les familles russes se battront même pour avoir une femme de votre intelligence et de votre courage comme gouvernante de leurs enfants.

Hayley était sidérée par la chaleur du compliment, qui venait de lui être adressé. En revanche, Meredith bouillait d'indignation.

— Veuillez m'excuser, prince Kourakine, mais Hayley est ma femme de chambre et je vais la garder !

— Je croyais qu'elle était votre gouvernante ?

— J'ai passé l'âge d'avoir une gouvernante !

Mikhaïl sourit avec chaleur, son regard se parant d'un éclat particulier pour l'occasion.

— Veuillez excuser mon…

Mikhaïl n'acheva jamais sa phrase. Ses yeux s'agrandirent alors qu'il fixait les bords de Seine à travers la fenêtre de la voiture. Un homme courrait le long du fleuve, poursuivi par la police française.

— Arrêtez la voiture ! ordonna-t-il.

Sans attendre que la voiture n'ait stoppé, Mikhaïl sortit comme un fou et courut vers la Seine à travers la foule toujours présente. Les jumeaux se précipitèrent à sa suite, ne comprenant pas ce qu'il se passait, et ne purent qu'observer de loin la terrible scène se déroulant devant leurs yeux. L'homme qui fuyait était grand, élancé, les cheveux longs. Alistair était poursuivi par trois policiers français. Alors qu'il allait rejoindre le pont de la Concorde, l'un des policiers tira dans sa direction. Une seule balle. Une de trop. La balle faucha Alistair en plein dos. Il pivota sur lui-même, se heurta contre la rambarde et bascula par-dessus. Le corps plongea dans la Seine.

Chapitre X

U n long cri de désespoir résonna. Meredith ne parvenait plus à s'arrêter de crier. Voyant cela, Hayley descendit de la voiture et prit la jeune fille dans ses bras. Les deux femmes s'écroulèrent à terre, dans les bras l'une de l'autre. Meredith avait enfoui son visage dans l'épaule de sa gouvernante, pendant qu'Hayley tentait d'observer ce qu'il se passait près de la Seine. Benedict avait rejoint Mikhaïl, qui sondait le fleuve du regard à la recherche d'un signe de vie d'Alistair. Le vent, qui s'engouffrait alors dans le couloir du fleuve, chassait l'air vicié de Paris et frappait les curieux de plein fouet. Ils furent rejoints par plusieurs passants essayant de retrouver la trace de l'homme, qui avait basculé, mais ne virent rien. Les policiers recherchaient eux aussi la trace du fuyard, l'un d'entre eux descendit même le long d'une corde pour se rapprocher de la surface de l'eau mais, malgré les efforts de chacun, le corps d'Alistair demeurait invisible. Il avait disparu. À côté de Benedict, un homme simple enleva sa casquette de la tête et la tint sur sa poitrine.

— Encore un d'abattu comme un chien. Paix à son âme.

Benedict regarda l'homme, comme s'il était impossible qu'il eût prononcé les mots qu'il venait d'entendre.

— Pourquoi dites-vous cela ? Il a pu survivre... balbutia-t-il.

— Survivre...

L'homme se tourna vers Benedict et l'observa un moment.

— Mon jeune Monsieur, il aurait pu survivre à la balle dans le dos ou il aurait pu survivre à la chute, mais survivre aux deux... Il a péri le pauvre bougre, voilà tout.

L'homme regarda une dernière fois la Seine et s'éloigna, alors que le policier remontait le long de la berge. Il rejoignit les autres et fit un signe négatif de la tête. L'attroupement de badauds se dispersa. Quelques volontaires poursuivirent les recherches, sans parvenir à un quelconque résultat. Le temps passait et Benedict avait les jambes coupées. Il se tourna, souhaitant échapper, pour quelques instants, au spectacle mouvant des flots de la Seine. Il s'appuya contre la balustrade, qui venait d'être fatale à son cousin.

Dos au fleuve, il observait la foule et remarqua un homme en costume sombre, brun, les cheveux clairsemés, de fines lunettes sur le nez, qui le fixait de l'autre côté du quai. Benedict se redressa, toute faiblesse oubliée, et se précipita dans la direction de l'inconnu. Avant que le jeune Anglais ne parvînt à traverser, se heurtant à plusieurs vagues de visiteurs, l'homme s'enfonça dans la foule et disparut à son tour. Mikhaïl, qui avait saisi la réaction de Benedict, s'était mis à le suivre tant bien que mal. Benedict s'arrêta là où il avait vu l'autre se tenir immobile quelques instants auparavant. Mikhaïl le rejoignit.

— Qu'avez-vous vu ?

— Lui.

— Qui lui ?

— Le Caméléon.

Benedict détacha son regard de la foule et fixa ses yeux dans ceux de Mikhaïl.

— D'accord. Il faut que je vous ramène chez vous et nous allons aviser.

Benedict acquiesça d'un signe de tête et retourna vers la voiture d'un pas lourd. Mikhaïl, qui marchait à côté de lui, posa la main sur son épaule et le secoua légèrement.

— Nous l'aurons.

Les deux jeunes hommes retrouvèrent Meredith et Hayley dans la voiture. Elles étaient remontées et avaient refermé la porte pour ne pas donner le spectacle de leur désolation à la foule, toujours avide de sensations. Meredith était effondrée, la tête appuyée contre la portière, les larmes coulant sans discontinuer de ses yeux fermés, Hayley lui tenait la main et la serrait à intervalles réguliers dans un signe d'apaisement. Mikhaïl était un peu gêné d'assister à cette scène intime. Il s'installa au plus loin de Meredith et tapa d'un coup sec contre la cloison, la voiture redémarra. Benedict, installé en face de sa sœur, dos à la route, se pencha vers le jeune Russe et lui parla en confidence :

— Pensez-vous que la police française savait qui elle poursuivait ?

— Certainement. Nul doute que votre cousin a été dénoncé à la police. Vous et moi savons que votre cousin n'a tué ni mon frère, ni le père de Madame Sergent. En revanche, nous pouvons être certains que le meurtrier s'est arrangé pour accuser Monsieur Clifford du meurtre de ce malheureux Italien, puis pour le dénoncer. Il serait d'ailleurs intéressant de savoir si le Caméléon a des appuis au sein de la police française. Je les trouve un peu prompt à poursuivre et surtout à dénicher votre cousin. Il semblerait que ce que nous a dit Madame Sergent se confirme. Elle a été chargée de l'enquête sur la mort de son père, car les services français soupçonnaient quelques traîtrises et je pense qu'ils avaient raison.

— Nous ne pouvons donc nous fier à personne.

— Si, à ceux qui sont dans cette voiture. Je veux retrouver l'assassin de mon frère et vous voulez retrouver celui qui a piégé votre cousin. Allions-nous.

Mikhaïl tendit sa main à Benedict, qui la saisit avec vigueur.

— Nous sommes alliés.

Hayley tendit son bras et posa sa main sur la poignée de mains des deux jeunes hommes.

— Je ne sais pas trop ce que je peux vous apporter, mais je suis avec vous.

— Et moi aussi.

Meredith mit sa main au sommet. Son visage était bouffi par les larmes et tendu par la tristesse, mais une flamme de vengeance brûlait au fond de ses prunelles. Les quatre restèrent liés pendant un instant solennel, avant de rompre leur pacte. La voiture ralentissait.

 os ✦ so

D ès qu'ils descendirent de la voiture, les jumeaux et Hayley comprirent que quelque chose se passait dans l'hôtel particulier. Un policier en faction montait la garde à leur porte et les regardait d'un air peu amène. Une ombre bougea derrière la fenêtre. Quelques instants plus tard, le majordome apparut sur le perron, son habituelle mine sévère ayant été remplacée par un affolement qu'il avait peine à dissimuler.

— Mademoiselle, Monsieur, je suis content de vous voir. C'est à n'y rien comprendre ! La police est arrivée ce matin juste après votre départ et a commencé à fouiller toutes vos affaires. J'ai essayé de m'y opposer, mais il n'y a rien eu à faire. Est-ce que Monsieur Clifford est avec vous ?

Meredith allait répondre, quand Benedict lui posa la main sur le bras et, prenant les devants, intervint :

— Nous ignorons où notre cousin a pu se rendre. Toutefois, je souhaiterais savoir si vous avez prévenu l'ambassade britannique de ce qui se tramait ici ?

Le majordome blêmit.

— Je n'y ai pas songé. Je vais y remédier de ce pas et vous prie de bien vouloir excuser cette négligence.

Le majordome entra dans l'hôtel particulier, bientôt suivi par Meredith, Benedict et Hayley, qui passèrent sous l'œil noir du policier en faction. Dans sa voiture, Mikhaïl, après un dernier regard à ses nouveaux alliés, tapa sur la cloison de la voiture, qui démarra. Le factionnaire fixa le véhicule quelques instants, avant de s'en désintéresser.

À l'intérieur, les jumeaux et Hayley comprirent l'émotion du majordome, quand ils virent l'hôtel particulier sens dessus dessous. Chaque pièce avait été fouillée, vidée, renversée et retournée. Il ne restait pas un tiroir, pas un coussin qui n'ait été jeté au sol par la police. Seuls les meubles les plus lourds étaient restés à leurs places, mais des marques sur le parquet montraient qu'on avait tout de même tenté de les bouger. À peine furent-ils entrés dans le salon qu'un homme en costume élégant, portant une fine moustache et des rouflaquettes à la dernière mode, s'empressa de venir les saluer sans aucune hostilité. Il affichait même un grand sourire, fort étonnant, compte tenu des circonstances.

— Mademoiselle Meredith Clifford et Monsieur Benedict Clifford, je suppose. Quant à vous, Madame, vous devez être la gouvernante de Mademoiselle Clifford, si je ne m'abuse ?

Hayley acquiesça d'un signe de tête.

— Je vous prie de bien vouloir excuser le dérangement que nous avons causé à votre logement. Toutefois, nous avons recueilli des informations très précises nous signifiant que votre cousin, Monsieur Alistair Clifford, avait été impliqué dans une agression sordide, s'étant déroulée à l'exposition universelle aujourd'hui même, et nous souhaitions obtenir des explications de sa part.

Benedict s'institua porte-parole du groupe. Hayley, que la conversation n'impliquait pas directement, alla s'asseoir dans l'un des canapés débarrassés de ses coussins. Pour un peu, ils allaient éventrer les fauteuils, pensa-t-elle.

— Je suis fort étonné de ce que vous nous dites, Monsieur...

L'homme s'approcha et s'inclina avec grâce.

— Où avais-je la tête, j'ai oublié de me présenter. Inspecteur Clamart de la police française. Pour en revenir à notre petite affaire, je reste persuadé qu'il s'agit d'un malentendu et que votre cousin va être innocenté dans les meilleurs délais.

Benedict resta insensible aux signaux d'apparence

sympathique, que lui envoyait l'inspecteur.

— Pouvez-vous me prouver que vous faites partie de la police française, demanda Benedict d'un ton sec.

L'inspecteur perdit son grand sourire quelques instants, surpris du ton cassant employé par le jeune homme.

— Bien évidemment.

Le policier sortit de sa poche une carte confirmant son identité.

— Étant citoyen britannique, je vais demander l'aide de mon ambassade, car je suis quelque peu surpris des proportions qu'a prises la fouille de nos affaires. Votre acharnement à retourner chaque pièce de notre logement me semble être disproportionné par rapport à l'affaire que vous relatez. En outre, ni ma sœur, ni Miss Fortescue, ni moi-même ne sommes impliqués et, pourtant, cela ne vous a pas empêchés de mettre l'ensemble de nos effets personnels sens dessus dessous.

— En votre absence, il fallait bien que nous fassions avancer nos investigations, tenta de se justifier l'inspecteur désormais sur la défensive.

— Cela ne vous autorisait pas à fouiller nos affaires. Je ne connais pas le droit français, mais je vais me renseigner et je ne serais guère surpris d'apprendre que vous avez outrepassé vos pouvoirs, à moins que vous ne me parliez pas de toute l'affaire.

L'inspecteur considéra d'un œil neuf ce jeune blanc-bec, qui osait lui tenir tête, et développait l'air de rien une argumentation juridique recevable. Il se composa tout de même une figure aimable, afin de ne pas se départir de son rôle.

— Si vous considérez que nous avons commis quelques maladresses, il vous appartient de nous demander officiellement des comptes. Cependant, ne sous-estimez pas l'affaire dans laquelle est impliqué Monsieur Clifford et qui relève tout de même du droit criminel.

— Je serais curieux de savoir ce qui vous a orienté si rapidement vers mon cousin et notre logement à Paris. Je ne pensais pas qu'il était si simple de savoir où nous habitions..

Un rictus de contrariété marqua le visage de l'inspecteur, avant qu'il ne parvienne à retrouver son sourire de façade. L'opération lui prenait à chaque fois plus de temps.

— Mes sources ne vous regardent pas.

Benedict sourit avec calme et toisa l'inspecteur de toute sa hauteur.

— Vos sources paraissent pourtant être d'une grande précision et faire preuve d'une célérité hors du commun pour une simple affaire de droit commun.

L'inspecteur ne tenta même plus de cacher l'animosité que lui inspirait cet impertinent petit lord. Un policier entra dans le salon où ils étaient réunis et parla en confidence à l'inspecteur. Ce dernier parut contrarié et donna un ordre vif à son subordonné, qui se retira sans plus de cérémonie. L'inspecteur se recomposa un sourire de circonstance.

— Manifestement, notre fouille n'a débouché sur aucun élément probant, ce qui est fort étonnant. D'après mes sources, nous aurions dû trouver des preuves accablantes.

— Vos sources se seront trompées.

— Je ne pense pas, non. En revanche, je vous demanderai de bien vouloir me faire savoir, quand Monsieur Clifford rentrera.

Benedict ne répondit pas à cette requête et l'inspecteur, comprenant que la conversation était terminée, tourna les talons et s'en alla.

— Vous laissez notre intérieur dans cet état ? s'indigna Hayley.

L'inspecteur la regarda pour la première fois et avec un grand sourire lui répondit :

— Vous avez du personnel pour cela.

L'inspecteur sortit du salon, sans avoir salué quiconque. En quelques minutes, l'ensemble des policiers présents évacua les lieux et disparut, laissant derrière eux un champ de bataille indescriptible.

H ayley et les jumeaux entendirent les domestiques ranger ce qui avait été éparpillé à travers les différentes salles.

— Cet inspecteur est des plus désagréables, s'indigna Hayley.

— Il est surtout à la solde de l'Allemagne, ce qui me paraît un comble pour un inspecteur français.

— Êtes-vous certains que ses sources sont l'un de nos ennemis ? demanda Hayley, quelque peu troublée par cette supposition.

— Et qui d'autre ? répondit Benedict. Il est certain que ceux qui ont dénoncé Alistair sont aussi ceux qui l'ont piégé avec cet assassinat. En revanche, je serais curieux de savoir quels sont les liens de ce policier avec les espions allemands et s'ils ont d'autres accointances avec la police française… Dans ce cas, je comprends mieux pourquoi le prince Kourakine nous a dit que nous ne pouvions compter que sur nous-mêmes.

— Pourquoi n'as-tu pas parlé de la mort d'Alistair ? interrogea Meredith.

— Parce que nous ne sommes pas supposés savoir que notre cousin a été abattu par la police française. Il sera toujours temps pour cet inspecteur de venir nous l'annoncer au moment voulu. En revanche, entre-temps, nous allons prendre nos dispositions pour arrêter ce Caméléon. À ton avis, que cherchait-il dans l'hôtel particulier ?

— Probablement nos armes, répondit Meredith. Nous avons été bien inspirés d'emporter tout ce que nous avions avec nous. Heureusement, cet inspecteur n'a pas songé à nous fouiller. Je suis certaine que s'il avait trouvé le moindre revolver ici, il nous aurait tous embastillés sans autre forme de procès.

Soudain, le majordome entra dans le salon à nouveau en proie à une grande contrariété. Benedict se tourna vers lui pour lui signifier qu'il écoutait.

— Deux messieurs de l'ambassade de Grande-Bretagne se sont présentés à la porte et attendent dans l'entrée que vous vouliez bien les recevoir.

Benedict eut l'air surpris, regarda sa sœur, puis Hayley à la recherche d'une quelconque explication et, voyant qu'aucune d'entre elles n'avait quoique ce fût à proposer, il inspira avant de répondre :

— Faites entrer ces messieurs.

Le majordome disparut quelques instants, avant de revenir accompagné de deux gentlemen en habits sombres et monocles. Le plus grand des deux s'avança et prit l'initiative de la conversation.

— Vous avez fait prévenir l'ambassade de Grande-Bretagne de déconvenues vous opposant à la police française.

Benedict acquiesça d'un signe de tête.

— Oui, c'est exact. Comme vous pouvez le constater, la police est venue pendant notre absence et a fouillé l'ensemble de nos affaires. Il me semble tout à fait aberrant qu'ils se soient autorisés à fouiller les affaires de ma sœur, celle de sa gouvernante et les miennes, alors que nous ne sommes en aucun cas liés à l'affaire évoquée par l'inspecteur.

L'homme se montra intéressé.

— Que vous a dit cet inspecteur ?

— Qu'il recherchait notre cousin, Monsieur Alistair Clifford, afin de l'interroger sur son éventuelle implication dans un meurtre, qui s'est déroulé aujourd'hui à l'exposition universelle.

— Et quoi d'autre ?

— C'est tout ce qui a été évoqué devant nous. En revanche, avant de continuer, je souhaiterais avoir quelques renseignements vous concernant, car vous avez omis de vous présenter en arrivant.

— Nos identités ne vous intéressent pas. Sachez simplement que nous appartenons à l'ambassade de Grande-Bretagne.

Benedict ricana de façon sonore afin de bien montrer aux deux hommes qu'ils n'allaient pas s'en sortir à si bon compte.

— Vous me voyez désolé de me montrer fort suspicieux à votre encontre, mais je suis dans l'obligation de vous demander de bien vouloir prouver vos dires. Vous comprendrez qu'en de telles circonstances, je ne souhaite pas parler à deux inconnus sans avoir vérifié leur identité ou, au moins, leur qualité.

Le deuxième homme s'avança et montra la couverture de son passeport diplomatique à Benedict, sans toutefois l'ouvrir.

— Avez-vous des nouvelles de notre cousin ?

— Vous ignorez donc le sort de Monsieur Clifford ?

— Allez-vous finir par nous dire ce qu'il s'est passé ? s'impatienta Benedict d'un ton cassant. J'ai toujours eu horreur des devinettes. Je n'ai ni le goût, ni la patience nécessaires à cet art.

Benedict avait fait exprès de prendre le même ton que son père, lorsque ce dernier souhaitait se débarrasser d'importuns. Son interlocuteur reconnut aussitôt le ton des aristocrates à bout de patience et enchaîna :

— J'ai le regret de vous annoncer que votre cousin a été abattu ce jour par la police française, alors qu'il tentait de se soustraire à une arrestation pour le meurtre d'un commerçant italien. Nous n'avons aucun élément sur les motivations de cette agression, mais nous souhaitons éviter un incident diplomatique entre la France et la Grande-Bretagne. Aussi sommes-nous amenés à vous demander de rentrer dans les meilleurs délais en Grande-Bretagne, afin d'éviter que votre nom ne soit davantage associé à ce meurtre.

Hayley feint la stupéfaction et l'horreur, alors que les jumeaux restaient de marbre. Elle pensa par-devers elle qu'ils faisaient vraiment de piètres comédiens.

— Vous tenez donc pour acquis que notre cousin est un meurtrier ? s'indigna Benedict.

— Nous n'avons aucun élément nous permettant de

combattre cette accusation.

— Et pouvons-nous savoir quels sont les éléments qui accusent notre cousin ? intervint Meredith.

L'homme considéra avec un vif déplaisir cette jeune idiote, qui venait de l'interpeller. Toutefois, il se donna la peine de répondre.

— La police française nous a précisé que ses accusations reposaient sur un témoignage au-dessus de tout soupçon.

— Et vous prenez cela pour argent comptant, sans vous demander ce qui pourrait se cacher derrière ces accusations grossières ? s'emporta Meredith. Notre cousin a été victime d'un complot et vous acceptez que sa mémoire soit salie, sans vous préoccuper d'une quelconque manière de faire éclater la vérité dans cette affaire.

— Mademoiselle, lorsque vous aurez mon âge, vous comprendrez que la vie des hommes formant une Nation ne vaut jamais rien en comparaison de l'intérêt de ladite Nation. Quels que soient vos sentiments personnels ou vos intuitions féminines, je vous demande de bien vouloir les oublier, de faire ce que l'on exige de vous et de rentrer, dès demain, en Angleterre afin de ne pas aggraver la situation.

Meredith se leva d'un bond. Elle était furieuse, à fleur de peau, et n'entendait pas qu'un petit fonctionnaire vienne lui parler sur ce ton à elle, l'héritière d'un grand nom et d'une grande histoire familiale. Elle ne laisserait pas son nom être foulé aux pieds à cause de l'incompétence et du manque évident de courage de quelques petits ronds-de-cuir.

Son frère sentit la colère traverser sa jumelle, hésita un instant à intervenir, puis se dit qu'après tout, ces deux petits bonshommes de l'ambassade méritaient bien une leçon.

— Pour qui vous prenez-vous ? tonna Meredith en proie à un mélange de colère, d'indignation et d'arrogance. Vous, qui ne vous êtes même pas présentés, vous qui en tant que représentants de la Grande-Bretagne devriez être des soutiens dans l'épreuve que nous traversons, vous vous autorisez à nous donner des ordres, à nous, les futurs représentants de l'une des plus grandes lignées de Grande-Bretagne, alors que nous venons de perdre l'un des membres de notre famille, que notre nom est traîné dans la boue par la police française, au prétexte d'une quelconque dénonciation due à une source tellement secrète que nul ne la connaît ? De surcroît, vous vous autorisez à me prendre de haut, car je suis une femme ? Compte tenu de votre mépris, de votre incompétence, de votre manque de courage et de compassion, vous expliquerez à vos supérieurs que je n'ai nullement l'intention de quitter la France pour regagner la Grande-Bretagne. Si vous ne souhaitez pas faire le travail pour lequel vous êtes payés, c'est-à-dire demander des comptes à la police française sur les accusations portée à l'encontre de mon cousin, je réglerai ce problème à votre place et lorsque je rentrerai en Grande-Bretagne, après avoir défendu mon nom et mon honneur, je puis vous assurer qu'il me restera du temps pour vous et que je me chargerai moi-même d'aller voir vos supérieurs, - et en cela je ne vous parle pas de vos supérieurs directs -, je vous parle de votre Ministre, afin de lui faire part de ma grande contrariété face à votre conduite présente. Je ne vous retiens pas. Vous pouvez vaquer à vos occupations, pour ma part, je sais où est mon devoir !

S'estimant soulagée, Meredith retourna s'asseoir et fit comme si les deux hommes n'étaient déjà plus là. D'un signe de main, Benedict leur montra la porte et ils choisirent de disparaître par celle-ci. Toutefois, pris d'un regret ou d'une certaine rancœur, l'un des deux se retourna et leur répéta :

— Demain, sans faute, vous devez avoir quitté la France.

Porté par sa lâcheté habituelle, il disparut avant que l'un des deux jumeaux Clifford n'ait le temps de lui répondre.

Le majordome entra peu après dans le salon, porteur d'un courrier marqué des armoiries du Ministère des Affaires étrangères britanniques.

— L'un des deux gentlemen a laissé ce courrier.

Benedict s'empara de la missive, l'ouvrit sans attendre qu'on lui présentât un coupe-papier et déplia la lettre. Il blêmit de colère et tendit le courrier à sa sœur, qui le lut à haute voix :

— Mademoiselle, Monsieur, Nous sommes au regret de vous annoncer la mort de votre cousin, Monsieur Alistair Clifford. Pour une raison qui nous reste pour le moment obscure, il a été mêlé au meurtre d'un homme et, alors qu'il fuyait la police française, il a été abattu et a basculé dans la Seine. Son corps n'a pas été retrouvé, mais les témoins de la scène sont formels, il n'aurait pas pu survivre à la chute qu'il a faite. Nous allons faire parvenir dans les meilleurs délais cette nouvelle au Royaume-Uni, afin que l'ensemble des membres de votre famille soit informé du malheureux destin de Monsieur Clifford. Ce décès est d'autant plus dramatique que je venais de recevoir un pli de la *Special Branch* m'informant de l'abandon de la mission confiée à Monsieur Alistair Clifford. En effet, il s'est avéré que les plans dérobés au manoir Clifford n'étaient pas les plans définitifs de notre dernier modèle de torpilles sous-marines, mais bien des plans tronqués qui n'étaient destinés qu'à la présentation des grandes lignes de l'arme à la hiérarchie militaire et diplomatique, sans pour autant contenir les éléments nécessaires à la fabrication de cette arme. Toute cette affaire est fort regrettable et je vous demande, avant que vous ne soyez impliqués plus amplement dans l'enquête française de bien vouloir regagner la Grande-Bretagne, afin de ne pas subir d'autres désagréments. Vous renouvelant toute ma compassion et mes plus vives condoléances, bla-bla-bla l'ambassadeur.

Meredith plia avec rage le courrier.

— Des plans tronqués ? dit Benedict en appuyant sur chacun des mots de sa courte phrase.

— Soit ils nous prennent pour des imbéciles, soit ils sont

eux-mêmes des imbéciles, trancha Hayley.

— Je pense qu'avec la mort d'Alistair, réfléchit Meredith, ils se sont dits qu'ils ne remettraient jamais la main sur les plans et ont décidé de les déprécier, pour qu'ils perdent toute valeur marchande sur le marché international.

— Je suis d'accord avec toi, confirma Benedict. Ils tentent leur va-tout, en espérant que leur petite manœuvre va amener le Caméléon à se désintéresser de la vente des plans. Toutefois, cela me donne une idée pour attirer notre ennemi à nous.

Meredith fronça les sourcils et regarda avec attention son frère.

— À quoi penses-tu ?

— Je pense à un petit mensonge qui pourrait servir nos intérêts et ceux du prince Kourakine. Si nous faisions savoir au prince que nous acceptons de lui vendre non pas les plans tronqués volés par le Caméléon, mais bien ceux que nous avons réussi à dérober au manoir Clifford pendant la présentation, penses-tu que l'opportunité offerte au Caméléon de venir dérober ces plans ici même ne le pousserait pas à sortir de sa tanière et à venir nous rejoindre ?

Meredith réfléchit une minute à cette proposition, puis trancha :

— De toute façon, c'est le meilleur plan que nous ayons. Il faut que nous allions prévenir Mikhaïl.

Benedict sembla choqué par cette formule.

— Je préférerais que tu l'appelles « prince Kourakine », comme il se doit. Je n'aime pas trop ce genre de familiarités…

Meredith sourit et ce sourire déplut fort à son frère.

— Mais j'ai son autorisation de l'appeler « Mikhaïl ». Comme il a la mienne de m'appeler « Meredith ».

Benedict faillit tomber à la renverse à cette nouvelle. Transporté par toute son indignation, il se tourna vers Hayley et lui dit :

— Comment se fait-il qu'en votre présence, ce genre

d'autorisation scandaleuse ait été donnée ?

Hayley regarda Benedict sans lui répondre, elle se leva du fauteuil dans lequel elle était assise et, se débarrassant du châle russe rebrodé, qui cachait le haut de son corps, montra la tache de sang qui marquait toujours sa robe bleue.

— Vous m'excuserez, Monsieur Benedict, mais je vais aller me rafraîchir un peu et me reposer, la journée ayant été longue et étant selon toute vraisemblance encore loin d'être terminée.

Benedict bredouilla un « Faites » quasi inaudible et se tourna vers sa sœur avec contrariété.

— Je t'interdis d'appeler cet homme par son prénom.

— Et toi, je t'interdis de m'interdire quoi que ce soit.

Les deux jumeaux s'affrontèrent du regard pendant quelques instants. Benedict abandonna la partie, sachant d'expérience que sa sœur était bien plus têtue que lui.

— Il nous faut un moyen discret de prévenir le prince Kourakine.

— À ton avis, comment le majordome a-t-il prévenu l'ambassade ? Il me semble qu'ils sont arrivés particulièrement vite, remarqua Meredith.

— Tu as raison. Il doit y avoir un téléphone quelque part... Le tout étant de savoir si les lignes téléphoniques sont surveillées par la police française.

— Tu peux être certain que c'est le cas. Il nous faut trouver un autre moyen plus discret de contacter Mikhaïl. Et je crois savoir ce qu'il faut que nous fassions.

Meredith avait cet air canaille sur le visage que son frère détestait depuis l'enfance. Cette expression annonçait toujours une catastrophe dont il avait souvent à assumer les conséquences.

అ ✦ ಉ

L e soir tombait sur Paris, apportant enfin un peu de fraîcheur. Une jeune femme du peuple, ses longs cheveux réunis sous un bonnet blanc, marchait en s'éloignant des murs de la ville, encore chauds du soleil de juillet malgré l'heure tardive. Elle transpirait à grosses gouttes, ployant sous le poids d'un lourd panier en osier et de la fatigue accumulée par son pauvre corps. À intervalles réguliers, elle posait son panier et se redressait avec difficulté, massant le bas de son dos de ses deux mains. Puis, elle repartait cahin-caha arpentant les rues toujours encombrées de Paris. Malgré la charge qui l'accablait, la demoiselle avançait d'un air crâne, semblant mettre au défi ceux qui voudraient l'importuner. Soudain, son expression changea et, consciente qu'elle touchait au but, elle accéléra le pas pour se décharger au plus vite de son fardeau.

— 79 rue de Grenelle à l'hôtel d'Estrées.

L'hôtel particulier était splendide. Malgré le crépuscule, les pierres claires de ses murs, d'une légère nuance de jaune, profitaient de la moindre lueur pour apporter une clarté particulière à la cour formée par le demi-cercle du mur d'enceinte. Deux gardes en faction observaient la rue d'une attention vague. Le son des pas aiguisa leurs sens puis, voyant l'auteur de ce léger bruit, ils se détendirent. La jeune fille s'arrêta devant l'un d'eux.

— Je souhaiterais parler à Andreï et Mikhaïl, s'il vous plaît.

Les deux hommes éclatèrent d'un grand rire sonore. L'un des deux hommes lui fit signe de déguerpir. La jeune femme ne fut guère impressionnée et se rapprocha au contraire de lui.

— Je veux parler à Andreï et Mikhaïl. Je vous conseille d'être un peu plus attentif, car je pense que le prince Kourakine risque d'être fort contrarié, si vous ne l'informez pas de ma venue.

Le nom de « Kourakine » résonna dans l'esprit des deux gardes. Ils froncèrent les sourcils, puis échangèrent quelques mots en russe, avant que l'un d'entre eux ne s'éloignât. Pendant l'absence de son acolyte, le garde restant dévisageait la jeune fille à la recherche de quelque duperie. Quelques instants plus tard, le deuxième revint avec un homme d'une cinquantaine d'années, habillé d'un costume sombre, tiré à quatre épingles, qui observait avec attention la jeune personne depuis l'intérieur de la cour, à travers la porte ouverte.

— Bonsoir, Mademoiselle. Je souhaiterais que vous me répétiez ce que vous avez dit aux gardes.

La demoiselle fit une courte révérence.

— Je souhaiterais parler à Andreï et Mikhaïl.

L'homme fit un signe de tête, puis s'effaça pour la laisser entrer. La lourde porte se referma derrière eux dans un bruit sourd. La cour aux belles proportions s'étendait entre le bâtiment en « U » et le mur d'enceinte en demi-cercle. Précédant la jeune fille, l'homme se dirigea vers le côté droit du bâtiment et l'entraîna vers une petite porte en contre-bas.

Meredith eut un mouvement de recul, quand la porte pivota brusquement et que l'ombre d'un homme apparut. Après quelques secondes, la jeune lady sourit en reconnaissant le colosse.

— Boris ? J'ai un message pour le prince Kourakine.

L'homme s'écarta de la lumière afin d'éclairer le visage de celle qui venait de parler. Un grand sourire illumina le visage du Russe.

— On peut dire que vous êtes surprenante, Miss. Quel est donc le message que je dois transmettre au prince ?

Meredith avança dans la lumière, entra dans un hall desservant un escalier et posa avec bonheur son panier sur le sol, à côté de la porte qui se refermait. Elle parla à Boris, dans des termes précis, concis et clairs. Boris écoutait avec attention, montrant sa compréhension par des signes de tête occasionnels. Puis, Meredith ouvrit son panier et tendit à Boris trois bouteilles de vin rouge.

— J'avais apporté cela pour attendrir les gardes à l'entrée

mais, puisque je n'en ai pas eu besoin, je vous les donne. Pour ma part, il est hors de question que je refasse le chemin inverse en portant ces poids morts.

Un grand sourire s'afficha sur le visage de Boris.

— On peut dire que vous savez entretenir les amitiés diplomatiques, Miss. Ne vous inquiétez pas, je vais prévenir le prince Kourakine et nous allons nous occuper de notre petite affaire. En revanche, voulez-vous que je vous fasse raccompagner ?

— Certainement pas ! Nous sommes à deux pas et j'ai fait exprès de me déguiser pour ne pas attirer l'attention, ce n'est pas pour rentrer en voiture ! Rassurez-vous, j'ai de quoi recevoir quiconque viendrait me contrarier...

Meredith tapota la lourde poche de son tablier, tendu par le poids de l'arme qu'elle abritait. Boris sourit avec la tranquillité que seules les forces de la nature peuvent afficher, puis déposa les trois bouteilles de vin par terre à côté de la porte. Il raccompagna Meredith au grand portail. La jeune fille sortit de l'ambassade de Russie sous le regard intrigué des deux factionnaires.

༄✦ཉ

L e lendemain, alors que la chaleur était installée dans Paris, la voiture de Mikhaïl s'arrêta devant l'hôtel particulier où logeaient les Clifford et Hayley. Mikhaïl et ses deux hommes descendirent de voiture et entrèrent sans frapper.

À l'intérieur, les jumeaux attendaient avec fébrilité l'arrivée de leurs alliés. Ils avaient beau essayer d'être les plus braves possible, la perspective d'affronter seuls les tueurs allemands ne les enchantait guère. La présence et le soutien des Russes leur redonnaient quelque espoir de réussite dans leurs projets de vengeance. Ils espéraient dans toute la naïveté de leur jeunesse qu'une fois le Caméléon capturé, celui-ci parlerait et leur rendrait les plans dérobés. Ainsi, pourraient-ils au moins sauver leur père du déshonneur dans lequel il avait été plongé pour partie par leur faute. Quand ils virent entrer Mikhaïl, Boris et Yegor, ils montrèrent un grand soulagement et accueillirent avec sympathie les nouveaux venus.

À la suite d'Hayley, Boris et Yegor se mirent en devoir de vérifier l'ensemble des serrures du bâtiment et constatèrent que tout était bien verrouillé. Ils fouillèrent ensuite l'hôtel particulier de fond en comble à la recherche d'une présence ou d'une trace de présence ennemie, mais ne trouvèrent rien.

Pendant ce temps, Meredith, Benedict et Mikhaïl, qui étaient demeurés tous les trois dans le salon, discutaient de la suite à donner à leur plan.

— Pensez-vous que le Caméléon va se présenter ici dès cette nuit ? demanda Meredith.

— Cela dépend de la valeur qu'il attache aux plans dérobés dans votre manoir. S'il considère que ces plans n'ont aucune valeur ou une valeur marchande insuffisante, il ne fera même pas le déplacement. En revanche, si l'arme décrite dans ces plans est révolutionnaire, il voudra en avoir le cœur net et vérifier que ses plans sont tronqués, comme l'affirme l'ambassade de Grande-Bretagne. En ce cas, il viendra.

Benedict ne se montrait guère enthousiaste, ce que ne manqua pas de remarquer Mikhaïl.

— Il est tout de même frustrant d'en être réduit à échafauder des stratagèmes, plus ou moins convenables, afin d'attirer cet espion chez nous. Comment se fait-il que nul ne sache où il se cache ?

— La difficulté avec le Caméléon, c'est qu'il ne paraît pas relever directement des services secrets allemands. En réalité, nous supposons plus que nous n'en avons la preuve qu'il travaille pour l'Allemagne. Mon frère avait fait les mêmes déductions. Il pensait que les actions de cet espion n'avantageaient au final qu'une seule Nation : l'Allemagne. En revanche, si vous me demandez une preuve définitive de l'attachement du Caméléon à l'Empire allemand, je ne pourrai rien vous présenter de probant.

— Si nous attrapons le Caméléon, l'Allemagne peut-elle se désintéresser de lui ?

— C'est plus que probable. Je pense même que l'Allemagne niera toute implication dans les agissements de cet homme.

— Pourtant, il faut bien qu'il reçoive ses ordres de quelque part, intervint Benedict.

— C'est évident mais, en matière d'espionnage, nous évoluons toujours en eaux troubles et il faut être excessivement prudent, car ce que nous savons et ce que nous supposons n'est jamais en accord avec les volontés diplomatiques et stratégiques des Nations pour lesquelles nous travaillons. S'il m'arrive quelque chose ou s'il arrive quelque chose à Yegor ou Boris, nous sommes tous trois prévenus que la diplomatie russe nous abandonnera.

— Dans ce cas, si nous parvenons à l'attraper mais que personne n'en veuille, qu'allons-nous faire de cet homme ? s'inquiéta Meredith.

Mikhaïl sourit devant la naïveté de ce commentaire.

— Si nous parvenons à le prendre vivant, je puis vous assurer qu'il sera réclamé par tous les services ayant eu maille à partir avec lui. Il y aura même une guerre entre les différents services secrets pour récupérer le Caméléon et lui soutirer des informations.

— C'est scandaleux, s'indigna Meredith. Si nous échouons, c'est notre faute, si nous réussissons, c'est à leur profit.

— Vous commencez à comprendre les arcanes de la diplomatie et de l'espionnage, sourit Mikhaïl.

Boris et Yegor revinrent dans le salon accompagnés d'Hayley.

— Avez-vous trouvé quelque chose de suspect ?

— Non, cet hôtel est bien fait. La seule entrée est la porte principale, le reste est quasiment inviolable, sauf à être un acrobate de premier ordre et d'entrer par l'étage à l'arrière du bâtiment. Afin de ne pas être surpris par cette voie, nous avons fermé les volets ce qui évitera toute intrusion de ce côté.

Mikhaïl acquiesça d'un signe de tête.

— S'il en est ainsi, nous allons débuter notre grande comédie. Dans la journée, nous avons fait savoir en toute discrétion que la Russie était intéressée par l'achat des plans complets des torpilles britanniques. Si tout se passe comme prévu, nous sommes en ce moment même l'objet d'une surveillance accrue. Nous allons rester ici et parlementer quelque temps puis, nous nous séparerons, nous ferons semblant de repartir avant de revenir par l'arrière du bâtiment. Ensuite, nous nous cacherons dans l'hôtel particulier et attendrons l'éventuelle venue de nos ennemis.

Benedict acquiesça d'un signe de tête, puis se leva et alla chercher dans l'angle du salon un grand rouleau en carton qu'il montra à Mikhaïl. Il en sortit une carte, la déplia et la posa sur une table. Le jeune Russe s'approcha et observa avec attention le document. Une superbe carte de France.

— Astucieux. S'ils ont le moyen de nous observer, ils supposeront qu'il s'agit du plan, apprécia Mikhaïl.

Benedict lui sourit en coin. Il lui montrait quelques points sur la carte, comme s'il marquait les différences avec un autre document. La petite comédie dura quelques minutes, puis Benedict replia la carte et la rangea dans son rouleau. Les deux jeunes gens revinrent à leur place et firent semblant de marchander. En réalité, Benedict et Mikhaïl parlaient avec conviction de littérature russe. Grand amateur de Dostoïevski, le jeune Anglais soutenait que *Crime et Châtiment* était infiniment supérieur à tout ce que les autres auteurs russes avaient pu écrire. En revanche, Mikhaïl ne partageait pas son point de vue et, bien qu'il reconnût les grands mérites de l'auteur favori de Benedict, il préférait pour sa part Tolstoï, dont il relisait pour la dixième fois le chef-d'œuvre *Guerre et Paix*. Vu de l'extérieur, cette conversation littéraire avait tous les aspects d'une vive discussion. Soudain, Mikhaïl se leva, fouilla dans son sac et en sortit le premier volume du roman, avant de le tendre à Benedict.

— Faites-moi le plaisir de lire les 100 premières pages de cette œuvre et vous me direz si vous préférez encore Dostoïevski.

Benedict attrapa le livre avec grand intérêt puis, ne sachant quoi faire du petit ouvrage fort épais, il le glissa dans sa poche poitrine.

Les Russes considérèrent alors que la conversation avait assez duré et ils réunirent leurs affaires avant de partir. Devant la fenêtre de la rue, Mikhaïl tendit un lourd sac à Benedict, qui le prit en vérifiant son contenu. Les Russes sortirent et leur voiture s'éloigna.

Dans le salon, Meredith et Benedict jouaient la comédie des négociations, comme s'ils échangeaient leur point de vue sur la précédente discussion. Quelques instants plus tard, Hayley se rendit en toute discrétion à l'arrière du bâtiment et déverrouilla les barres d'acier, qui assuraient la sécurité de la porte dérobée de l'hôtel particulier. Quelques minutes plus tard, elle entendit la voix de Mikhaïl et ouvrit pour que les Russes pussent entrer sans attirer l'attention. À partir de ce moment-là, ils se cachèrent dans des recoins sombres et prirent grand soin de ne pas se retrouver face aux fenêtres. Une longue attente débuta.

৩ ✦ ৯০

D ans la fraîcheur du crépuscule, Benedict et Meredith passèrent la soirée, comme à l'ordinaire, en lisant dans le salon, puis montèrent se coucher dans leurs chambres, afin de ne pas éveiller les soupçons de leurs éventuels surveillants. À l'étage, chacun demeura habillé et prêt au combat, n'attendant qu'un geste suspect ou un bruit étrange pour se ruer sur l'ennemi, toutes armes dehors. Une fois n'étant pas coutume, Meredith entreprit des travaux d'aiguilles sur l'un de ses corsets. Les Russes, quant à eux, montaient la garde sans jamais montrer leur présence.

Hayley n'avait plus aucune énergie et la peur même ne l'aidait pas à lutter contre le sommeil qui l'envahissait. À chaque fois qu'elle parvenait à somnoler un peu, son repos était troublé par une série de cauchemars où elle revoyait le corps d'Alistair tomber dans la Seine. Elle se réveillait en sursaut, faisait un faux mouvement, tirait sur sa cicatrice et s'écroulait, frappée de douleur et devant reprendre ses esprits pendant de longues minutes. Au fond d'elle, Hayley comprenait la haine et le besoin de vengeance qui animaient les jumeaux, mais elle craignait la confrontation avec celui qui l'avait déjà poignardée. Hayley était devenue gouvernante, ce qui signifiait qu'elle n'avait pas forcément le goût du risque. Du moins pas le goût du risque physique. Sa situation actuelle ne lui plaisait pas… Pas du tout même… Après avoir considéré une bonne partie de sa vie que son travail était rébarbatif, elle se félicitait de son choix de carrière et souhaitait revenir au plus vite dans le confort du manoir Clifford, protégé du monde extérieur.

Un craquement claqua près de sa porte. Hayley ouvrit grand les yeux de stupeur, s'empara de sa matraque et se positionna juste à côté de la porte sans faire le moindre bruit.

Benedict avait lui-même entendu ce craquement. Il lisait *Guerre et Paix* à la lueur d'une chandelle, assis sur une chaise dans sa chambre. D'un bond, il fut debout, enfouit le roman dans sa poche poitrine, s'empara de son revolver et se rapprocha de sa porte. Celle-ci s'ouvrit avec fracas et, sans qu'il ait le temps d'esquisser le moindre geste, une détonation retentit. Benedict fut projeté à terre, une balle en plein cœur. L'ombre disparut dans l'obscurité du couloir, sans même vérifier l'état de sa victime.

Meredith jaillit de sa chambre. L'ombre se retourna pour affronter cette menace. Voyant cette silhouette inconnue et armée à la porte de son frère, Meredith leva le bras et tira trois balles, qui frappèrent l'homme en pleine poitrine. Il s'écroula sans un cri. En deux pas, Meredith fut au-dessus du corps de l'homme et lui tira une balle en pleine tête, comme elle avait vu Alistair le faire dans le train.

Hayley surgit de sa chambre et, voyant Meredith debout au-dessus du cadavre, elle remercia le ciel et tous les dieux connus pour ce miracle. Des coups de feu retentirent au rez-de-chaussée. Hayley s'empara de l'arme de l'homme mort et se tourna vers l'escalier, prête à recevoir quiconque arriverait par là. Meredith, bras tendu vers l'escalier, attendait elle aussi qu'un ennemi passât dans sa ligne de mire. Rien ni personne ne monta. La jeune Anglaise jeta un coup d'œil dans la chambre de son frère, se demandant s'il était descendu, et elle vit. Elle vit ce que jamais elle n'avait imaginé possible. Elle vit le corps de son jumeau immobile, à terre. Elle oublia tout et se précipita sur le corps inanimé. Pas lui ! Pas après Alistair ! Elle vit le trou dans la veste à la place du cœur.

Chapitre XI

Meredith, hors du monde, regardait la veste trouée de son frère. Plus rien ne comptait à ses yeux. Elle n'entendait plus les coups de revolvers et le cri d'agonie d'un homme mortellement touché, qui résonnait au rez-de-chaussée. Elle n'entendait plus les combats, qui renversaient les chaises et faisaient voler des vitres en éclats, elle n'entendait plus que son cœur qui battait à tout rompre dans sa poitrine. Étrangement calme, elle avançait pas à pas dans la pièce, retardant le moment fatidique où elle allait être confrontée au corps inanimé de son frère.

Hayley avait cru sentir son cœur s'arrêter, quand elle avait vu le corps au sol de Benedict. Toutefois, comprenant que Meredith était désormais hors de combat, elle prit conscience que la défense de ce qui restait des jumeaux ne reposait que sur ses seules épaules. Elle se plaça dans l'encadrement de la porte de la chambre où gisait Benedict et surveillait l'escalier. Elle se disait que son cerveau fonctionnait de façon étrange et autonome, compartimentant les émotions, d'un côté ses boyaux se tordaient à l'idée d'avoir perdu Benedict après avoir perdu Alistair, d'un autre elle demeurait froide et consciente de devoir tenir pour préserver sa vie et celle de Meredith. Soudain, elle entendit Meredith s'écrouler au sol. Par réflexe, elle se tourna pour voir ce que faisait la jeune fille. Elle était à genoux, à côté de son frère, et elle l'observait avec étonnement.

— Comment va-t-il ? demanda Hayley.

— Il a pris une balle en plein cœur. Il n'ira plus jamais bien ou mal mais… ne devrait-il pas y avoir du sang ?

À cette remarque, Hayley se redressa de toute sa hauteur, la stupéfaction se transformant chez elle en une raideur de la colonne vertébrale. Puis, elle se précipita sur le corps sans vie de Benedict et ouvrit sa veste, ce que sa sœur n'avait pas encore osé faire. Son gilet était intact. Elle regarda la veste, vit une bosse dans la poche poitrine, retourna la veste, plongea la main dans la poche et en sortit le pauvre volume de *Guerre et paix* déchiqueté par une balle. Elle ouvrit le volume, récupéra la balle, la fit tomber dans sa main ouverte, regardant ce bout de métal fracassé comme s'il se fût agi d'une pépite d'or. Un grand sourire apparaissait sur son visage et, d'un air complice, elle plongea ses yeux rieurs dans ceux emplis d'incompréhension de Meredith.

— Il est vivant. Il est juste évanoui.

À ces mots, Meredith ne sut pas si le soulagement l'emportait sur la colère ou si la colère l'emportait sur le soulagement, mais elle secoua son frère sans ménagement afin qu'il revînt à lui. Suite à ce traitement, Benedict reprit conscience peu à peu et trouva sa sœur à la limite de le gifler pour parfaire son sauvetage.

— Est-ce que tu imagines une seconde la peur que tu m'as faite ?

Benedict, qui ressentait tout de même une vive douleur à la poitrine, se tâtait le torse au-dessus du cœur à la recherche d'un éventuel trou inopportun.

— Tu m'en voies confus, ma chère sœur. Toutefois, je n'ai pas choisi de prendre une balle en plein cœur. Heureusement que notre ami Mikhaïl m'avait offert son volume de *Guerre et Paix*... Tolstoï m'a sauvé la vie.

Soudain, un bruit de course précéda de peu l'entrée fracassante d'un homme tout vêtu de noir, qui leva soudain les mains au-dessus de la tête en signe d'apaisement. Il fallait aussi dire qu'il se trouvait nez à nez avec les trois armes de Benedict, Meredith et Hayley.

— Ne tirez pas…, dit-il d'une voix étouffée, sa bouche dissimulée par un tissu noir.

L'homme dégagea son visage de l'écharpe noire qu'il avait entourée autour de sa tête. Il dégagea son menton, puis sa bouche et, au fur et à mesure que son visage apparaissait, les visages de ses vis-à-vis se décomposaient.

— Je vois que tout le monde est en grande forme…

Alistair souriait de toutes ses dents, heureux de revoir ses compagnons, heureux de voir leurs figures défaites par la surprise, heureux de les voir combatifs encore. En fantôme que plus personne n'attendait, il s'approcha de ses trois compagnons et prit d'une fureur de sympathie, il releva Benedict d'un bond et le serra dans ses bras, soulevant le jeune homme comme s'il se fût agi d'un fétu de paille. Alistair lui administra force bourrades dans le dos et lui répéta combien il était heureux de le revoir. Puis il se tourna vers Meredith, qui venait de se relever, et lui fit subir le même sort. La jeune lady n'en était plus à une surprise près et accepta cette accolade fraternelle sans regimber. Enfin, Alistair se tourna vers Hayley, dont la blessure se rappelait à son bon souvenir et qui préféra reculer de deux pas, afin de conserver une distance de sécurité suffisante, ne souhaitant pas faire les frais de ces retrouvailles familiales.

— J'ai failli vous tirer dessus, grogna-t-elle afin de cacher sa joie de revoir Alistair.

— Vous n'auriez pas été la première ! sourit-il. Ce que vous avez fait ce soir est du grand art. À qui dois-je ce plan ? À vous ou au prince Kourakine ?

— Afin d'être parfaitement honnête, je dirais qu'il faut plutôt remercier Mikhaïl.

— Vous appelez le prince Kourakine par son prénom, cousin ?

Alistair prenait son air faussement offensé, tout en étant très fier de l'audace de son cousin, qui se déliait ainsi de sa stricte éducation. Benedict lui montra alors le volume de *Guerre et*

Paix qu'il tenait toujours dans la main et le visage d'Alistair changea du tout au tout.

— Où cette balle devait-elle vous frapper ?

— En plein cœur. Heureusement pour moi, Mikhaïl m'avait prêté son livre pour que je révise mon opinion sur Tolstoï.

— L'avez-vous attrapé ? intervint Meredith de son air sérieux.

— Si vous voulez dire vivant, je suis obligé de répondre par la négative. Nous avons trois cadavres en bas, plus le vôtre ici, ça fait quatre. À cet égard, magnifique tir groupé sur le vôtre. L'œuvre de ?

— La mienne. Il venait d'abattre mon frère comme un chien, alors je n'allais pas faire de quartier.

Meredith ne tremblait même pas en disant cela. Elle était étonnée par le calme glacial qui l'avait envahi. Elle ne ressentait rien pour cet homme qui qu'il soit. C'était un tueur et elle ne se sentait aucune pitié pour ce genre de personnage.

— Avez-vous abattu le Caméléon ?

— Cela, ma chère cousine, l'avenir nous le dira mais, si vous voulez mon opinion, je pense que notre homme est un peu trop intelligent pour se jeter dans la gueule du loup au premier piège qu'on lui tend. Pour ma part, je pense avoir rencontré le vrai Caméléon hier, sur les berges de la Seine, et j'ai pris grand soin de lui laisser un souvenir. Cependant, je remarque que les hommes qui gisent ici et au rez-de-chaussée ne portent pas le genre de blessures que je lui ai infligé.

— Pensez-vous que ce soit aussi le Caméléon qui a attaqué Hayley ? demanda Benedict.

Toute l'attention d'Alistair se porta sur Hayley. Il l'observait avec attention, avec ce regard si perçant qu'il vous mettait mal à l'aise.

— Avez-vous été blessée, Miss Fortescue ?

— Oui, légèrement.

À ces mots, Meredith sortit de ses gonds.

— Légèrement ? Légèrement ? Certainement pas. Hayley a failli être assassinée par le Caméléon ou l'un de ses sbires. Elle n'a dû sa survie qu'à son corset. Le couteau a glissé sur une des baleines, ce qui a évité qu'il s'enfonce en elle. Mais cela lui a laissé une belle blessure.

Alistair releva un sourcil, sa bouche prenant une mimique désagréable.

— Voilà une chose que le Caméléon me paiera avant d'aller rencontrer le diable.

Soudain, des coups de feu éclatèrent au rez-de-chaussée. Une course-poursuite se rapprochant de l'étage troubla la quiétude dans laquelle l'hôtel particulier avait peu à peu plongé après la première bataille. Une ombre passa en trombe devant la porte ouverte, bientôt suivi d'une silhouette toute vêtue de noir et dont les cheveux roux luirent à la lumière provenant de la chambre de Benedict.

— Madame Sergent ? dit Hayley.

Alistair ne prit pas le temps de répondre et se lança lui aussi dans la course. Quand quelques secondes plus tard, Benedict et Meredith plongèrent dans le couloir, ils faillirent renverser Mikhaïl qui surgissait de l'escalier. Tous trois fouillèrent l'obscurité du regard, mais ne trouvèrent pas trace des trois poursuivants. La fenêtre était ouverte.

◑✦◐

L'homme courait sur les toits avec une agilité peu commune. Il était passé par la fenêtre du premier étage pour rejoindre les toits avoisinants, pensant qu'il se débarrasserait ainsi de ses poursuivants. C'était sans compter sur l'opiniâtreté de Philippine. Celle-ci le poursuivrait jusqu'en enfer, si cela s'avérait nécessaire. Moins habituée que le fugitif à évoluer sur les toits, elle se montrait pourtant légère et rapide, posant ses pieds d'instinct là où les tuiles ne céderaient pas sous son poids. Toutefois, elle avait beau courir à l'allure la plus vive qu'il lui était possible, elle ne parvenait pas à rattraper le criminel qu'elle pourchassait.

Quelques mètres plus loin, Alistair tentait tant bien que mal de suivre l'allure des deux autres. Beaucoup plus lourd et moins agile que ceux qu'il suivait, il craignait à chaque instant de passer à travers le toit, sur lequel son inconséquence l'avait poussé à se risquer. Il regrettait amèrement d'avoir profité des vins et de la cuisine française ces dernières années. Ces deux inventions diaboliques n'aidaient en rien un gentleman à se maintenir dans une forme nécessaire à l'espionnage.

À bout de souffle, Alistair s'arrêta sur un point plus solide que les autres et réfléchit à la géométrie des toits environnants. Selon toute vraisemblance, le fuyard devrait tourner en rond, car il ne pourrait, sauf compétences extraordinaires en acrobaties, rejoindre le sol. Soit il devrait s'introduire dans l'une des habitations sur sa route, mais il lui faudrait alors s'arrêter afin d'entrer dans le bâtiment, ce qui laisserait le temps à Philippine d'arriver ; soit il devrait retourner sur ses pas, ce qui le conduirait sur sa route à un moment ou un autre. Alistair prit position sur une solide cheminée afin de surveiller les toits. Il grimpa pour avoir une vue panoramique. Soudain, comme il l'avait prévu, une sombre silhouette apparut à quelques distances de lui et revenait par quelques chemins détournés vers la fenêtre qu'il avait quittée. Alistair descendit de son piédestal et se rapprocha de l'endroit où l'homme allait surgir.

෬✦ഌ

P oursuivi par un ennemi dont l'agilité et la rapidité le laissaient perplexe, le fuyard sentait qu'un guet-apens se préparait et qu'il serait attendu soit par les Russes, soit par l'un quelconque de ses ennemis. Il savait que, dans de telles circonstances, le Caméléon exigeait qu'on se suicidât.

Toutefois, l'homme n'avait pas envie de mourir. Il préférait jouer son va-tout et tentait d'échapper à ses poursuivants. Pourtant, il avait beau réfléchir, sa fuite par le toit était une impasse. Il devait retourner vers l'hôtel particulier qu'il avait fui, afin de tenter d'en descendre soit par la gouttière, soit par un autre moyen. Contrairement à ce qu'il avait imaginé, l'habitation des Anglais était le point le plus bas auquel il avait accès par les toits. Une vive douleur le frappa au mollet. Il trébucha, rata son appui, dévala la pente du toit et bascula. Un réflexe de survie lui fit attraper la gouttière de plomb qui, frappée par le poids de l'homme, céda et se décrocha, entraînant vers le sol celui qui espérait survivre à cette nuit d'espionnage.

ભ✦ઇ

À bout de force, Philippine avait sorti son arme et tiré dans la jambe du fuyard, espérant arrêter sa course. Elle n'avait pas prévu que l'homme s'écroulerait et tomberait au sol, se fracassant par terre sans aucune chance de survie. De lassitude, sa tête rousse tomba en arrière et elle observa quelques instants les étoiles, qui luisaient paisiblement au-dessus d'elle. Elle respirait fort, afin de récupérer le souffle qu'elle avait perdu dans la course. Soudain, du coin de l'œil, elle vit une ombre noire surgir du toit et braqua son arme sur elle.

— Décidément, ma chère, vous ne faites jamais rien à moitié. Je m'étais positionné pour recevoir notre homme avec tous les égards. Pourquoi diable lui avez-vous tiré dessus ?

Philippine ne pouvait pas répondre qu'elle n'en pouvait plus et qu'elle allait laisser fuir l'ennemi. Elle se mit donc en colère pour cacher sa faiblesse, procédé auquel elle avait souvent recours dans le monde d'hommes où elle évoluait.

— Et vous ? Qu'avez-vous fait pour l'arrêter ? Si je ne l'avais pas poursuivi, il se serait déjà enfui. J'ai au moins tenté de l'arrêter.

Alistair la considéra avec étonnement. Il n'était pas dupe et comprenait bien à l'essoufflement de la jeune femme qu'elle allait rompre la poursuite et qu'elle avait tiré sur le fuyard pour cette raison. Toutefois, compte tenu de la mauvaise foi qu'elle affichait, il considéra qu'il n'était pas opportun d'en faire la remarque.

— Eh bien tant pis. Pas de survivant.

— Vous auriez pu dire à vos Russes d'arrêter de tirer pour tuer.

— Premièrement, ma chère, il ne s'agit pas de mes Russes, il s'agit de nos Russes. En outre, vous savez tout comme moi qu'en la matière, il vaut mieux tirer pour tuer qu'être visé pour être tué. Nos charmants visiteurs étaient venus nous rendre visite dans l'espoir de supprimer un maximum d'entre nous, je ne vois pas en quoi les abattre peut susciter débat. En outre, ils ont bien failli assassiner mon jeune cousin, qui ne doit la vie qu'à Tolstoï.

Philippine fut quelque peu décontenancée par cette nouvelle.

— Comment va-t-il ?

— Mon cousin ? Fort bien. Il va devoir acquérir un nouveau volume de *Guerre et Paix* mais, en dehors de ce désagrément, il se porte comme un charme.

De nature amicale, Philippine oublia qu'elle devait être de mauvaise humeur.

Quand ils regagnèrent l'hôtel particulier, ils trouvèrent les jumeaux, Hayley et les Russes en grande discussion. Tous s'arrêtèrent à leur entrée par la fenêtre et, les voyant revenir bredouilles, reprirent leur conversation.

— Et de cinq…

— Avez-vous eu le temps de voir l'apparence physique de l'homme que vous poursuiviez ? demanda Benedict.

Alistair sourit avec amabilité.

— Comme tous ceux que nous avons abattus cette nuit et auparavant. Brun avec quelques cheveux gris, les cheveux clairsemés, mince, de corpulence moyenne, aucun signe distinctif. Ils sont tous interchangeables somme toute. Je trouve ce nouveau Caméléon fort intéressant. Il est à n'en pas douter un adversaire de grande classe. Afin de pouvoir forger sa légende, il a réuni une équipe d'hommes ayant les mêmes caractéristiques physiques que lui, ce qui lui permet d'apparaître et de disparaître à son gré en différents points d'Europe, sans que nous sachions qui il est. Notre problème est désormais de savoir à combien d'adversaires nous sommes confrontés. Ils étaient deux dans le train outre le traître de la *Special Branch*, au moins trois hier après-midi à l'exposition universelle et, cette nuit, ils étaient cinq. Nous allons récupérer le cadavre de notre ami, ayant fait une mauvaise chute, et je vérifierai si celui-ci porte ma marque, mais je ne me fais guère d'illusions. Je pense qu'une fois de plus il s'agit de l'un des leurres.

Philippine fit signe à Boris de l'accompagner. Le colosse se tourna un peu interloqué vers Mikhaïl, qui cligna des paupières en signe d'assentiment. Ils disparurent tous deux par l'escalier.

— Si seulement Andreï avait pu savoir que, loin d'être extraordinaire, le Caméléon était en réalité une équipe d'espions, murmura Mikhaïl plein de regrets.

— *CamaleonTI*. Je n'avais pas prêté attention à ce détail, mais l'Italien a insisté sur le « ti » final. Les caméléons. Telle l'hydre de Lerne, nous coupons des têtes, mais nous ne parvenons pas à tuer le monstre, intervint Alistair.

Mikhaïl secoua la tête de dépit, ses cheveux blonds attrapant le peu de lumière filtrant par la fenêtre ouverte.

— En fait, nous ne saurons jamais qui a tué mon frère ou le père de Madame Sergent. Cela peut être n'importe lequel de ces hommes… Ils se ressemblent tous, sont tous habillés de la même façon et reçoivent le même entraînement. Ils sont interchangeables et ne parlent jamais.

— C'est effectivement à se demander s'ils ont une langue, reconnut Alistair. On a eu beau en affronter une petite dizaine, il n'y en a qu'un seul qui m'ait parlé et je puis vous assurer qu'il était désagréable.

— Comment allons-nous faire pour nous débarrasser de l'ensemble des Caméléons ? s'inquiéta Meredith.

— C'est une bonne question, cousine. Nous allons devoir y répondre très rapidement, car je pense que la petite expédition de ce soir ne va pas rester impunie. Si nous ne frappons pas les premiers cette nuit même, tous les individus restant dans cette équipe vont se lancer à nos trousses et finiront bien par abattre l'un de nous.

— À cet égard, Alistair. Je souhaiterais tout de même avoir des explications sur votre survie, intervint Mikhaïl. J'étais sur les quais de la Seine quand on vous a tiré dessus. Je vous ai vu être frappé par une balle dans le dos, basculer dans le vide et tomber dans le fleuve. Par quel miracle avez-vous survécu ?

Alistair ouvrit la veste noire qu'il portait et montra une sorte de gros gilet épais et grisâtre qui recouvrait tout son torse.

— Je vous présente l'extraordinaire invention d'un Américain rencontré à l'exposition universelle : le gilet pare-balles.

Tous observèrent avec étonnement la veste épaisse.

— Comment cela marche-t-il ? demanda Benedict.

— Je n'ai pas tous les détails mais, d'après ce que m'a raconté Monsieur Zeglen, le but est de superposer un maximum de couches de soie, afin que la balle ne puisse pas toutes les déchirer. En fait, il s'agit du même procédé que Tolstoï a utilisé pour vous sauver, cousin.

— Pardon ? demanda Mikhaïl.

Benedict tendit le livre déchiqueté à son propriétaire.

— Je suis amené à réviser très sérieusement mon opinion sur Tolstoï. Votre livre m'a sauvé la vie mais, malheureusement, il y a laissé la sienne. Je suis confus de vous rendre votre bien dans cet état.

Le jeune Russe regarda avec étonnement son livre, puis éclata d'un rire sonore et franc.

— Tant pis. Je suis content qu'il vous ait sauvé la vie.

Mikhaïl scrutait le gilet, comme pour en percer le secret par la simple force de son regard.

— Monsieur Zeglen m'a confié un prototype, pour que je puisse le tester, expliqua Alistair. Je pourrai lui faire part de ma grande satisfaction et l'encourager à développer ses recherches.

— Et ce Monsieur Zeglen aurait-il d'autres prototypes ? demanda Mikhaïl.

— Nous pourrons le lui demander. Il se promène autour du pavillon des États-Unis et si vous avez assez de dollars américains sur vous, je pense qu'il se fera une joie de vous confier une ou deux de ses œuvres.

— Très bien, apprécia Mikhaïl. Maintenant où allons-nous ?

— Je propose d'aller fouiller de fond en comble le pavillon de l'Allemagne à l'exposition, trancha Alistair. L'Empire allemand n'est pas assez malhabile pour cacher, au sein de son ambassade, les tueurs qui déciment les autres services pour son compte. En revanche, le bâtiment de la rue des Nations me paraît être assez vaste pour héberger une belle équipe d'espions le temps de l'exposition.

Des bruits de pas se firent entendre dans l'escalier et Philippine réapparut, bientôt suivie par Boris.

— Il n'avait aucune marque à la main.

— Et le corps ? demanda Alistair.

— Il est en bas, avec les autres. Maintenant, il faut nous hâter car, plus le temps passe, plus le Caméléon va avoir des doutes sur la réussite de la mission qu'il avait confiée à ses hommes. Si nous souhaitons bénéficier d'un petit effet de surprise, il nous faut nous rendre sur le champ au pavillon allemand… En croisant les doigts pour que le Caméléon y soit.

— La difficulté, ma chère, est que nous partons vers

l'inconnu. Nous ignorons à combien d'adversaires nous allons être confrontés.

— Et que voulez-vous que nous fassions d'autre ? Si nous continuons à tergiverser ainsi, nous ne saurons jamais si ce pavillon abritait une équipe d'espions ou pas. En outre, après la disparition de cinq membres de cette équipe, je pense que le Caméléon va tout bonnement disparaître de Paris dans la journée. Si vous ne souhaitez pas venir avec moi, cela n'est pas grave, j'irai seule.

— Les Français et leur art de la négociation... soupira l'Anglais. Je ne doute pas une minute que vous vous rendrez seule au pavillon de l'Allemagne. En revanche, ma chère, je pense que vous n'en sortirez pas vivante. Reste à savoir qui veut participer à cette étrange équipée nocturne ?

Alistair se tourna vers Mikhaïl qui acquiesça d'un signe de tête, aussitôt suivi par Boris et Yegor, bien décidés à ne pas quitter le prince Kourakine où qu'il aille. Alistair se tourna vers ses cousins, qui acceptèrent tous deux d'un signe de tête. Il allait oublier Hayley, qui le regarda d'un air choqué.

— Vous n'imaginez tout de même pas que vous allez partir sans moi et me laisser seule avec cinq cadavres ?

— Je ne peux absolument pas permettre que vous nous suiviez, décida Alistair. Vous n'avez aucune compétence au combat et vous ne seriez qu'un poids mort.

— Poids mort ou pas, je vais où les jumeaux vont ! Vous n'avez qu'à me montrer comment tirer avec une arme. Tout à l'heure, la chose ne me semblait pas si impossible à faire.

Mikhaïl regardait Hayley avec étonnement et enthousiasme.

— Je n'accepterai qu'une nurse anglaise pour mes futurs enfants.

Cette remarque cassa la tentative d'intimidation qu'Alistair avait initiée, en regardant Hayley de toute sa hauteur et de son air le plus aristocratique. Celle-ci ne s'en laissa pas conter et soutint son regard. De guerre lasse, Alistair saisit le pistolet qu'Hayley tenait toujours en main et lui montra comment s'en servir.

Les autres réunirent tout l'armement qu'ils pouvaient porter et s'équipèrent pour l'expédition à venir. Meredith, qui s'était enfermée un peu plus longtemps que nécessaire dans sa chambre, ressortit, à la grande indignation de son frère, vêtue d'un pantalon, d'une chemise et d'un gilet qu'elle lui avait empruntés.

— Meredith, je suis au regret de te dire que je ne peux pas accepter que tu paraisses en public dans cette tenue.

— Benedict, je suis au regret de te dire que peu m'importe ton opinion. Je ne parais pas en public, mais je pars pour une opération d'espionnage et figure-toi qu'il est plus simple de se battre en pantalon qu'en robe.

À cette remarque, Mikhaïl ne put s'empêcher de sourire et de se dire que les Anglaises étaient à son goût. Alistair regarda avec intérêt sa cousine, puis regarda Philippine, et enfin s'arrêta sur Hayley.

— Êtes-vous sûre de ne pas vouloir vous changer ?

— Je ne serai pas du tout à mon aise en pantalon. Je préfère conserver ma tenue actuelle.

— Bien, puisque tous les problèmes de chiffons sont réglés, intervint Philippine, je vous propose de nous hâter vers le pavillon impérial. J'ai déjà repéré les lieux à plusieurs reprises et, sur le côté du bâtiment, il y a une porte qui nous permettra d'entrer de façon discrète.

— Savez-vous où sont les gardes ?

— Selon la version officielle, les gardes sont regroupés en binôme et il y en a quatre ou cinq par nuit. En fait, les gardiens de nuit n'ont pas le droit de se rendre à l'étage, où est exposée la collection impériale. Les pièces les plus précieuses sont protégées par un corps spécial, dont personne n'a voulu nous parler. Je suppose donc que c'est à cet endroit que nous trouverons nos adversaires.

Alistair considéra quelques instants ces informations. Philippine l'observa puis reprit :

— Je vous propose que les plus aguerris d'entre nous entrent en premier, mettent hors de combat les gardes du rez-de-chaussée ; puis, nous gagnerons ensemble l'étage afin de nous débarrasser de cette équipe d'espions.

— Votre plan est intéressant, ma chère, et il a au moins l'avantage d'exister. Cependant, j'ai bien peur que ceux souhaitant passer par l'escalier n'aillent au-devant de grandes difficultés, voire d'un péril mortel. N'y a-t-il pas un moyen de faire passer certains d'entre nous par l'extérieur ?

— Le pavillon de l'Allemagne est très haut, les toits sont pentus et les fenêtres sont soit trop étroites pour la plupart d'entre nous, soit trop larges pour préserver l'effet de surprise, soit trop hautes pour être atteintes. Mes hommes nous attendent là-bas pour nous prêter main-forte.

Alistair effectua une petite révérence.

— Si tout est déjà prévu, Madame, je n'ai plus qu'à vous suivre.

Les jumeaux furent tout de même soulagés d'entendre que d'autres hommes les attendaient au pavillon car, sans être peureux, ils n'étaient guère détendus à l'aube de leur baptême du feu. Quoiqu'ils aient déjà affronté le feu à plusieurs reprises, bien malgré eux.

ରୀ✦ଛ

A listair, Philippine, Mikhaïl, Boris, Yegor, Benedict, Meredith et Hayley sortirent par l'arrière de l'immeuble et rejoignirent les abords de la rue des Nations par des chemins de traverse, ne quittant l'odeur suffocante et l'ombre protectrice des ruelles que pour traverser d'un pas vif les allées les plus éclairées du quartier. Ils évitèrent avec brio les groupes de fêtards et les derniers clients avinés des auberges et, guidés par Alistair et Philippine, se retrouvèrent bientôt entre les pavillons de la Roumanie et de la Bulgarie. Ils se mirent à observer l'édifice allemand, de l'autre côté de la rue des Nations. Aucun signe de vie ne parvenait du bâtiment, où tout semblait tranquille et calme.

Soudain, de l'autre côté de la rue, une lueur apparut. Une légère flamme s'agitait en demi-cercle à hauteur d'homme. Après quelques mouvements lumineux, la lumière disparut.

— C'est le signal, souffla Philippine.

Ils scrutèrent la rue des Nations, alors vide, et traversèrent avec célérité pour s'engouffrer entre le pavillon de Monaco et celui de l'Espagne, voisin de la bâtisse allemande. Philippine avança seule et se retrouva nez à nez avec l'un de ses hommes, venu à leur rencontre. L'homme, dont le menton portait encore la marque du coup de fouet, jeta un regard noir à Meredith, qui observait la rue des Nations, en lui tournant le dos.

— C'est prêt ? demanda Philippine.

— Oui. Ce soir, il y a dix gardiens, répartis en équipe de deux. Ils surveillent le rez-de-chaussée. Pour les autres, nous en avons repéré trois, mais c'est difficile d'être sûr. Ils se ressemblent tous.

— Très bien, dit-elle. Nous allons rentrer par duos, les plus aguerris en premier. Nous éliminons les gardes du rez-de-chaussée en toute discrétion et, autant que faire se peut, sans faire couler le sang. Vous nous laissez dix minutes pour faire le vide puis nous nous retrouvons en haut de l'escalier. Si certains d'entre vous ont des compétences en escalade, il faudrait entrer par l'étage. Toutefois, l'immeuble est haut et escarpé, donc n'allez pas vous rompre le cou pour rien.

— Si nous rentrons tous à la queue leu leu, nous allons nous faire tirer dessus comme des lapins… intervint Benedict. Je veux bien que nous montions tous par l'escalier mais, quand nous devrons entrer dans la salle fermée au public à l'étage, nous serons trop exposés. Si nous ne créons pas un deuxième point d'entrée, je vois difficilement comment nous allons pouvoir garder l'avantage de la surprise plus de trente secondes.

— Etes-vous doué en escalade, Monsieur Clifford ? demanda Philippine à Benedict.

— Je pense qu'avec ma sœur, nous sommes de très loin les plus légers de l'équipe. Si certains d'entre nous peuvent envisager cette ascension, c'est nous.

Meredith acquiesça d'un signe vigoureux de la tête, se félicitant à plus forte raison d'avoir mis un pantalon pour cette expédition. Philippine s'en remit à leur jugement, quoiqu'elle pût voir du coin de l'œil Hayley en proie à une vive contrariété.

— Très bien. Les jumeaux Clifford tenteront de créer une brèche à l'étage, mais n'entrez pas avant que nous soyons arrivés et faites attention pendant l'ascension. Claude, vous connaissez le bâtiment mieux que quiconque ici. Vous allez les aider à choisir la voie la plus sûre.

Claude, l'espion français au menton fendu, acquiesça. Philippine tira sur une chaîne ornant son cou et fit émerger de son décolleté une petite montre pendentif. Alistair, Yegor et Claude sortirent leurs montres gousset de leurs poches et les réglèrent sur celle de Philippine. Puis, sans autre cérémonie, Alistair et Philippine s'approchèrent du pavillon de l'Allemagne. Sans se concerter, il était évident qu'ils formaient le premier duo.

— Dans trois minutes, Claude et Jean, vous nous rejoignez mais je vous le répète, on ne tue que si nous y sommes obligés. Ensuite, chaque duo entre toutes les deux minutes et nous nous retrouvons dans dix minutes en haut de l'escalier.

Philippine fit signe à Alistair de la suivre. Ils disparurent.

଼঩✦ଓ

C laude devançait les jumeaux. Ils retournèrent vers la rue des Nations, pour éviter la façade principale du pavillon allemand, donnant sur les quais de Seine. Les jumeaux et l'espion français rasaient les murs et marchaient vite, ramassés sur eux-mêmes.

— Nous allons rejoindre Jean de l'autre côté du bâtiment. Il a apporté une échelle au cas où nous en aurions besoin, mais je vous préviens, vous allez devoir finir l'ascension à la force des bras. L'échelle n'atteint pas le premier étage.

Ils tournèrent autour de l'édifice et arrivèrent sur la façade donnant vers le pavillon de la Norvège, où les attendait Jean, le plus trapu de l'équipe française. Au-dessus de leurs têtes, au premier étage, une étroite fenêtre apparaissait en décalage des autres, ce qui permettait de poser l'échelle sans être vu du rez-de-chaussée. Jean observa les jumeaux quelques instants et conclut :

— Vous êtes assez minces pour passer. Bonne chance les jeunets et soyez prudents.

Les deux hommes disparurent, retournant vers la rue des Nations. Benedict empoigna l'échelle, mais sa sœur l'arrêta.

— Deux secondes, Benedict. La fenêtre est fermée. Comment vas-tu l'ouvrir ?

Benedict sourit de toutes ses dents, très fier de pouvoir montrer sa solution : une solide barre à mine. Meredith regarda l'outil avec stupéfaction.

— Mais où as-tu trouvé cela ?

— Tu avais raison. Les Russes sont pleins de surprises. Boris m'a tendu cela avant que nous partions.

— Très bien. À toi l'honneur, mon frère, mais sois prudent !

Benedict montait le long de l'échelle. Arrivé en haut, il s'aperçut que Claude n'avait pas exagéré et il allait devoir faire preuve d'un équilibre extraordinaire pour ne pas s'écraser au sol comme une poire trop mûre. Un peu plus haut, un rebord décoratif, faisant le tour du bâtiment, apparaissait. Cependant, pour atteindre cette ornementation, il devait lâcher l'échelle et grimper jusqu'à poser ses pieds sur le dernier barreau en se tenant tant bien que mal au mur. Le petit lord se demanda alors s'il ne préférait pas finalement les bibliothèques feutrées d'Oxford. Toutefois, n'étant pas assis dans son salon en train de réfléchir à son avenir, le jeune homme estima que l'urgence première était de faire ce qu'il était supposé accomplir. Il lâcha à regret le dernier barreau, pria pour que sa sœur tienne bien l'échelle sous lui, grimpa les derniers degrés en stabilisant sa position grâce au mur et s'aperçut que le rebord n'était pas si loin qu'il l'avait imaginé. Il put avoir une prise solide pour monter les derniers barreaux et fut à hauteur du rebord de la fenêtre. Il attrapa sa barre à mine, jeta un coup d'œil à l'intérieur. Il ne vit personne, en dehors des personnages des tableaux qui le fixaient de leurs regards éternels, et s'attaqua pour la première fois de sa vie à une fenêtre. La barre à mine fit merveille. Alors que Benedict pressentait que sa position devenait chaque seconde plus périlleuse, il eut la joie de sentir la fenêtre céder sous la pression de l'outil. Heureusement pour lui, la pression exercée ne fit que l'entrouvrir, sans qu'elle se cognât contre les murs. Benedict posa l'instrument sur le rebord de la fenêtre, prit appui dessus et se hissa sans plus de difficulté.

En bas, Meredith tenait toujours l'échelle. Quand son frère prit son élan pour finir de se hisser, elle faillit la lâcher, mais parvint *in extremis* à la repousser contre le mur. Meredith regarda vers la fenêtre où son frère venait de disparaître et, sans attendre, car elle ne voulait pas laisser son jumeau seul, grimpa. Arrivée en haut, elle fut confrontée à la même difficulté que Benedict et dut s'en remettre à sa bonne étoile, se hissant vers le rebord providentiel en se collant au mur. Elle sentit alors l'échelle céder sous ses pieds et glisser, l'éloignant peu à peu de la fenêtre. Meredith sauta dans le vide, alors que l'échelle basculait sous elle.

CR✦SO

Côté palais espagnol, la façade du pavillon de l'Allemagne reproduisait de charmantes maisons anciennes de Nuremberg, aux charpentes apparentes sculptées avec délicatesse. Quelques peintures allégoriques animaient encore le mur, au point de surcharger l'édifice de détails. Certaines des portes n'étaient que des trompe-l'œil, mais Philippine se dirigea sans hésitation vers l'une d'entre elles et crocheta la serrure avec une extrême dextérité. Alistair apprécia le talent de la Française mais, lorsqu'elle voulut entrer, il posa sa main sur celle de l'espionne pour l'en empêcher.

— Que faites-vous ?

— J'ai un gilet pare-balles et vous en êtes dépourvue. Je pense qu'il est donc plus intelligent que je passe en premier. En outre, les règles de la courtoisie sont aussi de mon côté, puisqu'un homme doit toujours précéder une dame dans un établissement afin d'en évaluer la respectabilité.

Philippine observa Alistair avec une moue boudeuse.

— Sans m'avancer, un nid d'espions n'est jamais un établissement respectable.

Alistair passa tout de même devant, en se méfiant. Il entrouvrit la porte, observa la salle, ne vit personne et entra, Philippine sur les talons. Boris, qui les observait depuis l'angle du bâtiment espagnol, regarda sa montre.

— Deux minutes.

À l'intérieur, Alistair put prendre la mesure de la hauteur de la construction allemande. Des colonnades s'élevaient vers le deuxième étage et soutenaient les toits, alors que l'escalier de marbre blanc desservait les deux étages. L'Allemagne avait fait le choix de présenter, au rez-de-chaussée, une exposition retraçant l'évolution de l'imprimerie allemande, grâce à de multiples gravures et des photographies de grande qualité. Alistair aurait voulu pouvoir admirer quelques-uns des volumes exposés, mais la présence de Philippine, ombre tendue à ses côtés, lui rappelait le but de sa présence. Il sortit une matraque souple et lourde de sa ceinture.

— Deux par deux, murmura la Française. On les assomme, on les ligote et on part à la recherche des autres.

— Bien, Madame. Il sera fait selon votre bon plaisir.

— Vous ne vous arrêtez jamais ? s'énerva Philippine.

Alistair sourit.

— Non, Madame. C'est là l'une de mes grandes quali…

L'Anglais s'interrompit et se tassa dans l'ombre, le premier duo de gardes arrivait. Les deux hommes marchaient d'un pas nonchalant, certains de la tranquillité des lieux. Loin d'être des gardiens affûtés et vigilants, ces deux-là avaient un air bonhomme, leurs ventres gras passant par-dessus leurs larges ceintures. Ils passèrent à côté de Philippine et d'Alistair sans les voir. Deux ombres surgirent derrière eux et, dans un même mouvement, écrasèrent leurs matraques sur le crâne des deux malheureux, les attrapèrent pour amortir leurs chutes et les tirèrent dans l'obscurité d'où elles avaient surgi. Alistair fut étonné par la vigueur de Philippine qui, sous une allure élancée et féminine, cachait un corps solide et endurci. Ils ligotèrent les deux hommes, puis partirent en chasse d'un autre duo.

Ils gagnèrent un immense vestibule, donnant sur la rue des Nations et conduisant au superbe escalier de marbre blanc, aux proportions vastes et un peu écrasantes. Personne. Ils revinrent sur leurs pas et faillirent tomber nez à nez avec un deuxième duo. Ceux-là se déplaçaient d'un pas plus alerte que les précédents. Philippine et Alistair n'eurent que le temps de se dissimuler tant bien que mal derrière une cloison avant que les deux hommes, aux aguets, ne déboulassent dans le vestibule. Ils tombèrent tous deux assommés et furent ligotés comme leurs prédécesseurs. Alistair et Philippine reprirent leur exploration, mais ne trouvèrent plus âme qui vive. Au bout d'un moment, Philippine regarda sa montre.

— Il reste trois minutes avant que les autres ne gagnent

l'étage, souffla Philippine.

Alistair réfléchit deux secondes puis il enleva son gilet pare-balles et le tendit à la Française.

— Je m'occupe des derniers gardes, vous montez. Faites attention à vous.

Philippine prit la veste.

— Pour ma part, je ne me suis pas encore fait tirer dessus.

Elle lui fit un clin d'œil en enfilant le gilet et se dirigea vers l'escalier. Alistair ne la vit pas disparaître à l'étage, grimpant avec précaution les marches du large escalier, il était concentré sur un éventuel mouvement ou le plus petit bruit qui pourrait provenir de la salle d'exposition. Tassé sur lui-même, il arpentait le rez-de-chaussée à la recherche d'autres gardes. Deux minutes. Il fallait qu'il les repérât avant que l'assaut ne soit donné, sinon ses chances d'en sortir indemne se réduiraient de façon drastique. Soudain, dans la pénombre, il vit deux ballots repliés sur eux-mêmes. Les espions français en avaient neutralisé deux de plus. N'en restaient plus que quatre en liberté. Une minute. Pourvu que les Russes en aient mis d'autres hors de combat. Alistair entra dans une dernière salle, espérant trouver deux gardes à neutraliser, mais elle était vide. Par acquis de conscience, il en fit le tour cherchant des corps inanimés au sol. Trente secondes. Alistair sortit de la salle. Personne. Une vitre vola en éclat au premier étage. L'espion se redressa, sur ses gardes, prêt au combat. Personne... Il resta interdit alors que le son d'une fusillade éclatait à l'étage.

— Ils sont en haut...

Alistair fonça vers l'escalier, gravit les marches quatre à quatre et atteignit le premier étage en un temps record. Devant la large porte, Boris et Yegor attendaient une accalmie pour répondre aux tirs nourris qu'ils subissaient. Un seul des volets de la double porte avait cédé et laissait entrevoir une scène de chaos. À l'intérieur, les espions français avaient renversé une lourde table pour se préserver des tirs ennemis. À côté d'eux,

Mikhaïl attirait vers lui le corps inanimé de Philippine, la tempe ensanglantée.

🙰✦🙰

A lors que l'échelle se dérobait sous ses pieds, Meredith sauta dans le vide, profitant du dernier appui que lui offrait le bois et lança ses bras vers le rebord de la fenêtre. Les fines mains de la jeune fille tentèrent de saisir une quelconque prise, mais glissèrent sur l'édifice lisse, entraînant Meredith vers une chute mortelle. Elle sentit son corps basculer dans le vide, quand une vive douleur dans le bras droit lui apprit qu'elle n'allait pas tomber. Meredith leva les yeux vers la poigne providentielle, qui venait de se refermer sur son poignet, et vit le visage de son frère penché au-dessus d'elle. Un mouvement de balancier la fit se cogner, face la première, contre le mur, mais elle réussit à poser son pied sur la bordure ornementale juste en dessous de la fenêtre. Elle s'agrippa de toutes ses forces au rebord de la fenêtre, qu'elle réussissait désormais à saisir, et se hissa avec l'aide de Benedict dans le pavillon allemand.

Les jumeaux s'écroulèrent sur le sol et reprirent leur respiration dans une salle richement meublée et, bien heureusement pour eux, vide de tout occupant. Benedict se releva le premier et jeta un coup d'œil en bas, vers la rue, curieux de savoir pourquoi l'échelle ne s'était pas écrasée au sol dans un remarquable fracas. Il vit Hayley lutter avec la haute échelle et la rabattre contre le mur. La gouvernante leva les yeux vers la fenêtre où les jumeaux avaient disparu et aperçut le visage de Benedict. Elle lui fit signe qu'elle allait rester là et le jeune homme répondit par un hochement de tête, considérant que cette fenêtre pouvait leur servir d'itinéraire de repli, si les choses tournaient mal dans le pavillon. Hayley se colla au mur pour se faire la plus discrète possible. Benedict se retourna et vit que sa sœur avait sorti son revolver, prête à en découdre.

— Où sommes-nous ? demanda-t-elle.

— Je suppose qu'il s'agit de la partie fermée au public, à laquelle on n'accède qu'après avoir obtenu un sauf-conduit du commissariat allemand. D'après ce que j'ai lu, l'Empire a apporté en France nombre des chefs-d'œuvre de la collection de Frédéric II de Prusse, dont beaucoup ont été réalisés par les artistes français à sa Cour.

Meredith et Benedict étaient, en effet, arrivés dans une portion de la reconstitution des appartements privés de Frédéric II à Postdam. La salle richement décorée de dorures et de peintures était garnie par les meubles les plus fins et les plus admirables que le XVIIIème siècle ait connu. Au mur, les grands peintres du siècle s'opposaient en une compétition extraordinaire où Watteau s'exposait à côté de son rival, Lancret. Les jumeaux, un peu perturbés par la beauté étonnante du lieu, oublièrent quelques instants le danger auquel ils étaient confrontés.

— Au moins, nous pourrons dire que nous avons vu un Watteau, souligna Benedict.

Soudain, un bruit de pas résonna. Les jumeaux se tapirent dans l'ombre. Meredith prit conscience qu'ils avaient laissé la fenêtre grande ouverte. Benedict se positionna juste derrière la porte afin d'appréhender le nouvel arrivant. La porte s'entrouvrit et un courant d'air s'engouffra dans la pièce, arrêtant net le geste de celui qui entrait. Il referma avec un bruit sec et, quelques secondes plus tard, les jumeaux entendirent une clé tourner dans la serrure. Ils se regardèrent, furieux de leur négligence, désormais certains d'avoir été repérés. Il leur fallait à l'instant quitter cet endroit.

La salle était dotée de plusieurs accès et ils s'engouffrèrent par une porte double, dont les battants étaient ouverts et donnaient sur la reconstitution de la bibliothèque de Frédéric II. Conscients de passer à côté de chefs-d'œuvre extraordinaires, les jumeaux ne ralentirent pas une seconde et se précipitèrent vers la suivante, qui communiquait avec l'intérieur du pavillon. À moins d'un mètre de leur objectif, ils entendirent le déclic d'une clé tournant dans la serrure. Ils repartirent à toute vitesse sur leurs pas et marquèrent un temps d'hésitation avant de retourner dans la pièce qu'ils venaient de quitter. Quelqu'un était-il entré entre-temps ? Ils jetèrent un coup d'œil à l'intérieur de la première salle. À première vue, personne n'était entré pendant leur courte absence. Benedict montra d'un coup de menton la fenêtre encore ouverte et ils rebroussèrent chemin, conscients qu'ils ne pouvaient rester ainsi enfermés à la merci de leurs ennemis. Alors qu'il s'approchait de la fenêtre, Benedict se pencha pour vérifier qu'Hayley était toujours en place avec l'échelle et découvrit une rue vide de l'une et de l'autre. Ils étaient coincés à l'étage.

Benedict regarda sa montre gousset et la rempocha aussitôt.

— Deux minutes, souffla-t-il à Meredith.

— On ne peut pas rester. Ils savent que nous sommes là. Il faut au moins que nous nous enfermions dans la bibliothèque. La salle est plus petite et compte moins d'entrées que celle-ci, il nous sera plus facile de nous défendre.

Les jumeaux retournèrent au pas de course dans la bibliothèque, fermèrent les deux battants derrière eux et, voyant une élégante commode à côté de la porte, ils se mirent en devoir de la pousser devant l'entrée. Le meuble était lourd mais, en combinant leurs efforts, ils parvinrent à condamner ainsi l'une des issues. Ils se tournèrent alors vers l'autre sortie, qu'ils avaient entendu se verrouiller devant eux, et vérifièrent qu'elle l'était encore. La porte n'était pas disposée à s'ouvrir. Meredith mit son œil contre le trou de la serrure pour tenter de savoir sur quelle partie du pavillon cette bibliothèque pouvait donner.

— Debout ! cria Benedict.

Meredith se releva d'un bond et vit une haute silhouette apparaître de derrière les lourds rideaux d'ornementation. Dans la pénombre, la lumière de l'extérieur, qu'elle provînt de la lune, des étoiles ou de la fée Électricité, se refléta sur la longue lame d'une dague que l'homme sortait de son fourreau. Sans hésitation, les jumeaux levèrent leurs bras à l'unisson et tirèrent ensemble sur leur ennemi, dans une détonation qui fracassa le silence du pavillon. Surpris, l'homme stoppa net son avancée, tituba quelques instants et, comme un arbre que l'on vient d'abattre, tomba de tout son long à la renverse, s'éclatant le crâne contre la bibliothèque de Frédéric II.

Ces premiers tirs furent le signal qu'attendaient tous les ennemis en présence pour se déchaîner. Les jumeaux furent cernés de toutes parts par des tirs, qui éclataient aux quatre coins du pavillon et, d'instinct, se tassèrent sur eux-mêmes pour se rapprocher du tueur qu'ils venaient d'éliminer. Alors que Benedict allait s'accroupir pour fouiller l'homme, Meredith l'arrêta d'un geste, visa et lui tira une balle en pleine tête.

— Tu es répugnante ! s'offusqua Benedict.

— Au moins, nous sommes sûrs.

Meredith posa son pied sur la dague et l'attira vers elle. Benedict s'accroupit à côté du cadavre et fouilla ses poches.

— Il a peut-être les clés sur lui, suggéra-t-il.

— Pour ma part, je vais le décharger de sa dague et de son fourreau.

Meredith défaisait la ceinture à laquelle le fourreau de la dague était attaché. Choqué, Benedict la regardait faire.

— Tu ne vas tout de même pas dépouiller un cadavre ?

— À la guerre comme à la guerre. Je n'ai pour me défendre qu'une petite matraque et un revolver, avec peu de munitions, et nous sommes en plein conflit international. Si tu crois que je vais laisser une bonne dague, tu te berces de douces illusions.

Meredith poursuivit son œuvre et dégagea la ceinture, qu'elle accrocha à sa propre taille, en remettant la dague dans son fourreau.

Benedict était de plus en plus écœuré de fouiller poche après poche le corps sans vie, qui gisait sur le sol de la bibliothèque. De toutes parts, un liquide gluant et chaud envahissait les vêtements et Benedict ne préférait pas songer au sang dans lequel il plongeait les mains. Dire qu'il avait toujours été écœuré par la chasse... Il s'attaqua à la dernière poche et dut convenir que l'homme terrassé ne détenait aucune clé, ce qui était troublant. Une détonation éclata et il vit sa sœur partir en arrière, son corps effectuant un quart de cercle dans l'espace, avant de se fracasser au sol.

ଓଷ✦ଡ଼

D ès qu'une accalmie interviendrait, Yegor et Boris s'engouffreraient dans la salle pour soutenir les deux espions français et Mikhaïl. Philippine, quant à elle, avait pris un mauvais coup et resterait hors de combat un bon moment. Alistair devait trouver un moyen de prendre à revers leurs adversaires. Le palier était organisé autour de la salle principale de l'étage où le plus gros de la bataille se déroulait. De part et d'autre de cette grande pièce, il semblait à Alistair que deux salles plus petites devaient exister. Il remarqua un lourd rideau dans l'angle gauche du palier et s'y rendit en deux enjambées. Prudemment, il entrouvrit le rideau qui camouflait, comme il s'y attendait une petite porte. Avec un peu de chance, Alistair pourrait surprendre ses adversaires, occupés par les Français et les Russes. Il s'accroupit devant la porte, colla son œil contre le trou de la serrure et une détonation éclata. Alistair se jeta au sol mais, voyant qu'il n'était pas la cible de ce tir, il se redressa et observa de nouveau la pièce.

Tout paraissait calme à l'intérieur. Le manque de luminosité ne l'aidait pas à évaluer les dangers en présence, mais il savait une chose : si quelqu'un était en train d'affronter leurs adversaires dans cette salle, il ne pouvait s'agir que des jumeaux. Alistair sortit ses pinces à crochetage et s'attaqua à la serrure. Habile dans cet art, il parvint en quelques mouvements à déverrouiller la serrure. Il entrouvrit la porte. Rien ne bougeait à l'intérieur. Soudain, une planche grinça juste à côté de lui. Il bondit en arrière et évita la balle, qui fracassa le bois à l'endroit précis où sa tête se trouvait un instant avant.

CR✦SO

Un bref répit s'établit dans la salle principale quand, à court de munitions, les tireurs allemands firent une pause pour recharger leurs armes. Les positions étant figées, les Français en profitèrent pour recharger leurs propres armes. C'est alors que Yegor et Boris, qui attendaient cet instant pour rebattre les cartes, surgirent dans la pièce et avancèrent vers les meubles derrière lesquels les Allemands s'étaient retranchés. Les Français leur emboîtèrent le pas et, forts de leur capacité de feu, ils encerclèrent leurs adversaires. Les Allemands, qui les avaient ensevelis sous un déluge de feu dès leur entrée, jetèrent leurs armes au sol et les firent glisser vers eux. Yegor, Claude et Jean attachèrent solidement les trois hommes et durent se rendre à l'évidence, il ne s'agissait que des gardiens des lieux et non des espions qu'ils recherchaient. Boris fouilla la pièce, afin que personne ne se dissimulât derrière un meuble ou un rideau pour leur tirer dans le dos.

À l'entrée de la salle, derrière la lourde table renversée, Mikhaïl tentait de réanimer Philippine, tombée la première lors de l'assaut. Soudain, il vit du coin de l'œil, une vague forme bouger à quelques distances de lui. Sans réfléchir, il tira, faisant sursauter les autres. La forme s'écroula au sol, le revolver à la main, une balle dans la tempe. L'homme avait les cheveux clairsemés, de fines lunettes sur le nez. Les prisonniers se mirent alors à parler dans une cacophonie surprenante. Claude, qui parlait assez bien allemand, écoutait avec attention ce qu'ils disaient. Pendant ce temps, Boris s'était rapproché du dernier tombé et lui retira son arme. Il vérifia ses deux mains, mais n'y trouva aucune trace d'une blessure récente.

— Nous avons retrouvé les gardiens du rez-de-chaussée. D'après ce qu'ils disent, les espions ont repéré les jumeaux dès qu'ils sont entrés et ils se sont répartis dans les différentes pièces à travers l'étage après avoir réquisitionné ces pauvres bougres et les avoir menacés de les abattre eux-mêmes, s'ils ne tiraient pas sur tous ceux qui entreraient dans la salle, résuma Claude.

— Formidable, nous allons devoir fouiller tout le pavillon à la recherche du Caméléon, intervint Boris.

— S'il est encore là, conclut Mikhaïl.

— Il ne va pas pouvoir nous échapper indéfiniment, conclut le colosse.

Mikhaïl se releva et mit Philippine, toujours inconsciente, à l'abri. Puis, suivi de Boris et de Yegor, il sortit de la salle, laissant les prisonniers sous la garde des Français. Alors que Claude les surveillait, Jean fouillait la pièce avec méthode à la recherche des plans volés.

ଓ✦ଞ

A listair se releva d'un bond et saisit le canon du pistolet, qu'il apercevait par la porte ouverte, pour le relever avec violence. La résistance qu'il rencontra lui fit comprendre que son adversaire était brutal, fort et tenace. Toutefois, protégé de la brûlure du canon par des gants de cuir, Alistair prit le dessus sur son adversaire. Une deuxième balle fusa vers le plafond. L'Anglais, tenant toujours fermement le canon vers le ciel, poussa la porte et entra.

Son adversaire était de taille moyenne, sec et vif. Bien plus physique que celui qu'il avait marqué à la main. Une fois de plus, le Caméléon lui échappait. Pourtant, son adversaire actuel aurait pu passer pour lui, au moins dans une description sommaire. Alistair, plus massif que le double du Caméléon, prit l'avantage dans la lutte qui les opposait. Il tordit le revolver, lui faisant faire un tour dans la main de son adversaire, sans que les doigts suivissent le mouvement. Un sinistre craquement et le hurlement qui retentit, lui firent savoir qu'il était parvenu à ce qu'il voulait, désarmer son adversaire. Pourtant, l'Anglais venait à peine de réussir sa manœuvre que l'autre lui infligea un violent coup de poing dans les côtes, lui coupant le souffle. Il reçut un autre coup de poing dans le visage, puis un coup de pied vint lui écraser la cage thoracique, le projetant contre la porte entrouverte. Il resta étourdi un court instant et vit son adversaire arriver sans pouvoir l'éviter.

— Non !

Le cri n'était pas sorti de la gorge d'Alistair, mais de celle de Benedict, surgi d'un recoin sombre dans lequel il s'était dissimulé. Le jeune homme visa mais, avant qu'il n'ait eu le temps d'appuyer sur la gâchette, son bras fut transpercé par un couteau. Interdit, Benedict tenta de tirer sans résultat. Il sentit une vive douleur l'envahir, mais il la repoussa, saisissant son arme de son autre main. Il pivota et tira, logeant une balle dans l'épaule de ce nouvel adversaire. L'homme hurla, mais la douleur le galvanisa et il sauta sur Benedict, l'abreuvant de coups de poings. Le jeune homme, peu rompu au combat au corps à corps, tenta de se défendre avec les rudiments de boxe qu'il possédait. Avant qu'il ne pût reprendre ses esprits, son adversaire le renversa au sol et s'assit sur son torse, l'empêchant de bouger. Benedict tenta de le repousser, sans succès. L'homme immobilisa son bras blessé, retira le couteau, le retourna dans sa main et plongea l'arme vers le jeune homme.

CR✦ƧꙨ

A listair reprit ses esprits juste à temps pour voir Benedict se faire rouer de coups par un autre ennemi surgi du néant. *Mais combien, diable, sont-ils ?* Il vit fondre son propre adversaire sur lui et le laissa approcher. Quand l'homme fut assez près, Alistair fit un vif mouvement de côté, l'attrapa par les épaules et, levant le genou, alors qu'il attirait l'homme vers le bas, il lui fracassa le nez. Puis, l'autre tombant à genoux, il le rattrapa et brisa sa nuque, en entraînant la tête dans le sens inverse du corps. Le cadavre tomba au sol dans la posture grotesque d'un pantin désarticulé.

Alistair porta sa main, là où quelques instants auparavant, son revolver se trouvait. Rien. Il regarda, un peu hébété l'emplacement vide et chercha du regard son arme. La lutte était acharnée à l'autre bout de la salle, Alistair se précipita pour prêter main-forte à son cousin en fâcheuse posture. Le hurlement de Benedict déchira la pièce.

CR✦℧

U n sang chaud et épais coulait le long du bras de Benedict. La lame du couteau fit quelques brefs mouvements entre les mains de son adversaire et plongea vers le cœur du jeune Anglais. Soudain, le coup mortel se suspendit dans les airs, permettant à l'apprenti espion de s'emparer du bras de son adversaire et de le repousser. Son ennemi gargouilla. Benedict ne comprenait pas ce qu'il se passait, quand une large lame traversa le torse de son ennemi pour apparaître dans la pénombre. La lame fit une sorte de tour sur elle-même, puis disparut. Benedict sentit toute force quitter le corps de celui qui s'apprêtait à l'embrocher quelques instants auparavant. D'une secousse, Benedict fit basculer le corps, qui s'écrasa à terre, faisant apparaître dans la pénombre la fine silhouette de Meredith, une lourde dague entre les mains.

Alistair arriva en retard pour jouer les héros. Il regarda ses cousins ensanglantés, puis se rapprocha de l'homme gisant à leur côté.

— Ce n'est plus un pavillon, c'est un tombeau…

Il retourna le corps, tombé face contre terre, et l'examina dans la pénombre. L'homme portait un bandage à la main. Alistair observa ses cousins, tout en défaisant le nœud de l'écharpe noire en soie qui entourait son cou. Il s'accroupit à côté de Benedict et banda fermement son bras.

— Lequel de vous deux l'a tué ? s'enquit-il.

— Meredith, souffla Benedict, mais, s'il le faut, j'en endosserai la responsabilité. Il est hors de question que ma sœur aille en prison pour m'avoir sauvé la vie.

— Qui vous parle de prison ? Il suffit de ne pas se faire prendre. Meredith, ma chère, vous êtes l'heureuse assassin de feu le Caméléon. Je pense que vous avez soulagé le monde d'un immonde fléau.

Alistair se releva et observa la pièce, où ils se trouvaient.

— Fichtre, en voilà une bibliothèque ! Ce serait parfait pour…

Du bruit provint de l'escalier. Alistair aida ses cousins à se relever.

— Comme je vous le précisais, dans l'espionnage, il ne faut pas se faire prendre. Debout !

Les jumeaux se remirent tant bien que mal sur leurs pieds et suivirent leur cousin vers la sortie de la salle. Des coups de feu éclatèrent.

Alistair et les jumeaux retrouvèrent Boris et Yegor devant la porte en face d'eux. En retrait, Mikhaïl montait la garde afin de ne pas être pris à revers. Ses yeux faillirent jaillir de leurs orbites, quand il vit les jumeaux maculés de sang sortir de la salle. En deux pas, il les avait rejoints.

— Mais qu'est-ce qui s'est passé ? Je croyais que nous subissions le gros de la bataille !

— C'était plus discret de notre côté, mais les couteaux soulagent tout aussi bien les âmes que les revolvers, annonça Alistair.

Ce dernier rejoignit Boris et Yegor pour jeter un coup d'œil à l'endroit où la dernière résistance s'organisait.

— Avez-vous trouvé les plans ? demanda Meredith à Mikhaïl.

— Jean a fouillé la salle principale, mais sans succès. Malheureusement, nous n'avons plus le temps de chercher. Avec tous les coups de feu qui ont été échangés, c'est un miracle que la police française ne soit pas déjà arrivée...

Claude sortit de la pièce principale, portant Philippine, toujours inconsciente, en travers de son épaule. Jean le suivait de près et, voyant qu'une autre salle était accessible, il s'engouffra à l'intérieur, suivi par Meredith.

Arrivé dans la bibliothèque, Jean recula.

— C'est forcément ici... mais on n'a plus le temps.

Par acquit de conscience, il commença à observer les vitrines de la bibliothèque de Frédéric II, mais délaissa les riches ouvrages aux couvertures tissées d'or pour se concentrer sur une vitrine à hauteur d'homme présentant des cartes. Il tourna autour du meuble orné d'une marqueterie d'une rare finesse, à la recherche d'un mécanisme quelconque permettant de déverrouiller la vitrine. Il faisait glisser ses mains le long du meuble, exerçant une pression constante sur le bois, espérant qu'à un moment ou à un autre, le bois céderait sous ses doigts. Meredith parcourait du regard les étagères, à la recherche d'un morceau de papier plus grand que les livres exposés et qui dépasserait des parfaits ensembles alignés sur les étagères. Quelqu'un frappa à la porte, les sortant de leurs recherches frénétiques.

— On y va, trancha Alistair.

— Encore une minute, cousin, nous n'avons pas les plans !

Jean fit signe à Meredith de venir, il abandonna lui-même à regret le meuble qu'il explorait. Meredith jeta un dernier regard à la bibliothèque et sortit.

Meredith se précipita dans les escaliers, comprenant qu'elle était la dernière encore à l'étage. Le pavillon allemand était plein d'un silence étrange, lourd de sang et de secret. Elle frissonna en traversant une zone d'ombre plus étendue que les autres et, soudain, elle entendit retentir un coup de sifflet à l'extérieur. *La police française.* Ce son la propulsa en avant, lui donnant une énergie nouvelle et lui faisant comprendre ce qu'Alistair disait quelques instants plus tôt : dans l'espionnage, il ne faut pas se faire prendre. Elle voyait le dos de son cousin devant elle et le suivait sans réfléchir, sa seule préoccupation étant de ne pas se laisser distancer. Il stoppa devant elle. Meredith manqua de peu le percuter, mais parvint à s'arrêter à temps. Elle vit deux silhouettes, une longue et une plus courte, à côté d'eux. Elle reconnut la forme trapue de Jean qui faisait partie des retardataires mais, à côté de lui, elle hésitait sur l'identité de leur dernier compagnon. Benedict peut-être... Une série de coups de sifflets vint troubler ses réflexions. Sans que Meredith s'en aperçût, ils étaient parvenus près d'une large sortie. Jean referma la porte entrebâillée par laquelle ils apercevaient quelques uniformes bleus passer le long de la Seine en courant. Les policiers français avaient dû repérer leurs compagnons et leur donnaient la chasse.

— Jean, avez-vous une idée pour nous sortir de là ? demanda Alistair.

— Le problème, c'est que nous sommes aveugles ici. Nous ne savons même pas si les autres ont pu s'échapper.

— Plus nous attendons ici, plus le bâtiment va être cerné. Je vais faire diversion. Quand vous entendrez une lourde explosion, vous partez tous dans des directions différentes. Compris ?

Meredith sentit Alistair se rapprocher d'elle. Il la saisit aux épaules d'une poigne ferme.

— C'est clair, Meredith ? Quand vous entendez l'explosion, vous filez vers l'hôtel particulier sans vous retourner. Vous ne m'attendez pas, vous ne vous préoccupez pas de moi. Suis-je clair ?

Meredith sentit sa gorge se serrer, mais elle acquiesça d'un signe de tête à peine perceptible. Alistair relâcha sa prise, Meredith s'affaissant légèrement dans l'ombre. Il se rapprocha de la porte, l'entrouvrit avec prudence et se glissa dehors. Meredith vit la silhouette de Jean se coller à la sortie. Un temps. Deux temps. Trois temps. Soudain, une déflagration énorme secoua le pavillon, dont les vitres résistèrent à grand-peine à l'onde de choc. Jean ouvrit la porte et se précipita à l'extérieur. Meredith sentit alors une poigne de fer se refermer sur sa main et fut tirée dehors, devant courir comme une folle, pour soutenir la course de Mikhaïl, qui l'entraînait déjà à travers la rue des Nations. Ils se glissèrent entre les bâtiments de la Finlande et de la Bulgarie, avant de s'engouffrer dans une ruelle plus sombre et de zigzaguer d'un côté à l'autre, Meredith perdant tout sens de l'orientation. Elle suivait Mikhaïl sans plus réfléchir, toute son énergie passant dans la course, la respiration et l'équilibre. Elle entendait parfois un bruit derrière eux, mais n'y prêtait pas attention, son esprit se désintéressant de la situation. Était-ce la fatigue, le relâchement que le corps ressent après un trop grand stress, une sorte de fatalisme ? Meredith ne parvenait plus à penser ou à appréhender la situation. Pourtant, les bruits de pas se rapprochaient. Soudain, Mikhaïl plongea dans un escalier menant dans un sombre sous-sol et se plaqua au mur, dans l'ombre, tenant toujours fermement la main de Meredith dans la sienne. La jeune fille se plaqua dans l'ombre à côté de lui. Un homme passa en trombe, juste au-dessus d'eux. Meredith et Mikhaïl se détendirent un instant.

Un instant seulement.

Soudain, une respiration sifflante s'insinua au-dessus d'eux. Ils levèrent la tête. Un homme aux cheveux clairsemés et grisonnants, avec de fines lunettes les tenait en joue. Il avait un bandage à la main et une plaie recousue au cou.

Chapitre XII

L e corps de Philippine en travers de l'épaule, Claude fut le premier à atteindre le bas de l'escalier monumental, suivi de près par Benedict, qui serrait contre lui son bras meurtri. Cette blessure affaiblissait le jeune Anglais, qui suivait comme un automate les Français vers la sortie. Le rez-de-chaussée était toujours plongé dans la pénombre et les rares lueurs provenant de la rue projetaient dans le pavillon allemand des ombres menaçantes, que Benedict regardait avec quelque frayeur. Désormais diminué physiquement, il ne se sentait plus aucun goût pour le combat ce soir-là.

Au même moment, Boris et Yegor tentaient de venir à bout de l'espion retranché dans la salle sur le côté. Ce dernier leur opposait une résistance acharnée et les empêchait d'entrer à force de tirs de revolver ou de jets de couteaux. Une lame s'était plantée dans la porte entrouverte, non loin de la tête de Yegor. Profitant d'un soudain répit, les deux Russes entrèrent ensemble, couvrant deux directions différentes, et se dissimulèrent derrière des meubles. Plus un son. Boris se faufila malgré sa masse vers le fond de la pièce, sans rencontrer d'obstacle et découvrit à sa grande contrariété l'une des fenêtres ouverte. Il jura entre ses dents. Par acquit de conscience, ils fouillèrent la salle, mais ne repérèrent personne. Leur adversaire s'était échappé et allait donner l'alerte encore plus rapidement que prévu. Ils n'avaient plus que quelques minutes pour sortir du pavillon, avant de voir déferler la police française dans les lieux. Boris et Yegor sortirent, prirent soin de bloquer la porte pour ne pas être pris à revers et dévalèrent le large escalier. Ils rattrapèrent le groupe de leurs compagnons attendant devant la porte donnant vers le bâtiment espagnol.

Voyant que les autres évacuaient les lieux, Claude entrouvrit la porte pour observer les ruelles alentour. Les environs paraissaient calmes. Claude resserra sa prise sur Philippine et sortit le premier, aussitôt suivi par Benedict. Il n'y avait personne. Pourtant, ils étaient tendus, conscients d'une présence. Une ombre sortit de derrière le pavillon espagnol. Un couteau apparut aussitôt dans la main de Claude.

— Ce n'est pas trop tôt ! ! ! Avec le vacarme que vous avez fait, c'est un miracle que les Français ne soient pas encore là…

Hayley semblait indignée par tant de maladresses. On pouvait tout de même s'attendre à mieux de la part de la fine fleur des services secrets français, russe et britannique ! Elle s'approcha de quelques pas et leur fit signe de la suivre.

— Quand j'ai vu le tour catastrophique que prenait notre expédition, j'ai couru jusqu'au pavillon britannique où j'ai retrouvé le gentleman, qui ne souhaitait pas me voir filer après mon agression. C'est en fait un membre fort serviable de l'ambassade, qui met à notre disposition une voiture.

Hayley vit sortir Boris et Yegor et leur fit signe de la suivre. Les deux Russes s'avancèrent et stoppèrent net, quand ils comprirent que l'ombre qu'ils avaient pris pour Mikhaïl dans le bâtiment, était en réalité Benedict. Soudain, un coup de sifflet retentit et le bruit de pas précipités résonna non loin d'eux. Hayley courut en direction du pont de l'Alma où la voiture britannique les attendait. Large, noire, de belle hauteur, le fiacre était secoué par quatre chevaux, piaffant d'impatience. Alors qu'Hayley arrivait la première, la porte s'ouvrit devant elle et, surgi de l'ombre, un bras saisit sa main tendue et l'entraîna à l'intérieur. Juste sur ses talons, Claude s'engouffra dans la voiture avec Philippine, aussitôt suivi par Benedict. À quelques mètres d'eux, Boris et Yegor avaient arrêté de courir, observant les policiers arriver vers eux.

— Que faites-vous donc ? Montez immédiatement !

Les Russes hésitaient encore. Benedict sortit la tête de la voiture et leur hurla :

— S'il tombe entre leurs mains, vous lui serez plus utiles libres que prisonniers !

Boris et Yegor se décidèrent et bondirent dans la voiture, qui démarra aussitôt. Les policiers arrivèrent quelques instants trop tard et regardèrent la voiture anonyme s'enfoncer dans les rues de Paris.

CR✦ഞ

P eu après que les coups de sifflet eurent retenti, Alistair se glissa dehors. Il s'approcha de la Seine et, jetant un coup d'œil vers le pont de l'Alma, il vit une voiture noire filer au nez et à la barbe des policiers. Avant que ces derniers ne se retournassent, Alistair courut vers le pavillon de la Grande-Bretagne, à deux bâtiments de distance de celui de l'Allemagne, et se dissimula derrière le manoir britannique, inspiré des plus belles maisons de maître anglaises. Il longea la bâtisse en direction de la rue des Nations et attrapa deux bâtons de dynamite attachés à sa ceinture. Il jeta un coup d'œil et, ne voyant personne, il alluma les deux courtes mèches et jeta les explosifs dans la rue des Nations. Alistair comptait dans sa tête mais, au bout de quinze secondes, il se mit à râler dans sa barbe :

— Toujours pareil avec la dynamite, on ne peut pas compter dessus.

Il fit un mouvement pour se rapprocher de l'explosif, quand une explosion assourdissante le projeta en arrière. Assis par terre au milieu de la rue des Nations, Alistair se frottait les oreilles pour que le son revienne plus vite. Assourdi, il secouait la tête et vit, du coin de l'œil, des hommes arriver en courant. Il se releva, titubant, puis s'enfuit entraînant derrière lui la majeure partie des policiers dépêchés sur place.

— Quand je vais remettre la main sur cet imbécile d'artificier, il va m'entendre, grinça-t-il entre ses dents.

Alistair s'enfonça dans le dédale des rues parisiennes, en demeurant visible de ses poursuivants, afin qu'ils n'abandonnent pas la chasse. Alistair parcourait des rues de plus en plus étroites, de plus en plus sombres et, alors qu'il entendait derrière lui le claquement des chaussures des policiers lancés à sa poursuite, il tourna une dernière fois dans une rue minuscule, fit une pointe de vitesse et disparut au coin d'une rue plus large. Certain d'avoir distancé les policiers français, Alistair regagna à toute vitesse la rue des Nations. Son sens de l'orientation et sa connaissance de la ville de Paris lui permirent de déboucher, après de multiples tours et détours, juste en face du pavillon allemand, entre les édifices bulgare et finlandais. *Personne.* Alistair traversa et se jeta dans le bâtiment de l'Allemagne par la porte de côté, qu'il avait empruntée plus tôt dans la soirée.

À l'intérieur, tout paraissait calme. Les policiers français ne savaient probablement pas dans quel bâtiment les troubles avaient éclaté. Alistair se précipita à l'étage et s'engouffra dans la bibliothèque. Une odeur de sang et de tripes empestait déjà la pièce. Il ne se laissa pas troubler, fit le tour de la bibliothèque d'un œil expert et conclut que les ouvrages présentés étaient merveilleusement authentiques. De véritables trésors pour le connaisseur qu'il était. Toutefois, il devait trouver où un espion aussi habile que ce nouveau Caméléon avait pu dissimuler les plans volés. L'Anglais était certain que la meilleure cachette demeurait cette pièce. Cacher une chose parmi ses semblables et visible aux yeux de tous, était de très loin le plus habile à faire. S'il avait dû lui-même dissimuler des plans dans ce pavillon, il aurait opté pour cette bibliothèque de l'étage. Les merveilles qu'elle abritait justifiaient que son accès soit contrôlé. Les plans ne devenaient dans cette pièce qu'un morceau de papier parmi tant d'autres. Restait à savoir où le Caméléon avait dissimulé les plans... de longs et larges rouleaux de papier... Bien plus larges que la plupart des ouvrages exposés... À moins que... Le meuble d'exposition au milieu de la salle. Un meuble pour ranger et exposer de multiples cartes à plat. Alistair examina le meuble et ouvrit tous les tiroirs. *Des cartes, des cartes et encore des cartes...* Pourtant, l'espace entre la vitrine d'exposition et le premier tiroir était assez grand pour abriter un autre tiroir. *Un tiroir secret.* Alistair fit glisser, comme Jean l'avait fait avant lui, ses mains le long du meuble à la recherche d'une encoche, d'un mécanisme, d'une aspérité quelconque qui lui permettrait d'accéder à ce mystérieux espace. Sous ses doigts, une fine lamelle de bois se dessina. De part et d'autre du meuble, deux encoches d'à peine quelques centimètres de long et d'un petit centimètre de large s'enfoncèrent dans le meuble, libérant dans un déclic, un tiroir situé juste en dessous de la vitrine. Alistair ouvrit avec méfiance le tiroir, qui venait d'apparaître, et sourit. Là, maintenus à plat grâce à de lourdes baguettes de plomb, les plans disparus attendaient d'être retrouvés. Alistair les libéra des baguettes et vit qu'il n'y en avait pas qu'un seul, mais cinq épaisseurs de papier. Sans regarder ce qu'il emportait, Alistair replia le tout en un large rouleau et, le tenant à la main, il sortit en courant, dévala l'escalier et rejoignit la porte de côté, qui avait tant servi ce soir-là.

Alistair était très satisfait de lui. Il avait enfin récupéré les plans, qui avaient créé tant de soucis à sa famille, et allait d'ici peu pouvoir reprendre sa vie tranquille de dandy à Londres. Une seule ombre venait ternir sa satisfaction, il ignorait ce qu'il était advenu de ses compagnons. Quelques-uns d'entre eux avaient trouvé refuge dans une voiture si peu identifiable qu'elle ne pouvait appartenir qu'à un corps diplomatique. Les Russes avaient-ils su prévoir le danger une fois de plus ? C'était possible, voire probable. En revanche, une pointe acide au creux de son estomac lui rappelait qu'il ignorait si Meredith avait pu échapper à la police française, quant à Hayley... Alistair ne l'avait plus vue depuis qu'il était entré dans le pavillon allemand. Il espérait que la jeune femme avait regagné leur logement parisien, en les abandonnant à leur sort d'espions.

Ses pensées l'avaient accompagné au cours de la courte route le ramenant vers l'hôtel particulier. Il s'engouffra dans l'impasse, menant à la porte arrière de l'habitation, et, parvenu devant la porte blindée, frappa, espérant qu'une bonne âme lui ouvrirait.

Quelques instants plus tard, la porte pivota. Alistair tenta d'avancer, mais un revolver pointé sur son nez lui fit reconsidérer la question de cette entrée par trop enthousiaste. Hayley apparut derrière le revolver.

— Et bien Miss Fortescue, on ne peut pas dire que vous soyez contente de me voir !

— Alistair ? Heu, pardon, Monsieur Clifford ! Entrez vite !

Hayley s'écarta, laissant entrer Alistair.

— Vous pouvez m'appeler Alistair, si cela vous plaît, dit-il avec un large sourire.

— Certainement pas, Monsieur Clifford ! C'est juste l'émotion de vous voir sain et sauf... mais...

Hayley regarda dehors à la recherche de quelque chose.

— Miss Meredith n'est pas avec vous ?

Alistair se figea sur place. Il se tourna vivement vers Hayley.

— Elle n'est pas rentrée ?

Le regard myosotis d'Hayley se troubla de désespoir.

— Nous croyions qu'elle était avec vous...

— Sacré nom de Dieu... murmura Alistair entre ses dents serrées.

Alistair tendit le rouleau des plans à Hayley.

— Prenez ça. Sortez les plans britanniques et cachez les autres.

Un claquement de porte magistral fit se retourner Alistair

d'un bloc, prêt au combat. Un homme aux cheveux blancs, grand, d'une élégance rare, compensant sa claudication grâce à une canne richement ouvragée, apparut dans le couloir.

— Monsieur Clifford ! Vous nous faites enfin l'honneur de votre présence…

— Lord Williams, je n'ai pas le temps pour les ronds de jambe habituels. Ma cousine n'est pas rentrée. Je vais la chercher.

Le vieux Lord fut si estomaqué par la brusquerie d'Alistair, que sa gorge se serra d'une indignation muette. Boris et Yegor apparurent dans le couloir.

— Le prince Kourakine n'est pas rentré non plus. Nous partons avec vous.

— Mikhaïl ? Pourvu qu'ils soient ensemble…

Alistair tourna les talons et disparut par la porte, aussitôt suivi par les deux Russes. Hayley, qui tentait de dissimuler le large rouleau à Lord Arthur Williams, se précipita dans l'escalier.

— Où allez-vous ?

Hayley s'arrêta au milieu de l'escalier, ne sachant quoi répondre.

— Je suis au comble du déshonneur, My Lord, mais si je reste une minute de plus, je vais vomir dans le couloir.

Lord Williams eut l'air choqué par cet aveu.

— Très bien, très bien, vous pouvez disposer.

Hayley acheva de grimper à l'étage et disparut avec les plans. Au rez-de-chaussée, Lord Williams contemplait la porte ouverte avec contrariété.

— Et c'est à l'ambassadeur de sa Majesté la Reine de faire le portier de surcroît !

Indigné par un tel manque d'étiquette, il claqua la porte blindée, avant de retourner dans le salon.

ɔ꒰◆꒱ɔ

L e Caméléon observait les deux jeunes gens réfugiés dans l'ombre de l'escalier avec haine et bonheur. Son visage si fade d'habitude prenait à cet instant une expression de rage joyeuse, qui glaça le sang de Meredith. La jeune fille serra la main de Mikhaïl dans la sienne.

— C'est impossible ! Je vous ai tué ! dit-elle.

— Non... Pas moi.

Le Caméléon leur fit signe de remonter dans la rue. Il était sec, calme et sûr de lui, mais une folle fureur brûlait dans ses prunelles sombres. Mikhaïl hésita un instant, puis il se décolla du mur, serrant toujours la main de Meredith dans la sienne. Il lui fit signe de le suivre. Ensemble, ils gravirent l'escalier. Arrivés dans la rue, le Caméléon leur montra le mur de la maison en face d'eux. Mikhaïl observait la rue à toute vitesse, cherchant un plan pour neutraliser l'espion qui les menaçait. Meredith ne quittait pas du regard le Caméléon.

— C'en était un autre... souffla-t-elle. Vous avez blessé un de vos doubles à la main pour que l'on vous croie mort.

— Vous êtes une jeune lady fort surprenante, Miss Clifford. Vous êtes une tueuse née et, avec un peu d'entraînement, vous pourriez être redoutable. Toutefois, vous me pardonnerez, mais je ne vais pas vous laisser l'occasion d'apprendre.

Le Caméléon appuya sur la gâchette. Mikhaïl essaya de tirer Meredith vers lui, mais la balle la frappa en plein cœur. Le corps de la jeune fille bascula en arrière, en même temps qu'un souffle brûlant frôlait la joue de Mikhaïl. Elle s'écroula, Mikhaïl, horrifié, tenta de retenir la main qui lui échappait. Il se retourna et, l'horreur cédant la place à la fureur, il fonça sans plus réfléchir sur le Caméléon qui lui tira dessus. La balle traversa sa cuisse, ce qui ne l'empêcha pas de se jeter sur son ennemi. Mikhaïl s'empara du revolver et hurla de douleur sous l'effet de la brûlure, mais ne lâcha pas l'arme. Il luttait avec le Caméléon pour s'emparer du revolver. Plus jeune et plus grand que son adversaire, Mikhaïl commençait à l'emporter physiquement sur l'autre, qui enfonça alors son genou dans la cuisse blessée du jeune Russe. Mikhaïl émit un son rauque, mais ne lâcha pas.

— Juste une chose, Caméléon. Est-ce vous l'assassin de mon frère ou l'un de vos doubles s'est-il chargé de cette besogne ?

Une sueur de mauvais augure coulait le long du visage de Mikhaïl, mais il dardait toujours son regard bleu acier sur son ennemi. Le Caméléon eut l'audace de sourire.

— J'élimine toujours personnellement mes ennemis de valeur.

Soudain, le Caméléon pivota sur lui-même, arrachant son revolver des mains de Mikhaïl et, avant que celui-ci n'ait eu le temps de prendre sa propre arme, il releva le revolver visant la tête du jeune Russe. Le mouvement mortel s'arrêta, comme suspendu dans le temps. Le Caméléon fut secoué d'un frisson, puis un hoquet le traversa. Il tenta de parler et un long filet de sang coula hors de sa bouche ouverte. Une lame lui traversait le ventre. La lame tourna sur elle-même.

— Cela fait deux fois... qu'on me tire dessus... aujourd'hui...

Meredith murmurait à l'oreille de l'homme qu'elle venait d'embrocher de part en part. Elle retira sa dague du corps de son ennemi et le refrappa dans les reins. Puis elle s'empara de son propre revolver, laissa le corps du Caméléon tomber à terre. Mikhaïl s'empara du revolver de l'espion mourant. Meredith braquait son revolver sur la tête du Caméléon.

— Qu'attends-tu, petite garce. Tue-moi !

— Vous souffrez ? demanda-t-elle d'une voix blanche.

Le Caméléon parut surpris de cette question et ne répondit pas.

— Tant mieux.

Meredith commençait à appuyer sur la détente de son revolver, quand une détonation explosa. Le Caméléon reçut une balle entre les deux yeux. Meredith attendit un instant, regardant l'étrange scène, puis elle inspira, par à-coups, comme si ses poumons ne pouvaient pas se remplir d'une seule traite. Elle se tourna vers Mikhaïl, le regarda dans les yeux. Le revolver du jeune Russe fumait.

Mikhaïl rangea son arme, s'empara de son écharpe et, boitant vers le mur le plus proche, il essaya de bander sa cuisse meurtrie. Meredith recouvra un peu ses esprits et, s'emparant de l'écharpe, fit le bandage.

— N'hésitez pas à serrer, lui conseilla le Russe.

Meredith serra le bandage plus qu'elle ne l'aurait voulu mais, Mikhaïl ne protestant pas, elle considéra que c'était probablement ce qu'il fallait faire.

— Il faut que nous partions, dit-il.

Meredith se releva et, après une brève hésitation, elle attrapa son allié par la taille et passa le bras du blessé autour de sa propre nuque. Mikhaïl accepta cette aide bienvenue et, sans un regard pour le cadavre qu'ils laissaient derrière eux, ils quittèrent la rue le plus vite qu'il leur était possible.

Peu à peu, Meredith et Mikhaïl se rapprochaient de l'hôtel particulier des Anglais. Le jeune Russe transpirait à grosses gouttes. Meredith le sentait lâcher prise avec la réalité et évoluer peu à peu dans un monde fantasmagorique.

— Vous n'êtes pas très curieux, Mikhaïl.

Mikhaïl tenta de focaliser sa pensée sur la jeune Anglaise.

— Pourquoi dites-vous cela ?

— On m'a tiré deux fois en plein cœur et je me suis relevée deux fois pour tuer mes assassins.

Mikhaïl sourit, malgré la douleur.

— C'est vrai que cela mérite quelques explications.

— La mésaventure d'Hayley m'a donné une idée.

Meredith fit une pause. Mikhaïl ne posant pas de question, elle poursuivit :

— J'ai renforcé mon corset par des plaques d'acier.

— Pardon ?

— J'ai enlevé les baleines du corset et je les ai remplacées par des plaques d'acier. J'ai fermement attaché ces plaques entre elles et j'ai vraiment bien fait parce que je suis celle sur qui on a le plus tiré cette nuit… bien que je reconnaisse vos efforts pour me rattraper.

Mikhaïl ne réagit pas. Il avançait de façon de plus en plus chaotique, s'appuyant parfois contre les murs, butant contre les pavés à terre. Meredith tentait de le retenir, mais elle le sentait irrémédiablement glisser vers l'inconscience. Soudain, le corps de Mikhaïl se fit de plomb et il tomba de tout son long. Meredith tenta de contrebalancer sa chute, mais elle fut entraînée avec lui vers le sol. Son visage s'écrasa sur le torse du jeune homme. Elle se redressa, contemplant la figure d'une extrême pâleur de son compagnon.

Meredith tapotait les joues de craie de Mikhaïl.

— Mikhaïl ? Mikhaïl… Ouvrez les yeux !

Meredith était perdue, quand elle entendit les bruits de pas précipités s'approcher d'elle, dans son dos. Elle se retourna, le revolver à la main, prête au combat… Encore… Toujours… Et elle vit surgir devant elle Alistair et les deux Russes sur ses talons. Elle lâcha son arme, le revolver tomba au sol et, soudain, d'une façon inattendue, les larmes inondèrent le visage de la jeune fille. Elle voyait Alistair se jeter au sol à côté d'elle, la prendre dans ses bras et la bercer doucement contre lui à travers un rideau flou de larmes.

— Je suis là… Calme-toi, Meredith. Calme-toi.

Boris et Yegor s'emparèrent du corps inanimé de Mikhaïl et l'emportèrent en courant dans une direction autre que celle de l'hôtel particulier des Anglais. Meredith s'en aperçut.

— Où l'emmènent-ils ?

— Probablement à l'ambassade de Russie. Ce n'est pas loin d'ici… Cela va mieux ?

Meredith s'interrogea sur la réponse à donner et constata qu'effectivement, elle allait mieux. Pleurer l'avait libérée d'un poids, d'une partie de ses angoisses. Elle se redressa, Alistair la relâchant. Elle se releva et Alistair put voir sa chemise et son gilet transpercés. Il blêmit et toucha les côtes de sa cousine.

— Tu es blessée, Meredith... mais qu'est-ce que ?

Alistair touchait la forme dure et froide qui entourait le torse de sa cousine.

— C'est de l'acier, précisa-t-elle.

Alistair eut un hoquet de rire, ses yeux se plissèrent révélant les rides de ceux qui rient avec joie et sans retenue, puis un rire irrésistible le saisit.

— Tu es surprenante, cousine. Une vraie petite espionne née.

— Le Caméléon m'a dit que j'étais une tueuse née.

— Pardon ?

Meredith raconta à son cousin ce qu'il venait de se passer. Elle ramassa son revolver et le remit en place dans son étui. Alistair fit signe à Meredith de le suivre puis ils reprirent le chemin que la jeune fille et Mikhaïl venaient de quitter. Arrivés dans la rue où ils avaient été rattrapés par le Caméléon, Meredith ne put cacher sa stupéfaction.

— Mais c'est impossible ! Il était mort...

Le corps avait disparu. Alistair observa avec calme la rue. Ceux qui avaient enlevé le corps, n'avaient pas pris le temps de faire disparaître les traces de sang. Il releva l'emplacement des plus importantes, confirma la description de la scène que lui avait faite Meredith puis, se tournant vers sa cousine, lui fit signe de le suivre et ils s'en allèrent sans se retourner.

CR✦SO

Q uand la porte blindée à l'arrière de l'hôtel particulier résonna, Hayley bondit sur le mécanisme et ouvrit la porte d'un coup, sans prendre aucune précaution. Ses yeux cherchèrent désespérément Meredith, mais ne virent qu'Alistair. Sa bouche s'ouvrit. Les mots ne sortaient pas, son regard se fit plus grand alors qu'elle sentait son cœur avoir un raté dans sa poitrine. Puis elle vit un faible mouvement derrière Alistair et se précipita, bousculant sans ménagement l'homme qui lui bloquait la vue. Alistair, surpris, pivota sur lui-même afin de céder le passage à Hayley. Se faisant, Meredith, échevelée, la chemise déchirée laissant apparaître les plaques d'acier salvatrices, les mains et le visage barbouillés de sang, apparut dans la pénombre. Hayley la saisit et l'étreignit de toutes ses forces, de toute sa frayeur enfin envolée.

— Vous êtes vivante.

Hayley écrasait la jeune fille contre elle et la berçait en même temps. Meredith fut surprise de ce geste, si peu commun dans son milieu. Elle avait été serrée dans plus de bras cette nuit-là que jamais auparavant dans toute sa vie. Fallait-il vraiment se mettre en danger de mort pour mériter d'être étreinte ? Alistair les observa quelques instants, un vague sourire sur les lèvres et finit par se racler la gorge.

— Mesdames, il serait plus sage de rentrer.

Hayley libéra Meredith, faisant oui de la tête et s'essuyant les yeux dans le même mouvement. Elle poussa devant elle la jeune fille, qui gravit avec souplesse les quelques marches qui la séparaient du couloir. Elle la suivait de si près qu'elle la bouscula en haut de l'escalier, quand la jeune lady s'arrêta net. Lord Williams les attendait. Le vieil homme aux cheveux blancs observait avec attention Meredith.

— Malgré votre étrange apparence ce soir, je vous aurais reconnue entre mille, Miss Clifford. Vous avez la beauté sombre de votre mère... avec une touche de vitalité et de fureur en plus toutefois.

Meredith ne répondit pas. Elle restait statique, observant de son regard bleu nuit ce nouveau venu. Alistair se glissa de côté et referma la porte derrière eux, puis se tournant vers Lord Williams lui dit :

— Bien, je vois que vous avez fait la connaissance de ma

cousine, Lord Williams. Nous n'allons pas vous retenir plus longtemps et je vais vous restituer ce pour quoi nous sommes tous venus dans ce charmant pays.

Meredith regarda avec étonnement Alistair monter quatre par quatre les marches de l'escalier, aussitôt suivi par Hayley. Dans le couloir, la jeune fille continuait à dévisager le vieux Lord.

— Vous ne semblez guère apprécier ma présence, Miss Clifford.

— Quand allez-vous libérer mon père et laver mon nom ?

Lord Williams sourit, surpris qu'une si jeune femme se permette de lui parler aussi franchement.

— Votre nom n'a été entaché d'aucune manière, puisque toute cette affaire a été tenue secrète. En outre, si j'avais le pouvoir de libérer votre père, croyez bien que je ne serai pas ici en train de vous parler, mais bien au chaud à Londres, protégé par de multiples portes. En revanche, sachez que je ferai tout ce qu'il me sera possible pour que Lord Henry Clifford soit libéré dans les plus brefs délais.

Des bruits de pas pressés dans l'escalier obligèrent Lord Williams à quitter des yeux Meredith. Alistair réapparut, un rouleau de papier à la main.

— Je vous rends les plans Lord Williams.

Alistair tendit le rouleau mais, quand Lord Williams posa la main sur les plans, il raffermit sa prise sur le papier.

— Mon oncle va être libéré dans la nuit et, si une quelconque atteinte a été portée à notre nom, tout sera fait pour le réhabiliter.

Lord Williams regarda un instant Alistair dans les yeux.

— Lord Clifford a de la chance de pouvoir compter sur des jeunes gens aussi fidèles et nobles que vous tous.

Alistair céda les plans à Lord Williams.

— Je vais prévenir sur l'heure le Ministère afin que tout soit fait pour le mieux.

Lord Williams les salua avec élégance, tourna les talons et

passa par la porte d'entrée que l'un de ses hommes venait d'ouvrir devant lui. Quatre hommes en noir le suivirent.

Meredith s'accorda alors le droit d'inspirer et de se détendre. Une faiblesse la saisit soudain et ses jambes menacèrent de rompre sous elle. Elle s'approcha de l'escalier, tout proche, et s'écroula sur la deuxième marche.

— Comment va Benedict ?

Hayley s'approcha et s'accroupit devant elle. Elle lui caressa les cheveux, comme elle l'aurait fait à un petit enfant apeuré.

— Il va bien. Je me suis occupé de lui et Lord Williams avait amené avec lui le médecin de l'ambassade, qui m'a paru être rompu à ce genre d'intervention clandestine. Et vous, êtes-vous blessée Meredith ?

Meredith s'autorisa à réfléchir à son propre état physique. Elle était couverte de sang, mais il ne s'agissait pas du sien. Elle avait certes mal aux côtes, là où les balles avaient heurté les plaques d'acier, mais cela n'avait rien d'insupportable. En fait, elle s'en sortait merveilleusement bien. Par deux fois au cours de cette nuit, elle avait été prise pour cible par des tueurs, elle avait survécu et s'était même relevée, telle une Némésis réclamant vengeance. Était-ce vrai ? Était-elle une tueuse née ? Meredith croisa le regard d'Alistair.

— Est-ce normal que je ne me sente pas coupable ?

— De quoi ? D'avoir tué vos ennemis ?

Hayley eut un haut-le-cœur.

— Oui. J'ai tué trois hommes cette nuit et je ne me sens pas coupable.

— Premièrement, vous avez tué deux hommes et blessé mortellement un autre, qui a été achevé par Mikhaïl. Deuxièmement, vous avez tué ces hommes après qu'ils vous ont tiré dessus pour vous tuer, vous ou votre frère. Vous n'avez certes pas à être fière de ces morts, mais je ne vois aucun problème à ce que, pour le moment, vous ne ressentiez rien.

Vous êtes encore dans l'action. Avec le temps, vous réfléchirez différemment à cette nuit.

Meredith se leva.

— Vous en avez tué combien ?

Alistair eut un sourire gêné.

— Cette nuit ou au cours de toute ma vie ?

— Dans votre vie.

Alistair leva les sourcils, soupira et répondit sans sourire :

— Des dizaines. Mais je n'ai jamais tué gratuitement. La plupart du temps, c'était eux ou moi... ou bien eux ou quelqu'un que je connaissais. C'est ce qui me liait à Andreï, le frère de Mikhaïl. Quand nous nous sommes rencontrés, nous étions alors dans les bas-fonds de Berlin et il a tué un homme qui allait me tirer dessus. Puis, nous nous sommes retrouvés à Parme et j'ai tué pour lui sauver la vie. Nous n'étions pas toujours dans le même camp, mais nous n'étions pas ennemis.

Meredith acquiesça. Elle s'approcha d'Alistair qui étendit le bras et l'attira contre lui pour déposer sur son front un baiser paternel. Meredith ferma les yeux et sourit. Ils se séparèrent.

— Demain, nous prendrons des nouvelles de nos alliés et nous leur restituerons leurs biens. À cet égard, vous avez bien travaillé, Miss Fortescue. Sans vous, je pense que nous aurions eu plus de pertes. Pourquoi êtes-vous allée chercher l'ambassadeur ?

Hayley sourit.

— Parce que je n'ai pas des nerfs d'acier comme vous et j'avais à peine vu les jumeaux entrer dans le bâtiment que des coups de feu ont éclaté. Je me suis alors précipitée dans le pavillon de la Grande-Bretagne et je suis tombée sur un homme qui a pris les choses en main.

— Un homme ? Quel homme ?

— Oh, il n'était pas là... Pas avec l'ambassadeur... Il est allé chercher la voiture et nous a attendus. Boris et Yegor semblaient le connaître.

Alistair fronça les sourcils.

— Intéressant…

Ils se dirigèrent tous trois vers le salon, où Benedict avait fini par s'endormir, le bras en écharpe, recouvert d'un gros bandage.

CR✦SO

L e lendemain matin, Meredith se réveilla dès que les premiers rayons du soleil frappèrent sa fenêtre. Elle se sentait reposée, dans une relative bonne forme et sauta hors de son lit, comme elle avait coutume de le faire chaque matin. Une vive douleur transperça son torse et lui rappela les événements de la veille au soir. Elle tâta avec délicatesse ses côtes et sentit qu'elle devrait se tenir tranquille pendant quelques jours. Au pied du lit gisait le corset de combat qu'elle avait fort opportunément fabriqué, avant de partir affronter l'ennemi. Les deux impacts apparaissaient sur les plaques d'acier. Meredith pensa qu'il fallait qu'elle remerciât le majordome de lui avoir fourni ce métal aussi vite. Elle se leva lentement et laissa le temps à son corps de se réveiller. Elle enfila une longue robe de chambre à la lourde étoffe bleu nuit, rebrodée d'argent, et descendit l'escalier. Une bonne odeur de café et de pain chaud montait le long de l'escalier vers les chambres et l'estomac de Meredith cria famine. Elle dévala les marches, mais ses côtes la rappelèrent à l'ordre. Elle descendit alors les dernières marches avec la majesté d'une lady. Si elle avait su qu'il lui suffisait de se faire tirer dessus pour prendre le rythme lent d'une lady, elle aurait tenté l'expérience avant, ce qui lui aurait évité nombre de remarques blessantes. D'un autre côté, cette solution lui paraissait quelque peu extrême. Meredith arrivait au rez-de-chaussée, quand un déplacement à l'étage attira son attention.

Philippine, un gros bandage autour du crâne, s'approchait de l'escalier. Elle portait toujours sa tenue noire de la veille.

— Vous voulez de l'aide ? demanda Meredith.

— Par pitié, ne parlez pas trop fort, mon crâne va exploser...

Philippine attrapa la rampe et descendit d'une traite l'escalier.

— J'ai raté le gros de la fête, hier soir. Qu'est-ce qui s'est passé ?

— Nous nous en sommes sortis, plus ou moins en bonne forme, et nous avons récupéré les plans.

Philippine attrapa le bras de Meredith.

— Où ?

— Je ne sais pas, ce n'est pas moi qui les ai récupérés.

Philippine secoua la tête, puis arrêta son mouvement dans une grimace.

— Non, ce que je veux savoir, c'est où sont les plans maintenant ?

— À votre disposition, ma chère, intervint Alistair.

L'Anglais venait de sortir du salon. Il était encore habillé comme la veille au soir et avait dû dormir dans le salon... S'il avait dormi.

— Comment vous sentez-vous ? demanda-t-il à Philippine.

Elle s'approcha, titubante, entra dans le salon et s'effondra sur un fauteuil.

— Puis-je vous faire apporter un café ?

— Oui, un litre de café serait le bienvenu.

Alistair sourit et disparut quelques minutes. Pendant ce temps, Meredith s'installa à table. Le majordome arriva aussitôt, portant un lourd plateau rempli d'une théière, d'un panier plein de viennoiseries et de brioches odorantes, d'un pot à lait et de multiples confitures. L'odeur du petit-déjeuner fit tourner la tête à Philippine qui regarda avec envie la table que le majordome emplissait. Pourtant, la Française n'osait pas bouger. Meredith l'invita d'un geste de la main à se joindre à elle à table.

— Vous partagerez certainement notre petit-déjeuner...

— Avec plaisir. En vérité, j'ai une faim de loup ! C'est

toujours comme ça après une mission.

Philippine fit un clin d'œil à Meredith, qui lui sourit en retour. Les deux femmes entamèrent leur journée d'après en riant et en dévorant autant de sucreries que possible.

Alistair revint une bonne demi-heure après, tiré à quatre épingles, et se joignit à la joyeuse compagnie. Le majordome remplit de nouveau la table avant que Benedict ne les rejoignît avec Claude, qui était resté sur place pour veiller sur Philippine avant de s'endormir profondément. Quand Benedict arriva, Meredith bondit sur lui, grimaça de douleur, mais étreignit son frère comme si elle ne l'avait pas vu depuis une éternité. Pour la première fois, Benedict ne fit aucun commentaire et laissa sa sœur se conduire comme une lady ne le ferait pas. Ils rejoignirent leurs places et le majordome remplit pour la troisième fois la table avec tout ce qu'il avait pu trouver dans la cuisine. La discussion allait bon train, quand Meredith remarqua :

— C'est bien la première fois qu'Hayley est si en retard au petit-déjeuner.

Alistair posa sa serviette sur la table, rencontra le regard suspicieux de Philippine, puis il se leva et grimpa quatre à quatre les marches de l'escalier, Claude sur les talons. Arrivé devant la porte, il s'empara de la poignée, la tourna et ouvrit. La pièce était baignée de lumière et, à quelques mètres de lui, Hayley se tenait debout, nue, en face de sa toilette, sur laquelle reposaient une large bassine et un pichet, tous deux de fine porcelaine blanche et rose. Ses longs cheveux bruns cascadaient le long de son dos blanc. Surprise, Hayley sursauta et se tourna pour faire face à la nouvelle menace, puis vit Alistair et Claude figés sur place. Hayley s'empara de sa chemise et la plaça devant elle pour faire écran entre son corps et le regard des deux hommes, puis elle saisit sa brosse à cheveux et la lança en pleine tête à Alistair. Le projectile eut l'effet escompté, puisque les deux hommes retrouvèrent leurs esprits et s'enfuirent en

proférant de plates excuses en anglais et en français. Alistair
referma la porte derrière lui et tenta de dissimuler son sourire
derrière sa main. Claude souriait aussi.

— Jolie femme, dit-il.

Alistair rêva une seconde de trop avant de répondre :

— Très jolie…

Claude se mit à rire et envoya une tape dans le dos d'Alistair.

— Trop tard, mon ami, vous êtes fait !

Alistair eut l'air surpris puis, souriant, il conclut :

— L'air de Paris probablement.

Les deux hommes descendirent les escaliers d'un pas
tranquille.

൚✦ൠ

Q uand Hayley arriva dans le salon, elle lança un regard
glacial à Alistair, qui prit grand soin de l'éviter. Les
Français étaient repartis avec leurs plans et des promesses
d'entraide, restait à rendre leur bien aux Russes. Les jumeaux
étaient prêts à partir, quand Alistair les retint.

— Nous n'irons nulle part sans Miss Fortescue.

Celle-ci parut surprise.

— Vous pouvez aller à l'ambassade sans moi…

— Non. Tant que nous ne saurons pas ce qu'il est advenu du
corps du Caméléon et qui l'a emporté, nous ne nous séparerons
pas. À cet égard, jeunes gens, j'espère que vous avez récupéré
vos armes.

Meredith acquiesça, alors que Benedict prit une expression
coupable. Il gravit l'escalier, puis revint quelques minutes plus
tard. Hayley avala en vitesse une tasse de thé et une tartine à la
confiture, puis se prépara pour sortir. Son sac à main paraissait
lourd. Alistair sourit.

— Au point où j'en suis aujourd'hui, je suppose que je peux
vous demander ce que vous avez mis dans votre sac ?

— Monsieur, cela ne vous regarde pas. Sachez que j'ai de quoi repousser les importuns.

Alistair sourit, en cédant le passage à Hayley, alors qu'il sortait de l'hôtel particulier. Soudain, il l'attrapa par le bras et la tira à l'intérieur, la plaçant dans son dos. Une voiture noire venait de s'arrêter devant le bâtiment. La porte s'ouvrit et l'officier qui voulait retenir Hayley au pavillon anglais après son agression en sortit. Bel homme, la trentaine, blond roux, à la fine moustache soignée.

— Toujours aussi méfiant, mon vieux !

Alistair se détendit et sortit pour accueillir le nouveau venu.

— Kieran ! Ce bon vieil Irlandais !

Les deux hommes se tapèrent mutuellement dans le dos, heureux de se voir. Benedict s'approcha en souriant.

— Je vous reconnais ! C'est vous qui êtes venu nous chercher hier soir !

— Oui, Monsieur Clifford ! Content de voir que vous êtes tous relativement entiers.

Kieran se tourna vers Hayley, qui le gratifia de son plus beau sourire.

— Madame, la lumière du jour rend plus justice à votre beauté que les ombres de la nuit !

Hayley accepta le compliment en rougissant. Meredith pouffait alors qu'Alistair se renfrognait.

— Ces Irlandais, tous des baratineurs.

— Ce n'est pas de notre faute, si les Anglais ne savent pas parler aux femmes ! répondit Kieran avec un grand sourire. Mes amis, si vous n'y voyez pas d'inconvénients, je souhaiterais que nous montions dans la voiture afin d'avoir une conversation plus confidentielle.

Kieran aida Hayley à monter dans le véhicule, sous l'œil noir d'Alistair, puis Benedict et Meredith les rejoignirent, suivis des deux espions confirmés.

La voiture aux rideaux sombres resta statique. Kieran sourit dans la pénombre.

— Tu peux arrêter de me pointer avec ton revolver, Alistair. Je ne suis pas là pour vous duper. J'avais juste quelques questions à vous poser. Comme vous vous en doutez, votre petite expédition d'hier soir a créé quelques remous, surtout quand les services français et russes se sont aperçus que leurs agents avaient désobéi à des ordres directs. Je suppose que chacun a récupéré ses plans dans l'aventure et que tout va pour le mieux dans le meilleur des mondes ?

Un léger malaise s'installa.

— Quels sont tes ordres ? gronda Alistair.

— J'ai toujours aimé la subtilité de tes interrogatoires. Mes ordres sont évidemment de récupérer tous les plans qui pourraient être en votre possession quels que soient leurs pays d'origine.

Alistair sourit de toutes ses dents et renforça sa poigne sur son revolver, au grand déplaisir de Kieran.

— Et bien, mon cher Kieran, tu vas repartir bredouille. Tu penses bien que, même dans l'éventualité où j'aurais encore en ma possession les plans de certains de mes alliés, je ne te les remettrais pas.

— Bien. Je serais donc dans l'obligation de préciser à notre hiérarchie que tu as refusé d'obéir à un ordre direct.

— Tu te trompes, mon ami. Je n'appartiens plus à aucun service et je n'ai été entraîné dans cette folie que par une manœuvre grossière de la *Special Branch*.

Kieran haussa les sourcils.

— Si tu crois qu'après le succès de cette mission, ils vont te laisser reprendre ta vie de dandy débauché, tu te leurres toi-même. Mais ce ne sont pas mes affaires. Deuxième question : qui est le foutu cadavre que j'ai ramassé hier en pleine rue ?

Meredith souffla de soulagement. Kieran la regarda et leva

un sourcil interrogatif.

— Ne me dites pas que j'ai ramassé les œuvres de la jeune fille ou je ne croirai plus jamais à la supériorité de l'éducation britannique.

— Tu n'y as jamais cru, grinça Alistair. Peu importe qui a supprimé cet homme. La réponse à la question que tu posais est : selon toute vraisemblance, c'est celui qui avait repris le flambeau du Caméléon.

— Le vrai ou une de ses doublures ?

Alistair le regarda avec surprise.

— C'est un détail qui m'aurait peut-être aidé, si je l'avais su dès le début de cette affaire.

— Ils ne t'ont pas prévenu ? Curieux. Donc c'était l'original ou une doublure ?

— Normalement, l'original.

— Bien… Bon, nous avons fait le point. Je vous dépose où ?

— Nulle part, mon cher. Si tu veux savoir où nous nous rendons, tu devras nous suivre.

Kieran ricana, puis ouvrit la porte. Les jumeaux descendirent en trombe, bientôt suivis par Hayley. Alistair resta quelques instants de plus.

— Merci pour ton aide d'hier soir, Kieran.

— De rien, Alistair. À charge de revanche.

Alistair acquiesça d'un signe de tête, puis descendit.

— Une dernière chose, dit Kieran. Si j'étais vous, je quitterais Paris par le premier train.

La voiture démarra. Alistair resta quelques instants immobile, la regardant sans la voir s'éloigner. Puis, il sourit d'un air tranquille et entendu.

— Prenez vos affaires, nous partons.

Les jumeaux restèrent figés de surprise, puis essayèrent d'argumenter, mais Alistair coupa court à toute discussion et ils rentrèrent dans l'hôtel particulier.

Un quart d'heure plus tard, ils étaient tous les quatre dans le hall d'entrée et faisaient leurs adieux aux domestiques. Alistair demanda au majordome de bien vouloir se charger de renvoyer leurs malles à la gare Victoria de Londres, puis il s'assura de la discrétion du majordome et de la cuisinière avec force pourboire. La minute suivante, ils s'engouffraient, chargés de leurs sacs de voyage, dans une voiture.

L'ambiance était pesante. Sans oser le dire, les jumeaux avaient espéré dans la naïveté de leur âge visiter Paris, désormais que toute cette aventure touchait à sa fin. Ils étaient déçus et tristes. Meredith, surtout, voulait revoir Mikhaïl avant de partir et s'enfonçait dans un silence de mauvais augure. Elle regarda par la fenêtre et, peu à peu, son expression changea.

— Où allons-nous ? demanda-t-elle.

— À l'ambassade de Russie. Nous avons besoin d'aide et notre ambassade feindra de ne pas nous connaître, quand la police française se présentera chez nous.

— Pardon ? s'indigna Hayley.

— C'est le sens de l'avertissement de Kieran. Notre mission n'est pas officielle, elle ne l'a jamais été et ne le sera pas. La police française va être orientée vers nous par ce qui reste des services secrets allemands à Paris et nous serons jetés en prison, sans que notre ambassade bouge le petit doigt. Nous devons donc nous tourner vers nos alliés. Philippine va avoir les mains liées dans cette histoire, restent nos amis russes.

L'entrée en demi-cercle de l'ambassade de Russie apparut dans l'encadrement de la fenêtre, alors que la voiture ralentissait. La figure de Boris apparut aussitôt.

— Et bien vous voilà ! Je vous attends depuis l'aube ! On ne peut pas dire que vous soyez pressés !

Boris ouvrit la porte et les Anglais descendirent, leur flegme tout britannique quelque peu ébranlé par cet accueil.

— Nous avons ce que vous avez oublié chez nous... osa Alistair.

Boris s'avança et leur ouvrit la porte de l'ambassade, où ils se précipitèrent.

— Ce n'est pas la question, précisa Boris. J'ai reçu l'ordre de vous renvoyer en Angleterre dès que possible.

Boris attendit quelques instants qu'ils se fussent éloignés de la porte pour continuer.

— Un ami à l'ambassade de Grande-Bretagne nous a confirmé que les plans seraient seuls dans le voyage retour.

— Les nouvelles vont vite, constata Alistair. Plus vite que je ne l'avais imaginé.

Boris ouvrit la petite porte où il avait rencontré Meredith deux nuits auparavant. Il entra le premier, les précéda dans un escalier sombre, pentu et étroit qui débouchait au premier étage derrière un lourd rideau. Le Russe sortit en premier, vérifia que la voie était libre et fit signe aux Anglais de le suivre. Il entra dans un salon richement meublé, aux couleurs blanches et or. Dans un grand fauteuil, Mikhaïl se reposait, la main bandée, la jambe gauche reposant sur un tabouret. Yegor se leva d'un bond et se détendit, quand il vit les visiteurs. Mikhaïl ouvrit les yeux et un grand sourire apparut sur son visage.

— Enfin ! Je commençais à me demander si la police française avait eu raison de vous. Entrez mes amis ! Installez-vous !

Mikhaïl avait les traits tirés, des cernes sous les yeux et le teint pâle. Les jumeaux et Hayley s'assirent en face de lui, alors qu'Alistair s'approchait et lui tendait le rouleau de papier que formaient les plans dérobés. Mikhaïl prit les plans, les déroula, y jeta un coup d'œil et tendit le rouleau à Yegor, qui veillait sur le jeune prince comme une nurse aux mensurations disproportionnées.

— Je vous remercie d'avoir récupéré nos plans et, surtout, de nous les restituer contre les ordres que vous avez reçus.

Alistair ne put s'empêcher de rire.

— Est-il une chose que vous ignoriez ?

Mikhaïl sourit, un peu gêné.

— Peu de choses en vérité... Du moins, concernant l'affaire qui nous intéresse. Un élément m'échappe pourtant...

Mikhaïl se tourna vers Meredith.

— Qu'apprend-on aux jeunes filles de la noblesse dans les pensionnats qui sont supposés faire leur éducation ?

Meredith ne put s'empêcher de rougir.

— Pas à tuer, cela est certain, souffla-t-elle.

Mikhaïl sourit avec bienveillance.

— Je suis votre obligé, Miss Meredith. Je vous dois une vie.

— Je ne crois pas. Pour être honnête, si vous ne m'aviez pas entraîné à votre suite dans les rues de Paris, le Caméléon m'aurait peut-être tuée bien avant et vous l'avez empêché de m'achever en vous battant avec lui... Non, vous ne me devez rien... Mais, si je puis me permettre cette question, comment va votre jambe ?

— Vous pouvez tout vous permettre, Miss Meredith. J'ai eu de la chance, la balle a traversé le muscle, mais n'a pas touché l'os. Cela aurait pu être bien pire.

Mikhaïl prit une grande inspiration.

— J'ai plaisir à discourir avec vous, mes chers amis, mais malheureusement le temps joue contre vous. La police française est déjà à la recherche de quatre Anglais, deux femmes et deux hommes, et ils bloquent toutes les gares. Pour déjouer les recherches dont vous êtes l'objet, je vous propose de vous séparer. Les deux dames partiront vers Boulogne avec Boris et prendront pour le temps du voyage l'apparence de dames de la noblesse russe. Quant à vous, mes amis, nous vous conduirons à Calais en voiture diplomatique et vous embarquerez avec l'un de nos attachés d'ambassade, porteur d'une missive très urgente.

Mikhaïl ne put s'empêcher de dire la dernière partie de sa phrase avec un grand sourire étincelant. Alistair se leva et prit la main de Mikhaïl dans la sienne.

— Si vous devez une vie à Meredith, mon ami ; pour ma part, je vous devrais désormais quatre vies.

— Vous ne me devrez rien. Vous m'avez permis de venger mon frère et cela compense sans hésitation tout ce que je peux faire aujourd'hui. En outre, je sais que vous êtes loyal et que, si un jour j'ai besoin d'aide à Londres, je pourrai venir chez vous.

— Sans la moindre hésitation, mon ami. Sans la moindre hésitation.

Yegor partit ouvrir une porte sur le côté de la pièce et deux femmes de chambre entrèrent, faisant une légère révérence.

— Mesdames, si vous voulez bien suivre ces demoiselles, elles feront de vous de parfaites grandes dames de la noblesse russe.

Hayley et Meredith se levèrent et disparurent à la suite des deux femmes de chambre. Restés entre hommes, une discussion s'engagea.

CR✦ʒෟ

U ne demi-heure plus tard, Hayley et Meredith revinrent dans le salon. Chacune d'entre elles portait encore sa robe de voyage, peu différente de la mode russe d'alors, mais par-dessus elles avaient enfilé une lourde veste richement rebrodée. Leurs cheveux avaient été relevés en des chignons complexes, entremêlant des tresses et des rubans coordonnés à leurs vestes. Mikhaïl ne put cacher son admiration pour Meredith.

— La Russie vous irait fort bien, Miss Meredith.

Meredith fut enchantée du compliment mais, voyant l'expression contrariée d'Alistair qui l'emportait même sur celle de Benedict, elle n'osa pas répondre.

— Puisque les dames sont prêtes, je pense qu'elles peuvent partir en avance sur nous, conclut Alistair. Si nous sommes surveillés, le départ simultané de deux voitures serait par trop suspect. Mesdames, je compte sur vous pour être prudentes et avisées. Quand vous serez contrôlées, laissez parler Boris qui fera semblant de vous traduire en russe.

Meredith leva les épaules au ciel.

— Je parle russe.

Alistair regarda sa cousine, mi-éberlué, mi-admiratif.

— Vous parlez français et russe.

— Oui, et un peu d'italien aussi.

Meredith était très fière de l'expression d'étonnement qu'elle avait suscitée. Une lady n'aurait certes pas dû s'enorgueillir de cela, mais elle appréciait quand même ce petit moment de gloire.

— Vous êtes une personne très secrète, Miss Meredith, dit Mikhaïl.

Alistair n'osa pas jeter un coup d'œil au prince russe, certain que le regard du jeune homme sur sa cousine le contrarierait.

— Et bien vous parlerez russe avec Boris, cousine, comme cela l'illusion sera parfaite.

Les deux femmes firent leurs adieux aux hommes présents et partirent à l'instant avec Boris qui avait revêtu, pour l'occasion, de beaux habits, lui donnant l'air plus fréquentable qu'à l'accoutumée.

Une voiture les attendait dans la cour et Boris les aida à monter, puis s'installa à leurs côtés. Très élégant, le Russe entrait dans son rôle de membre de la famille de ces dames. La voiture démarra.

— Parlez-vous russe, Madame ? demanda-t-il à Hayley.

— Malheureusement, non. Pas un simple mot.

Boris parut chagriné par cette réponse.

— Je pense que notre voyage ne va pas être simple. Vous êtes très recherchées et les ports de Boulogne et de Calais vont être surveillés comme rarement ils l'ont été. Je vais vous apprendre quelques phrases qui vous permettront de faire illusion.

Hayley acquiesça d'un signe de tête.

— Pourquoi sommes-nous si recherchées ?

Boris ne put empêcher un petit rire de franchir ses lèvres.

— Pourquoi ? Parce que notre petite expédition, au cours de laquelle nous avons quand même éliminé quatre Allemands, outre les cinq que nous avions préalablement supprimés, fait grand bruit dans le monde diplomatique. La France tente d'étouffer le scandale, afin que l'exposition universelle n'en pâtisse pas. L'Allemagne, qui participe pour la première fois depuis plus de vingt-cinq ans à cet événement, exige que les coupables lui soient livrés pour les châtier et la Grande-Bretagne feint l'étonnement. Vous êtes pris entre deux feux et les Français n'hésiteront pas une minute à vous livrer aux Allemands, s'ils mettent la main sur vous.

— Et les Russes ? Que fait la diplomatie russe dans cette histoire ? demanda Meredith.

— Elle vous sauve.

— Notre situation est donc bien plus dramatique que je ne le pensais, dit Hayley sans vraiment s'adresser à quelqu'un.

— Disons que si j'étais vous, je ferais profil bas le temps de rentrer chez moi.

Meredith et Hayley se regardèrent, peu rassurées. Le silence s'installa dans la voiture, seulement troublé par Boris qui faisait répéter quelques phrases courtes à Hayley.

Meredith regardait Paris disparaître peu à peu par sa fenêtre et voyait la campagne française s'inviter à l'horizon. Elle pensa que le voyage de retour serait très long, quand la voiture gagna finalement une gare de campagne. Le chauffeur stoppa le véhicule qui cessa de cahoter, puis Boris ouvrit la porte et descendit, faisant signe aux deux femmes de le suivre. Le chauffeur descendit les sacs et repartit aussitôt, laissant les trois voyageurs devant une minuscule gare.

Boris entra en premier dans le hall et s'occupa de prendre trois places en première classe. Le guichetier le regardait avec insistance, jetant des coups d'œil appuyés aux deux femmes élégantes qui l'attendaient.

— Vous ne seriez pas Anglais, Monsieur'Dames ?

À cette question, Hayley se figea puis, reprenant son calme, elle fit comme si elle n'avait pas compris la question de l'homme.

— Nous sommes Russes, répondit Boris. Pourquoi ?

— Pour rien, Monsieur. Faut juste que je fasse attention aux Anglais. Les Russes, on m'a rien dit, donc pas de problèmes.

Boris prit les trois billets, les empocha et retourna vers les deux femmes.

— Le train est dans trois quarts d'heures, précisa-t-il en russe.

Meredith acquiesça d'un signe de tête.

— Puis-je vous poser une question, Mademoiselle ? poursuivit-il toujours en russe.

— Oui, répondit Meredith.

— Pourquoi avez-vous appris le russe ?

— Parce qu'une femme de ma condition se doit de parler plusieurs langues. Le Français s'imposait et je devais choisir deux autres langues. Nombre de mes camarades de classe ont choisi l'Allemand, mais je n'aime pas la sonorité de cette langue, je préférais la musique du russe.

Boris sourit, fier et heureux tout à la fois de ce compliment fait à sa langue maternelle. Meredith espérait que son russe n'était pas trop hésitant et qu'elle n'allait pas attirer l'attention sur eux.

— Je dois vous féliciter pour la qualité de votre russe, Mademoiselle. Un Russe saurait que vous n'êtes pas native de notre grande Nation, mais vous pouvez faire illusion à l'étranger.

Meredith sourit, heureuse de voir tous ses efforts

récompensés. Ayant assez parlé pour donner le change, les trois compagnons de voyage se turent en attendant leur train.

CR✦SO

P endant ce temps, Alistair faisait les cent pas dans le salon de Mikhaïl. Benedict s'était assis depuis longtemps dans l'un des fauteuils et massait de façon machinale son avant-bras, recouvert d'un solide pansement. Le médecin russe, qui avait déjà recousu Hayley, était venu refaire son bandage afin qu'il tînt toute la durée du voyage. Mikhaïl observait avec calme et fatigue les allers-retours de l'Anglais.

— Je n'aurais jamais dû laisser Meredith et Hayley partir seules…

Mikhaïl sourit.

— Croyez-moi. Elles ne sont pas seules. Boris est un rude guerrier et un homme loyal. De plus, mon ami, elles sont plus en sécurité seules qu'avec vous. C'est vous que les services français recherchent.

Alistair arrêta son va-et-vient et fixa Mikhaïl.

— Continuez.

— Les services français sont à la poursuite d'un Anglais, entre trente et quarante ans, cheveux châtains mi-longs. Quand j'ai pris connaissance de cette description, je me suis dit que les dames seraient plus en sécurité loin de vous. En revanche, Benedict, vous me pardonnerez, mais j'ai jugé que si je proposais aux dames que vous les accompagniez, elles allaient refuser de laisser Alistair seul.

Benedict observa un instant Mikhaïl, avant de répondre.

— Et vous avez bien fait. En faisant deux groupes équitables, elles ne se sont pas méfiées et sont désormais en sécurité.

— Du moins, pouvons-nous l'espérer… Bien, puisqu'ils recherchent quelqu'un comme moi, je suppose que vous avez un plan à me proposer, mon ami ?

Mikhaïl sourit de toutes ses dents blanches. Son regard bleu brillait d'espièglerie.

— Et vu votre mine, je pense que cela ne va pas me plaire...

La porte donnant sur le couloir s'ouvrit à ce moment-là. Yegor entra suivi de trois hommes. Le premier, très apprêté, portait une épaisse valise, les deux autres étaient encombrés d'une lourde malle qu'ils déposèrent selon les instructions du premier homme.

— Vous n'allez quand même pas me faire voyager dans une malle ?

Mikhaïl ne put s'empêcher de rire.

— Non, mon ami. En revanche, vous faites trop anglais. Aussi allons-nous vous changer quelque peu... Vous parlez un italien parfait, n'est-ce pas ?

— Oui, mais...

Benedict et Alistair virent l'homme ouvrir la lourde malle. Ils découvrirent une multitude de coffrets, de postiches, de perruques, de maquillages et autres artifices que l'inconnu installait sur une table non loin de là.

— Youri a été formé au Bolchoï, précisa Mikhaïl. Malheureusement, une grave blessure au pied l'a empêché de poursuivre sa carrière de danseur. Aussi utilise-t-il désormais son talent dans le maquillage.

Ledit Youri fit signe à Alistair d'approcher. Celui-ci n'était guère enthousiasmé à l'idée de passer entre les mains, toutes expertes qu'elles fussent, de Youri, mais aucune autre option ne lui était offerte. Aussi décida-t-il d'obtempérer. Sous le regard intéressé et vaguement inquiet de Benedict, Alistair commença une étrange métamorphose. Youri plaça de fins rouleaux de coton entre ses gencives et ses joues, afin de lui épaissir le visage. Son teint clair fut foncé. Ses sourcils furent épaissis et brunis. Une moustache brune vint orner sa lèvre et de larges rouflaquettes couvrirent une partie de ses joues. Enfin, ses cheveux et la plaie de son front furent dissimulés sous une épaisse perruque brune. Alistair se leva alors et se changea, abandonnant ses vêtements à la dernière mode de Londres pour un costume et des chaussures plus italiens. Quand il s'observa dans le miroir en pied que Yegor venait d'apporter dans la salle, il eut un mouvement de recul, tant son apparence avait été modifiée.

Youri invita aussitôt Benedict à prendre place en face de lui. Toutefois, la finesse du visage du jeune homme et la couleur bleue de ses yeux empêchaient le maquilleur de trop foncer sa peau. Il choisit une tout autre option, éclaircir le teint et la couleur de cheveux de Benedict, afin de le rendre raphaélique. Une perruque aux longs cheveux blonds rendait le jeune homme quasi féminin, ce qui ne manqua pas de le contrarier.

— Pour un peu, je serais plus joli que ma sœur !

Alistair ne put s'empêcher de rire.

— Ce n'est pas grave, cousin. Ceci restera notre petit secret

Youri, ayant fini son œuvre, il remballa ses perruques, postiches, poudres et autres camouflages, empochant une lourde bourse de la part de Mikhaïl, avant de disparaître.

— Vous me ferez savoir combien vous coûte notre retour, Mikhaïl.

— En vérité, mon ami, c'est le Tsar qui paie.

— Pardon ?

Mikhaïl eut l'air ennuyé, comme s'il avait trahi un secret dont il avait été le dépositaire.

— Je ne peux vous en dire davantage, mais la Russie a besoin que vous retourniez sans encombre chez vous.

Alistair fixa quelques instants Mikhaïl.

— N'en dites pas plus, conclut l'Anglais. Avec l'aide que vous m'avez apportée aujourd'hui, il est évident que je serai votre homme quand il vous conviendra.

— Je le sais, mon ami, comme mon frère le savait avant moi. Toutefois, pour le moment, nous devons vous faire sortir de France, du moins le temps que les services diplomatiques n'aplanissent votre situation.

Yegor vint glisser un mot à l'oreille de Mikhaïl, avant de s'éclipser discrètement.

— Messieurs, il est temps de nous dire au revoir. L'attaché d'ambassade, dont je vous ai parlé, vous attend en bas dans sa voiture.

Benedict et Alistair saluèrent avec chaleur Mikhaïl puis, voyant Yegor réapparaître un court instant par la porte, ils le suivirent.

⊂8✦80

Un bruit sourd résonnait dans la petite gare. Meredith, Hayley et Boris se levèrent d'un bond et rejoignirent le quai, où le guichetier faisait désormais office de chef de gare. Le train freina à l'horizon et s'approcha avec une lenteur croissante des voyageurs, qui ne souhaitaient qu'une chose, sauter à l'intérieur et le voir accélérer le plus vite possible. À quai, le train s'arrêta dans un grand hurlement métallique et une vapeur blanchâtre, qui étouffa les trois voyageurs. Néanmoins, ils grimpèrent avec le sourire dans le wagon de première classe et attendirent avec impatience le départ. Meredith et Hayley ne pouvaient cacher plus longtemps leur angoisse et, à l'abri de la cabine de première classe, elles se détendirent. Hayley allait parler, quand Boris lui fit signe de se taire.

— Votre gouvernante doit se taire jusqu'à notre arrivée en Angleterre. On ne sait jamais qui est en train d'écouter, dit-il en russe.

Boris vérifia que la porte de la cabine était bien fermée, pendant que Meredith murmurait à l'oreille d'Hayley. Ils sentirent le train bouger. Dans un long balancement, la machine lança sa course et ne s'arrêta plus jusqu'à Boulogne-sur-Mer.

⊂8✦80

Une voiture noire, sans aucun signe distinctif, trônait au milieu de la place. La porte s'ouvrit devant Alistair et Benedict, qui eut un léger mouvement de recul devant l'ombre occupant le véhicule. Soudain, un homme au visage émacié, portant un bandeau sur l'œil droit, mais ayant conservé l'usage de son œil gauche d'un bleu perçant, apparut dans la porte.

— Sergueï ! Mais que fais-tu en attaché d'ambassade ?

Sergueï gratifia Alistair d'un grand sourire carnassier.

— Je convoie les indésirables, comme tu peux le voir !

Sergueï sauta au bas de la voiture et attrapa la main tendue d'Alistair. Puis, le Russe se tourna vers Benedict et s'inclina avec courtoisie devant le jeune homme qui lui rendit un profond salut.

— Benedict, mon cher cousin, j'ai l'honneur de vous présenter le dernier représentant - avec ma personne - de la génération d'espions décimée par le Caméléon. C'est un brave parmi les braves, un homme d'honneur et, aussi, le pire tueur qu'il m'ait été donné de rencontrer au cours de mon étrange vie. Priez pour qu'il ne reçoive jamais l'ordre de nous éliminer !

— Je peux te retourner le compliment, l'Anglais. Tu nous as encore démontré qu'il valait mieux être avec toi que contre toi avec ce nouveau Caméléon.

— Mais, pour ma part, je n'ai presque rien fait.

— C'est vrai. J'ai entendu parler de la nouvelle garde. La jeune fille, surtout, m'intéresse… sans vouloir offenser son frère.

Benedict roula des yeux choqués, ce qui n'échappa à aucun des deux hommes.

— La jeune fille va rentrer en Angleterre et y rester, trancha Alistair.

— Et tu y crois ? La raison d'État l'a déjà repérée et je puis t'assurer que, bientôt, ni toi, ni elle, ni son frère n'aurez d'autres choix que de repartir au front.

— Ils sont un peu trop bien nés pour être soumis contre leur gré à ce genre d'aventures.

— Personne n'est assez bien né.

Un éclat dur passa dans l'œil unique de Sergueï, qui reprit presque aussitôt son apparente joliesse.

— À votre disposition, Messieurs. En espérant que vous avez éliminé tous les doubles du Caméléon, sinon le voyage risque d'être mouvementé.

Benedict tâta la poche de son manteau de voyage et y trouva le contact dur de son revolver. Il soupira et monta, certain que le voyage allait être, d'une manière ou d'une autre, des plus mouvementés.

ଓଃ✦ଥୁ

D ans la gare maritime, Hayley et Meredith retrouvaient le même tourbillon que quelques jours auparavant, un siècle auparavant en vérité. Les voyageurs grouillaient et se précipitaient d'un point à un autre du quai. Boris ouvrit le chemin, la foule s'écartant pour faire place au colosse. Les trois compagnons rejoignirent le bateau à vapeur déjà à quai et s'infiltrèrent parmi la file des voyageurs, qui attendaient leur tour de monter. Par chance, l'équipage était en retard et ne faisait guère de zèle dans la vérification des billets. Boris, « Natalia » et « Sofia » parvinrent à monter à bord sans que le personnel ait quoi que ce soit à redire à leurs papiers d'identité. Les deux femmes ne prirent pas le temps de voir le départ du navire et se précipitèrent dans leur cabine, souhaitant plus que tout au monde rester anonymes et discrètes. Alors qu'Hayley trouvait enfin quelques minutes de répit à consacrer à son roman, Meredith sentit le tangage du bateau s'accentuer. Boris entra dans la cabine, un grand sourire aux lèvres.

— Nous sommes partis.

— J'espère que les autres auront eu un voyage aussi paisible que le nôtre, chuchota Hayley.

L e tir explosa dans la quiétude de la campagne. Le cocher se mit à harceler les chevaux pour qu'ils distancent leurs poursuivants.

— On ne peut jamais voyager tranquillement avec tci… grogna Sergueï.

Alistair vérifia son revolver, ouvrit la petite lucarne à l'arrière de la voiture et ajusta son tir. Ils étaient une dizaine lancés à leur poursuite. Ils les avaient suivis depuis Paris et, dès que l'occasion s'était présentée, ils avaient agi. L'Anglais tira, un homme tomba de cheval en hurlant. Le cheval au galop derrière lui n'eût pas le temps de l'éviter et le piétina furieusement. Les poursuivants mirent un peu de distance entre eux et la voiture, mais pas assez vite pour éviter que deux autres ne s'écroulassent à terre, touchés par les tirs de Sergueï et d'Alistair.

— Je vais rejoindre le cocher. À ce rythme, il va nous crever les chevaux ! s'indigna Sergueï.

Avant de partir, il sortit de dessous son siège trois fusils et une boîte de cartouches. Puis, il fit un signe de connivence à Alistair, ouvrit la porte et brailla des imprécations en russe, avant que la voiture ne ralentît. Les poursuivants se retrouvèrent de nouveau dans la ligne de mire d'Alistair, qui en abattit deux de plus.

Benedict recouvra ses esprits et, de spectateur de l'étrange scène qu'il vivait, il décida de devenir acteur. Il ne laisserait pas sa sœur tirer toute la gloire de cette aventure ! Malgré son bras bandé, il sortit son revolver et en vérifia le barillet, tant bien que mal. Une ombre se projeta à côté de lui. Alistair était occupé à maintenir à distance les autres et le cavalier ennemi, qui chevauchait à hauteur de la voiture, n'était obnubilé que par le cocher et Sergueï. Benedict tira sur l'homme, en pleine tête. Alistair sursauta et, voyant son cousin, très flegmatique à son côté, parut surpris un instant, puis se reconcentra sur les derniers poursuivants. Un coup de feu venant de l'extérieur, abattit un dernier cavalier, ce qui acheva de mettre en déroute les trois derniers poursuivants. Un cri de victoire retentit. Sergueï reparut par la porte.

— Tu devrais te méfier, Sergueï, mon cousin n'apprécie pas que l'on passe à proximité de cette porte.

— Je me demandais lequel de vous deux avait eu le bon goût de tirer. Vous êtes moins angélique que votre apparence ne pourrait le laisser supposer !

Benedict fut content. Enfin, quelqu'un reconnaissait ses talents. Puis son esprit vagabonda jusqu'à sa sœur et il se demanda si Meredith allait bien.

— Pourquoi n'avons-nous pas pris le train ? demanda Benedict.

— J'ai pensé que nous serions plus discrets ainsi, mais il faut croire que je me suis fourvoyé…

Alistair lança un sombre regard au Russe.

— Ne te fais pas plus bête que tu ne l'es en réalité, intervint Alistair. Tu voulais qu'ils nous poursuivent pour laisser une chance supplémentaire à Boris et aux femmes d'échapper à nos poursuivants.

Sergueï sourit, un peu gêné.

— Sous son aspect peu commode, Sergueï est un romantique indécrottable qui pense que les femmes n'ont été inventées que pour être protégées et adorées.

— Et bien, cela se voit que vous ne connaissez pas ma sœur… marmonna dans sa barbe Benedict.

Les trois hommes se turent, remplissant les chambres de leurs barillets respectifs, se préparant à un nouvel assaut.

ଔ✦ଓ

Hayley et Meredith n'osaient pas sortir de leur cabine. Meredith aurait apprécié se promener sur le pont, observer les mouvements de la mer, mais elle se sentait lasse et savait qu'Hayley souffrait du coup de couteau qu'elle avait reçu. Boris, quant à lui, passait son temps à vérifier ses armes : revolvers, couteaux et un étrange fil de fer qu'il portait dans un revers de manche. Meredith ne comprenait pas à quoi pouvait servir ce fil... Hayley lisait avec bonheur son roman, heureuse de retourner en Angleterre et de retrouver sa vie paisible.

Au bout d'un moment, Meredith s'ennuya. Elle s'ennuyait et n'aimait pas cela. Elle s'ennuyait et en venait presque à espérer un peu d'action. Un violent son de cloche retentit. Boris parut contrarié.

— C'était trop beau...

Les deux femmes se regardèrent avec incompréhension.

— Nous n'allons pas voir ce qu'il se passe ?

— Pas besoin. C'est un incendie.

— Pardon ?

— Oui, c'est comme ça que j'aurais fait. On met le feu dans une partie basse du navire et, pendant que l'équipage est occupé à éteindre le feu et que les passagers sont occupés à paniquer, on élimine sa cible.

Meredith fut stupéfaite du calme impénétrable, avec lequel Boris exposait son histoire. Il se leva, observa la pièce un instant.

— Miss Fortescue, vous allez vous placer dans l'angle, le plus loin possible de la porte. Miss Meredith, vous vous mettez à côté de moi. Je tire le premier. Si je tombe, vous prenez le relais.

— Cela sert à quoi le fil de fer ? demanda-t-elle en se mettant à côté de Boris, son revolver à la main.

— Si l'occasion se présente, je vous montrerai.

La poignée de la porte tourna avec précaution sur elle-même. Hayley se tapit dans le coin de la pièce et saisit la matraque, qu'elle avait conservée à portée de main. Boris se prépara. Il était calme, concentré. Meredith se dit qu'elle aurait beaucoup à apprendre d'un tel homme. La porte s'ouvrit dans un cliquetis quasi inaudible et une silhouette recroquevillée apparut en ombre, cachant la lumière qui voulait entrer par la porte. Boris surgit, attrapa l'homme au veston et le fracassa contre la porte à demi ouverte, puis il ouvrit la porte en grand et attira l'homme dans la pièce. L'homme en uniforme de l'équipage se tordait de douleur.

— Mais vous êtes complétement fou ! hurla-t-il en français.

Boris ouvrit la porte. Personne. Il se précipita sur l'homme, le fouilla en dépit de ses invectives et se releva, embarrassé.

— Désolé. Je vous ai pris pour un autre…

Meredith et Hayley regardaient l'homme avec incompréhension. Boris aida sa victime à se relever et lui tendit un mouchoir pour son nez qui saignait abondamment.

— Pourquoi avez-vous essayé d'entrer dans notre cabine ? demanda Boris.

— Je devais prévenir tous les voyageurs qu'il s'agissait d'une fausse alerte. Il y a eu un peu trop de vapeur dans la salle des machines et la cloche d'alerte a été sonnée par erreur.

Hayley s'approcha de l'homme et lui tendit deux billets français.

— Avec toutes nos excuses, dit-elle en français. Maintenant, laissez-nous.

L'homme regarda cette femme superbe aux yeux d'un bleu presque violet, richement vêtue, et comprit qu'il n'obtiendrait rien de mieux que ces deux billets. Il les empocha et disparut en grognant. Boris referma la porte derrière lui. Meredith et Hayley eurent le bon goût de ne pas faire de commentaires et la traversée reprit.

CR♦EO

B enedict, Alistair et Sergueï étaient enfin arrivés à Calais. La voiture diplomatique avait pu décharger ses passagers au pied de l'embarcadère et les trois hommes s'étaient engouffrés sans autre difficulté dans le navire, puis dans leur cabine. La pièce était spacieuse, mais Alistair et Sergueï paraissaient contrariés. Ils tournaient comme deux tigres dans une cage. Fatigué et le bras douloureux, Benedict s'était assis le plus dignement possible dans un canapé, son revolver à portée de main en cas de besoin.

— Cette cabine est ridicule ! C'est un vrai coupe-gorge, commença Sergueï.

— Aucune visibilité sur l'extérieur, aucune autre issue que la porte d'entrée... Un vrai trou à rats, poursuivit Alistair.

Benedict observa d'un œil détaché ses deux compagnons de route. La douleur lancinante le rendait philosophe.

— Messieurs, si la pièce ne vous convient pas, n'y restez pas. Pour ma part, je vais passer la traversée sur le pont, dos à un mur, le revolver à la main dans la poche décousue de mon manteau.

Benedict se leva, se dirigea vers la porte et sortit sans autre cérémonie, sous le regard surpris des deux hommes.

— Mais qu'est-ce que vous leur donnez à manger, à vos petits lords, s'enquit Sergueï.

— En vérité, mon ami, je l'ignore. Mes deux cousins ne laisseront pas de me surprendre... Mais, en fait, je suis assez content que Benedict soit sorti.

Sergueï sourit de toutes ses dents et son œil unique brilla. Il s'assit sur le bras d'un des fauteuils en chintz bleu et fixa Alistair dans l'attente de sa question.

— Mon ami, vous allez me dire désormais ce que faisons ici.

— Nous chassons l'espion allemand.

Alistair leva un sourcil et regarda Sergueï par en dessous.

— Pardon ? Il me semblait que nous avions réglé la question des espions allemands.

— En fait, il en reste un... au moins... D'après ce que je sais, pendant que vous étiez avec vos cousins à l'étage, dans une salle opposée, Boris et Yegor se sont confrontés à un espion particulièrement coriace, qui a préféré sauter par la fenêtre du premier étage que d'être pris vivant. Le problème est que l'on n'a pas retrouvé son corps...

— Donc, selon toute vraisemblance, l'un des Caméléons est encore à nos trousses.

— Oui et, selon moi, il vaudrait mieux que nous l'éliminions...

— Parce que, dans le cas contraire, dès que je baisserai la garde, il me poignardera.

— C'est cela et, avec vous, vos cousins.

— Donc, dans ce but, vous avez laissé filtrer quelques indiscrétions sur notre voyage pour que le dernier double du Caméléon nous suive. Toutefois, puisque vous ignorez en réalité combien de ces tueurs nous ont échappé, pouvez-vous me dire par quel moyen vous pouvez être si sûr qu'aucun de ces tueurs ne va suivre Meredith et Hayley.

— Nous n'en savons rien. C'est bien pour cela qu'elles voyagent avec Boris. En outre, d'après mes informations, votre cousine est tout à fait apte à se défendre.

— Il n'en demeure pas moins qu'elle reste et demeure une jeune fille sous ma responsabilité. Aussi, mon cher Sergueï, j'espère qu'elles n'auront à souffrir aucun désagrément de cette décision que vous avez prise sans me consulter.

— Vous vous doutez bien, mon cher Alistair, que je ne suis pour aucune part dans cette décision.

— Qui alors ? Mikhaïl ?

Sergueï se contenta de sourire. Soudain, son visage perdit toute trace d'amabilité et son œil unique se focalisa sur la porte d'entrée. Alistair bondit vers l'entrée et se colla contre le mur, à l'arrière de la porte qui allait s'ouvrir. Sans qu'ils s'en soient aperçus, le navire avait pris le large et le sol sous leurs pieds tanguait à un rythme soutenu. La poignée tourna. Sergueï s'empara de ses couteaux de jet, cachés dans sa ceinture. La porte s'entrouvrait. Alistair sortit un garrot de sa poche.

La porte jaillit de l'encadrement et vint s'écraser contre Alistair pour rebondir. Deux hommes surgirent dans la pièce, revolver à la main. Alistair passa le garrot autour du cou de l'ennemi le plus proche, tout en le faisant pivoter devant lui pour s'en servir de bouclier. Sergueï lança un premier couteau, qui s'enfonça dans la gorge du deuxième homme. Ce dernier s'effondra, mortellement touché, mais parvint à tirer un coup de revolver, qui traversa le mur derrière Sergueï. Deux autres hommes entrèrent. Deux doubles du Caméléon. Sergueï lança un deuxième couteau, mais l'homme se baissa vivement et évita de justesse l'arme de jet. Le second se jeta sur Alistair toujours aux prises avec le premier homme. Alistair relâcha sa prise et envoya l'homme à moitié étranglé contre le double du Caméléon, qui se ruait sur lui. Ce dernier évita son allié et bondit sur Alistair en cherchant à le transpercer avec l'un de ses deux poignards. Aussi agile que son ennemi, l'Anglais évita plusieurs attaques jusqu'à ce que l'une des deux armes ne se plantât dans sa cuisse. L'espion allemand prit le temps de tourner le poignard dans la chair meurtrie, ce qui lui coûta la vie. Un couteau de Sergueï se planta dans sa gorge et l'espion allemand s'effondra. Alistair retira le poignard de sa jambe et bondit sur le deuxième double du Caméléon aux prises avec Sergueï dans une étreinte mortelle. L'Anglais planta la lame jusqu'à la garde dans la gorge de l'espion allemand. Il eut un sursaut morbide et s'effondra.

Sergueï repoussa le corps de l'espion agonisant et se rapprocha de son allié. Alistair se laissa glisser contre le mur de la cabine, s'asseyant à même le sol. Le Russe dénoua son impeccable cravate de soie bleue et l'enroula autour de la jambe d'Alistair. Puis, il se glissa vers l'homme étranglé et s'aperçut qu'il avait lui aussi rendu son dernier soupir. Sergueï referma la porte.

— J'espère que cette fois-ci, ils ont leur compte, grommela Alistair toujours assis au sol, le dos calé contre le mur.

Serguëï se mit à rire sous cape, avant de laisser un éclat de rire traverser la cabine. Alistair se détendit et se mit lui aussi à rire, entre nervosité et soulagement. La porte s'ouvrit. Les deux espions se remirent sur pieds, prêts au combat, quand ils virent Benedict entrer. Le jeune homme, renfrogné, posa les yeux sur un premier cadavre puis, toujours debout dans l'entrebâillement de la porte, vit un deuxième cadavre, fit une grimace, avança d'un pas et referma la porte derrière lui, pour enfin contempler les deux derniers cadavres en soufflant de contrariété.

— J'ai bien fait de prendre l'air... Puis-je savoir ce que nous allons faire de tous ces cadavres ?

— C'est une bonne question, dit Serguëï en récupérant ses couteaux dans le cadavre de ses ennemis tombés.

Alistair regardait autour de lui puis, philosophe, leva les épaules et conclut :

— Nous fermerons la porte à clé derrière nous, cela retardera la découverte des corps de quelques minutes nous permettant de déguerpir. Je suppose que la cabine a été louée sous un faux nom...

— Comme il se doit, répondit Serguëï.

Benedict observa avec attention les deux hommes qui l'accompagnaient. Il était tout de même sidéré par le manque d'intérêt que ses compagnons de voyage portaient aux hommes gisant à leurs pieds. Certes, ils avaient été leurs ennemis et auraient probablement eu la même attitude devant leurs cadavres, mais il y avait un quelque chose de glaçant dans le détachement tout professionnel d'Alistair et de Serguëï. En son for intérieur, Benedict espérait que jamais au cours de toute son existence, fût-elle fort longue, il ne ferait montre d'une telle indifférence. Puis, il enjamba les corps et rejoignit un fauteuil sur lequel il se laissa tomber.

Les côtes anglaises approchaient. Hayley et Meredith avaient osé sortir sur le pont pour contempler l'Angleterre. Jamais Meredith n'avait imaginé qu'elle serait si pressée de fouler le sol britannique. Battue par l'air marin au goût de sel, elle avait hâte de respirer l'air frais et herbeux de la campagne anglaise. Elle avait hâte de se débarrasser de l'odeur du sang, qui envahissait encore ses narines à la moindre occasion. Elle avait hâte de retrouver la sécurité du manoir familial. Elle avait hâte de serrer dans ses bras sa mère, ce qu'elle n'avait jamais fait de sa vie, mais qu'elle voulait expérimenter avant de mourir. Elle avait hâte enfin de retrouver son père et de lui dire merci. Merci de l'avoir protégée du monde extérieur jusque-là, merci de l'avoir malgré tout armée pour affronter le monde tel qu'il était et merci d'avoir tout fait, jusqu'à accepter le déshonneur et l'emprisonnement, pour la préserver encore un peu de ce monde. Elle avait hâte que ce bateau accostât et la délivrât de ses souvenirs. Dans son champ de vision, une mèche brune et torsadée flotta un instant. Quelques longues mèches arrachées par l'air du large au chignon russe virevoltaient autour d'Hayley, battues par les embruns. Meredith glissa sa main dans celle de sa femme de chambre. Cette dernière la regarda avec étonnement, puis sourit et serra la main de Meredith dans la sienne. Les côtes anglaises approchaient.

ৎ◆ৎ

Après avoir emprunté le pantalon de l'un des deux Caméléons et refait un pansement de fortune plus conséquent avec des bandages empruntés à Benedict, Alistair se tenait debout, près de la porte, prenant un air naturel malgré la douleur. Un léger vertige menaçait de le faire trébucher, mais il se concentrait pour chasser cette sensation nauséeuse.

— Si vous êtes prêts, nous sortons.

Sergueï avait déjà ses pinces à crochetage en main. Alistair prit une inspiration, ouvrit la porte et sortit. Il ne pouvait s'empêcher de boiter fortement, Benedict le bras en écharpe à ses côtés. Les deux cousins s'arrêtèrent devant la porte, admirant l'horizon et cachant Sergueï qui refermait la porte derrière eux. En quelques secondes, la serrure se bloqua. Sergueï se redressa, empocha ses pinces et s'approcha d'Alistair pour qu'il puisse s'appuyer sur son épaule. Le bateau à vapeur était sur le point d'accoster à Douvres et une bonne partie de l'équipage s'activait sur le pont. Un homme surpris par la démarche mal assurée d'Alistair s'arrêta dans sa tâche et s'approcha du trio.

— Puis-je vous aider, Messieurs ?

— Non merci, dit Sergueï d'un ton jovial. Mon ami, ici présent, a abusé des vins français avant d'embarquer et il paie désormais sa gourmandise.

L'homme sourit, convaincu et soulagé, puis s'éloigna, retournant à sa tâche. Benedict jeta un coup d'œil à l'imperturbable Sergueï, qui avait réponse à tout et ne se troublait de rien. Le jeune homme enviait un peu la verve et l'assurance du Russe. À côté de lui, Alistair serrait les dents et transpirait à grosses gouttes. Un tremblement ébranla tout le navire. L'Angleterre n'était plus qu'à quelques pas. Les trois hommes prirent la direction du pont de débarquement mais, déjà, une masse d'hommes et de femmes se pressait pour être les premiers à quitter le navire. Sans se départir de son large sourire, Sergueï joua des épaules pour se frayer un chemin à travers la cohue et s'excusait en même temps qu'il bousculait les passagers. Sa technique avait beau être fort éloignée du comportement idéal d'un gentleman, elle n'en était pas moins efficace et les trois hommes finirent par rejoindre le quai de Douvres. Benedict fit claquer ses souliers sur le sol anglais et ne put cacher sa joie de sentir sous ses pieds la terre qui l'avait vu naître. Un homme se détacha de la foule. Sergueï fut immédiatement alerté, prêt à en découdre, sur le quai si nécessaire. Strict, raide, la moustache toujours aussi noire et luisante, l'inspecteur principal Jasper Brixton s'approcha du groupe.

— Content de vous voir revenir entiers, Messieurs.

Dans une semi-conscience, Alistair fixa l'inspecteur sans répondre. La tête lui tournait de plus en plus. À ce silence, Benedict comprit que son cousin ne tiendrait plus longtemps.

— Où est votre voiture ? dit-il d'un ton cinglant.

L'inspecteur principal regarda de haut en bas le freluquet, qui venait de parler.

— Jeune homme, vous apprendr...

— Je vous ai demandé où était votre voiture, trancha Benedict. Comme vous pouvez le voir, nous avons un blessé.

L'inspecteur principal Brixton regarda Benedict, les sourcils froncés, puis il fixa le regard fuyant d'Alistair et comprit. Il s'empara alors de son bras et Sergueï sentant qu'Alistair était en train de s'évanouir, saisit l'autre. Les deux hommes traînèrent vers une voiture noire l'espion anglais, dont les dernières forces l'abandonnaient. Benedict aida tant bien que mal Sergueï et l'inspecteur à hisser son cousin dans la voiture, quand il s'aperçut qu'une légère traînée de sang marquait leur passage sur le quai. Il se tourna vers le chauffeur.

— À l'hôpital le plus proche ! héla-t-il.

Déstabilisé par le ton du jeune homme au visage angélique et aux boucles blondes, le chauffeur se tourna pour interroger du regard l'inspecteur principal, qui lui fit signe de partir à toute vitesse.

CR✦ဢ

M eredith ne se sentait plus de joie. Elle était enfin dans le train, qui la menait vers Londres. Tout autour d'elle lui semblait plus beau, plus gai, plus doux qu'avant son départ. Elle savait que Boris ne voulait pas qu'elle se promenât seule dans le train, mais c'était plus fort qu'elle, elle voulait voir les autres voyageurs, elle voulait se réimprégner de la tranquillité de la campagne anglaise... Pour dire la vérité, elle voulait surtout vérifier qu'aucun espion allemand ne rôdait dans le train. Meredith arpentait donc seule le wagon, sous prétexte de vouloir se repoudrer le nez, et observait avec intérêt tous ceux qui voyageaient avec elle en direction de Londres. Soudain, une abondante chevelure d'un roux flamboyant s'embrasa dans un rayon de soleil. Meredith hésita un instant puis, scrutant la femme aux longs cheveux roux, elle se décida à approcher d'elle. Était-ce Philippine ? Pourtant, elle avait été blessée la veille au soir. Se pouvait-il que l'espionne française soit à nouveau sur pied ? Meredith avança le long du couloir et suivit la femme, qui la précédait de peu. Celle-ci avait les cheveux plus longs que Philippine, mais pouvait-on se fier à ce genre de détail en matière d'espionnage ? La femme s'arrêta devant la porte d'une cabine, tourna la poignée et entra. Meredith s'approcha prestement et, de surprise, la femme rousse tourna son visage pour voir qui se précipitait vers elle. Ce n'était pas Philippine. Meredith s'arrêta net, surprise, puis se reprit et fit un sourire gêné à l'inconnue, qui entra dans sa cabine.

— Si tu commences à voir des espions partout... se dit Meredith à elle-même.

CR✦ಐ

L e jour inondait la chambre d'hôpital depuis quelques minutes, quand Alistair, allongé sur le lit, montra les premiers signes de vie depuis de longues heures. Il bougea légèrement, puis ouvrit les yeux avant de les refermer aussitôt, les ouvrit encore un temps un peu plus long et lutta pour les garder ouverts. Murs blancs, lit dur et court, draps blancs, petite couverture fine à peine réconfortante, pauvre table de nuit à côté de lui... Alistair redressa la tête pour regarder ce qui pesait sur son pied et trouva des boucles blondes étalées sur le fond de son lit. Cette découverte eût été charmante, s'il se fût agi de la chevelure d'une jolie femme. Toutefois, Alistair savait à qui appartenaient ces fausses boucles. Il donna de petits coups de pied à son cousin, assis sur une chaise à côté de son lit et endormi sur ses pieds. Benedict se redressa d'un bond, les yeux écarquillés, cherchant à savoir où il pouvait se trouver. Puis, son cerveau se raccrocha à la réalité et il regarda avec un air ébahi et heureux le blessé qui gisait sur le lit.

— Alistair ! Mon cher cousin, comment vous portez-vous ?

— Aussi bien qu'un mort-vivant en sursis. Je suis là depuis combien de temps ?

— Quelques heures tout au plus. Vous aviez perdu beaucoup de sang et nous vous avons conduit à l'hôpital le plus proche. L'inspecteur principal a usé de son influence pour vous faire avoir un traitement de faveur...

— Pour une fois que la *Special Branch* se montre utile à quelque chose.

Alistair se laissa retomber sur son coussin et se cogna le crâne contre le mur. Il se sentait las, mais pas assez pour rester plus longtemps dans cette chambre spartiate. Il se redressa sur un coude, puis rabattit le drap et la couverture loin de lui.

— Que faites-vous ? demanda Benedict fort troublé.

— Vous ne pensez tout de même pas que je vais rester ici ! Je suis un jouisseur, un dandy réputé dans tout Londres pour l'assurance de son goût. Je ne vais pas demeurer dans cette pauvre chambre, à attendre qu'un médecin de deuxième zone ou une vague infirmière ne vienne me contaminer avec les miasmes de leurs autres pensionnaires ! Aidez-moi à m'habiller.

Benedict voulait rétorquer qu'il n'était pas sage de bouger

ainsi, qu'il devrait au moins attendre que sa blessure soit consolidée, mais il croisa le regard inflexible de son cousin et comprit que rien de ce qu'il pourrait dire n'aurait de poids face à la détermination d'Alistair. Benedict aida donc son cousin à enlever la chemise d'étoffe grossière qu'il portait, puis il le seconda de son mieux, alors qu'il se rhabillait. Benedict s'aperçut que le fond de teint appliqué, quelques heures auparavant, sur le visage et les mains de son cousin avait pour partie disparu. Il lui frotta la peau pour atténuer autant que faire se pouvait les traces du maquillage et rendre à Alistair son apparence première. Ce dernier se leva et fit quelques pas maladroits en grimaçant. Benedict vit une étrange chaise roulante remisée dans un coin de la pièce et, s'en emparant, il fit asseoir son cousin dessus, ouvrit la porte et ils sortirent de la chambre.

ɔ◆ɛ

A u même instant, Hayley et Meredith franchissaient la grande porte cochère de l'hôtel particulier d'Alistair. Le valet de pied se hâta d'ouvrir la porte de la voiture et ne put cacher sa surprise de trouver les deux femmes à l'intérieur. Hayley, s'apercevant de son trouble, lui demanda :

— Monsieur Alistair Clifford est-il rentré ?

— Non, Madame. Pas encore. Je vais prévenir Monsieur Barnett de votre arrivée.

Le valet aida les deux femmes à descendre de la voiture, puis s'empara de leurs bagages pendant que Boris réglait la course. La voiture repartit, laissant les trois compagnons de voyage dans la cour. Monsieur Barnett apparut à la porte d'entrée et se précipita pour accueillir les arrivants.

— Mesdames, Monsieur, soyez les bienvenus. Monsieur Clifford avait laissé des instructions, afin que nous vous accueillions et vous offrions l'hospitalité, s'il advenait que vous arriviez sans lui. Je n'ose vous demander comment a été votre voyage…

— Parfait, se précipita Hayley avant que Meredith ne puisse ouvrir la bouche. En outre, afin que vous puissiez vous préparer, je vous précise que Monsieur Clifford devrait arriver dans la journée.

— Merci de cette précision, Madame.

Monsieur Barnett entraîna à sa suite Meredith, Hayley et Boris, qui disparurent à l'intérieur du riche hôtel particulier.

Quelques heures plus tard, une sombre voiture traversa à son tour la porte cochère. Quand elle s'arrêta au milieu de la cour, le valet de pied observa quelques instants le véhicule inconnu, puis vint ouvrir la portière. Monsieur Barnett apparut sur le perron, suivi de près par Meredith. Hayley, qui avait été distancée dans le couloir, les rattrapa alors. La porte de la voiture s'ouvrit. Le ou les passagers mirent du temps à apparaître. Enfin, l'inspecteur principal Brixton se montra. Meredith ne put cacher sa déception et ses épaules s'affaissèrent à la vue du policier, qui s'en aperçut.

— Manifestement, vous n'êtes pas heureuse de me voir, Mademoiselle Clifford, mais peut-être apprécierez-vous davantage votre deuxième visiteur.

Meredith observa, avec curiosité et suspicion, l'ombre qu'elle voyait s'encadrer dans la porte de la voiture et fronça les sourcils. Puis, les jambes d'un homme apparurent en premier et, quelques instants plus tard, son visage… Meredith se précipita.

— Père !

Elle laissa à peine le temps à Lord Clifford de descendre de voiture, qu'elle le serrait dans ses bras de toutes ses forces. Lord Clifford, fatigué, les traits tendus, ne put cacher sa surprise d'être ainsi étreint. Il n'aimait guère ce genre de familiarité et pensa un instant repousser sa fille, afin qu'elle retrouvât le comportement que l'on pouvait attendre d'une femme de sa classe sociale, mais il sentit une force désespérée en elle. Elle le serrait comme s'il allait encore disparaître, comme si le sort faisait désormais que leurs vies ne seraient plus jamais les mêmes. Elle le serrait pour garder auprès d'elle un peu de la vie, qu'elle avait perdue à Paris. Impuissant face au désespoir de sa fille, Lord Clifford abandonna la lutte et accepta pour la première fois que Meredith ne se conduisît pas comme une lady. Il serra sa fille dans ses bras et s'aperçut qu'il n'avait pas fait ce simple geste, depuis bien des années, alors que Meredith n'était encore qu'une toute petite fille.

Hermétique à la grâce du moment, l'inspecteur principal Brixton cherchait du regard Alistair.

— Et bien, où est passé Monsieur Clifford ? Il s'est évadé de l'hôpital ce matin et je pensais le trouver ici !

Meredith relâcha son père.

— Alistair a été blessé ?

L'inspecteur principal observa la jeune fille un instant, de toute sa hauteur. Meredith l'affronta du regard.

— Je vous ai demandé si mon cousin avait été blessé... grogna-t-elle.

L'inspecteur principal sourit.

— Vous êtes bien comme votre frère. Prompte à montrer les crocs ou à mordre, selon votre humeur.

Lord Clifford eut un mouvement de contrariété et s'interposa entre sa fille et l'inspecteur. Après un instant, ce dernier s'inclina légèrement en signe d'apaisement.

— Oui, Miss Clifford, votre cousin Alistair a été blessé, mais il s'en remettra. J'en veux pour preuve qu'avec l'aide de votre frère et de son ami russe, il a échappé à la vigilance des deux hommes, que j'avais laissés pour le surveiller.

Faisant résonner les pavés, un second véhicule entra dans la cour et s'arrêta à côté du premier. La porte s'ouvrit aussitôt et Sergueï en sortit d'un bond félin.

— Allez, mon ami, vous êtes attendu de pied ferme !

Il tendit sa main à Alistair qui descendit en s'aidant d'une canne, bientôt suivi par Benedict qui avait abandonné son déguisement angélique et retrouvé sa coupe courte. Meredith voulut se précipiter vers eux, mais son père, qui avait refermé sa main sur le poignet de sa fille, la retint à ses côtés. La jeune fille se renfrogna. Alistair avança sans empressement vers le groupe, suivi par Serguei qui fixait de son œil Hayley, encore vêtue à la russe, et Benedict qui massait sans y penser son bras en écharpe. Lord Clifford lâcha Meredith et se précipita vers son fils.

— Vous êtes blessé, Benedict ?

Le jeune homme ne répondit pas, mais serra de son bras valide son père, de plus en plus surpris par le comportement de ses enfants. Benedict relâcha son père.

— Ce n'est rien, Père. Je vous expliquerai plus tard.

Lord Clifford fut étonné par le ton de son fils, qui n'appelait ni réplique ni commentaire. Son attention se reporta sur Alistair, discutant à quelques distances de là avec l'inspecteur principal. Le ton montait entre les deux hommes.

— Je vous ai déjà dit que je ne reprendrai pas ce genre de mission ! Vous m'avez piégé une fois en usant de toutes les traîtrises que votre esprit pervers avait pu vous inspirer, mais cela est fini !

— Vous ne semblez pas comprendre, Monsieur Clifford. Vous n'avez pas le choix ! Vous êtes appelé à la Cour de Nicolas II par le Tsar en personne et nul autre que vous et vos cousins ne se rendra à Saint-Pétersbourg.

À ces mots, Lord Clifford sortit de ses gonds, parcourut la courte distance, qui le séparait de l'inspecteur principal Brixton, et le saisit au col.

— Vous disiez ?

L'inspecteur eut l'air surpris, mais ne broncha pas. Il savait conserver son calme en toutes circonstances.

— Je disais que vous n'avez pas le choix. Le Tsar Nicolas II a demandé à notre souveraine de bien vouloir envoyer à sa Cour les fameux cousins Clifford, lorsque votre fils et votre neveu seront remis de leurs blessures, pour qu'ils aident le prince Mikhaïl Alexandrovitch Kourakine dans l'une de ses investigations. Sa Majesté la Reine a accepté la requête du Tsar. Par conséquent, tôt ou tard, vos enfants et votre neveu vont repartir en mission.

Lord Clifford relâcha enfin le col de l'inspecteur, qui se rajusta avant de saisir une lettre dans sa poche intérieure. Un sceau en cire avait été apposé sur la lettre.

— Elle vous est adressée, Lord Clifford.

Lord Clifford saisit le courrier, le décacheta et lut. Le poids des ans s'imprima en un instant sur lui, son visage et son corps tout entier s'affaissant. Il referma la lettre et la tendit à Alistair qui s'en saisit. Ses yeux parcoururent la missive, puis se fermèrent. Ses lèvres se pincèrent et il s'obligea à inspirer. L'air, qui pénétrait ses poumons, ramenait en lui quelque calme.

— Nous sommes faits comme des rats.

Benedict s'empara du courrier et le lut, Meredith regardant par-dessus son épaule. Meredith écarquilla les yeux et mit sa main devant sa bouche pour étrangler le cri, qui menaçait de sortir de sa gorge.

— Ma sœur n'ira pas en prison ! Elle a tué pour moi. Elle a tué pour me sauver la vie et je ne la laisserai pas assumer cet acte.

Hayley, les yeux fous, se jeta sur le courrier pour en prendre connaissance, Sergueï penché sur son épaule, s'intéressant autant au contenu de la lettre qu'au parfum de la dame.

— C'est une infamie ! Miss Meredith n'avait pas d'autre choix ! Que devait-elle faire ? Laisser périr son frère et se laisser assassiner ensuite ? Je ne comprends pas. Cet homme n'est pas le seul à avoir été tué, ni à avoir souffert ! Nous avons tous été blessés par ces tueurs allemands, pourquoi ne demandons-nous pas justice auprès de l'Empire ? Pourquoi le seul crime qui soit retenu dans cette affaire est celui de Miss Meredith ?

— Pour mieux nous coincer, ma chère Hayley, pour mieux nous coincer... répondit Alistair.

— Mais c'est injuste ! coassa-t-elle sa voix se brisant.

— Nous ne sommes tous que des pions sur l'échiquier des maîtres du monde, Madame.

Hayley regarda Sergueï, s'apercevant pour la première fois de sa proximité. Il s'inclina devant elle :

— Colonel Sergueï Ilitch Pouchkine. Pour vous servir, Madame.

Hayley fit une légère révérence, par réflexe.

— Miss Hayley Fortescue, ravie de vous rencontrer, Colonel.

Hayley semblait sonnée. Alistair se rapprocha d'elle, s'imposant entre elle et Sergueï.

— À quoi devons-nous nous attendre ? demanda-t-il à son homologue russe.

— Comme tu t'en doutes, je n'ai pas le droit de parler, s'excusa Sergueï. En revanche, si j'ai un conseil à te donner, je te dirai ceci : le poison est un mets prisé à la Cour du Tsar.

Alistair ne put s'empêcher de ricaner.

— Merveilleux, j'ai toujours adoré les empoisonneurs.

Lord Clifford regarda avec stupéfaction son neveu, puis son regard passa sur ses enfants, dont le visage marquait déjà une ferme détermination, pour finir sur Hayley qui s'approchait des jumeaux. Elle les entraîna vers la porte d'entrée de l'hôtel particulier, en leur tenant la main, comme elle l'aurait fait avec de jeunes enfants.

— Bien évidemment, Miss Fortescue, vous n'êtes pas obligée de nous suivre dans cette nouvelle aventure... osa Alistair.

Hayley se retourna comme un aspic.

— Si vous croyez partir avec les jumeaux sans moi, vous vous bercez de douces illusions, Monsieur Clifford.

Alistair sourit de toutes ses dents. La journée n'était finalement pas aussi terrible qu'il l'avait cru de prime abord.

FIN

LE PETIT PALAIS

*Le Petit Palais, créé à l'occasion de l'exposition universelle de 1900,
d'après une carte postale.*

Pour les curieux

Pour ceux qui auraient l'envie ou le souhait d'approfondir leurs connaissances historiques sur la période victorienne ou la Belle Époque, je peux vous conseiller les ouvrages, films d'époque, images et documents scientifiques qui ont soutenu mon inspiration et m'ont permis de rendre plausible l'arrière-plan historique du roman.

SOURCES – LES OUVRAGES

ℭ *Exposition internationale universelle de 1900, Volume annexe du catalogue général officiel,* 1900, BNF, Gallica, Bibliothèque nationale de France, département Sciences et techniques, 8-V-29191 (7-8, ANN), domaine public.

http://gallica.bnf.fr/ark:/12148/bpt6k432829n.r=%22Expositi on%20internationale%20universelle%20de%201900%22%3B% 20Catalogue%20g%C3%A9n%C3%A9ral%20officiel.?rk=2145 9;2

ℭ *L'Exposition en famille, Revue illustrée de l'Exposition universelle de 1900,* 1900, BNF, Gallica, Bibliothèque nationale de France, département Sciences et techniques, FOL-V-4402, domaine public.

http://gallica.bnf.fr/ark:/12148/bpt6k5558672m.r=%22exposi tion%20en%20famille%22%22revue%20illustr%C3%A9e%221 900?rk=21459;2

SOURCES – LES ILLUSTRATIONS ET FILMS

෨ http://www.expositions-universelles.fr/1900-exposition-univ erselle-Paris.html

෨ http://www.ina.fr/video/CAB8301052601

෨ http://exposition-universelle-paris-1900.com/LA_VISITE_D E_L%27EXPOSITION

෨ http://www.parisenimages.fr/fr/histoires-images/evenements/ lexposition-universelle-1900

෨ http://www.worldfairs.info/expomenu.php?expo_id=8

BIBLIOGRAPHIE - LES OUVRAGES

BARJOT Dominique, CHALINE Jean-Pierre, ENCREVÉ André, *La France au XIXème siècle, 1814-1914*, PUF, 1998.

BEDARIDA François, *La société anglaise. Du milieu du XIXème siècle à nos jours*, Seuil, 1990.

BELTRAN Alain, *La fée Electricité*, Gallimard, découvertes n°122.

CARRÉ Patrice, *Du tam-tam au satellite*, Presses Pocket, 1991.

CHASSAIGNE Philippe, *Histoire de l'Angleterre. Des origines à nos jours*, Flammarion, Champs, 1996.

CHEVALLIER Jean-Jacques, *Histoire des institutions et des régimes politiques de la France de 1789 à 1958*, Préface de Jean-Marie MAYEUR, Armand Colin, 2001.

CHESNEY Kellow, *Les bas-fonds de Londres. Crimes et prostitution sous le règne de Victoria*, traduit de l'anglais par René BREST, Texto, 2007.

CORVISY Catherine-Emilie, MOLINARI Véronique, *Les femmes dans l'Angleterre victorienne et édouardienne. Entre sphère privée et sphère publique*, L'Harmattan, 2008.

FRAISSE Geneviève, PERROT Michelle (sous la direction de), *Histoire des femmes. Le XIXème siècle*, Plon, 1991.

GOODMAN Ruth, *How to be a Victorian*, Penguin books,

2013.

METROPOLITAN POLICE, *Special Branch introduction and summary of responsibilities*, 2006.

RECUEIL L'HISTOIRE, *Puissance et faiblesse de la France industrielle. XIXème-XXème siècle*, Introduction de Jacques MARSEILLE, Seuil, 1997.

TRYSTRAM Florence, *En route ! La France par monts et par vaux*, Gallimard, découverte n°286.

BIBLIOGRAPHIE - LES ARTICLES

BERELOWITCH Wladimir, La France dans le « Grand Tour » des nobles russes au cours de la seconde moitié du XVIIIe siècle, *Cahiers du monde russe et soviétique*, vol. 34, n°1-2, Janvier-Juin 1993, pp. 193-209.

BERLIÈRE Jean-Marc, Ordre et sécurité. Les nouveaux corps de police de la troisième République, *Vingtième Siècle, revue d'histoire*, n°39, juillet-septembre 1993. pp. 23-37.

BOUTIER Jean, Le grand tour : une pratique d'éducation des noblesses européennes (XVIe-XVIIIe siècles), *Le voyage à l'époque moderne*, n°27, Presses de l'Université de Paris Sorbonne, 2004, pp. 7-21.

CARON François, L'embellie parisienne à la Belle Epoque : l'invention d'un modèle de consommation, *Vingtième Siècle, revue d'histoire*, n°47, juillet-septembre 1995, pp. 42-57.

EMSLEY Clive, La légitimité de la police anglaise : une perspective historique comparée, *Déviance et société*, 1989, Vol. 13, n°1. pp. 23-34.

FARCY Jean-Claude, La gendarmerie, police judiciaire au XIXe siècle, *Histoire, économie et société*, 2001, n°3, Les miroirs de la santé. pp. 385-403.

FAURE Alain, Comment se logeait le peuple parisien à la Belle Epoque ?, *Vingtième Siècle, revue d'histoire*, n°64, octobre-décembre 1999, pp. 41-52.

FIJNAUT C., Les origines de l'appareil policier moderne en Europe de l'Ouest continentale, *Déviance et société*, 1980, Vol. 4, N°1, pp. 19-41.

PÉCOUT Christophe, BIROT Ludovic, La culture sportive mondaine à la Belle Epoque : facteur du développement des stations balnéaires du Calvados, *Annales de Normandie*, n°1-2, 2008, pp. 135-146.

PINTUS Isabelle, Tourisme aristocratique britannique à Nice et sur la Côte d'Azur à la Belle Epoque, d'après *L'aristocratie anglaise à Nice à la Belle Epoque*, Alandis, 2000.

STENGERS Jean, Une histoire des services de renseignements britanniques, *Revue belge de philologie et d'histoire*, tome 65, fasc. 4, 1987, pp. 826-842.

Cahier d'illustrations

La gare maritime de Boulogne-sur-Mer, début 20ème siècle.
Carte postale de l'époque, image libre de droit.

Ticket d'entrée à l'exposition universelle de 1900.

Le palais de l'Électricité, exposition universelle de 1900, d'après une carte postale de l'époque.

The Pavilions of the Nations and perspective of the bridges, with the Italian pavilion on the left, ca. 1900, avec l'aimable autorisation de la Bibliothèque du Congrès (Washington - USA). https://www.loc.gov/item/2001698558/.

La rue des Nations, d'après une carte postale.

Lucien BAYLAC, Vue panoramique de l'exposition universelle de 1900, avec l'aimable autorisation de la Bibliothèque du Congrès (Washington - USA). http://hdl.loc.gov/loc.pnp/ppmsca.15645

Table des matières